LA MAISON ETCHEVERRY

André-Jean Lafaurie

LA MAISON ETCHEVERRY

Germaïna

★

Editions Anne Carrière

Du même auteur :

Les Secrets d'un champion, Robert Laffont.
Le Livre d'or du golf (4 tomes), Solar.
Connaissance et Technique du golf, Denoël.
Les plus beaux parcours d'Europe, Nathan.
L'Ecossais, roman, Robert Laffont.
L'Histoire du golf, de 1304 à nos jours, Grancher.
Paysages de golf, E.P.A.
Golfantasmes (avec Pierre Delanoë), Albin Michel.
Dictionnaire humoristique du gôôlf, Solar.
Maître du golf, Pangreen.
Golfologies, Pangreen.
Le Golf, art de vivre, Le Chêne-Hachette.
Le Mystère Tiger Woods, Solar.

ISBN : 2-84337-266-6

www.anne-carriere.fr

Note de l'auteur

Quelques scènes ont pu être très librement inspirées de la vie de ma propre grand-mère – qui se nommait Germaine Etcheverry. Entre Bayonne, Uztarritz, Arruntz, etc., les souches de ma famille ont pu croiser les racines de la Maison Etcheverry. Toute ressemblance avec des personnages et des faits réels ne peut être néanmoins que fortuite.

Avertissement

Par souci de simplification, les mots basques du texte sont écrits suivant leur orthographe la plus usuelle. De même, le tréma – non utilisé en basque – indique la prononciation correcte (par exemple, *aita*, père, qui se prononce « a-hita », et non « éta », est orthographié aïta).

Germaïna :

« Je m'entortille de la pointe-de-mes-pieds jusqu'au bout-de-mon-front quand tu m'enlaces. Comme l'océan gémit en attirant le sable, je t'aspire.

J'ai dix-huit ans. J'ai tout décidé. Comme avant une cérémonie, je t'ai découvert de-la-tête-aux-pieds, étendu tes-bras-en-croix, séparé tes jambes, glissé entre-elles. Tu-te-dressais, fouillis-parfumé, fascinée par ses veines gonflées, sculpté-pour-moi. J'ai suivi sa ligne, glissant le doigt sur ta chair. J'ai pressé. Tout du-bout-d'une-lèvre j'ai appuyé un baiser là, mais n'ai rien senti, tant ta chair, nue, avait la même chaleur que la-chair-de-mes-lèvres, tant je m'embrassais moi-même. J'ai ouvert mon ventre-petit, guidé les battements. Empalée comme si on-perçait-mes-poumons, poussais mes yeux-contre-mes-paupières-baissées. J'ondulais : tu-t'es-cambré. J'ai cru être ouverte en deux, c'était soyeux... velours. On s'est abattus sur le côté, j'ai suivi ta joie jusqu'au-bout. Lèvres soudées, noyés-cherchant-l'air, valse, crie rauque et moi-stridente. Musique passant ta-vie-dans-la-mienne, ce que j'avais voulu. Et quand tu retombas, ressort-rompu, tête-rejetée, tes yeux-grands me fixaient, étonnés. Et moi, j'attends-un-enfant. »

I

1

Germaïna Etcheverry rentrait dans sa Maison.

Les têtes se tournèrent pour suivre la nuque brune, aussi noire que les croix sur les murs.

Germaïna glissa ses longues jambes sous la table, à sa place. Elle patienta avant de leur annoncer :

« J'attends un enfant. »

Trois mots à ne pas dire, jeune fille ! Elle les dirait pourtant : « J'attends-z'un-enfant. »

Quand leur dirait-elle ? Pendant le dîner. Pourquoi ce soir ? Elle l'avait décidé.

Avant, elle se mit à rêver . Mikel et Maritchu – son père et sa mère –, sa sœur jumelle Goïzane, et l'oncle Mattin, frapperaient dans leurs mains en joie. Même Nabar, l'ouvrier agricole, taperait ses sabots sur le sol de terre battue de la Maison, sans comprendre ce qui réjouissait la famille Etcheverry, lui qui parlait le basque comme un enfant et soulevait les tombereaux de foin comme des bibelots.

Pour l'instant le dîner se déroulait en silence.

Avant de passer à table, on avait éteint le poste de radio tout neuf qui trônait sur un coffre de bois. On peinait encore à accrocher les stations. En tournant la molette, l'aiguille glissait le long des noms imprimés sur le cadre, en marron : Paris-Madrid-Londres, une autre rangée, Istanbul-Rome-Berlin... Un speaker au ton de professeur, à travers le grillage du pavillon, révélait que l'été 35 était le plus chaud des dix dernières années. Le monde était donc vaste et cuisant. Le poste ne mentait pas : ce soir brûlait.

Des filets de vent s'insinuaient sous la porte, précédant l'orage d'été. Quelques gouttes frappaient déjà les vitres, et glissaient comme des larmes sur leurs joues de verre.

Avalant à grandes cuillerées, les coudes rivés, la famille Etcheverry rentrait les épaules, pour résister au fracas qui exploserait bientôt sur la Maison, dans les champs arrondis tout autour, sur les troncs de la forêt, sur les bêtes à côté qui s'étaient tues, et aussi dans leurs crânes.

Germaïna pouvait rêver.

– Ne rêve pas.

C'était la phrase rituelle du père à sa fille. Il lançait vers elle son menton en galoche. Germaïna leva ses yeux noirs et fit non de la tête. Elle faisait souvent non ; elle ne le disait jamais.

– Alors mange, conclut son père.

Sa mère, Maritchu, s'approcha pour glisser un plat de volaille grésillante et de pommes écrasées dans la graisse. Une fois de plus, elle avait chamboulé la table, remplacé des assiettes, servi les ailes grillées, s'exclamant en basque, en français – jamais en espagnol –, inventant des mots qui la faisaient rire quand elle fonçait vers le fourneau où gonflait un gâteau de maïs, qui finirait le dîner.

Ils mastiquaient.

Cuillère en l'air, Germaïna se remit à penser.

– Je pas quitter, non-non, baragouina Nabar.

Germaïna réalisa qu'elle avait fini de rêver à haute voix. Par-dessus la table, elle tapota la main de Nabar. Le père surprit le geste. Il tapa du poing.

Le moment approchait. Germaïna arrangea sa frange brune. Elle mordilla sa lèvre.

– J'attends un enfant.

Une bombe explosa entre ses tempes. Germaïna n'avait pas vu arriver le poing de son père. Elle reçut une gerbe d'étincelles dans les yeux. Ejectée, elle tomba et sa tête cogna le sol. Elle rampa sous le banc et entendit des cris, du verre fracassé contre le cuivre des casseroles. Une flammèche échappée de la cheminée roula jusqu'à sa jupe. Sa mère hurlait.

Etourdie, elle vit passer au-dessus d'elle un sabot, qui alla rebondir contre le linteau de la cheminée. Nabar le simplet et Mikel le père se battaient.

Des râles arrachaient la gorge des deux hommes, explosant l'un contre l'autre. Mikel avait saisi les cheveux de Nabar et lui cognait la tête contre la table. Le nez du simplet explosa, le rendant fou. Un pied nu, l'autre surélevé par le sabot, déséquilibré, ses grands bras battant l'air, deux massues de poings fermés au bout. Ils touchaient rarement le père.

L'orage claquait aussi. Son fracas se mêlait à leurs coups. Les éclairs projetaient des traits bleuâtres à l'intérieur, plaquant aux murs des contrastes géants. Les meubles sursautaient.

Sa sœur jumelle, Goïzane, faisait rempart à Germaïna qui tremblait sous le banc. L'oncle Mattin observait son frère et le simplet s'abrutir de coups, rebondir contre l'armoire, maculés et sanglants. Maritchu, la mère, tournait autour, couvrant par son vacarme celui du tonnerre sur la Maison.

Bloquant Nabar au sol, la tête enfouie dans la cendre de la cheminée, Mikel tendit le bras pour saisir le tisonnier. Maritchu se précipita et marcha de tout son poids sur la main de son mari. Elle décrocha une poêle en fonte dont elle assena des coups sur les dos des deux hommes enragés, tapant de droite, de gauche, surprise que la fonte puisse rebondir sur ces masses épaisses, ces montagnes de muscles qui ne sentaient plus la douleur.

Aussi brusque qu'avait été le choc, aussi pesant fut le silence :

– *Zakurrak*... Des chiens ! haleta Maritchu.

Des rafales cognaient aux vitres, comme si elles voulaient entrer, balayer la Maison à grande eau. Maritchu, la poitrine soulevée à chaque pas, ouvrit une fenêtre. L'air les saisit, lourd.

Mâchoires serrées, Germaïna sortit de sous le banc et redressa sa sœur en la tenant par les épaules. Elles s'assirent en tirant sur leurs jupes salies.

Par terre gisait Nabar. Les flaques de sang sur sa chemise luisaient par saccades, au rythme des flammes dérangées. Au-dessus de lui, Mikel le toisait, chemise déchirée. Ses cheveux gris, d'habitude ramenés en mèches par devant, partaient en tout sens. Une soufflante de forge sortait de sa gorge. Il se balançait d'une jambe sur l'autre.

– Ordure, siffla-t-il.

Son pied partit en arrière mais Maritchu fut brusquement devant lui, la poêle, dressée, avant qu'il ait eu le temps d'écraser la colonne vertébrale de Nabar. Maritchu défia son mari, dont les épaules s'affaissèrent. Il recula, prêt à charger à nouveau, mais, soudain, ses jambes étaient lourdes. Maritchu le tenait à distance. A contrecœur, il revint vers la table. Il remplit à ras bord un verre de vin, qu'il avala sans respirer, s'essuya la bouche d'un revers du bras en reniflant, et resta là.

Maritchu posa enfin la poêle, qui pesait, et s'accroupit près de Nabar, face à terre, le dos saccagé. Elle souleva à grand-peine l'une de ses lourdes épaules, craignant de le voir mort. Nabar résista, la tête toujours cachée, plein de terre et de sang. Ses doigts épais se crispaient dans la cendre de la cheminée. Maritchu le força à faire face. Enorme capricieux, il refusait. Elle se pencha encore, glissa sa main sous le cou de Nabar et tourna enfin le visage. Le simplet se colla aussitôt à son bras. Il resta ainsi un moment. Il pleurait.

Mikel enfonça ses poings dans les poches de son pantalon de velours.

– J'en suis sûr, répéta-t-il. C'est lui. Ordure.

Il regardait en l'air mais chacun comprit qu'il désignait Nabar.

Le tonnerre s'éloignait, vrombissant encore sans faire trembler la Maison. Des éclairs allumaient moins souvent la pièce.

– Lui quoi, papa ? répliqua Germaïna, la tête droite.

A la voix de Germaïna, Nabar se mit à pleurer plus fort.

Germaïna renonça à croiser le regard de son père et continua :

– Ce n'est pas Nabar, le père de l'enfant que j'attends.

Qu'elle redise clairement ce qu'elle avait murmuré auparavant assomma tout le monde une seconde fois. Elle se glissa au centre du banc, les mains à plat sur la table. Il fallait continuer :

– C'est moi, vous entendez ? Moi, qui ai voulu cet enfant.

Elle se demanda si cette agitation convenait à ses entrailles, qu'elle ne sentait pas encore vibrer, malgré des aigreurs nauséeuses, autant que ces rondeurs potelées, ce goût de sucre en bouche ou de lait chaud quand elle avalait, même de l'eau. Elle baissa le ton :

– Le père... il s'appelle Maximilien. C'est un Allemand.

Un cri sortit de la bouche de Maritchu.

– Je sais, maman, maugréa Germaïna. Même un garçon du pays, c'était grave pour vous. Mais on se serait arrangé. Tandis qu'un Boche !

Pendant qu'elle parlait, Mikel s'était laissé tomber sur son fauteuil. Il tournait le dos. Germaïna se demanda s'il l'entendait encore.

– Je sais, persista-t-elle, c'est une honte ici et maintenant, après la guerre et tout...

L'oncle Mattin la regardait, triste.

Profitant du silence, Maritchu tira sur les bras de Nabar pour qu'il se redresse. Mais le simplet résista. Maritchu le laissa. Dans son dos, elle l'entendit qui glissait sur le sol, amenant son grand corps contre le montant de la cheminée. Jambes allongées, il appuya ses épaules sur la pierre et ne bougea plus. Elle alla s'asseoir sur l'autre banc, en face de sa fille.

– Maman, soupira Germaïna.

Le regard de sa mère lui fit comprendre qu'elle ne répondrait pas.

Germaïna se renfrogna. Les larmes montaient sous ses paupières, mais aucun, ici, n'allait pleurer. Elle avait bel et bien rêvé : personne ne s'était levé en applaudissant, tapant de joie, l'embrassant.

Il n'y avait rien à ajouter.

D'un regard, son père lui montra la porte.

Elle se leva. Le banc grinça sur le sol, déchirant.

Sans se presser, elle se dirigea vers la porte, saisit son manteau au crochet et sortit.

Elle n'entendit pas son père murmurer, fixant le feu qui baissait :

– *Zorgina...* sorcière.

Les autres l'entendirent. Il y eut de l'effroi.

*

De ces crimes qu'on n'a pas commis et dont on se sent coupable, il n'y en a pas de plus grand que d'être abandonné. Même si les marques de tendresse étaient peu coutumières, chaque Etcheverry avait toujours fait corps avec les siens. Cette solidarité, Germaïna ne la mesura qu'à l'instant où elle disparaissait. Pour la première fois, on l'isolait. Il fallait partir.

Elle aurait tant voulu voir leurs yeux briller. Son père aurait débouché le *patxaran* pour fêter l'annonce. Elle aurait raconté sans fin, à une mère avide et à une sœur délicieuse d'envie. Elles auraient eu mal aux joues de rire, de se couper la parole sur les broutilles d'une noce que toute la vallée aurait préparée ensemble. Il n'y aurait pas eu d'orage, mais un grand soleil qui n'aurait pas voulu se coucher pour la première fois de l'histoire – car c'était une aurore qu'elle aurait annoncée, au lieu d'informer la Maison de la fin de leur monde.

La pluie recommençait.

Dehors, la main dans le dos, Germaïna tira la porte de la Maison. Personne ne la rappellerait. Elle savait, aussi bien, qu'elle ne rêverait plus.

Elle remonta son manteau sur sa tête et courut, grand chaperon noir de dix-huit ans, grosse d'un bébé, chassée.

Yeux mi-clos pour résister aux gouttes froides, elle tourna au coin du premier bois. Elle n'entendait que ses pas sur le gravier et faillit heurter la masse de l'Hispano tapie là. A l'intérieur, Maximilien somnolait.

Germaïna tapa contre la vitre. La portière s'ouvrit, et elle s'engouffra. Elle prit la main de Maximilien dans la sienne, embrassa la paume, et la passa sur son visage mouillé.

Elle se mit à parler en désordre, pleurant et riant, tandis que la lourde voiture commençait à glisser vers la vallée.

– Je n'y vois rien, lança-t-elle au milieu de mille phrases.

Maximilien avait oublié d'allumer les phares.

Il actionna un levier et la route s'éclaira. Ils arrivaient dans un creux. La voiture évita le ravin de justesse. Les pneus crissèrent, mais Maximilien redressa, sans s'énerver.

Après, la route semblait droite, comme toujours en pleine nuit.

★

Dans la Maison Etcheverry, on ne dévorait plus. Sur ordre de la mère, chacun avait repris sa place, sale.

Maritchu enleva le couvert de Germaïna. Elle aussi se brutalisait. Elle pleurerait plus tard. Demain, elle rapprocherait les assiettes autour de la table pour combler le trou. Quelle place garder pour une gamine, folle à se faire engrosser par un étranger, allemand, invisible, ici, dans ce pays, maintenant ? Honte pire que la mort : certaines, dans d'autres Maisons, avaient été tuées pour ça, on le savait bien. On se taisait, honte dans une Maison aux phrases toujours brèves, où être un « homme d'honneur », c'est être un homme, tout court. L'une des filles avait joué la sorcière : brûlée ! Sans procès. Ils n'avaient pas le temps d'être heureux, et l'on ne discutait pas une décision du père.

Mikel fixait son assiette, son béret à côté. Il ne le portait qu'à l'extérieur, toujours. Le monde n'avait jamais vu ce sillon creusé au front par le feutre, usé, qui protégeait le haut du visage. La peau luisait plus claire ici, presque tendre. En dessous, les sourcils épais et les stries du nez formaient jusqu'au cou des recoins protecteurs de la vie en plein air. Mikel portait sa chemise manches retroussées sur des avant-bras plus gros que les cuissots d'un veau. Il n'avait pas de poignets, mains en battoir attachées directement. Dans ses doigts, la cuillère prenait l'aspect d'une brindille.

En face, l'oncle Mattin semblait plus fin car les arêtes de ses os pointaient, sans gras sous la peau. Son nez long séparait le visage d'une lame.

Mikel et Mattin : les deux fils Etcheverry restés à la Maison. Les autres avaient dû partir, après la Grande Guerre. Telle était la règle : l'aîné se mariait et poursuivait son travail à la ferme. Le cadet pouvait demeurer là, à condition de rester célibataire. Sinon, curé au grand séminaire de Saint-Esprit, adjudant aux colonies, pêcheur sur thonier à Nantucket s'il avait le goût de la mer – les Etcheverry vivaient de la terre –, berger en Arizona, en Argentine. Tous partis, sans un mot et sans larmes. La terre est indivise et chacun se nourrit de ses mains. L'oncle Mattin, solitaire, n'était pas parti. Il ne parlait presque jamais. Il restait, là.

La plus volubile, c'était la mère, Maritchu. Ses cheveux se dressaient en crans sur sa tête, allongeant sa haute allure. Forte femme, et joyeuse, mais pas douce, bruyante. Mikel l'avait trouvée au Sud, dans ce pays espagnol dont elle n'avait jamais daigné apprendre la langue. Un jour elle y avait emmené les filles, pour des courses, et inventé des mots... *el magasino... las toilettas...* Les commerçants ouvraient des yeux ronds. « Vois-tu, enfant, expliquait-elle à Germaïna, ils sont tellement bêtes qu'ils ne comprennent même pas leur langue. » Elle parlait pourtant, et en rafale. Parfois son mari soupirait quand Maritchu l'interpellait, à peine le bout de sa première botte engagé dans la porte d'entrée :

– Mikel, je te le dis tel que !

– Je peux poser mon béret, quand même ? martelait Mikel en basque.

Les sons de la vieille langue s'entrechoquaient. Ils auraient fait trembler un peuple, sauf Maritchu.

– Té, comme si tu attendais ma permission. J'ai envoyé les filles chercher de la ventrèche. Ce que vous pouvez ingurgiter de ventrèche !

Jusqu'à ce soir, au nom des filles le regard du père s'adoucissait.

Au retour des prés ou de la ville, se faufilant entre les virevoltes de sa femme, Mikel parvenait à son fauteuil, face à la cheminée. Il s'y laissait tomber, dos collé au dossier vertical de bois, le bras déjà posé sur la planchette qui se rabattait au milieu. Chaque soir Maritchu y déposait un verre rouge sombre, plein d'un vin que Mikel lapait. Maritchu posait sa main, simplement pour que sa chair à sa chair soit reliée, pour que cet homme ait sa femme, à jamais. Maritchu, toute en force tendre près de ce mari qu'elle aimait depuis vingt ans malgré les malheurs, la Grande Guerre – malgré les gaz dont les effets avaient tué en lui le désir, juste après l'arrivée des jumelles : Germaïna et Goïzane, nées neuf mois après son retour du tombeau des tranchées. Puis plus rien.

Germaïna rapide et vive ; Goïzane tête-bêche dans les langes, calme. On les confondait en les voyant, mais en les regardant on découvrait l'inverse. Ses premiers enfants, les seuls pour toujours.

Maritchu avait déplacé ses caresses du ventre naguère puissant de Mikel vers ses épaules agitées de pleurs d'homme qui s'exilait maintenant au bout du lit et qu'elle ramenait contre elle, s'agrippant à ses énormes bras, sans descendre plus bas puisque la guerre lui avait volé cette force. Il était devenu lourd, et méchant.

2

– Tu n'es pas à la messe aujourd'hui?

– A cause de toi, *cabrón*, je ne me suis pas réveillé! avoua le douanier, penaud.

– *Cabrón*, c'est nouveau ça, s'esclaffa Jon. C'est la première fois que tu me traites d'enfoiré. J'ai eu droit à voyou, voleur et fripouille. Vous avez des cours de vocabulaire maintenant, dans les douanes?

– Oh toi... toi! menaça le douanier en pointant un doigt boudiné.

– Je sais : tu m'auras, répliqua Jon en feintant et, au passage, donnant une pichenette sur son béret bien à plat sur la tête. Mais tu ne m'as pas encore eu, douanier. Je suis rapide comme le vent, hop!

– Je t'aurai.

Jon Aguirre donna un tour de clé à la petite maison qu'il habitait, à droite du fronton. Le douanier en fit autant à la sienne. Ils vivaient en voisins. Chaque dimanche matin, tous deux disputaient une partie de pelote, à la sortie de la messe. Chaque nuit ou presque, ils jouaient une autre partie, dans la montagne. Jon passait ses chargements de contrebande côté sud, *tras los montes*, le douanier à ses trousses. Jamais un coup de feu, jamais une bagarre puisque Jon avait toujours déjoué les pièges des gendarmes, ceux-ci étant toujours tombés dans les siens.

Ainsi allait le pacte dans les villages. La contrebande devenait un art de vivre et ceux qui avaient intégré l'administration des frontières pour nourrir leur famille étaient souvent les voisins de ceux qui n'avaient pas conscience qu'une frontière puisse exister. Chacun accomplissait sa tâche. Le goût du défi (« Je t'aurai – Tu ne m'auras pas ») pimentait le jeu du gendarme et du voleur qu'ils pratiquaient au-delà de l'enfance, au-delà des générations aussi, car Jon avait vingt ans et le douanier le double. L'un brandissait sa jeunesse et sa vivacité comme une arme, l'autre son uniforme et la loi comme bouclier.

– Ce n'est pas bien de manquer la messe, taquina Jon.

– Tais-toi, malheureux. L'abbé va m'assommer. Et toi aussi.

– Je ne vais pas t'assommer moi, non.

– Je veux dire, l'abbé va t'assommer aussi, malheureux.

– Té ! Je suis trop rapide.

Et il virevolta autour du douanier en descendant la rue.

Tournant au coin du fronton, il continuait à agacer l'autre qui gesticulait pour l'éloigner comme on chasse une mouche.

Sur ses espadrilles, Jon rebondissait. Son corps jouait dans un pantalon de lin tissé dans les fermes et une chemise ample qui dissimulait mal son torse, sec et musclé. Le béret tombant sur le côté accentuait sa haute taille.

Le buste épais du douanier et son béret plat, en galette, le rapetissaient. Lui aussi portait des sandales de corde, lacées haut sur les chaussettes de laine enserrant ses mollets rebondis. Son dos se crispait sans le prévenir, après les nuits humides passées sur le châlit de fer dont l'administration les équipait, lui et ses collègues. Non seulement il dormait mal sur ce sommier de grillage, à peine adouci d'une couverture dans laquelle il s'enroulait, mais il devait le sangler sur ses épaules, pendant les marches nocturnes. Il possédait des jambes d'acier, à courir sa vie dans les montagnes en chassant les contrebandiers.

Qui ne l'était un peu, ici ? Mais pas tous comme Jon. Lui en faisait un métier. Depuis que sa ferme familiale avait brûlé naguère, il vivait seul. L'argent qu'il empochait après chaque voyage lui suffisait. Il dépensait ainsi un solde d'énergie à peine entamée par les danses, les fêtes et les parties de pelote.

On se disait qu'il sentait bon. Toujours frais, jamais en place, les filles l'adoraient.

Au village, les vieilles lorgnaient derrière leurs volets pour vérifier si les jeunettes rentraient à l'heure sacrée de l'Angélus. Jon s'en amusait, libérant ses amourettes des champs où il les taquinait, leur ordonnant de rentrer par des chemins où elles passeraient inaperçues. Puis il somnolait, un brin de foin entre les dents. Il collait son oreille au sol « pour écouter les fleurs pousser ». Puis il s'endormait afin d'être frais pour la nuit.

*

Jon et le douanier arrivèrent au fronton. Les gradins de pierre se garnissaient car, la messe achevée, il suffisait de passer sous le porche pour déboucher sur la place. Des hommes, surtout, s'installaient côte à côte sur les marches longeant l'aire de jeu. En face, quelques auberges brillaient sous le soleil de midi. Au centre, des enfants s'envoyaient déjà des petites balles de cuir, de l'un à l'autre, en ronde.

Ils cessèrent dès qu'ils aperçurent Jon et l'entourèrent en piaillant, tirant le pan de la ceinture de toile rouge, lui proposant la pelote qu'ils venaient de chauffer. Jon s'amusa de cette farandole, redressa un béret ça et là, que certains portaient déjà, trop grand pour leur tête, petite boule sous le feutre très neuf.

– Moi, Jon ! Moi... moi, criaient les enfants en tendant chacun sa pelote.

Chaque dimanche Jon faisait semblant d'hésiter. Il se souvenait de celui à qui il avait fait le bonheur de choisir sa pelote les dernières fois. Il ne voulait faire de peine à aucun. A tour de rôle, il désignait celui qui aurait pu se sentir délaissé.

– Celle-ci est bien aujourd'hui, décréta-t-il.

Le petit propriétaire repartit en levant les bras, vainqueur.

Il fit signe à un autre :

– Ne t'éloigne pas. Garde ta pelote, petiot.

L'autre serra la boule comme le saint sacrement et alla s'asseoir au premier rang.

Jon s'approcha du fronton et fit rebondir la pelote sur le sol, du plat de la main. Elle répondait bien. Le douanier l'avait rejoint, près du mur de face, peint en rose. Sans un mot, il se mit à tester lui aussi la pelote qu'il avait sortie de sa poche. Puis chacun envoya très lentement la petite boule de cuir durci contre le mur, à deux mètres, pour détendre les muscles, resserrer la chair de leur paume qui risquerait d'exploser sous l'impact quand ils frapperaient en force.

Ils continuèrent leur échauffement en reculant pour produire bientôt des coups pleins, le bras armé dans le dos et revenant comme un levier de muscles. Le rebond claquait sur le fronton, chaque fois plus fort, et de nouveau dans leur main, assourdi mais toujours violent.

Les gradins étaient combles maintenant, et l'église vide. Jon et le douanier se placèrent au fond, face au mur, à une trentaine de mètres, loin.

La partie allait commencer.

Une vocifération les stoppa :

– Vous deux !

Un ordre énorme venu du porche de l'église, vers lequel les têtes se tournèrent.

Puis un vol noir, dans un voile de poussière brillante s'avançant sur la place, que chacun suivit avec crainte.

Précédé de son bras pointé, le corps gigantesque débordant d'une soutane battant ses chevilles prolongées de godillots noirs, sur eux fonçait l'abbé.

Silence sur la place.

Le douanier, prévoyant l'ouragan, se colla à Jon. Celui-ci, retenant l'envie de rire, la main devant la bouche, glissa :

– Il a de la fumée qui sort des oreilles.

En quelques enjambées de géant, l'abbé fut sous leur nez. Dans la chaleur de midi, sa tête large, cheveux blancs en désordre autour des tempes et rage rouge autour des yeux exorbités, ressemblait à une bouilloire.

Bien qu'habitués, Jon et le douanier eurent presque peur de la taille du poing que l'abbé promenait devant leurs visages.

– Vous étiez bien cachés, je suppose, hein, vous deux ? Les piliers de l'église sont-ils assez larges ? Je ne vous ai pas vus à la messe, je crois, vous deux ?

Jon et le douanier se dandinaient, ne sachant quoi dire.

Le douanier se risqua :

– Je ne me suis pas rév...

– Silence ! hurla l'abbé.

Reculant de trois pas, il se planta au centre de la place, les mains sur les hanches. Dans les gradins, à la terrasse des auberges, même aux fenêtres où s'encadraient les têtes des villageois, personne ne bougeait. L'envie ne manquait pas de se taper sur les cuisses ou d'alerter les derniers, pas encore installés. Le courroux s'annonçait grandiose.

Peu avant, dans l'église, le sermon avait présagé ce moment tendu. Prières grincées à travers ses mâchoires avancées, l'abbé avait contenu sa rage dans la maison de Dieu, mais, à l'extérieur, tombant sur les fautifs, il pouvait y aller, hardi.

Chacun tassa ses fesses sur les escaliers de pierre, ou cala ses coudes aux rebords des fenêtres. L'abbé n'attendit plus :

– Paroissiens ! tonna-t-il.

Ça débutait mal. On admettait que Jon et le douanier, coupables d'avoir manqué la messe, en reçoivent le châtiment public. Mais pourquoi chacun devait-il partager la faute ? Quelques épaules bougèrent sur les gradins.

– Oui, tous ! continua l'abbé. Honte céleste sur vous, d'assister à la partie de pelote de ces mécréants.

Quelques murmures se propagèrent. Il n'allait pas les priver, tout de même ?

– Qui j'entends ? interrogea l'abbé en plaçant sa main en coque derrière son oreille.

Aussitôt l'assistance se figea et seul le cui-cui d'un moineau perché au sommet du fronton résonna sur la place. L'abbé le foudroya du regard. L'oiseau s'envola en couinant, mécontent.

Sans les fixer, l'abbé désigna du bras Jon et le douanier, et il harangua le village, traversant la place en tout sens mais en gardant toujours le bras pointé sur les deux joueurs, ce qui lui fit adopter au hasard de son va-et-vient des positions déchirantes qui lui arrachaient un cri bref au milieu des phrases :

– A quoi sert que le Seigneur vous donne le pardon si vous commettez du péché dès que sortis... rahhh... de Sa maison divine ? Ces deux-là ne vont pas à confesse, ces deux-là ne sont pas venus à la messe, ces deux-là sont en retard d'un nombre incalculable de Pater noster et de... raah, Je vous salue Marie. Tais-toi, douanier ! Même si tu ne dis rien, je sais ce que tu vas dire. Repens-toi, si le Tout-Puissant le veut encore dans Sa gigantesque miséricorde. Figurez-vous, paroissiens, qu'il va me dire qu'il ne s'est pas réveillé parce qu'il a guetté l'autre toute la nuit dans les montagnes, et trop crevé au matin, il s'est endormi comme un gros bœuf. Et l'autre, là, qui rigole dans mon dos, qui se croit tout permis, qui n'a pas dormi davantage, pardi – pardon Seigneur – à gambader dans les cols... Trafiquant ! Vendeur ! Pharisien ! Quand on est couvert de péchés, au point que je remercie les ancêtres d'avoir bâti notre église si solide, qu'elle s'effondrerait sinon à l'entrée de ces deux mécréants... arrh s'ils entraient seulement pour se laver de leurs péchés. Mais non : ils dorment pendant qu'on les attend. Honte ! Et honte à vous, paroissiens, de ne pas vous détourner. Au contraire, ils vont applaudir. Ils ne savent pas que chaque rebond de notre pelote sur notre fronton, là... rrrhha... est une blessure de plus à Notre-Seigneur – n'est-ce pas, Seigneur ? Mais alors, paroissiens, et vous deux là... arghh, à quoi je sers, je vous le demande, je me demande : à quoi je sers ? termina-t-il d'un ton si terrifiant que cela fit grelotter les verres sur les tables.

Il souffla enfin, laissa retomber son bras et se massa l'épaule endolorie. « Mal au bras avec ces deux crétins », grommela-t-il.

L'abbé observa les têtes baissées. Chaque rangée alignait une succession de ronds noirs, les bérets inclinés projetant l'ombre de leurs rebords sur les cous. Le soleil tapait à la verticale. Lui, il sentait ruisseler sa sueur sous la soutane. Il fendit les rangées de spectateurs qui s'écartaient sans bruit, et se planta devant la première table, au bord du carré de jeu. Il empoigna une bouteille de limonade et but à grands traits – on entendait encore arrgh... entre les goulées, son bras levé réveillant l'ankylose.

Désaltéré, il revint, plus vif, sur la place et les rangs se refermèrent derrière lui.

– Tout péché mérite absolution. On est d'accord. Mais voilà trop longtemps que ça dure, ces absences à la messe. On est d'accord ?

Quelques murmures d'approbation sortirent des gradins. Il tardait à chacun que la partie commence.

– Voilà ce que je vais faire, continua l'abbé. Chaque dimanche – et ça commence aujourd'hui – ces deux-là... Mécréants ! vociféra-t-il soudain, par réflexe, mais il évita de les désigner ; il avait encore mal à l'épaule. Ces deux-là vont disputer leur partie...

Un soupir collectif soulagea l'assistance.

– ... et le perdant viendra o-bli-ga-toi-re-ment à la messe le dimanche suivant. On est d'accord.

– Mais je le bats tout le temps, protesta Jon du bout de la place.

– Arrière, pharisien! menaça l'abbé. Je ne t'ai pas dit de parler, que je sache. Je te prie de te taire aussi, douanier, même si tu ne dis rien.

Dans la foule, quelques-uns lancèrent un regard de reproche à Jon. Qu'est-ce qu'il lui prenait de répliquer? Ça retardait les joueurs.

– Ne tardons pas, enchaîna l'abbé, qui savait tenir son auditoire. Une partie le dimanche, le perdant à la messe le dimanche suivant, et ainsi de suite, chaque dimanche. Puisque l'un est plus fort que l'autre, on va trouver – vous m'aiderez, Seigneur, lança-t-il vers le ciel –, on va trouver, pour équilibrer les chances, un *haindiquèpe* comme disent nos amis anglais (« ing'lé... », prononçait-il). Je vous le dévoilerai dimanche prochain. Pour le moment, que ça commence, à égalité, l'un contre l'autre. On est d'accord.

Personne ne bronchait. Il fallut que Jon, coquin, s'approche de l'abbé et lui lance :

– J'ai mieux.

Pris de court, l'abbé le toisa :

– Ça m'aurait étonné.

– Qu'est-ce que vous allez trouver comme handicap *(haindiquèpe)*, monsieur l'abbé? Me faire jouer contre lui les pieds attachés? Les yeux bandés? Avec un sac de pommes sur le dos? Allons, je le battrai quand même.

– On est d'acc... commença l'abbé, par réflexe.

Puis il se reprit :

– Fanfaron! Jon, fan-fa-ron, scandait-il, tentant d'entraîner le public avec lui. Mais ça ne prit pas. Les gens devenaient impatients. Que la partie commence!

– Je vous propose mieux. Je vous prends tous les deux contre moi, expliqua Jon. Vous, monsieur l'abbé, et le douanier, tous les deux, ensemble, contre moi seul.

L'abbé se redressa, ne sachant quoi répondre.

– Ah! tu me mets au défi... tu me mets au défi! gronda-t-il.

Mot piège. Ici, personne ne résistait à un défi.

3

Debout derrière le fauteuil où Germaïna s'était recroquevillée, Maximilien posa ses mains sur les épaules de la jeune fille.

– *Schatze*... trésor, veux-tu repartir?

Germaïna frémit, comme sous une insulte :

– Pas question, tu le sais bien.

Elle leva ses yeux noirs vers lui et sourit, tout de même. La lumière du matin éclaboussait la pièce, s'engouffrant par la double fenêtre, et la blessait. Contournant le siège, Maximilien vint s'asseoir près d'elle. Il l'entoura de son bras. Germaïna se pelotonna.

Un moment passa, pendant lequel Maximilien la cajola. Le jeune Allemand se penchait pour poser ses lèvres sur ses cheveux puis son regard filait de nouveau vers l'extérieur, glissant en continu sur les murs clairs, les fauteuils blancs de la villa et, dehors, jusqu'au ciel trop chaud pour bleuir la baie de la Concha à San Sebastián.

Les bruits de la ville parvenaient par intervalles. Des airs de fandango, des klaxon de voitures, plus nombreux ici que dans tout le pays, et les cloches des églises fêtant, le 15 août, Marie et tous les saints du monde.

Cette gaieté le fouaillait. Le bleu des eaux et le vert des collines ressemblaient à ceux de son Allemagne fuie depuis un an. Mais le Pays basque l'avait bouleversé de ses parfums de sel au-dessus des vagues, ses farandoles et ses sonnailles, son goût doucereux de maïs. Ici les gens étaient puissants, comme chez lui, et enjoués – ça, il l'avait découvert dans les caresses rieuses de Germaïna, à l'intérieur de ses lèvres et de sa chair claire, offerte sans façon, une fois décidée. Un enfant allait naître dans quelques mois. Un tout beau, un heureux. Mais depuis la fuite en pleine nuit de la Maison, et l'agitation des premières heures, qui auraient pu ressembler à celle d'un voyage de noces, Germaïna s'était tue. Prostrée dans ses bras, elle respirait court.

Maximilien soupira. Il avait eu tort de ne pas la croire quand elle lui assurait que son père la chasserait. Quant à celui de Maximilien, il avait offert à son fils une indépendance égale à son indifférence. Déjà parti aux Etats-Unis, déjà rendue la villa louée sur la côte! Au moins le jeune Allemand était-il approvisionné d'argent par mandats. Germaïna, le bébé, et lui, pourraient vivre sans souci. Sur le moment, Hitler, Mussolini et Franco ne troublaient pas l'axe Maximilien-Germaïna, inconscients.

– N'aie pas peur, murmura-t-il en embrassant son poignet.

Germaïna se dégagea :

– Je n'ai jamais eu peur.

Elle le fascinait par sa force morose.

– Je comprends que tu sois triste.

Germaïna s'ébroua :

– Alors, ne le sois pas pour deux.

Elle se leva et courut vers la terrasse qui dominait la baie.

Face au plein soleil, Germaïna mit sa main en visière. D'en bas, la fête montait jusqu'à la villa qu'ils occupaient sur la hauteur. Des processions de chars fleuris croisaient les avenues, et les passants formaient un ballet de fourmis. Même l'île de Santa Clara, qui protège la baie de San Sebastián, avait jeté ses ombres à l'eau, et les toiles des voiliers semblaient la retenir d'un voyage qu'elle aurait volontiers entamé vers la plage, elle aussi.

– Allez, viens! décréta Germaïna en revenant dans le salon.

– On n'attend pas Magdalena ?
– Mais non, protesta Germaïna. Elle s'amuse, elle est en ville, tu penses bien. Viens.
Magdalena, l'amie des fêtes à Biarritz ou Guéthary, l'héritière à qui les parents laissaient l'usage de la villa pendant qu'ils inspectaient leurs mines en Argentine, ou leur chance à Monaco. Magdalena, bien fofolle.
Germaïna tendit la main et entraîna Maximilien dans les rues. Ils dévalèrent les pentes de la vieille ville, lui en complet de toile écru dont il ôta la veste pour la jeter sur son épaule, elle en robe droite, à mi-genoux, les épaules libres, sentant le souffle de leur course rafraîchir son visage. Elle se félicitait d'avoir sacrifié ses cheveux épais, même si les vieilles au village avaient sifflé dans son dos : « Tondue. » Mais aujourd'hui, l'incandescent été espagnol brûlait moins sous cette coupe raide et courte, à la mode.
Ils burent du vin piquant et dansèrent aux carrefours. Ils avalèrent des tapas et s'amusèrent sous le jet du cidre pissant d'énormes tonneaux au fond des auberges, éclaboussant leurs joues. Maximilien rabâchait : « *Schatze*... trésor, dans ton état, fais attention. » Peine perdue, Germaïna l'entraînait aussitôt vers un nouvel éclat de lumière, le lumignon d'un bar.
La nuit avait masqué l'océan. Les ombres des enseignes s'allongeaient sur la masse des immeubles se devinant mal au-dessus des lampadaires. Au sol, la fête faisait trembler les bougies sur les tables, le long de trottoirs pris d'assaut par des badauds serrés.
Agrippés au comptoir d'un bar sombre, Germaïna et Maximilien reprenaient leur souffle entre deux farandoles serpentant, cadencées.
Une voix acide couvrit le brouhaha :
– Ger !
C'était Magdalena.
Germaïna se retourna et aperçut son amie, hilare, les genoux coincés contre l'un des guéridons de bois noir, débordant de verres et de bouteilles.

Se frayant un passage entre les groupes, tenant toujours Maximilien par la main, Germaïna arriva jusqu'à Magdalena, qui levait le bras pour la guider.

– Ger ! Mais où étais-tu ?

Impossible de s'asseoir. Germaïna, presque soulevée du sol, se pencha pour embrasser son amie sur les deux joues, et lui reprocha :

– Ne m'appelle pas Ger, bon sang.

– Mais ils sont trop compliqués, vos noms basques, glapit Magdalena, moitié en espagnol, moitié en français, la voix filant dans les aigus.

Magdalena portait aussi une robe courte, frangée aux genoux, et une écharpe qui tombait bas, salie d'éclats de jambon *serrano*. Ses cheveux, comme ceux de Germaïna, coupés brefs sur la nuque, mais lissés en arrière, dégageaient son front bronzé. Le chahut de la fête les avait ébouriffés, mais elle ne s'en souciait pas, effrénée, bougeant sans cesse. Elle ouvrit son petit sac en bandoulière et sortit une cigarette, renversant au passage l'un des verres sur la table, et riant. Aussitôt, trois briquets d'or claquèrent sous son nez.

Des jeunes gens entouraient Magdalena. Germaïna et Maximilien en connaissaient plusieurs, qu'ils croisaient à la villa, élégants et contents d'eux. Eux aussi portaient des costumes clairs, seule protection contre la fournaise. La nuit qui avançait ne refroidissait ni les murs ni les peaux rougies.

Magdalena aspira une longue bouffée, qu'elle relâcha sans y prendre garde dans le visage d'un autre, qui hennit bêtement. Aucun espace n'était libre mais elle refit signe à Germaïna de s'asseoir. Son geste du bras trompa un serveur ruisselant qui s'approchait à grand-peine, un plateau de sangria sur l'épaule. Se penchant pour ramasser ses verres vides, il fut bousculé et, ne pouvant se retenir, déversa le contenu de son plateau sur l'un des jeunes hommes. De larges auréoles rouges s'étalèrent aussitôt sur son costume de prix.

– Salopard ! hurla-t-il en se dressant.

Il empoigna son tabouret par un pied, le brandissant au-dessus de la tête du serveur pour l'assommer.

Un bras puissant le bloqua.

Il écumait de rage en découvrant, à le toucher, le visage de Maximilien.

Celui-ci ne souriait plus. Serrant le bras à le briser, il contraignit l'homme, sans le quitter des yeux. Autour d'eux, on chantait toujours. Le groupe de Magdalena, avec Germaïna et Maximilien, fut enfermé dans une bulle de brusque silence.

– Lâchez cela, ordonna Maximilien, dans un espagnol approximatif, au fort accent germanique.

L'autre se résigna, tentant de sauver la face :

– Je n'avais pas reconnu, mentit-il. L'Allemand, bien sûr. Si on est trahis même par ses amis...

– *Amigo* ? Quel ami ? dit Maximilien.

– Allons... souffla l'autre en reposant son tabouret. Dans votre beau pays au moins, on met de l'ordre en ce moment, hein ? Pas comme ici, grommela-t-il... communistes...

Germaïna serra plus fort la main de Maximilien, pour lui dire : « Ne réponds pas. »

– Mais on réglera les comptes, continuait l'autre qui reprenait confiance. Moi je dis : Vive l'Allemagne, lança-t-il à Maximilien, qui se détourna.

Ses amis acquiescèrent. Magdalena aussi, sans que Germaïna ait pu discerner si elle comprenait. Elle semblait plutôt dire oui à tout, du moment qu'on remplissait son verre.

L'autre continuait à marmonner des menaces. Dans sa voix pâteuse surnageaient des mots bredouillés... syndicat !... les rouges... la mort, vive la mort !

Il se dressa soudain, et grimpa sur son tabouret.

– Amis ! tonitrua-t-il. Es-pa-gnols ! martela-t-il.

Sa voix forte fit taire les gens.

– *Frente popular,* cria-t-il.

Un peu partout, on l'applaudit. On lança ses bérets, on vociféra.

– *Frente popular,* reprit-il.

Acclamations.

– *Frente popular* ? interrogea-t-il plus fort.

– *Si!*

– Alors : *Frente crapular* ! tonna-t-il. Crapules rouges!

Mais ces derniers mots furent submergés. Aussitôt une pluie de verres, de bouteilles, de fourchettes s'abattit sur lui. Du sang jaillit d'une pommette éclatée sous le choc d'un tesson. En quelques secondes, la bagarre envahit le bar. On se battait bientôt sans savoir pour qui, pour quoi. Les tabourets assommaient, les couteaux lacéraient, les femmes hurlaient.

Dans le vacarme, Maximilien avait tout de suite entouré Germaïna d'un bras, et de l'autre, raffutant ceux qu'il trouvait sur son passage, avait pu se frayer un chemin vers la sortie. Germaïna s'accrochait des deux mains à sa taille.

Emergeant de la cohue, ils reprirent leur souffle. Derrière eux un rire strident les fit se retourner. Magdalena s'échappait aussi, titubante. Ses amis la suivaient, soutenant le provocateur qui avait tout déclenché, formant écran pour s'enfuir. Du sang barbouillait leurs costumes.

– On se retrouve à la villa, lancèrent-ils.

– A la villa! balbutia Magdalena en levant un doigt sentencieux, puis partant dans le sens inverse.

L'un des autres la rattrapa et la remit dans le bon chemin. Elle suivit en boitillant, ayant perdu une chaussure dans le bar, d'où sortaient toujours des éclats et des cris.

– Plus tard, plus tard... répondit Maximilien.

Il entraîna Germaïna dans une autre ruelle. Ils entendirent à peine Magdalena qui interrogeait un gros homme éberlué :

– Mais où est ma villa, mon brave?

★

Ils marchèrent au calme. Ils n'entrèrent plus dans les bars, qui ne se vidaient pas malgré l'aube d'été. Une fois ou deux, ils s'embarquèrent dans une farandole qui passait, mais la quittaient bientôt, évitant d'être happés. Il fallait encore enjamber des corps avachis, nez enfouis dans les caniveaux, dans le vomi, les détritus.

A bout de forces, Maximilien et Germaïna sortirent des pentes de la vieille ville pour déboucher sur la promenade qui longeait la plage en arc de cercle. Le jour montait déjà sur les crêtes enserrant la baie. Ils déambulèrent, laissant filer un doigt sur la rambarde de fer bordant la promenade. Au petit matin, elle brillait, fraîche.

– Dès le 15 août, la rosée revient, remarqua Germaïna.

L'air semblait lavé. Passant devant la terrasse du Maria Cristina, le grand hôtel où ils prenaient parfois un verre, ils saluèrent un employé qui aspergeait le sol à grandes bassines.

Il leur sourit :

– Belle fête cette année, affirma-t-il en secouant sa tête pleine de souvenirs tout neufs.

Maximilien et Germaïna passèrent. Au bout de la promenade, ils se déchaussèrent en descendant sur la plage.

Ils refirent le trajet jusqu'à l'autre bout, leurs pieds s'enfonçant peu dans le sable humide. Germaïna crispait ses orteils pour bien sentir les grains. De la chaleur montait dans ses jambes. Elle porta la main de Maximilien à ses lèvres et embrassa les doigts. Le soleil, qui se hissait vite en cette saison, envoyait un rayon pardessus la colline, jusqu'à l'eau toute proche.

Près du mur soutenant la promenade, Germaïna et Maximilien avisèrent un endroit sec, et s'allongèrent. Germaïna voulut se pencher sur lui, mais son geste à peine esquissé s'arrêta. Maximilien la vit retomber sur le dos, endormie. Lui-même ne résista pas, paupières serrées face au soleil.

*

Quand ils se réveillèrent, rien n'avait changé, sauf le soleil, plus haut, et quelques baigneurs déjà installés autour des baraques en bois, sur roues, qu'on avançait près de l'eau.

Ils ouvrirent les yeux en même temps. Maximilien frissonna.

– Tu as froid ? interrogea Germaïna.

– A peine, la rassura-t-il. Mais toi, avec ta petite robe seulement ?

– Au contraire, j'ai chaud. C'est peut-être le petit. Ah ! j'aime, j'aime ce soleil.

Elle s'étira, très chatte. Maximilien fut certain de l'entendre ronronner.

Les bras au-dessus de la tête, les pointes des pieds bien tendues, Germaïna se mit à rouler sur elle-même. Elle devenait une momie de sable, qui s'insinuait partout. Elle riait, chatouillée.

Elle pivota dans l'autre sens jusqu'à toucher Maximilien, l'aspergeant à son tour des grains durs et blancs. Ils se chamaillèrent, s'embrassèrent en crachotant du sable. Germaïna se léchait les lèvres.

– J'ai faim, j'ai soif, j'ai chaud, badina-t-elle.

Elle s'assit soudain et, avant que Maximilien ait pu réagir, elle repoussa les bretelles de sa robe maintenant fripée, et dénuda ses seins. Elle baissa le tissu jusqu'aux hanches, offrant son buste au soleil, le visage tendu vers le ciel.

Les mains appuyées sur le sable derrière elle, elle cambra les reins.

Maximilien s'affola :

– Germaïna ! Remets-toi tout de suite ! Tu es folle ?

Un sourire sur les lèvres, Germaïna ne répondit pas.

Personne n'avait encore remarqué le manège mais cela n'allait pas tarder. Ils risquaient la prison, il le savait. Pas en ce moment !

Il commença à la couvrir avec le tissu, mais elle se dégagea. Ce faisant, la main de Maximilien frôla l'un des seins et, comme chaque fois, il fut tétanisé. Il insista pour que Germaïna se rhabille, mais elle secouait la tête. Et les épaules, et la poitrine, les flancs, et les tétons même, qui participaient, dressés, fiers. Elle était superbe d'impudeur. Sa chair lisse se gavait, brûlante. Dans sa bouche explosait le souvenir du parfum musqué des piments d'Espelette – l'odeur des hommes aussi. Ses seins, pourtant lourds, tenaient si ferme qu'ils dessinaient à peine un pli dessous, arrondis et pointés, puis remontant en pente douce vers le cou.

Elle l'enjôla :

– Tu me fais l'amour?

Il en mourait d'envie.

Germaïna se laissa tomber sur le dos.

– Dis, tu me fais l'amour?

Quelques secondes passèrent, et, d'un coup, Germaïna sembla sortir de sa langueur.

– Alors je vais me baigner.

Aussitôt, elle jaillit sur ses pieds, repoussa d'une jambe le reste de sa robe qui l'encombrait et se mit à courir vers l'eau, nue.

Des cris avaient fusé. Maximilien la poursuivait. Autour d'eux, sur la plage aux trois quarts vide, les baigneurs s'étaient figés.

Germaïna galopait en agitant les bras, ses fesses balançant ses hanches au rythme des enjambées.

Tout de suite elle sentit à la fois le sable plus mouillé qui annonçait l'eau, l'odeur de sel que le matin expulsait des vagues, et un poids énorme qui la plaquait au sol.

Le nez enfoui, elle releva enfin la tête, son museau tout entouré de sable, et son front vint buter sur le casque luisant de cuir bouilli de la *guardia civil.*

« Allons bon, songea-t-elle, ils sont rapides, ceux-là. »

Sans se débattre, Germaïna se laissa emmener. L'un des deux policiers avait ramassé sa robe et lui couvrit les épaules. L'autre la tenait par le bras, avec dureté. Ils marchèrent vite jusqu'aux escaliers remontant sur la promenade. Maximilien, à qui on l'avait ordonné d'un signe impérieux, suivait, pas fier. Les deux gendarmes accordèrent à Germaïna une halte pour qu'elle se rajuste. Elle avait remis ses chaussures et souffrait du sable insinué qui brûlait ses pieds à chaque pas.

Sur leur chemin, les Espagnols s'écartaient. Pas un bruit. Pas un murmure. On voyait passer un équipage morbide. La garde civile, sanglée dans son uniforme vert-de-gris, coiffée de son triste chapeau noir, brillant et évasé en palette, faisait trembler.

Ayant traversé des rues au pas de course, ils pénétrèrent dans le poste de police. Germaïna fut bouclée dans une cellule donnant sur la pièce principale, munie d'un banc de pierre scellé. Derrière les murs épais de la bâtisse austère, elle frissonna.

Au lieu de s'asseoir, elle tourna en rond. Le sable crissait dans ses chaussures. Elle les ôta. Pieds nus, elle se dandina en chantonnant. Lui revint dans les jambes le pas sauté de son pays et dans la gorge la mélopée d'un des chants les plus tendres des Basques. Dans les allées et venues du poste qui s'animait, ses virevoltes et sa chanson passèrent d'abord inaperçues. Puis l'attention d'un garde fut attirée. De loin, il ordonna le silence.

Germaïna semblait ne pas l'entendre.

En deux enjambées, le garde fut devant les gros barreaux de la cellule. Il écouta le refrain :

Ikusten duzu goïzean
Urgia hasten denean

Alors il frappa un coup sur les barreaux avec sa matraque.

– *Euskaldun?* Basque? interrogea-t-il d'un ton trop doux.

Germaïna fit oui de la tête.

On eût dit que du feu sortait des yeux du garde. Il tapa frénétiquement sur les barreaux, glapissant des injures, déchaîné.

Maximilien, assis contre un mur, se jeta sur lui. D'autres policiers se précipitèrent pour les séparer. Maximilien fut plaqué au sol.

Ailleurs dans la pièce, des gardes continuaient leurs affaires. La scène n'avait rien d'inhabituel. Mais le vacarme avait attiré un gradé, qui sortit d'un bureau adjacent.

La vue de l'officier calma tout le monde.

Maximilien se rassit avec précaution. Il tâta son front : une bosse poussait. Sa main aussi le faisait souffrir, un godillot l'ayant écrasée à terre.

– Ma femme est enceinte, commença-t-il, hargneux, dans son espagnol hésitant, à l'accent teuton.

Le gradé hocha la tête :

– *Señor*, il vaut mieux que vous restiez calme. Vous êtes étranger, je l'entends, je ne sais même pas si vous avez le droit de demeurer chez nous.

– J'ai mon passeport.

– Montrez-le-moi.

Maximilien réalisa qu'il était sorti sans papiers de la villa, la veille au soir, entraîné dans le tourbillon par Germaïna.

– Je ne l'ai pas sur moi.

Le gradé hocha encore la tête, d'un air ironique.

– La *señora* est votre femme ?

– Oui, enfin, ma fiancée.

– Elle est enceinte, c'est ça ?

– Exactement.

Un temps passa.

– Pas de papiers... Etrangers... Pas mariés... Nudisme sur place publique..., énuméra le policier, comme en se régalant, ouvrant un doigt de sa main à chaque fois. « Basque », ajouta-t-il en lui-même, levant le cinquième doigt, après avoir jeté un œil sur Germaïna, calme dans sa cellule.

– Je peux tout justifier, protesta Maximilien.

– Taisez-vous.

Le ton s'était durci.

La main du policier se referma lentement, pour former un gros poing serré, sous le nez de Maximilien.

– D'où venez-vous ? enchaîna le gradé.

– Du Nord. De l'autre côté.

Il l'abreuva de questions, son nom, sa famille, où logeaient-ils, avec qui... Les réponses précises de Maximilien, même s'il perdait le fil car le policier parlait vite, rassurèrent ce dernier. Les jeunes gens, bien mis, ne ressemblaient pas à des voyous, à des... communistes (il avala difficilement sa salive). Des fêtards, venus pour la fête du 15 août à San Sebastián, oui.

– Voilà ce que nous allons faire, conclut-il à haute voix, appuyant ses poings sur la table, son visage luisant tout proche de celui de Maximilien. Je devrais vous mettre en prison, la *señora* aussi. Mais vous êtes étrangers. Alors vous devez partir. C'est le mieux. La frontière n'est pas loin. En attendant, vous restez ici, le temps de vérifier vos identités à l'adresse que vous dites.

– Nous pouvons y aller ensemble, pas de problème.

L'officier leva les bras :

– *Señor*, il vaut mieux vous taire.

Il se mit à arpenter la pièce, comme une boule de nerfs, suivi du regard par ses hommes.

– Il y a des manifestations partout, je manque de moyens, le gouvernement laisse filer, on est infiltrés, le pays s'effondre, les syndicats... pourriture, personne n'a le courage de... l'Espagne meurt, l'Espagne meurt, soliloquait-il.

Maximilien comprit que sa harangue s'adressait aux gardes qui étaient sous ses ordres. Ils approuvaient, et personne n'aurait été surpris de les entendre applaudir à la fin.

– Et vous voulez que je me prive de trois hommes et d'une voiture pour vous encadrer ? conclut le policier.

D'un geste, il ordonna qu'on enferme le jeune Allemand, qui fut jeté dans la même cellule que Germaïna. Puis il dit quelques mots à voix basse à un garde, lui glissant un papier sur lequel il avait écrit l'adresse indiquée par Maximilien.

*

Germaïna et lui attendirent plusieurs heures dans la cellule. S'ils frissonnaient, c'était de fatigue. Ils auraient aimé dormir, mais les entrées, les sorties, les cris, les coups contre les barreaux d'un détenu dans la cellule voisine, les en empêchaient.

Exténués, ils ne virent même pas entrer un nouveau groupe, et sursautèrent quand un policier secoua la grille pour les prévenir.

Devant eux se trouvaient les trois jeunes hommes avec lesquels ils avaient festoyé. Le souvenir de la bagarre revint quand Maximilien et Germaïna avisèrent les pansements de celui qui avait échappé de justesse au lynchage dans le bar. Il souriait, découvrant seulement une moitié des mâchoires :

– Salut, chantonna-t-il.

Germaïna sourit, et Maximilien leva à peine la main pour lui répondre, trop surpris de le voir là. L'autre ne sembla pas s'en formaliser :

– On a fait des bêtises ?

Il éclata de rire.

– On se demandait où vous étiez passés. On a compris quand la *guardia civil* a sonné au porche de la villa. Quelle *fiesta* !

Il se dandinait devant la grille, une main dans la poche, l'autre lissant le revers d'un nouveau costume de toile claire, bien repassé.

Derrière les barreaux, Maximilien, le regard flou, se demandait ce que l'autre venait faire. Les narguer ?

En même temps, un policier passait devant. Dans un cliquetis de ferraille, il s'acharna sur la serrure de leur cellule. Il avait du mal à l'ouvrir. Maximilien sentit le fou rire le gagner. « Quel vieux pays ! s'amusa-t-il en silence. Poussière, gris sale, rien ne marche. On veut nous faire sortir et on ne trouve pas la clé ! » Enfin le pêne claqua.

Germaïna ouvrit les yeux. Affalée sur l'épaule de Maximilien, elle s'était rendormie.

– C'est réglé, triompha le jeune homme qui venait les chercher.

Maximilien et Germaïna se levèrent. La tête leur tourna.

– *Kommen Sie !* riait l'autre. C'est réglé, je vous dis.

Il embrassa Germaïna sur les joues et prit Maximilien par l'épaule :

– Quel beau pays que l'Allemagne, déclama-t-il. Voilà un modèle, même si, mon cher Max, vous n'êtes pas tout à fait l'exemple parfait de la rigueur que votre *Führer* installe dans votre chère patrie. On vous aime quand même.

Maximilien s'était dégagé. Il n'aimait vraiment pas l'allure de cet homme.

– Magdalena n'est pas là ? demanda Germaïna.

– Elle dort, tu parles ! Vous deux aussi, vous avez l'air fini. Alors on y va. J'ai ma voiture dehors.

– Mais je... dit Maximilien.

L'autre, plus petit, se hissa sur la pointe des pieds pour amener sa bouche contre l'oreille de l'Allemand, qui le dépassait de deux têtes. Il lui chuchota :

– Mon bon ami le gradé n'a pas grand-chose à me refuser – enfin, à refuser à mon père, pour être franc.

Il rabaissa les talons et aussitôt ses yeux se retrouvèrent à la hauteur des épaules de Maximilien. Reprenant son élan, il se hissa de nouveau vers son oreille, murmurant plus bas :

– Il est des nôtres.

A la dérobée, Maximilien vit le jeune homme et le gradé échanger un signe furtif, deux doigts croisés et le pouce en équerre.

4

Levée à l'aube et couchée avec le soleil, la Maison Etcheverry prenait souvent du retard, comme toutes les maisons du monde qui font la course avec la nature.

Malgré leurs dos larges et leurs bras en cuissots, les hommes s'épuisaient, appliqués. Travaux cycliques, travail de bœuf avec les bœufs, du travail qui transformait le temps d'un été un enfant en adulte, muscles débordant des maillots et mollets à éclater les pantalons.

Souffrant sous les charges, Mikel, le père, claquait le bec de qui osait se plaindre : « C'est surtout la terre qui travaille. »

Mais on parlait peu. Il fallait marcher courbé, épouser les pentes, ne jamais presser le pas, et savoir les descentes plus fatigantes que les montées car le corps appuie son poids brusquement sur chaque jambe. Les bœufs attelés, leur *oïala* rayé sur le dos, avançaient en mesure. Les chevaux bronchaient, à bout de forces, en fin de journée.

On respirait mal à la Maison, autour des champs de maïs, ou à l'ombre des châtaigniers quand l'on s'accordait une pause. Depuis le départ de Germaïna, l'air était lourd.

On se taisait.

Du bruit passait pourtant, pour occuper les têtes. Le vent sifflait dans les arbres avant les orages. Les souffles bestiaux, quand on hissait les ballots au grenier par la poulie, irritaient. Les meuglements et le vacarme des oiseaux et des insectes quand on s'allongeait, sous une branche, les yeux au ciel, empêchaient de récupérer un bout de force, que la terre ravalerait, goulue, sitôt qu'il faudrait bêcher, cueillir, arracher, hisser, travailler toujours.

C'était un défi de plus. Il datait de dix mille ans, plus cruel qu'ailleurs parce que le pays, ici, ressemblait au paradis.

Avec ses eaux douces, et ses saisons marquées souvent quatre fois par jour, il proposait des cadeaux réunis par le Bon Dieu, depuis les prés gras jusqu'à la mer – dangereuse amie.

Pour les travaux d'été et d'automne, plus âpres que ceux d'autres saisons, Mikel engageait de l'aide. Pas des voisins, chaque maison devant assurer ses tâches, mais des chemineaux, ou des jeunes des villes dont les parents travaillaient en bureaux ou en commerces. Des Espagnols aussi, mieux payés de ce côté, mais sombres quand même : la vie s'alourdissait au Sud, on faisait grève, on défilait, on craignait les gardes civils, on pressait le pas. On franchissait la frontière cachés, pour manger tout simplement.

Mikel et l'oncle Mattin leur parlaient peu, ou en basque quand quelques syllabes suffisent à ordonner. Maritchu, la mère, était requise aussi, comme la jumelle Goïzane désormais seule. On suait pour finir les récoltes, préparer les terres, et les cochons à nourrir, les vaches à traire, les poulets à décapiter – même si Nabar, l'ouvrier agricole, s'acharnait comme trois hommes. Lui, il ne disait plus rien depuis le départ de Germaïna. Après manger, quand Maritchu et Goïzane finissaient le jour en cousant, dans les saccades de la machine qui piquait le lin, il s'asseyait près d'elles, qui n'arrêtaient pas de parler. Il écoutait, la tête penchée.

Après, il sortait, sans un regard pour Mikel qui se curait les dents dans son fauteuil, ni pour Mattin qui feuilletait le journal, bien à plat sur la table débarrassée.

On entendait plus tard claquer la porte de la cabane, dehors, avec son trou percé et deux pierres plates pour les pieds, un loquet en fer et un crochet qui tenait les feuilles découpées d'un vieux journal, pour se torcher. Pendant la journée et loin de la Maison, c'était dehors qu'on faisait, contre des plants de vigne, que ça nourrissait bien, et des feuilles larges de châtaignier faisaient l'affaire.

Nabar bâillait un moment sous la lune, même s'il pleuvait. Il tournait, les mains au fond des poches, donnant de petits coups de pied dans les cailloux, se dirigeant la nuit comme si c'était le jour. On allumait rarement la lampe fixée depuis peu au-dessus du porche. Dessous, la longue table en pierre ressemblait, mal éclairée, à une dalle de tombe.

Nabar passait au bâtiment des chèvres, vers les cochons, que sa présence dérangeait et qui se mettaient à grogner, croisait les yeux rouges des lapins éclairés par la lune, et poussait jusqu'à la basse-cour installée au plus loin pour assourdir le piaillement des poules en plein jour. Mais maintenant tout dormait, jusqu'au cheval, debout, jusqu'aux vaches et aux bœufs dont l'étable apportait sa chaleur à travers les rideaux tendus du sol au plafond, finissant la longue Maison dos au vent, ouverte à l'est. Au-dessus se trouvaient des chambres.

Chaque soir, Nabar passait derrière la grange à paille, achevait son tour et croisait Mikel qui sortait pour pisser en plein air.

A l'intérieur, l'oncle Mattin montait se coucher, le pas pesant dans l'escalier menant à l'étage. Sous les marches, dans la pénombre, un double tapis de paille où l'on étalait les pommes de terre, au frais pour éviter la germination. Et tout en haut se trouvait le grenier avec d'autres provisions – surtout les jambons –, le maïs, et le foin qu'on avait hissé à la fourche, grimpant au faîte d'une charrette et lançant les bottes par la fenêtre de côté. Aux étages, d'autres balcons où s'étendaient du linge et des grappes de piments à sécher, leur rouge sang-de-bœuf se liant avec le vert-bleu du bois peint sur les charpentes et les volets. Quand la chaux des murs étincelait à midi, les yeux souffraient.

Depuis plusieurs générations, la Maison avait pris du volume et n'était plus symétrique, un pan de toit s'allongeant plus bas que l'autre pour couvrir un appentis nouveau. On y logeait parfois des saisonniers, sur la paille. On y entreposait un tombereau, et des récoltes, aérées par trois losanges percés dans le mur, côté ouest, pour laisser un filet de vent les traverser.

Après ces journées essoufflées, c'est le soir qu'on parle dans la Maison Etcheverry. Sinon quand ? Il n'y a pas de midi. On a « dîné » plus tôt ou au champ, à la ville pendant les courses, en visite chez les premiers voisins. Déjà à l'aube on a mangé, chacun de son côté. C'est donc le soir qu'on parle, quand on se parle.

Pendant la journée, les mots du travail suffisent à user la langue. Où parler ? Dans la remise du père, quand il forge ses outils et redresse ses clous, allez causer ! Le feu ronfle, et le fer crisse. Au grenier, on ahane. Dans la cuisine ? On y gratte les cendres du potager, cette pierre creusée sur laquelle on réchauffe la soupe. Le minéral raclé suffit à la conversation entre la mère et la fille. L'après-midi, autour du bac où s'accroupissent les femmes de la Maison et des voisines à tour de rôle, pour taper sur les draps, taper sur les chemises, et tordre, essorer, tendre sur le fil les toiles d'où l'eau rigole : peut-on parler alors ? Non. C'est bien le soir que sont dites les phrases.

Mais elles ont été décidées plus tôt.

Dans la journée, peut-être, au tournant du cheval devant la charrue. Peut-être en buvant à la gourde pendant la pause, peut-être là, d'un seul coup, ont-elles été décidées, ces choses dites le soir à la Maison d'une seule voix, celle du père.

Alors Mikel croisa ses bras :

– Voilà ce que j'ai décidé.

Soupe avalée, vin rebouché, la table redevenait nette, cernée par les corps de la famille Etcheverry au complet, sauf la jumelle reniée. Mikel le père, au bout, et, de chaque côté, Maritchu la mère, enfin assise devant son bol de café au lait du soir, et Goïzane l'autre fille, collée à elle. En face l'oncle Mattin, et puis Nabar, le simplet. La table se continuait ensuite, sans rien, sans personne.

– Notre table est bien grande, observa le père. Il y a de la place.

Il laissa des silences entre les phrases, des pauses pour former les mots dans sa tête avant de les dire car il parlait peu souvent, et pas pour engager une discussion. D'ailleurs personne n'interviendrait.

– Je nous vois tous bien fatigués ce soir, et tous les autres soirs aussi, j'ai vu. C'est normal. Notre Maison n'est pas la plus grande de la vallée, c'est bien, je ne cherche pas à gratter les champs du voisin, et lui pareil. Mais elle est grande quand même. Elle est devenue trop grande. Il manque des bras.

Mattin et Nabar hochèrent la tête. Avec son tablier Maritchu essuya une goutte filant le long de son bol. Goïzane renifla. Elle traînait un rhume d'été, né dans les foins.

Mikel gonfla ses poumons :

– Notre table était pleine, à des époques. Tu te souviens Mattin ? Nos frères, là, tous autour, et nos oncles, notre père... Quand on était petiots, il y avait même le père de mon père. Des bras, on en comptait plein. Il fallait bien ça. Pourtant, on n'avait pas plus de champs, ni de bois, qu'aujourd'hui. Alors ? On avait moins de bêtes, c'est vrai. Moins de machines aussi. Pas d'électricité. Bon, c'est la guerre surtout qui a changé tout ça, on le sait, on ne va pas revenir là-dessus. On ne revient pas là-dessus... Qu'est-ce que je disais ? Oui, quand mon tour est venu, parce que je suis l'aîné, j'ai repris la Maison. Les autres frères sont partis. C'est vieux maintenant. On en a un en Amérique, un autre curé, je ne sais plus où. Partir, c'est la règle des familles. On en a un autre militaire, qui est mort là-haut... Verdun, dans la boue à côté de moi, comme ça, à côté, à me toucher, pas plus loin que tu es là, Mattin. Je vous l'ai déjà raconté. Alors ? Comment on continue à se nourrir et à tenir cette Maison, maintenant qu'on est si peu ? Voilà, on peine.

Il passa sa large main sur le rose tendre de son crâne, où le béret protégeait la peau depuis l'enfance. Ses doigts brunis et craquelés massaient son front.

– On se fait vieux aussi.

Il laissa passer un temps.

Puis il se redressa, le buste large à pousser la table, dont il saisit les coins, bras tendus.

– Il faut un homme de plus. Un vigoureux. Deux bras, deux jambes, c'est beaucoup, on ne croit pas mais c'est beaucoup. Et une tête aussi, pour réorganiser un peu le... tout ça, la Maison. Et puis faire des petits, vite j'espère. Des petits, c'est rien à nourrir, de toute façon on ne manque jamais ici, on n'a jamais manqué. Ce qui manque, c'est un homme de plus parce qu'on ne fait plus bien le travail, à force on a du retard. Il faut quelqu'un. J'ai bien vu, quand j'ai repris la Maison à mon tour, le père était fatigué, ça faisait comme un homme de moins. Un de moins, un de plus, c'est ce que je dis : ça change tout. Il faut un homme de plus ici. J'ai pensé à quelqu'un.

Puis, en toute hâte, il lâcha :

– Goïzane, tu vas te marier. Voilà ce que j'ai décidé.

Qui reniflait ne renifla plus.

Toujours collée à sa mère, Goïzane la regarda en biais. Maritchu ne semblait pas surprise. Goïzane réalisa : bien sûr ! elle savait.

Maritchu la sentit frissonner. De la fièvre ? Depuis le départ de Germaïna, la jumelle vivotait, patraque.

Elle perçut la voix de son père assourdie. Mikel avait continué :

– ... à voir, je suis très d'accord, mais il est bien, ce gars. Il s'installera ici, c'est la règle. Puisque tu es l'aînée, Goïzane, c'est toi qui restes à la Maison. Il est temps de te marier. C'est ainsi. Tu choisiras, bien sûr. je ne... enfin nous, avec *ama*, on ne veut rien t'imposer. Mais je suis sûr qu'il te plaira. Pour lui, ça va le changer, c'est sûr, lui qui court partout. Vous croyez qu'il ne connaît pas la terre ? Il n'a pas toujours fait le passeur dans la montagne. Ses Vieux avaient leur ferme, de l'autre bord. Tout a brûlé, vous savez bien. Il n'est resté que lui, qui court depuis... J'ai observé, j'ai questionné à droite à gauche, bah ! ça pourrait se faire. Mais tu verras. C'est dit.

Il fit signe à Maritchu. Elle alla au vaisselier et sortit une bonbonne de terre tenue par un tressage, et des petits verres. Elle les plaça devant chacun et les remplit en soutenant le socle, laissant couler la liqueur suintante, au goût de prunelle, le *patxaran* des temps primordiaux. Mikel la suivait des yeux. Il eut un geste quand Maritchu arriva à Nabar mais se retint.

Quand chacun fut servi, Mikel leva son verre et le présenta à la ronde. Il trempa ses lèvres, les humecta pour vérifier le goût, puis avala d'un trait. Chacun souleva le sien à son tour. Seule Goïzane prit son temps, sans doute gênée par son rhume. Mais on ne savait pas, elle baissait la tête.

Les cinq verres furent reposés sur la table, sans claquer. Personne n'avait dit mot.

Les hommes se levèrent en raclant leurs pieds sur le sol. Ils partirent se coucher.

Le silence revenu, Maritchu ramassa les verres, puis couvrit les braises de cendres dans la cheminée, pour que le feu reparte au matin d'un coup de soufflet. Elle se mit soudain à battre des mains, tout éblouie, esquissant un pas de fandango.

– Je suis heureuse !

Mais elle s'arrêta. Goïzane la fixait, les yeux mouillés.

Maritchu se précipita et se rassit, prenant sa fille dans ses bras.

Elle parla en rafales, balançant Goïzane contre elle, qui reniflait à petits coups :

– Mais, mais... moi aussi j'ai pleuré quand je me suis mariée, allons! Moi aussi, quand *aïta* est venu me prendre de l'autre côté pour m'amener ici, j'ai pleuré, té! ça te change la vie. Tu vas me faire pleurer aussi. Mais je suis heureuse, moi. Tu ne me crois pas? Il est venu me chercher à la nuit parce qu'il devait partir à la guerre, tout de suite. Tu vois, c'était dur. Oui il revenait mais j'ai bien pleuré chaque fois qu'il repartait, et quand il arrivait aussi. Tu vois bien? Et puis je vais pleurer à ton mariage, c'est comme ça. Ça ne veut pas dire qu'on est triste quand on pleure, pas du tout. On te fera une plus belle noce que la mienne. Et les bébés, tu en auras des gros. Té! belle comme tu es, et lui aussi, je le connais, bien vigoureux.

Entre deux sursauts, Goïzane n'arrêtait pas de demander :

– Mais qui, maman? Qui c'est?

Maritchu sembla émerger de son euphorie :

– Tu n'as pas entendu ton père?

– Mais je ne sais pas, c'est tellement...

– Jon Aguirre.

Goïzane serra les dents.

Elle en rêvait.

Toutes les filles riaient avec Jon. Toutes dansaient. Certaines juraient que dans les prés, allongés, sa bouche était chaude. Elles taquinaient Goïzane, lui demandant pourquoi elle restait bien la seule qu'il négligeait. Elles savaient d'instinct que Goïzane ne serait pas une rivale, malgré sa jeune beauté. Mais sa lenteur l'atténuait, comme sa morosité depuis que sa jumelle avait été chassée. Les filles ne voient pas les filles comme les dévisagent les garçons. Elles reconnaissent les affamées d'amour. Les dérobeuses. Les capteuses. Pas les plus soyeuses, ni les fesses ondoyantes ni les seins tendus ou les lèvres humides : mais les éclairs dans les yeux. Les filles voient surtout les yeux des filles, et comprennent.

Alors, depuis longtemps, elles ne regardaient plus Goïzane.

Et depuis longtemps, pareil, Goïzane pensait à Jon. Qui aurait pu le savoir, dans cette famille où l'on parlait peu ? Ou soudain trop, comme Maritchu qui continuait de jacasser et que Goïzane entendait par bribes...

– Jeune gars... doit se marier lui aussi... danseur ! Tu as dansé avec lui déjà, c'est pas possible ?

– Mais non.

– Bouh... Qu'est-ce que tu me dis ? Tu ne l'as jamais vu aux fêtes ? Tu vas au bal, hein ?

– Mais non.

– Eh bien, tu vas y aller.

5

A deux contre un, la partie s'éternisait.

La sueur brouillait la vue de Jon. Entre les coups il n'avait pas le temps d'essuyer son visage avec sa manche de chemise. Quand il fallait engager, il prenait soin de se sécher vite, en passant sur ses yeux le pan de la ceinture qui pendait à sa taille. Le tissu s'était trempé et n'essuyait plus. Ses yeux piquaient.

Plus pénible encore : à courir à tout va contre les deux autres, Jon avait trébuché, s'était répandu sur le sol de terre battue, et souillé. A voir ces traînées de grains ocre maculant ses joues, on aurait dit un baroudeur esquinté.

Courant près de lui, se croisant et feintant, le douanier et l'abbé allaient mieux.

Ils rendaient à Jon leur âge et leur poids, mais ils étaient deux. Moulinets de quatre bras, galops de quatre jambes, coups d'œil de quatre yeux, sans répit dans un jeu si allègre.

Sitôt le défi lancé, l'abbé avait tourné trois fois sur lui-même, déployant sa soutane comme un derviche tourneur, tellement enragé. Il avait retroussé le bas de ses manches, lustrées par les accoudoirs des confessionnaux. Il avait plié d'un tour la large ceinture pour remonter le bas de la robe et dégager ses jambes, enserrées dans des chaussettes noires montant aux genoux. Pouvait-il courir dans ses godillots? Des espadrilles étaient disponibles. Quelqu'un en avait proposé depuis une échoppe, au bord du fronton. Le douanier, qui devait s'associer à l'abbé, avait tenté :

– Monsieur l'abbé, ces espadr...

– Tais-toi, mécréant.

On lui avait choisi plusieurs pelotes. Là, il s'était appliqué. Quelques coups, quelques essais, et il avait gardé une boule légère, belle au son, plus facile à manier que d'autres, alourdies. Sa coquille en peau de chien accrochait bien.

Puis les trois hommes avaient enroulé du lin autour de leurs doigts, jusqu'au poignet mais en laissant la paume à nu. La pelote devait claquer directement sur la chair. Il aurait suffi de s'accorder pour protéger cette partie tendre. Mais non. Où la souffrance eût-elle été ?

Dans ces trois paumes avait commencé à claquer le cuir canin des pelotes renvoyées par le fronton, jamais couvées dans la main.

Sur les gradins la foule était tassée. En face aussi, on se pressait aux tables des auberges, aux fenêtres des maisons surplombant le terrain. Ceux du fond, au plus loin du grand mur rose, observaient sans fatigue. Ceux du milieu tournaient la tête en mesure, suivant la balle des yeux, à s'en saouler. Les oreilles des plus proches du mur explosaient à chaque impact, si métallique, brisant le silence d'avant l'échange. Puis les clameurs submergeaient le choc des balles, les glissades et le râle des joueurs.

Au point marqué, c'était du vacarme. Dans le public certains n'avaient pas résisté à l'autre défi, celui du pari. On avait vu mettre en jeu jusqu'à la récolte d'une saison, jusqu'à son troupeau. On en parlerait des années plus tard. Des exploits à l'envers, des horreurs, des hontes familiales... Mais ce jour-là, parce qu'un abbé évoluait sur la place, parce que l'issue du défi restait imprévisible, les paris furent modestes. N'empêche, les cris saluant le point marqué par celui dont on avait fait son champion résonnaient aussi fort que si l'on avait parié et sa maison et sa femme et les quatre-vingts brebis qui, à cette heure, broutaient en altitude, au *cayolar* de chaque clan. On jouait, primordial.

– *Io!* lança Jon pour annoncer qu'il mettait en jeu.

On lui répondit qu'on était prêt. Alors il engagea.

S'élançant sur trois pas, armant son bras loin dans le dos, il frappa pour diriger la pelote en biais, et qu'elle ne rebondisse pas trop haut, mais tendue. Il visait un retour vers le centre de la place, à mi-chemin entre l'abbé qui se plantait au fond et le douanier à l'avant. Il prévoyait que les deux courraient, avant de décider lequel renverrait le coup. Toujours ça de gagné pour les fatiguer. L'hésitation sur le choix du renvoyeur épuisait mieux que dix courses.

Mais, le claquement sur le mur à peine revenu aux oreilles, il entendit, dans son dos, hurler l'abbé :

– *Bego!* Laisse...

Le douanier se figea, laissant son équipier en soutane renvoyer la pelote à grande force, tout en angle, au coin du fronton. La boule de cuir repartit vers l'extérieur, toucha le sol à la limite autorisée et, toujours avec de l'effet, s'éjecta d'elle-même sur le côté, vers la foule. Jon, qui ne s'était pas avancé assez tôt, se jeta, bras tendu, mais en vain. Il roula sur les premiers rangs, qui s'écartèrent. Certains ricanaient en se tapant les cuisses. Le voltigeur voltigeait, un peu bête.

Point perdu. Jon décrochait.

Le *bertsolari* préposé au comptage, chanta le score et improvisa deux vers d'une voix modulée, comme à chaque changement :

Quand les jambes au cou se prennent
On tombe et on prend la gangrène

Jon réfléchissait, aussi vite que possible.

Sa tactique fonctionnait mal sur l'abbé, redoutable à ce jeu. Un sourire un peu béat, un peu malin aussi, élargissait son gros visage rougeoyant. Il leva les bras au ciel :

– Seigneur? Mille grâces.

Jon s'inquiéta. Il lui semblait pourtant avoir choisi la juste stratégie. A deux contre un, Dieu du Ciel! On ne pouvait que désigner l'un des deux en victime, et le fatiguer, le fatiguer à mort. Jouer sans cesse sur lui. L'épuiser en courses, en zigzags, en retraits, en accélérations, en blocages, en retournements, lui faire cracher les poumons, faire hurler ses tendons. Jon ne savait que cela. Mais l'abbé et le douanier ne l'ignoraient pas et Jon savait qu'ils savaient.

La stratégie souffrait d'une inconnue : ne pas se tromper de bouc émissaire. Dès l'engagement, Jon avait choisi l'abbé – l'abbé l'avait compris mais là n'était pas la question. Il s'y attendait, l'abbé, omettant de courir sur certains retours hors d'atteinte, gardant sa poigne, sachant que Jon le cherchait dans cette impasse. En principe, l'hallali tardait davantage, et voilà tout.

Sans doute Jon avait-il présumé de ses forces, et des faiblesses des deux autres. En surprenant le visage presque extatique de l'abbé après un nouveau point gagné, il avait compris : mauvais choix, Jon ! L'abbé, furieux, irait jusqu'au martyre pour ne pas perdre. Et il savait jouer, le sacré bonhomme avec son sacré cœur. Pour l'avoir pratiqué en parties innombrables, et même en équipe avec lui, Jon ne le négligeait pas. Il avait parié sur l'âge de l'abbé et il s'était trompé.

« Je vais y arriver, oui ? Pas trop tard », calculait-il en reprenant son souffle.

Pas trop tard pour inverser les rôles, pas trop tard pour changer de cible et s'acharner désormais sur le douanier. Pour l'épuisement, la nuit passée à se courir l'un derrière l'autre à travers la montagne allait devoir jouer son rôle, à la fin des fins, tout de même... Jon n'avait plus le choix.

Tournant de trois quarts son dos aux autres, il reprit sa pelote et la fit rebondir sur le sol deux ou trois fois, mais dans le gras des doigts seulement, afin qu'elle remontât mollement, comme flasque.

– Elle ne va plus ! mentit-il. Morte.

On lui fit un signe : d'accord pour en changer.

Jon se dirigea vers le gamin à qui il avait demandé de rester au bord, au début.

– Ta pelote, tu me la confies?

L'autre lui tendit son bien, mais sans l'extase avouée auparavant. Jon perdait, et, du haut de ses petites années, le gosse n'aimait déjà pas ceux qui flanchent, surtout s'ils ont lancé eux-mêmes le défi.

Jon la testa sur le sol, frappant sec cette fois pour que la boule revienne sous sa paume, très vite. Pourtant elle était plus lourde que la précédente. Le souvenir de ce poids, Jon l'avait conservé à dessein dans un coin de sa tête. Peut-être en aurait-il besoin plus tard? Il en avait vraiment besoin, tout de suite.

Il reprit sa course et s'offrit l'impression de se jeter sur le fronton. Le bras partait en arrière chercher un élan si large qu'on le sentait jaillir directement de la nuque, plus de l'épaule. Quand ses jambes accrochaient le sol, Jon ramenait le battoir à la vitesse d'un coup d'épée. Il parvenait, de sa paume en bois, durcie, cornée, à éjecter la pelote dès qu'elle claquait.

Sans répit, fonçant sur les rebonds, il renvoyait toujours, toujours, sur le douanier, sur lui seul, croisant la course de l'abbé pour lui masquer l'angle, frappant le plus souvent en tournoyant, troublant la vision de l'autre, qui découvrait une seconde trop tard la trajectoire imposée.

Jon visait juste, sans frémir. Le douanier, qui recevait maintenant tous les envois, n'avait pas la force – ou il ne l'avait plus – de maîtriser la nouvelle pelote devenue lourde comme un ballon. Quand à son tour il frappait, c'était un caillou qui écrasait sa main, une pierre. Quant à l'abbé, il se voûtait. Il avait bien deviné le plan de Jon, et il tentait d'alléger le poids désormais imposé sur les seules épaules de son équipier. Alors il courait, encore plus, souvent pour rien. Il se démenait, il n'aspirait plus d'air.

Et Jon fauchait l'un, crochetait l'autre, sinueux, très cruel.

La foule retrouva son entrain. Le passe-partout de Jon sur la place, voilà mille exploits à s'échanger des années durant autour du vin piquant. C'était gagné pour eux, même si pour la moitié le pari serait perdu. Et alors ? Jon donnait le plaisir, voltigeait au-dessus de la terre. Son corps cintré fouettait l'air, esquissant une diagonale, rasant l'obstacle, escamoteur en maraude, chapardeur... faucon.

Le *bertsolari* chantait les points, commençant désormais chaque vers par « *Jon...* » On faisait silence à cet instant seulement, sinon cris et vacarme, joyeuse embellie, adoration de Jon...

L'acrobate cambré réinventait tous les coups, et celui-ci surtout, qu'il adorait : de dos, sans rien montrer à l'autre, amorcer un arc large et frapper par-dessous, comme pour envoyer une balle très haute, sauf qu'au dernier moment amener en premier la base de la paume plutôt que son creux, et ne plus accompagner du bras. Alors la pelote fusait droit, sans monter. A l'autre bout, le douanier qui s'était préparé à un rebond lointain et avait couru vers l'arrière, découvrait soudain le fil horizontal du vol, trop tard pour revenir, ou sinon corps ployé, de guingois, détaler vers plus rien et tomber, nez à terre.

Il avait mal, Jon, pourtant. Il criait, mais en silence. Il massacrait ses muscles, il tourmentait son corps, souffrait, mais moins que le douanier... Moins que le douanier.

Il en alla ainsi pendant des minutes, des heures peut-être dans leurs têtes, à eux trois, tant est sans fin un corps qui se vide et s'épuise – tant est insupportable aussi un tendon qui soudain vrille : le clou !

Le douanier avait le clou.

Jon venait de le comprendre, à l'écoute d'un hurlement qu'essaya d'étouffer le pauvre homme en tapant la pelote et en mordant ses lèvres. Le clou ! L'horrible inflammation à la base de deux doigts, qui surgit sans s'annoncer, qui se plante sous la première chair, qui tortille les nerfs, produisant une épouvantable douleur.

Ne pas le montrer... tenir bon... Ça va passer ? Le douanier voulait y croire ; Jon savait que le douanier voulait y croire; l'abbé, qui avait compris aussi, n'y croyait plus. Il passa devant son équipier, sur la trajectoire supposée de la pelote. En grand danger. Mais la pelote sortirait de la main du douanier en chiffe molle, pas frappée, laissée. Et l'abbé le savait.

– Va ! C'est pas de ta faute.

Le douanier baissa les yeux, contrit.

Il y eut un silence de mort. Le douanier tenait sa main racornie. Tant que rien ne frôlait la pauvre paume, rien ne tordait la peau. Mais toucher, non, ce n'était plus supportable.

Visage déformé par la souffrance, peut-être par la haine, le douanier sortit du terrain.

Il ne restait qu'un point sur les trente à jouer. Jon leva un sourcil vers l'abbé.

– *Eni!* A moi... vociféra celui-ci.

Et il engagea.

« Bien eu raison de fatiguer l'autre, songea Jon. Celui-ci, c'est de la pierre d'église, jamais tremblant. Jamais frit. »

La pelote lui revint, plutôt belle, bien biaisée. L'abbé connaissait les effets. Mais Jon lui servit sans pitié un retour amorti, qui vint juste heurter le mur à la ligne de faute. L'abbé fonça, se jeta au fronton, ratant la pelote, s'écrasant sur le fond, tournant à la dernière seconde et finissant dos au mur et bras en croix, haletant.

Après une seconde de stupeur, la foule reprit vie. Des bérets volèrent, les mains claquèrent, et les cris stridents firent s'envoler les oiseaux qui avaient sans doute, là-haut, assisté au triomphe du jeune Jon Aguirre contre l'abbé et le douanier.

– Impressionnant, marmonna un vieux du premier rang.

Le *bertsolari* s'époumonait. Il chantait le dernier point.

Au fronton, se détachant du mur d'un coup d'épaule, l'abbé leva les bras vers le ciel, et s'il lança : « Malédiction ! », on ne l'entendit nulle part – c'est donc qu'il n'avait rien dit car il n'avait jamais su parler à voix basse.

Il arriva jusqu'à Jon, qui reprenait son souffle.

– J'aurai l'autre dimanche prochain, à la messe. On est d'accord.

Jon écarta les mains, pour signifier que ce n'était plus son problème.

– Tu viendras aussi, on est d'accord?

– Oh! ça...

Mais l'abbé partait déjà dans un tourbillon d'étoffe noire, poussiéreuse en bas, les cheveux blancs sous le soleil, tapotant la tête d'enfants gambadant autour de lui, bénissant au hasard, filant vers son église, dont on entendit la lourde porte claquer.

Une chanson s'éleva, reprise en chœur par les hommes. Jon fut hissé sur les épaules des paroissiens délirants, surtout ceux qui venaient d'encaisser leur pari tout de suite, à la descente des gradins.

On le promena autour de la place, en sautillant, et dix fois il faillit perdre l'équilibre et dix fois il se rétablit sur ce tapis d'épaules, de têtes et de bras tendus, dix fois il baigna de bonheur le visage de filles riantes qui battaient des mains à son passage.

Dans la foule, Jon croisa le regard d'un homme qui ne riait pas et qui lui fit un signe convenu – mais il ne saisit pas le regard d'une jeune fille qui le dévisageait dans la bousculade et trouvait ensuite son chemin pour quitter la place et rentrer seule à la Maison, un sourire aux lèvres, Goïzane.

*

Il avait dormi trois heures avant de se mettre en marche. Attendre que tout soit noir, attendre le silence. Alors, on rejoignait la nuit, peuplée de ceux qui voient sans lumière, qui *entendent* des parfums.

Jon s'était présenté à une ferme, avait fait le signe convenu, le même que celui de l'homme silencieux au fronton. On l'attendait, sans mots. Un morceau de fromage, étalées dessus des cerises noires, voilà son repas avant la randonnée. Et aussi du pain en tranches que le paysan avait coupé devant lui, une gourde de vin allongé d'eau dont il avait bu deux gorgées avant de l'accrocher à sa ceinture.

Ce soir les sacs pesaient peu sur les bat-flanc du cheval. Le cheval lui-même, pas énorme. Une bestiole drôle, que Jon harnachait au fond d'une cour, dès le crépuscule. Un animal à mi-chemin entre le pottok, petit quadrupède de montagne, et le percheron, mastoc des champs. De quels croisements sortait-il ? Un peu de tous, comme les créatures de nuit.

Ils s'étaient mis en marche et, tout de suite, avaient pénétré la montagne. Davantage qu'une terre-frontière : une frontière à bascule. On passe, on repasse, on recommence. Des bornes marquent la limite décidée par d'autres, du temps des royaumes qui n'ont jamais compté ici. Nord ou Sud, on parle la même langue. On circule entre soi. La frontière ? Elle est où sont les douaniers. Ils bougent sans cesse. La frontière aussi.

Travail de la nuit. *Gauasko lana...* la contrebande.

Cette nuit couvrait tout d'un plein noir, parfaite. Seuls les contrebandiers savent marcher sans ce soleil statufié qu'est la lune et qui dénonce le moindre mouvement aussi bien qu'en plein jour. Les contrebandiers, mais aussi les douaniers se doublant, espagnols ou français, sachant voir dans le noir aussi, et agiles... mais plus lents, en uniforme, moins malins mais à peine. Jon était sur ses gardes.

Les sabots du cheval, entourés de chiffons, et les espadrilles, que Jon laçait haut pour bien tenir dedans, se posaient sans hâte sur le sentier. Pas question de prendre toujours le même. On en savait des dizaines, et des bifurcations, des fourches, des cols où se glisser, ou bien des crêtes à suivre sous le couvert de la dernière rangée d'arbres. Jon allait seul, toujours.

Il entendit un bruit, plus bas. Accroupi au bord du ravin, il devinait un autre sentier. Il tendit l'oreille : ils étaient plusieurs, ils passaient en groupe.

Jon connaissait ces caravanes. On lui avait proposé souvent de les mener. Jamais ! Toujours un bavard dans le convoi. Sa réponse : lui, seul avec le cheval, le chargement et sa souplesse.

Jon dénombra les pas d'au moins quatre chevaux, assourdis comme ceux du sien. Il devait y avoir autant d'hommes. Trop ! Qu'ils passent sans encombre ; alors la nuit serait bonne affaire, on pourrait boire en bas pour fêter. Mais le risque demeurait grand. La plupart des capturés devaient leur infortune à leur nombre. Impossible de se cacher, impossible d'être silencieux.

Il se redressa et reprit son chemin. Le cheval sembla approuver, en frottant son museau contre son bras. On aurait dit qu'il n'aimait que marcher, celui-là, et que l'attente l'alourdissait.

Cette nuit, pourtant, le chargement était léger. Mais il prenait de la place. Jon ignorait le contenu des ballots empilés sur l'animal, avec une petite place au centre où il grimpait parfois, pour soulager sa fatigue. Il ne voulait pas savoir. En cas de prise, il détalait, et chacun savait que les douaniers rapportaient le butin en triomphe, mais que le passeur avait filé. On n'arrête pas son voisin.

Tenant le cheval par la bride, il s'appuya sur les paquets mous qui ballottaient. Il tâta.

Il donna un coup et son poing s'enfonça comme dans la ouate. Il avait deviné juste : des dentelles, des kilos de dentelle, son chargement de la nuit !

Cela le fit rire, vraiment. Pour une fois, pas les vins, pas les tabacs, parfois les pierres précieuses ou ces rouleaux de pièces mexicaines qu'on débarquait à Bilbao et dont les banquiers parisiens bénéficiaient après qu'elles avaient passé la montagne sans taxe. Mais de la dentelle ! « Les Espagnoles adorent » la bonne dentelle de Calais, plus désirable qu'un bijou pour les femmes côté sud.

Très loin, il entendit des aboiements. Il arrêta le cheval, pour discerner le son. « Ça va, c'est sur l'autre colline. » Rassuré, il se remit en marche. Côté espagnol le plus souvent, les douaniers mal payés cherchaient avec frénésie à s'emparer des colis. Certains emmenaient leurs chiens pour traquer les passeurs. De ce côté, le pauvre cabot n'aurait pas vécu vieux, trouvé mort un matin dans une cour. Et même, Jon savait faire : du piment dans les espadrilles, et le flair de l'animal s'envolait. Ou encore une chienne en chaleur, lâchée dans les forêts, et le mâle le mieux dressé filait, oreilles en arrière, fou d'hormones, le douanier passant sa nuit à le retrouver plutôt qu'à pister sa proie de marchandises.

Jon continuait à monter sans fatigue. Soudain, un bruit de fer, en contrebas à gauche. D'une pression de la main, il stoppa le cheval. Tous les deux restèrent aux aguets.

Sur lui comme sur l'animal, rien de métallique, rien qui puisse jamais cliqueter. Même le bout de son *makila*, son bâton dont la poignée dissimulait une longue pointe en fer, était recouvert d'un chiffon poisseux de goudron.

Non, ce bruit-là venait... d'un châlit, le lit de fer que les douaniers emportaient sur leur dos pour leurs veilles, la nuit durant. S'accordant une pause, il arrivait souvent qu'ils s'endormissent.

Jon s'assit. Il ne bougea pas pendant une demi-heure, écoutant. Rien ne vint. Si le douanier solitaire – à deux ils se séparaient pour mieux chercher, alors on oubliait le châlit, on travaillait sur pied –, si le douanier n'était pas endormi, Jon aurait entendu même le plus petit mouvement du gabelou sur son grillage étroit. Mais s'il n'avait fait qu'une pause, il serait déjà reparti. Donc il dormait. Jon se demandait si l'homme était « son » douanier du matin. Pas étonnant qu'il soit épuisé. Comment savoir ? Il ne l'informait tout de même pas de ses horaires de ronde.

Tâtonnant, Jon rencontra une borne, là depuis toujours. Du doigt, il suivit ses arêtes, puis son inscription gravée dans la pierre. Sa mémoire travailla. Il reconstitua de tête le plan du col. Les yeux fermés, il visualisa les chemins détournés. Il traça sa route en pensée, puis souleva doucement un sabot du cheval et le reposa un peu plus loin. L'animal comprenait. On aurait dit qu'il se mettait à avancer sans même toucher le sol. Brave bête. Il dérangeait encore moins que Jon le silence de la nuit.

Ils tournèrent à droite, grimpant sans s'essouffler. Passant le long d'un mur de pierrailles – Jon le devinait car les sons ténus revenaient tout de suite à ses oreilles – ils débouchèrent sur l'arrière d'un mamelon. Plus bas, le douanier pouvait se réveiller : il ne les entendrait plus.

Ce chemin, par deux cols avant la vallée où il devait livrer son chargement, Jon l'avait rarement emprunté. Il redoubla d'attention. Non qu'il craignît de se tromper sur les embranchements, mais il ne savait pas qui passait ici d'ordinaire.

Là résidait le danger. Le *gauasko lana* n'était pas un jeu pour passeurs bondissants et gendarmes bonasses. Chacun y risquait sa vie. La montagne ouvrait aussi ses sillons aux trafiquants, aux assassins, aux bêtes humaines qu'on craignait plus que les ours – ceux-là, énormes, on les entendait grogner.

La faim commençait à le tenailler. Mieux à l'abri désormais, il pressa le pas pour se réserver une pause, quelques minutes à mastiquer sous un arbre, et vérifier le calme alentour. Il parvint à l'entrée d'un bosquet, qu'il reconnut, dont la masse touffue se détachait, car le fond des yeux, à force, s'était élargi.

Jon pénétra sous la voûte de feuillage, tirant le cheval soudain réticent.

Il savait les détours, les clairières de cette forêt en miniature. Il posa le pied avec précaution, testant le sol du bout d'abord, car il arrivait qu'on butât sur un objet abandonné par d'autres. Quelques pas encore, tirant toujours la bête plutôt rétive, et il parvint à un nouveau recoin profond. Il tâta encore la terre, essayant de trouver une surface propre et plate. Son pied rencontra du mou, de la mousse peut-être, ou bien...

Un halètement sortit du sol.

En un éclair des griffes serrèrent sa cheville. Déséquilibré, Jon sentit son bras happé vers l'arrière, et d'autres griffes autour de son cou. Il reçut un coup de pierre sur la pommette. Des mains cherchaient ses yeux, des piques acérées striaient ses joues. On mordit son bras en couinant, mille rats montaient sur ses mollets, on crochetait ses narines, il en avait partout, submergé, la gorge déchirée, des dents plantées dans son épaule.

Son *makila* tomba de sa ceinture et roula loin. Il se retint de hurler. Se débattant, il lâcha le cheval, qui recula vers la sortie de l'enceinte, et lui, rua des quatre fers, tapant sur ce que ses poings et ses pieds rencontraient, dans les souffles mêlés.

Il parvint enfin à saisir deux poignets. Il serra à les briser. Au bout, les mains continuaient à chercher ses yeux. En bas, les pieds continuaient à frapper ses tibias.

Il tordit les poignets encore plus, et les fit s'affaisser. Il tomba aussi, emprisonnant tout, accrochant les jambes aux siennes pour les bloquer, tirant les bras au sol pour les plaquer, et il appuya enfin son buste sur le buste de l'autre pour l'étouffer.

S'emplissant, se vidant, la poitrine se gonflait aussi sous la sienne, s'emplissant... se vidant. Souple... une poitrine élastique.

Sans lâcher sa prise Jon baissa la tête, et sa joue râpeuse frôla la joue de l'autre. Une joue tendre : il s'immobilisa.

Une femme!

Tellement surpris, Jon relâcha son étreinte. La femme en profita. D'un bond, elle se dégagea. Jon l'agrippa au dernier moment par une cheville. Elle perdit l'équilibre et alla rouler au sol. Aussitôt Jon fut sur elle.

– Suffit! gronda-t-il en basque, très bas.

Elle se débattait, sans répondre. Il répéta « Suffit! » en français. Toujours rien, puis, doucement, en castillan. Alors elle cessa de bouger.

Jon continua à chuchoter, entre ses dents :

– Calme! Je ne te veux pas de mal.

A la lueur d'une aube qui naissait au loin, de l'autre côté des montagnes, il découvrit la peau brune et les yeux effilés d'une jeune fille. Ses cheveux gonflaient son foulard de gitane.

Elle existait donc? Vraiment? Ce qu'on disait dans les vallées était vrai?

– La Chica?

– *Si!* répondit-elle.

Sa voix chuchotait dans les graves.

Jon laissa passer un moment, immobilisant toujours ses poignets.

– Je te lâche, tu ne bouges pas, promis?

Elle fit oui de la tête.

Il desserra son étreinte, sans se presser, prêt à la recapturer au moindre frémissement. C'était un animal sauvage, la Chica.

On disait qu'elle venait du Sud, qu'elle venait des Mauresques, qu'elle se nourrissait de racines et d'insectes, qu'elle était une sorcière. Jon n'y avait jamais cru.

Il n'avait même pas cru qu'elle existât. Pourtant il la tenait sous lui. Elle le fixait et, à vrai dire, elle avait le regard fou. Ses mains longues, il les frotta contre les siennes pour en ôter la terre. Inutile de demander ce qu'elle faisait là : elle passait, comme lui. Deux ballots s'étalaient à côté, reliés par un cordon de cuir, qu'elle devait ceindre sur son front, comme les porteurs asiatiques des gravures. Elle passait seule, sans cheval. C'était donc vrai.

Certains affirmaient la connaître. Ils racontaient, dans les cafés, avec des rires. Mais ceux qui en avaient parlé ne devaient jamais l'avoir vue, car elle ne ressemblait pas à leurs descriptions.

Elle paraissait peu grande, mais forte. Une jupe noire la couvrait jusqu'aux pieds, avec une chemise pardessus, sombre aussi, ample. Comme elle respirait fort, on distinguait les seins qui avançaient en mesure.

Il fallait partir. Son arrêt durait trop longtemps. Chacun passe, on se croise, chacun part... Où était le cheval ? Voilà pourquoi il était rétif à entrer sous le bois : il avait senti une présence.

Jon avala sa salive. Sa curiosité l'emporta.

La Chica le regardait par-dessous, renfrognée. Il lui dit, toujours entre ses dents :

– C'est vrai, ce qu'on dit sur toi ?

– Je ne sais pas ce qu'on dit sur moi.

– Que tu connais des remèdes, la magie. Que tu connais des plantes.

– Je connais des plantes, bien sûr. Tout le monde.

– Des secrets.

– Des secrets des hommes, j'en connais. Et leur avenir aussi.

– C'est donc vrai. Tu es une sorcière.

Elle gloussa.

– Moins fort, ordonna-t-il.

Prenant un air penaud, elle s'approcha, à se blottir contre lui.

– Je peux lire les lignes dans ta main. Je peux savoir ton avenir.

– Des blagues !

Mais il lui tendait sa paume, ouverte.

– Je ne peux rien voir, protesta la Chica. Il fait nuit.

– Facile...

– Mais pas besoin de voir pour savoir, par exemple que tu voudrais bien, avec moi...

Et sa main glissa sur le pantalon de Jon, entre ses jambes.

Il la repoussa.

La Chica ricana.

– Et qu'est-ce qu'elles prévoient pour toi, les lignes de ta main ? dit Jon d'un ton rogue.

– Tais-toi. Je vais mourir bientôt.

– Des blagues.

La Chica le regarda au fond des yeux, et les siens creusaient deux trous noirs au-dessus de ses pommettes.

Troublé, Jon ne savait plus quoi dire. La nuit, l'été, ces odeurs, le corps de cette fille qui s'offrait – il ne savait pas pourquoi ; d'où sortait son histoire ? s'offrait-elle à tous ? Personne ne l'avait vraiment vue. On disait simplement qu'elle allait sûre et agile, la reine, une gazelle dans la montagne.

La Chica le fixait, lèvres entrouvertes. Jon caressa sa joue, suivant du doigt l'ovale du visage, passant sur la nuque, dénouant enfin le nœud qui tenait le foulard. Il tira. La Chica secoua la tête, et une cascade de cheveux aussi noirs que l'air, brillant même sans lumière, roula sur ses épaules.

Envoûté, Jon glissa à genoux devant elle, comme un serpent, sans déranger une herbe. Elle sentait l'algue.

Il tira lentement la chemise vers le haut. La Chica leva les bras pour s'en dégager. Le tissu montait, comme un rideau qu'on lève, mais Jon voyait à peine dans la nuit, seulement le bout noir des tétons libérés, très haut à cause des bras levés. Avec un sourire joyeux la Chica les croisa autour du cou de Jon. Il sombra.

Presque à tâtons, il chercha sa poitrine et reçut d'un coup dans ses mains la charge des seins les plus pesants qu'il eût jamais caressés.

La bouche tout près de ses lèvres, il bredouilla :

– Ils sont nombreux à te prendre ?

– Aucun.

– Alors pourquoi ?

– Tais-toi. Je vais mourir bientôt.

Cela ne le troubla plus. Elle avait peut-être parlé trop bas pour qu'il l'entendît ? Le bout de ses doigts brûlait déjà sous la jupe de la Chica, touchant la chair soyeuse. Elle aussi fouillait les habits du jeune homme, dégageant son sexe, dur. Jon s'allongea. Elle le prit aussitôt en elle, ouvrant la bouche sur un souffle court.

Ils ne murmuraient plus. Ils s'acharnaient. Elle dodelinait, il s'enfouissait dans ses cheveux. Il picorait son visage pour l'embrasser partout, elle lui avait saisi la nuque. A chaque mouvement dans son ventre, elle griffait. Il s'enfonçait. D'une cadence ferme, il la pétrissait, ses doigts partout, et elle léchait son visage où la sueur perlait. Goulus, se connaissant mieux qu'un vieux couple.

Soudain, un réflexe d'alerte le traversa.

Quelqu'un rôdait près du bois.

Plaquant sa main sur la bouche de la Chica qui commençait à gémir, il se figea. De l'autre côté des arbres, on marchait.

La Chica continuait en silence son lent mouvement qui aspirait Jon. Lui ne bougeait plus, tétanisé. Il aurait voulu qu'elle arrête. Il ne pouvait rien dire, il ne pouvait pas bouger : l'autre passait à quelques mètres, soulevant des branchages, revenant sur ses pas, fouinant.

Et la Chica montait son ventre, si lentement, puis le reposait au sol, comme une vague qui s'aplatit et qui se gonfle, s'enroule. Elle était folle... La main de Jon restait plaquée sur sa bouche. Du souffle s'échappait entre ses doigts, chaud, d'une odeur de pâtisserie maintenant. Derrière les arbres, des pas... moins fort peut-être. On s'éloignait? Et elle ondulait toujours sans bruit. Il sentait ses lèvres, sous sa main, qui cherchaient à sucer. Sa langue s'insinuait entre les phalanges, chatouilleuse.

Il plaqua plus fort pour qu'elle cesse enfin. Mais la Chica ondoyait, son ventre avalait. Ses dents voulaient mordre. Et ses yeux s'ouvrirent en grand. Dans sa main même, Jon sentit le frisson du cri énorme qui montait du centre de ses hanches et qu'elle ne pouvait plus retenir. Il se sentit broyé.

Puis la Chica eut des sursauts. Jon vit ses yeux chavirer, et son corps s'alanguit. Tant mieux.

Aux aguets, il tendit l'oreille.

De l'autre côté des arbres, il n'y avait plus de bruit.

Dans la cacophonie de sa tête, Jon croyait entendre encore un bruissement, plus loin.

Il resta attentif quelques minutes.

Non. Silence absolu.

Il se calma et jeta enfin un regard en biais à la fille, calme aussi. Il pouvait la libérer. Quelle angoisse !

Quand il retira sa main, la Chica ne bougea pas.

Il colla son oreille sur sa bouche. Rien ne sortait. Rien ne semblait vrai. Il secoua ses bras. Ils retombèrent. S'affolant, il la pinça. Il n'y croyait pas. Il tordit un mamelon, une torture. Qu'elle crie, enfin ! Rien. Elle était morte.

Epouvanté, Jon bascula sur le côté en mordant son poing.

Pendant longtemps, il sanglota, tout son corps agité, comme un enfant puni.

Puis il sembla revenir à la vie. Il s'ébroua, et se mit debout sans bruit. Il fit le tour du bosquet, poussa plus loin vers le rideau d'arbres, observa toutes les directions, à l'affût. Il n'y avait personne, plus rien. Son cheval et son chargement : disparus.

– Quelle connerie, *madre de Dios*... Quelle connerie ! gémit-il.

Le corps de la fille semblait disloqué, une jambe repliée sous sa jupe, l'autre découverte jusqu'à la hanche. Sa tête avait tourné sur le côté. Jon ne voyait qu'un œil, et il restait grand ouvert, fixant la cime noire des arbres. Le plus triste, c'était l'immobilité des seins.

Il sentit à nouveau des larmes à ses yeux. Alors il s'activa, mâchoires serrées. Il devait faire vite. Sa vie trébuchait. Il ne jouait plus.

Une heure plus tard, il avait creusé un trou, dans lequel il fit basculer le corps de la Chica, après lui avoir fermé les yeux, rajusté les vêtements et renoué le foulard, seule toilette mortuaire de la fille. La sorcière n'avait pas existé. Elle savait pourtant qu'elle allait mourir ? Les gitanes savent leur avenir ?

Il entassa quelques pierres, et approcha les deux sacs que la Chica devait passer, pour les cacher dessous.

Quelqu'un les trouverait. Qui réclamerait la gitane ? On en savait, des passeurs jamais revenus. Des colis, jamais retrouvés. En tirant les sacs, Jon les sentit plus lourds qu'il l'imaginait. Intrigué, il défit les cordons.

Sous ses yeux apparurent des billets, des liasses, et puis des cailloux, des pierres précieuses, des tas qui brillaient dans la lumière, plus franche à chaque minute.

Jon referma vite. Il ne pouvait pas les abandonner là. D'autant que ses colis avaient disparu, autre mystère, autre catastrophe. Ce chargement valait trop cher. La Chica passait seule, mais elle avait des employeurs, qui savaient son chemin. « Connerie, vraiment ! » se flagella-t-il en silence.

Il ne réfléchit pas longtemps. Chargeant les deux sacs sur son épaule, le cordon de cuir sciant sa chair à travers l'étoffe, il quitta le bois sans se retourner.

Une minute plus tard, il y revenait, anxieux, soulevant des feuillages avec le pied, tournant autour des arbres : son *makila* !

Où avait-il roulé, dans la mêlée de la nuit, qui semblait d'une autre vie, des siècles plus tôt ?

Il ne le trouva pas. Il aurait fallu ratisser avec méthode. Il n'avait plus le temps.

Maintenant le jour se levait, il fallait filer, et vite, courir encore par les chemins de retour. Ce fut miracle s'il passa sans encombre et ne croisa personne.

Plus tard, quand les volets s'entrouvrirent au village et que les vieilles se mirent en surveillance, Jon reparut lui aussi, par la route de derrière, la plus cachée. Il se glissa le long des murs, les deux sacs dissimulés derrière son dos. Comme un cabri fourbu, il fit ses derniers sauts pour déboucher finalement au coin de sa Maison.

A la porte, attaché à un anneau, le regardant – « mais il sourit, ce con ? » réalisa Jon – , son cheval l'attendait. Les bat-flanc pendaient, vides.

6

Au son des guitares et des cuivres de l'orchestre engagé par Magdalena dansaient Germaïna et Maximilien. Frôlant le parquet, leurs pieds traçaient des arabesques brèves et s'insinuaient sans se toucher. Le reste du corps jusqu'à leurs joues collées se balançait, blotti.

D'autres corps glissaient autour, d'autres couples d'étoffes bruissantes et de smokings. Des femmes rejetaient leur tête en riant, stridentes. Les hommes impatients plongeaient les yeux dans leurs seins.

Germaïna se hissa pour mordiller l'oreille de Maximilien :

– Je t'aime.

– Tu me le dis mille fois par jour.

– Seulement ?

– Tu n'es pas fatiguée ?

– Si. C'est bon.

Il la serra davantage. Du bout d'un doigt il remonta la frange brune qui lui tombait au milieu du front. De l'autre bras il la porta, en valsant.

– Je suis lourde, grogna-t-elle.

– J'en fais danser deux, n'oublie pas.

Ils se mirent à parler ensemble :

– Comment l'appell...

– On va l'appel...

Leur rire termina la même question. Comment nommeraient-ils le petit ?

– Si c'est un garçon?
– Et si c'est une fille?
– Ce sera un garçon, dit Germaïna d'un ton grave.
– On lui donnera un de vos prénoms basques que personne ne peut prononcer?
– Tu crois que c'est facile, l'allemand?
– Tu commences à bien savoir, ça m'épate. Moi, le basque, trois mots, rien de plus.
– Dis-les. Fais-moi plaisir, dis-les.
Il articula à son oreille :
– *Gaur.*
– Le deuxième?
– *Bizi.*
– Le dernier?
– *Pozik.*
– Aujourd'hui... Vivre... Content... ronronna Germaïna. Tu n'as pas besoin d'en savoir plus.
Derrière eux, une voix éraillée lança :
– Et *agur* et *guten Tag*! Bonjour-bonjour les amoureux.
Germaïna et Maximilien se retournèrent. Face à eux, l'Espagnol qui les avaient sortis du poste de police quelques jours plus tôt. Souvent, il rôdait chez Magdalena, incrusté. Mais, depuis le début de la soirée, ils ne l'avaient pas vu dans les groupes qui passaient d'un salon à un autre.
Il ne leur manquait pas. Mais il était là. Charme rompu.
Ils le saluèrent, poliment.
– Une Basque, un Allemand... Quelque chose ne va pas, là... grinça l'autre, la diction floue, imbibé d'alcool.
Germaïna et Maximilien s'étaient éloignés, se tenant par la taille. Ils ne l'entendirent pas.
Dépité, il se dirigea vers d'autres, empoigna une jeune femme dont les joues rosissaient, et se mit à danser en la tripotant. La fille gloussa.
Garden-party à la villa de San Sebastián, où ils logeaient depuis le départ de Germaïna de la Maison.

L'été finissait, mais les fêtes duraient. On admirait l'énergie de Magdalena pour passer des unes aux autres sans fatigue. « Le rire, disait-elle, me laisse un bon goût dans la bouche. » L'alcool aussi. Magdalena occupait seule cette villa, que ses parents lui abandonnaient, domestiques compris.

Toujours du passage, des amis qui se présentaient ou pas, filant à la cuisine commander un plat au couple basque, servante et maître d'hôtel, engagés pour l'été.

Magdalena avait fait de l'endroit une œuvre ouverte, peuplée de créatures étranges dont on savait tout en deux minutes ou bien jamais, parties aussi furtivement qu'elles étaient arrivées. Délaissée, Magdalena vivait en compagnie, et avait promis tout naturellement à Germaïna de la recueillir « si ça tourne mal avec ton *aïta* », tapotant sa joue quand celle-ci lui avait confié qu'elle était enceinte... « Et ça tournera mal, avait-elle ajouté plus bas. Alors tu viendras, la villa est à toi, enfin à vous deux, les amoureux. »

Germaïna et Maximilien occupaient une chambre à l'étage, où la lumière venue de la baie fouinait très tôt dans les recoins des rideaux et des draps. Ils s'éveillaient éblouis par eux-mêmes. Avant de dire un mot, avant la première caresse, ils se regardaient.

Au bout du couloir, une porte ouvrait sur la chambre de Magdalena, orientée sur l'océan. La jeune femme y passait des journées sans sortir, pas souvent seule, ou bien ses fins de nuit après des retours titubants de la ville, ou du Nord, où l'on dansait-buvait, et jetait sur les plages les carcans dont ces gens se débarrassaient, partout. Leur frénésie ébauchait l'arrivée d'autres ordres, plus rudes. Ils ne s'en rendaient pas compte. Le temps qui passe ne donne jamais l'échelle du temps qui s'annonce.

Germaïna s'occupait à chérir le bébé qui prenait forme en elle, et le père. Elle se gavait, s'amusant de ses premières vacances – car à la Maison le mot n'avait aucun sens. Vacant, le temps ne l'avait jamais été. Aux champs, aux animaux, aux outils, aux lessives, aux fourneaux, la famille Etcheverry, le temps entier ! Germaïna avait sauté le pas en bottes de géante : cet été-là elle jouissait de ses premières libertés, de femme, de mère, d'amante, riche. Elle s'en réveillait nauséeuse, comme si sa grossesse débutante l'emplissait de tous les bouleversements à la fois, vécus d'habitude par étapes.

Ils ne sortaient plus. Maximilien avait peur. Fuite d'Allemagne, installation familiale sur la Côte, abandon à lui-même quand ses parents avaient embarqué vers l'Amérique et rendu leur villa louée, orage d'espoir avec Germaïna, paternité prochaine – il n'avait pas songé à reculer –, fuite encore de l'autre côté de cette frontière que sa Germaïna ignorait comme l'ensemble de son peuple bizarre, gesticulations de leurs nouveaux amis, agitation urbaine dans les rues et dans les usines, visiteurs inquiétants, police : l'époque allait mal aux tièdes. Mais les courageux eux-mêmes ont peur. Surtout les courageux.

Ils ne faisaient pas le compte des moments où ils étaient hors de portée l'un de l'autre. Magdalena avait badiné : « Au-delà de trois centimètres d'écart entre vous, c'est la panique, hein ? »

*

Germaïna et Maximilien traversèrent l'immense salon, saluant ceux qu'ils n'avaient pas encore croisés, ceux qui venaient d'arriver, ceux qui reviendraient. De loin, Magdalena leur adressa un signe gentil... « Tout va bien ? » Ils levèrent le pouce. Magdalena se tourna vers d'autres.

La grande porte s'ouvrait sans arrêt sur des nouveaux venus accueillis avec piaillements, hommes satisfaits répondant avec barrissements. Tous parlaient fort. La musique de l'orchestre surnageait dans le brouhaha augmenté chaque minute. Certains, assis avec négligence sur l'accoudoir de fauteuils clubs en cuir, se penchaient pour se faire entendre vers des femmes étalées dans les coussins.

Le maître d'hôtel passait avec souplesse, son plateau de coupes de champagne au-dessus de la tête. Aussitôt délesté, il repartait à la cuisine pour un nouveau chargement. Maximilien l'observa.

– C'est un des tiens, lui, assura-t-il à Germaïna.

La jeune fille approuva :

– Oui. Et sa femme tient la cuisine. On ne la voit pas dans les salons.

– Tu les connais ?

– J'ai discuté avec eux plusieurs fois, ici.

– Il a l'air dur.

– Non : il est dur.

Maximilien l'entraîna sur la terrasse. Il y faisait frais. Il frotta ses épaules pour la réchauffer. D'autres invités y discutaient déjà. Ils se mirent à l'écart, accoudés à la balustrade.

Des étoiles se confondaient avec d'autres, celles des lampions des bateaux ancrés sur l'eau noire. En bas, les lampadaires de la ville ombraient les palmiers et les bancs de la promenade. L'Espagne vivait tard, comme si elle reculait le moment de se réveiller – mais alors, violence.

– Ils sont durs, les gens de ton pays, reprit Maximilien. Dans le mien aussi, ce n'est pas tendre en ce moment. Mais ici, ça me laisse sans voix.

Germaïna ne répondit pas. On aurait dit que Maximilien se parlait à lui-même.

– Quand même, renier sa fille, sans un mot...

Cette fois, Germaïna frissonna :

– On avait dit qu'on n'en parlerait pas.

Maximilien l'observa, s'attendant à voir des larmes dans ses yeux. Rien.

– Tu es dure aussi.

– Je t'aime.

– Mille et *une* fois. En progrès, sourit Maximilien.

En bas, une cavalcade attira leur attention. Ils se penchèrent. Des groupes couraient dans l'avenue, poursuivis par des policiers en armure. Les trop lents étaient rattrapés et frappés. L'un des fuyards s'agrippait à un arbre pour le contourner et reçut sur les doigts des coups de matraque destinés à lui faire lâcher prise. Il tomba. Les policiers l'entourèrent. Levant haut leur bâton, ils l'abattaient sur l'homme à terre. Les chocs pleuvaient, comme ceux de massues pour planter un piquet. L'homme, qui avait tenté de se protéger en se recroquevillant, mains sur la tête, ne bougea plus. Les policiers se détournèrent, et en poursuivirent d'autres.

Les cris de la rue montaient jusqu'à la terrasse de la villa. Germaïna observait, fascinée par cette violence brute. Maximilien la tira par les épaules. Elle résista.

– Mais viens, suppliait-il. Ne regarde pas. En Allemagne, j'ai déjà vu. La course aux juifs...

– Ce n'est pas pareil, glissa Germaïna. Ici ils se battent.

– Partout pareil. Il y a ceux que l'on matraque, et ceux qui ont les matraques. Je ne veux plus voir ça.

– Moi... la même chose, dit Germaïna, sans détacher son regard.

– Viens.

Elle le suivit quand même.

Revenus dans le salon, ils se heurtèrent à ceux qui se précipitaient vers la terrasse, alertés par les cris.

– Ils en ont attrapés ?

– Mais qui ? Qu'est-ce qui se passe ?

Ils croisèrent l'Espagnol qui les avait interpellés plus tôt. Les yeux fous, il les retint par la manche :

– Venez ! C'est la chasse aux rouges.

Le monde s'excitait. Les femmes riaient sans lâcher la main de compagnons qui les tiraient vers l'extérieur. Remontant un courant qui les submergeait, Germaïna et Maximilien parvinrent jusqu'aux musiciens grattant sans broncher leurs guitares et soufflant dans leurs cornets, devant un salon presque vide, ne voyant plus que les dos des invités, agglutinés au balcon.

– J'ai faim, lança Germaïna. Je veux du chocolat.

– Maintenant ?
– Tout de suite, chéri. Je veux du chocolat tout de suite.
Maximilien chercha sur les tables et les buffets. Rôtis, terrines, *serrano*, caviar, *gambas* grillées... Pas de chocolat.
– A la cuisine, peut-être. Je vais voir.
– Je vais avec toi.
Ils poussèrent le battant qui menait à l'office.
A l'intérieur, le vieux maître d'hôtel et sa femme, en tablier blanc, levèrent la tête en même temps.
Sur la table, mal caché aux regards, un corps allongé. De son crâne, entouré de serviettes, ruisselait du sang.
– Sortez, ordonna le vieil homme.
Maximilien recula.
Germaïna s'avança jusqu'à la table. Elle ne détachait pas son regard des plaies du blessé. Elle s'adressa au couple en basque :
– D'où vient-il ?
– Sortez, mademoiselle. Ça vaut mieux.
– D'où vient-il ? Qui est-ce ?
Ils parlaient la même langue. Ils avaient le même regard. La femme soupira :
– Il y a des manifestations en bas, des bagarres.
– J'ai vu, dit Germaïna. C'est un de ceux-là ?
La femme acquiesça, en tamponnant le front rouge du blessé.
– C'est un des nôtres, dit-elle.
Son mari la foudroya du regard. Il jeta un coup d'œil par-dessus l'épaule de Germaïna et sembla rassuré : Maximilien était ressorti.
Germaïna cligna de l'œil :
– A propos, vous avez du chocolat ?
Après un instant de stupeur, la cuisinière réagit :
– Là, je crois.
Elle ouvrit la porte d'un buffet, fouilla, et tendit à Germaïna une boîte en fer.
– Servez-vous.

Germaïna s'assit au bord de la table, à quelques centimètres du blessé, qui gémissait lèvres entrouvertes. Sans quitter ses yeux, elle ôta le couvercle de la boîte et en sortit des carrés noirs, qu'elle commença à mastiquer avec plaisir.

– Depuis quand est-il là ? demanda-t-elle, la bouche pâteuse.

– Vous ne voulez pas retourner au salon, avec les invités, vraiment ? insista le mari.

Germaïna ne sut pas si le ton qu'il employait signifiait « ça ne vous regarde pas » ou bien « ce n'est pas un spectacle pour une jeune fille ». Elle persista :

– Il est venu par où ?

– Ecoutez, mademoiselle... reprit le vieil homme, désolé, et il la poussait par l'épaule. Vous allez nous faire avoir des ennuis.

– Ah ! bon, marmonna-t-elle.

Elle engloutit un nouveau carré, et le tour de sa bouche commençait à se tacher de marron, comme chez une enfant qui se salit au goûter. Mais son regard, planté dans celui du mari, n'était pas sucré.

Un rire énervé, quelques exclamations leur parvinrent, venant du salon. Germaïna reconnut la voix de Magdalena. Le couple de serviteurs aussi, et fut aussitôt mal à l'aise.

– Mademoiselle, retournez avec vos amis, supplia presque le maître d'hôtel. Nous nous occupons de celui-là, précisa-t-il en désignant le blessé sur la table.

Tachée de chocolat, Germaïna se décida enfin à partir. De l'autre côté de la porte, les éclats de voix se rapprochaient. Elle entrouvrit le battant pour sortir mais tomba nez à nez avec Magdalena, surprise :

– Qu'est-ce que tu as sur la bouche ?

– J'avais envie de chocolat.

– Comme ça ? D'un seul coup ? Tu n'as pas assez mangé, ma chérie ? Je comprends, dans ton état. Oh, j'en veux aussi !

Magdalena allait pousser la porte et entrer dans la cuisine. Germaïna la retint :

– J'ai tout fini.
– Mais il doit y en avoir d'autre, il y a de tout ici, insista Magdalena.
– Je te jure, non.
– Mais laisse-moi passer, qu'est-ce qui te prend ?
Magdalena la força à s'écarter. Germaïna croisa le regard affolé de Maximilien, juste derrière.
– Magda... cria-t-elle pour l'empêcher d'entrer.
Mais l'autre pénétrait déjà dans la cuisine.
Germaïna s'engouffra derrière elle. Maximilien referma le battant et resta là, bloquant l'entrée.
Sur la table, le blessé avait disparu.
Des traces de sang maculaient le plateau, que le maître d'hôtel tentait de dissimuler en posant des casseroles. Le sang avait noirci, coagulé.
– Attention, vous en avez mis partout, glapit Magdalena, confondant les taches avec du chocolat fondu.
La cuisinière essuyait vivement la table.
– Il vous en reste ? demanda Magdalena.
– Je... de quoi, madame ?
– Du chocolat, voyons. Est-ce qu'il vous reste du chocolat ?
– Là, oui... dit le vieil homme, en désignant la boîte en fer que Germaïna avait laissée.
Magdalena enfourna deux carrés d'un coup, et sa bouche s'entoura à son tour de noir gluant. Elle mastiqua à toute allure, postillonnant.
– ... chè bon !
Puis elle se précipita sur Germaïna, toujours figée au milieu de la pièce :
– J'aimerais être enceinte aussi... Tu as de la chance.
Et, la bouche toujours pleine de chocolat, elle embrassa brusquement Germaïna sur les lèvres, écrasant les siennes, laissant des traînées sombres. Germaïna se recula enfin, écœurée.
– Ça m'a donné envie, lança-t-elle en bousculant Maximilien pour qu'il la laisse passer.
Dans la cuisine, chacun poussa un soupir. L'ouragan sorti, la cuisinière tendit une serviette à Germaïna, qui

la mouilla dans l'évier et commença à se débarbouiller, en demandant :

– Où est-il ?

– A l'office, dit la femme. Il va bien. Il se remet. Ne vous inquiétez pas.

– Je ne m'inquiète pas, dit Germaïna.

Maximilien s'approcha et prit la serviette de ses mains pour essuyer les traces qu'elle avait négligées.

– On va aller se coucher, proposa-t-il. On est fatigués.

Germaïna acquiesça. Maximilien la prit aux épaules et, juste avant de passer la porte, se tourna vers le couple :

– On ne dira rien, vous savez.

L'homme planta ses yeux dans les siens, laissa passer un temps et affirma :

– Je sais.

Maximilien sentit une menace dans le ton.

Dans le salon, on dansait moins, on pérorait. On fit à peine attention à eux. Germaïna et Maximilien avançaient lentement vers l'escalier qui menait aux chambres. Tout près, Maximilien reconnut une voix. Il jeta un coup d'œil et identifia le commissaire de police qui les avait arrêtés quelques jours plus tôt, quand Germaïna s'était baignée nue dans la baie, au petit matin. Il se dressait sur ses courtes pattes, le menton haut, comme un coq, au milieu d'un groupe qu'on aurait dit prêt à l'applaudir. Ils n'y virent ni Magdalena ni l'Espagnol.

Le commissaire martelait ses phrases, Germaïna et Maximilien percevaient des bribes :

– ... gueuse république... crapules rouges... De tout, des étrangers, des Basques... ceux-là !... Moscou ! L'Espagne... effondrée. Depuis que le roi... celui-là ! Il faut de l'ordre. Phalange... Matraqué... bon paquet. Nous ont échappé... certains. Où ont-ils pu se réfugier ? Pas ici, tout de même.

Un éclat de rire satisfait conclut sa diatribe, repris en chœur par ses auditeurs.

Ç'avait été un beau spectacle, cette manifestation d'ouvriers dans la rue, Magdalena avait le chic pour des réceptions épatantes.

– La dernière fois, c'était un feu d'artifice sur la mer, remarqua quelqu'un.

– C'était mieux ce soir, je trouve.

Germaïna et Maximilien s'éloignèrent sans se faire remarquer. En haut de l'escalier qui montait en demi-cercle, le silence les enveloppa soudain. Le brouhaha d'en bas leur échappait. Ils prirent le couloir vers les chambres, et le tapis assouplissait encore leur marche enlacée. Longeant une porte, ils entendirent à l'intérieur des petits cris, des gémissements. Maximilien vit que le vantail n'était pas fermé, un rai de lumière descendait le long du mur. Il poussa, sans bruit.

Sur le lit, Magdalena s'agrippait aux barreaux, à quatre pattes, agitant la tête, ses cheveux roux battant sa nuque. Elle était totalement nue.

L'Espagnol, derrière elle, la tenait par les hanches et s'enfonçait avec violence.

Magdalena sentit une présence. Elle tourna la tête et reconnut Germaïna et Maximilien. Haletante, elle supplia :

– Venez, venez...

L'Espagnol les découvrit à son tour, grogna de rage, et leur fit signe de déguerpir. Il avait ôté son pantalon mais gardé ses chaussettes et ses chaussures. Les pans de sa chemise blanche remontaient sur son dos. Ses fesses poilues, comme ses jambes, montaient et descendaient, un peu ridicules.

Magdalena poussa un cri, très fort.

Germaïna et Maximilien refermèrent doucement la porte et s'éloignèrent dans le couloir, percevant presque aussitôt un feulement, venu de la chambre.

Sans sourire, toujours enlacés, ils pénétrèrent dans leur chambre et poussèrent le verrou.

N'allumant qu'une petite lampe de chevet, ils s'allongèrent tout habillés sur le lit. Germaïna posa sa tête sur la poitrine de Maximilien. Il frôla ses cheveux noirs, lissant sa frange, grattant sa nuque.

– Qu'est-ce qu'il a voulu dire tout à l'heure, le cuisinier?

– Qu'est-ce qu'il a dit?

– « C'est un des nôtres », en parlant du type blessé.

– C'est sa femme qui l'a dit.

– Peu importe. Qu'est-ce que cela voulait dire?

– Je ne sais pas!

– Tu parles!

– Il voulait dire qu'il était basque, comme eux, voilà.

– Comme toi.

– Voilà, soupira Germaïna.

– Je crois plutôt qu'il voulait dire : on se bat du même côté. Le type avait été blessé en bas, pendant les charges de police, j'en suis certain. Il a dû courir et se réfugier dans la villa parce qu'il savait qu'il y trouverait des amis.

– Magdalena et les autres, ça serait plutôt le côté opposé, alors...

– Je parle du maître d'hôtel et de la cuisinière.

– Peut-être.

– Et tout ça à quelques mètres du patron de la police, c'est gonflé.

Germaïna se lova, cherchant sa position. Maximilien fixait le plafond.

– C'est dangereux maintenant ici, tu ne crois pas? maugréa-t-il enfin.

– Non, pourquoi?

– Toutes ces manifestations, ces bagarres. On n'a pas quitté le pays pour revivre la même chose.

– Mais je n'ai pas quitté mon pays!

– Je parlais de moi, de l'Allemagne.

– C'est de la politique. C'est comme ça, surtout de ce côté. Les Espagnols se battent toujours entre eux. Ne t'en occupe pas.

– Un jour, on s'en occupe. Toujours.

– Non.

– Si tu le dis.
– On est bien, là. On sera bien, avec le petit.
– J'espère, chuchota Maximilien, mais si bas que Germaïna ne l'entendit pas. D'ailleurs, elle s'était endormie.

Maximilien resta longtemps sans bouger, observant avec tendresse Germaïna contre lui, ses adorables défauts, ses insupportables qualités, et les soubresauts de sa main recroquevillée. Elle rêvait.

7

Trois hommes en béret frappèrent à la porte de Jon. Il était tôt pour des visites, même un dimanche, et les trois hommes ne portaient pas de cadeau. L'un s'appuyait sur un *makila*.

Jon ouvrit. La lumière du matin le fouetta. A contre-jour, il ne distingua que trois larges bustes qui masquaient sa vue, trois silhouettes surmontées d'un petit toit de feutre.

Ses yeux gonflés de sommeil s'accoutumaient mal. Il sortait du lit, en caleçon et tricot de corps. De toute façon, il allait se lever. C'était jour de fête, le *bitxinto*, au village.

La nuit précédente, il n'avait pas couru la montagne mais pris du repos, pour être frais toute la longue journée qui commençait.

Les trois hommes ne bougeaient pas. Jon les interrogea du regard, en se grattant la tête.

– On peut entrer? demanda l'un d'eux, plutôt comme une certitude.

Ils passèrent devant lui. Chacun des trois le dévisagea. Lui, il baissa les yeux. Trop de lumière entrait d'un flot. C'est alors qu'il reconnut son *makila* dans la main du dernier.

Ce fut clair : seuls les commanditaires de la Chica savaient où elle passait. Ils l'avaient recherchée, en vain sans doute. Mais dans la clairière, de jour, ils avaient trouvé le *makila* de Jon. Dans le petit monde des passeurs, on savait qui portait quoi. Avec son *makila* et sa devise, appartenant à lui seul, gravée, Jon avait signé son passage.

Il referma la porte. Les trois hommes se tenaient côte à côte au centre de la pièce.

– Asseyez-vous, dit Jon.

– Pas la peine.

L'homme au *makila* monta le bâton de néflier à hauteur de ses yeux. Au sommet, un pommeau et, en dessous, une plaque de métal qui couvrait le début du manche. Il la fit tourner lentement, lisant la devise : *nere laguna eta laguntza*, mon ami et mon soutien.

– Tu connais, Jon.

Il ne répondit pas.

L'homme au *makila* dévissa le manche. Apparut une lame effilée, véritable petite baïonnette. Il passa le bout de son doigt sur la pointe puis sur le tranchant, et hocha la tête, satisfait.

– Bon état. Ne sert pas souvent.

– Ça dépend, répliqua Jon, qui reprenait ses esprits.

L'homme au milieu, le plus costaud, fit tss tss... Jon comprit qu'on ne s'engageait pas dans un piapia de salon.

L'autre revissa le manche puis passa le plat de la main sur la tige de néflier, qu'on avait entaillée sur pied des années plus tôt, pour lui conférer cette torsade qui donnait sa souplesse au bâton des bergers. Au bout, le socle alourdi était entouré des chiffons dont Jon emmaillotait l'instrument pour assourdir son bruit sur le sol.

– Assez parlé, décréta l'homme du milieu, qui semblait être le chef.

Jon réprima un sourire : on n'avait pas échangé plus de trois phrases.

– C'est ton *makila*. Tu sais où on l'a trouvé.

Jon acquiesça.

– Tu as les paquets ?

– Quels paquets ? demanda Jon avec imprudence.

Le bruit du *makila* abattu violemment sur la table résonna pendant plusieurs secondes.

– Les paquets, ordonna de nouveau l'homme, tendant la main vers Jon.

– Mais qui êtes-vous, quand même ? Je ne peux pas donner quelqu...

– Tu veux qu'on te signe un reçu ?

Jon ne vit pas venir le coup de *makila* dans le ventre, qui le plia. Aussitôt après il eut l'impression de recevoir deux bœufs en même temps sur les épaules.

Ils savaient frapper. Faire très mal, sans trop de traces, sans fractures, mais à lui faire durer la douleur, comme un souvenir de leur passage. Défilaient en désordre le bruit lourd des coups sur son dos et le fracas des meubles qu'on éventre. Il ne connaissait pas ces hommes, mais il savait bien qui ils étaient. Il n'avait rien volé ! Il voulait bien tout rendre mais ils ne lui laissaient pas la parole. De toute façon sa bouche était occupée à gémir et crier... Passa l'image d'un coffre qu'on bascule et, dessous, les deux ballots qu'ils cherchaient.

Les trois hommes quittèrent la petite maison par l'arrière. Ils l'avaient roué de coups une dernière fois, en adieu.

Souffle coupé, Jon rampa jusqu'à son lit et se hissa en s'agrippant. Il enfouit sa tête dans l'oreiller, respirant à coups brefs pour ne pas raviver les douleurs. Puis il s'évanouit.

*

Des groupes frais comme l'air convergeaient vers l'église. Les jeunes filles trottaient dans leurs jupes noir et vert en se tenant par la main, aguichant les jeunes gens sérieux sous leurs bérets rouges, habillés de blanc, tous lumineux. La place du village s'emplissait. Le *bitxinto* de fin d'été serait splendide au soleil. Les récoltes épaisses cette année libéraient les esprits, et rendaient les corps légers. Il y avait de l'amour partout, dehors.

A l'intérieur, dans sa maison, la gorge de Jon sifflait à chaque inspiration.

Au fond de l'église, la sacristie résonnait de grommellements. Le douanier venait de poser un paquet de linge sur un autel et se dandinait devant l'abbé, bras ballants.

– Aide-moi donc, grogna celui-ci.

Le douanier lui attacha autour du cou et aux manches de la chasuble des flots de dentelles, sortis du paquet, en s'inquiétant :

– Vous ne croyez pas, monsieur l'abbé, que...

– Tais-toi.

Ajustant ses habits sacerdotaux aux couleurs du dimanche, il semblait plus énorme que dans sa soutane noire. Mais les dentelles accrochées en tout sens donnaient à sa silhouette gigantesque une allure indécise. Le douanier mourait d'envie de rire.

– On va lui jouer un bon tour, monsieur l'abbé.

– Où est-il, ce mécréant?

– Pas encore vu.

– Mets les dentelles, toi aussi.

A contrecœur le douanier prit d'autres fanfreluches dans le paquet et les attacha à ses propres poignets.

L'abbé fouilla et sortit un bonnet de guipure friselée. Son visage s'éclaira. Il commença à tirer sur la coiffe pour la fixer sur son crâne, sa couronne de cheveux blancs s'évasant comme le socle d'un gros bol. Le bonnet avait du mal à tenir. Visage empourpré, l'abbé tira, et c'était maintenant une grosse calotte ronde qu'il portait, descendant au milieu du front.

Le douanier intervint à nouveau :

– Monsieur l'abbé, tout de même...

– Tais-toi.

Deux enfants de chœur entrèrent, déjà vêtus de leur aube. Ils pouffèrent à la vue du curé ruisselant de dentelles.

– Vous êtes en retard, les rabroua l'abbé. Vous croyez que le Seigneur attend ?

Retenant leurs rires, les gamins s'affairèrent, emportant les burettes, le calice, bras chargés de l'attirail pour la messe. Le douanier les suivit, tentant de rentrer le surplus de festons sous le bas de ses manches.

Il alla prendre place au bout de la galerie en bois, au-dessus de la nef. Le parterre était réservé aux femmes. Certaines, parmi les plus anciennes de la vallée, s'installaient sur le banc familial, devant une dalle, le *jarleku*, la tombe de leurs ancêtres. Chaque grande famille gardait encore la sienne, mais les autres avaient depuis longtemps une place au cimetière, au dos de l'église.

Maritchu Etcheverry se recueillait déjà près de la dalle gravée au nom de sa Maison. Sur le banc, deux autres places, libres. L'une, pour Germaïna, resterait vide, comme chaque dimanche depuis plusieurs mois. Goïzane s'assiérait à côté, tout à l'heure.

Elle avait demandé à sa mère de rester un peu sur la place avant la messe. Toujours morose, Goïzane avait besoin d'air. Le père, Mikel, n'avait pas bronché. C'était la question des femmes.

Les hommes montaient à l'étage dont le pourtour était garni d'une galerie en bois derrière laquelle ils resteraient debout. Mikel et Mattin s'y tenaient, côte à côte, leurs grosses mains posées sur la rambarde. Nabar gardait la Maison. On lui avait appris à faire sa prière tous les soirs, mais il n'entendait rien à la religion. « Pas grave, avait décrété l'abbé quand Maritchu lui avait demandé conseil. Il ne sait pas ce qu'est un péché. Notre-Seigneur comprend. On est d'accord. »

Près de l'autel, une femme racornie s'était avancée par le fond, à petits pas. Elle s'installa d'un bond sur le siège de l'harmonium. Celle qu'on appelait la Benoîte, femme à tout faire de la paroisse, vivant dans une minuscule maison à l'écart du presbytère, entama un cantique.

L'église finissait de s'emplir. Maritchu jeta un coup d'œil vers la porte, s'impatientant : Goïzane n'arrivait toujours pas.

Sur la place, la jeune fille allait et venait, nonchalante. Comme tout le monde – mais personne ne le savait – elle attendait Jon. Le retard du jeune homme devenait inquiétant.

Saluant ses amies du village, elle passait d'un groupe à l'autre, et suivit ceux qui décidèrent de frapper à la porte de Jon, voir s'il était là, ne pas attendre, la fête pressait et la messe allait débuter.

Pas de réponse.

Sur son lit, abruti dans l'oreiller, Jon n'entendait rien.

– Pas là, décréta comme une évidence l'un des jeunes.

– Pas rentré de la montagne, encore? C'est un cas, celui-là.

– Le jour du *bitxinto*, vraiment!

Ils partirent en marmonnant vers l'église. Goïzane resta.

C'était la première fois qu'elle rôdait près de la maison de Jon. Le père, paraît-il, n'avait pas encore pris le temps de lui parler, ni aux autres Maîtres Vieux de la vallée. Trop de travail, toujours, jusqu'à ce dimanche au moins, qui en marquait la fin. Vite ensuite, avait assuré Maritchu, il négocierait le mariage. L'ordre revenait dans la Maison, bien. Les jumelles, vraiment, jouissaient à l'inverse, l'une de partir, l'autre d'attendre. Vraiment?

Goïzane cherchait, mine de rien.

Auparavant, jamais elle n'aurait osé. Mais aujourd'hui la place fut vide très vite. Les retardataires s'engouffraient sous le porche et gagnaient leurs places sans se faire remarquer. Goïzane, elle, faisait le tour de la petite maison.

Bien que seule, elle regardait à la dérobée les fenêtres étroites aux volets entrouverts. C'était si blanc ici. C'était si net. Et tellement calme.

A l'arrière, la porte vitrée donnant sur la cuisine était à peine poussée. Goïzane s'enhardit.

Elle entra à pas de loup, traversa la pièce, remarqua les casseroles et les assiettes rangées mais des meubles éventrés. Bizarre... Pas un bruit. Personne. Le front soucieux, elle poussa jusqu'à la pièce de devant, et une porte à droite attira son regard. C'était petit ici, une maison de poupée. Elle jeta un coup d'œil, se recula : la chambre ! Elle avait discerné par l'embrasure le montant d'un lit. Les joues rouges, elle se dirigea vers la sortie, puis se ravisa. Une image la traversait, celle d'un pied aperçu au bout du lit.

Mal à l'aise, elle revint sur ses pas, sans bruit sur le parquet ciré. Cette fois, elle passa la tête à l'intérieur.

Jon gisait sur le lit, à plat ventre. Il ne bougeait pas. Du sang tachait son maillot.

Retenant un cri, Goïzane se précipita sans réfléchir. Gênée, elle remarqua les jambes bleues du jeune homme qui sortaient du caleçon déchiré, les cuisses et les mollets battus. Elle voulut le toucher mais n'osa pas. Passant d'un pied sur l'autre, elle avançait la main, la retirait aussitôt, secouait la tête, balbutiant des « mon Dieu... mon Dieu » inutiles. Elle faillit appeler. Qui ?

Toujours tétanisée devant le lit, Goïzane vit le corps de Jon trembler. En gémissant il tourna un peu la tête, et ouvrit la bouche, respirant mal. Il découvrit la silhouette d'une jeune fille qu'il ne connaissait pas... peut-être si ?... à peine, il avait dû la voir, où ?... Il ne chercha plus, un éclair en vrille serrant soudain ses tempes.

Son corps reprenait vie. Il n'avait jamais autant senti, de la racine des cheveux jusqu'au bout de ses pieds, chaque parcelle de sa peau, de sa chair. Il n'était que douleur, un méli-mélo de nerfs et de muscles.

– J'ai mal, grimaça-t-il.

– Ne bouge pas, Jon. Ne bouge pas.

*

– Paroissiens ! tonnait l'abbé du haut de la chaire, la maison du Seigneur est vaste, ce n'est pas une raison pour laisser des places vides.

Il promena son regard sur la galerie d'étage, puis en bas.

– Où sont-elles les brebis ?

On repérait les absents un jour de *bitxinto*, car chacun se faisait un devoir d'assister à l'office, prologue à la fête jusqu'au soir. Tous vérifiaient : tous présents sauf Jon – le plus aimé du village –, et Goïzane parce que sa place sur le banc Etcheverry laissait un deuxième trou.

– Dimanche dernier, paroissiens, j'intercédai auprès du Ciel pour le pardon des...

L'abbé marqua un temps, le bras levé vers la voûte, mais le regard sur ses ouailles. Or, dans l'assemblée compacte, il discernait des visages amusés. Des femmes pressaient leur main devant la bouche pour pouffer, des hommes se poussaient du coude. Il ne comprit pas pourquoi, oubliant les flots de dentelles qui s'agitaient au bout de ses bras.

– ... pour le pardon des péchés, reprit-il en haussant les épaules. Le Ciel m'avait indiqué une réponse, une belle réponse adaptée à notre beau pays, ce qui prouve que le Ciel fait attention à nous, on est d'accord. Cette réponse, la voici : puisque des mécréants préfèrent jouer à la pelote, qu'ils jouent ! mais alors, que le perdant soit présent, ici, à la messe, chaque dimanche suivant. Eh bien il est là, le perdant ! Il est là, et je le félicite, enchaîna-t-il en désignant le bout de la galerie en haut, où se tenait le douanier.

Celui-ci se redressa, ventre en premier, bien content. Toutes les têtes se tournèrent ou se levèrent et, cette fois, un grand rire traversa l'assemblée : là-haut, on découvrait le douanier embarrassé lui aussi de dentelles au bout des manches, comme un gros marquis.

L'abbé tapa son poing énorme sur la chaire pour ramener le calme. Vers l'autel, un couinement désaccordé surgit : la Benoîte, surprise aussi, avait heurté du coude le clavier de l'harmonium.

– Suffit ! gronda l'abbé. Tous et toutes, vingt Je vous salue Marie, vingt Pater... pour commencer.

Il s'essuya le front, et sentit le curieux frottement d'une étoffe sur sa peau. Les dentelles ! Son effet prévu avait raté... Il eût fallu que Jon fût présent, pour être désigné au ridicule devant tous, avec la preuve évidente de sa maladresse. La contrebande, il fallait bien la stigmatiser, surtout devant Dieu, mais tout le monde s'en accommodait, l'abbé le premier. En revanche, se faire prendre, la honte ! Et le butin étalé au grand jour, abomination !

Mais, Jon absent, ça n'avait plus de sens. L'abbé fulminait :

– Et puisqu'il y a encore des absents, il faut multiplier les prières. On est d'accord, c'est évident. Vous n'avez pas assez prié, paroissiens !

Des mouvements dans la galerie du haut marquèrent la désapprobation. Sur les bancs des femmes, en bas, on semblait plutôt résignées – peut-être indifférentes.

– Pas assez prié, je le répète. Notre-Seigneur réclame à tour de bras, si je puis dire (il était gêné maintenant par les dentelles agitées à chaque geste), qu'on affirme sa foi en Lui et qu'on Le prie, même si on n'a pas toujours que ça à faire, on est d'accord.

Il reprit son souffle.

– Nous avons donc ramené une brebis, c'est bien, expliqua-t-il en évitant cette fois de désigner le douanier, là-haut, pour ne pas redéclencher un spasme collectif. Nous avons bien prié et Notre-Seigneur a dû se dire : on est d'accord. Bon. Mais, dans sa grande bonté, le Tout-Puissant n'arrête pas de nous envoyer de nouvelles épreuves, il n'arrête pas, quelquefois j'en suis même épaté, Seigneur, d'une telle bonté... Chantons alléluia (une ou deux voix s'élevèrent aussitôt). Non, pas tout de suite ! Car voilà le nouveau problème, paroissiens : si un mécréant sur les deux est de retour...

il en manque donc encore un – le plus difficile des deux à faire revenir, on est d'accord –, mais ce n'est pas tout : aujourd'hui, oui, malédiction ! voilà qu'il en manque... une, aussi !

Penché, il fixait en dessous le banc des Etcheverry et la place vide de Goïzane. Maritchu triturait un mouchoir, outrée. Dans la galerie, des têtes se tournèrent vers Mikel et Mattin, qui serraient les mâchoires.

– Oh, Seigneur, psalmodia l'abbé, tu remplaces une brebis revenue par une autre égarée, comme aux dominos ? C'est une épreuve. Nous allons donc prier, Seigneur, mais tout de même...

L'abbé hésita à évoquer l'autre absente, Germaïna. Il renonça. Il savait ne pas aller trop loin. Depuis des semaines, sa place restait vide. Les murmures des paroissiens en confession lui avaient indiqué le motif. Collectivement, le village se taisait. Si le père l'avait chassée, la vallée ne la connaissait plus.

Mais Goïzane absente, elle !

★

Goïzane, à cet instant, s'affairait dans la maison de Jon.

Elle-et-lui, c'était la première fois. Panser-dorloter-nettoyer, laver ce corps déformé, effrayant. Goïzane le faisait sans retenue, alors qu'un instant plus tôt elle s'affolait devant Jon.

Palper tout d'abord.

Goïzane n'avait pas vécu à la ferme sans savoir ce que les enfants des villes n'apprennent que dans les livres. Les blessures, le sang, les maladies, les cris, les saillies, les naissances, les matières, les odeurs... elle savait. Des pieds jusqu'à la tête, elle posa ses mains sur le corps de Jon, effleurant ou appuyant. Cent fois elle arracha un cri au jeune homme. Pas de hurlement : il était donc moulu, mais pas cassé.

Nettoyer ensuite.

Elle avait exploré la maison et cela ne lui avait pas pris longtemps. Faire tiédir une bassine d'eau sur le petit fourneau, dénicher une serviette, puis tirer sur les lambeaux du caleçon et du maillot de corps, et le voir nu sans détourner les yeux, plutôt comme une mère qui se penche, onctueuse. Des pieds jusqu'à la tête, elle explora les membres meurtris, nettoya le tour des yeux qui gonflaient, bleus. Elle purifia avec minutie. Jon endurait sa tendresse avec des haut-le-cœur.

Panser enfin.

Nouvelle tournée dans les petites pièces et, sous le lavabo, trouvaille des indispensables. C'est à la vue des objets de toilette et de la boîte pour soins que Goïzane cafouilla, comme si elle dérobait des secrets de mâle sans y être invitée. Des pieds jusqu'à la tête, elle pansa, elle entoura de bandes, elle calma d'huile et de graisse trouvée sur une étagère grillagée près d'une fenêtre. Du moelleux de ses gestes, Jon s'apaisait.

Habiller.

Des vêtements reposaient contre le dossier d'une chaise et sur un fil, tendu de l'armoire à la fenêtre. Goïzane reconnut les atours préparés pour la fête. Espadrilles à lacets, chaussettes et pantalon immaculé, ceinture rouge à longs pans, chemise aux manches amples, blouse sombre et béret. Des pieds jusqu'à la tête, elle enfila les tissus avec précaution, elle harnacha au mieux le corps déformé. Jon à la fin fut bien mis.

– Service du nettoyage ! susurra-t-elle à son oreille.

– Qui es-tu ? balbutia Jon, ouvrant enfin les yeux.

– Goïzane Etcheverry.

– Quelle heure ?

– L'heure de la messe.

– M'en fous... déjà mort, expira le jeune homme.

– Jon Aguirre, debout ! ordonna-t-elle avec une infinie douceur.

– Etcheverry... ah ! oui. A l'autre bout, là-bas, la colline de...

– Ne te fatigue pas.

– Alors je reste ici. Va-t'en.
– Non. Appuie-toi sur mon bras, dit-elle en le forçant.
– Tu as un grand regard, affirma-t-il, incorrigible, en la dévisageant d'un seul œil, l'autre bouché par un pansement.
– Tu n'arrêtes jamais ? Tu me fais rire.
– Et toi, mal.
– Et alors ? Pour reluquer, tu ne souffrais pas, hein ?
– Bon, laisse-moi.
– Debout, Jon !
– Pas assez forte pour me soutenir...
– Plus forte que toi.
– Bonne femme, siffla-t-il, ramenant à regret ses jambes et s'accrochant au bras de Goïzane, solide.
– Bavard.
– L'autre bras... soupira-t-il jusqu'à ce que Goïzane le lui tende.
– Ça me revient, dit-il, debout enfin, appuyé à ses bras. Les jumelles Etcheverry ! Ta sœur, on ne l'a pas vue depuis longtemps.
– Marche doucement, pour voir un peu.
– J'ai mal, grimaça-t-il à chaque petit pas qui les menait vers la porte.
– Ne fais pas le douillet.
– Tu fais bien l'infirmière, toi, grogna-t-il en reprenant son bras et la laissant ouvrir la porte.
– Ça va aller.
– Aller où ?
– A la messe, on nous attend.
– Merde ! Mais... Il se reprit : Tu me laisseras au fronton.
– Tu imagines que tu peux jouer ? rit-elle.
– Je regarderai.
– Eh bien, tu regarderas la messe aussi, si tu as assez de mémoire.
– Non, va-t'en alors. Je reste ici.
– Maintenant que tu es debout, tu ne peux plus te rasseoir tout seul, tu te casserais.

– Ça va, je ne t'ai rien demandé.
– Ne me remercie pas, dit-elle, pas même ironique.
– Le béret, tu as oublié, soupira-t-il.
– Ah oui. Appuie-toi là, sur la porte, je vais le chercher.
– Tu es légère, dit Jon en sueur, la regardant à la dérobée trottiner jusqu'à la chaise et revenir vite, son béret à la main.
– Oui, et puis je danse bien. Toi aussi, je le sais.
– On dansera ensemble, dès que je pourrai. Promis. La première. Ton nom... comment ?
– Goïzane.
« C'est sucré », pensa Jon.

*

– Ah, le Malin est à l'aise avec vous, paroissiens ! reprenait l'abbé d'un ton rogue. Ah, le Démon se régale ! Il apprécie ! Il a une très bonne opinion de nous, le Belzébuth ! Quand il jette son dévolu diabolique sur notre paroisse, c'est comme quand vous commandez une omelette aux cèpes chez Maïté : il a l'eau à la bouche, tout de suite ! C'est velours pour lui, au Malin. Vous lui facilitez le travail, on est d'accord.
Les têtes se baissèrent.
Un silence suivit. La Benoîte, toujours un peu ailleurs et qui croyait le sermon achevé, entama quelques notes sur l'harmonium. L'abbé la fusilla du regard.
Maintenant le bonnet de dentelle le serrait. Quelle bêtise d'avoir mis ça !
– Que Dieu me préserve de la pensée qui me vient, mais si je l'ai c'est que Dieu me l'envoie, on est d'accord. Je suis Son représentant sur notre terre de misère. Il me faut donc vous la dire, cette pensée qui me vient : ces deux-là, Jon et Goïzane, absents, en même temps, ensemble, alors qu'ils devraient être là, avec nous... je n'ose pas penser, ce n'est pas possible, je n'ose pas envisager... ? il baissa le ton : ...Qu'ils soient pris par l'œuvre de chair !

Ne voulant pas laisser ses fidèles réagir, l'abbé s'enflamma brusquement :

– Seigneur? Non! Fais reculer Satan! Envoie-moi un signe!

On entendit grincer.

Toutes les têtes, et l'abbé aussi, se tournèrent vers l'entrée. La porte venait de s'ouvrir. Elle raclait sur le sol de pierres disjointes.

« C'est ça ton signe, Seigneur? s'interrogea l'abbé. Je sais, la porte est vieille. On doit la faire réparer. Accorde-moi alors des quêtes plus généreuses, on est d'accord? »

Il n'alla pas plus loin dans ses pensées. Porte ouverte, un angle lumineux s'installait sur l'allée centrale. Un couple entrait.

Projetant d'abord leurs ombres sur le dallage, ils avançaient à petits pas. Le silence était à peine dérangé par le glissement de leurs espadrilles sur la pierre. Ils dépassèrent la voûte sombre qui soutenait l'escalier montant à la galerie, et ils apparurent en pleine lumière.

Un murmure de stupéfaction parcourut les rangs.

Malgré son état boiteux et les bandages qui ceignaient son front, chacun avait reconnu Jon.

Et chacun découvrait avec des yeux ronds celle qui le soutenait : Goïzane.

Le murmure se changea en désapprobation quand elle le conduisit vers le banc de la famille, car jamais un homme ne s'installait en bas.

Chaque pas arrachait une grimace à Jon. Il penchait sur Goïzane, et mit longtemps à s'asseoir. Ses mains tremblaient. Des bandes couvraient son nez et son cou. Habillé tout en blanc, il portait sur sa chemise une blouse sombre aux manches retroussées, d'où dépassaient d'autres bandages.

Goïzane le cala sur le banc, et s'assit entre lui et Maritchu dont la mâchoire pendait, hébétée. En haut, les gens observaient à la dérobée le père et l'oncle : deux statues. Les regards revinrent vers l'abbé.

Il toussota.

Jon leva les yeux, agita faiblement la main pour indiquer un « tout va bien », optimiste, et découvrit en même temps et les dentelles et le bonnet et les fanfreluches de l'abbé ; juste au-dessus les mêmes sur le douanier – qui tendait la tête comme un gros canard ébloui.

La vue de ces deux déguisés et la découverte de son chargement ainsi exposé arrachèrent à Jon un rire, qui s'étouffa dans sa gorge et se mua en gémissement de douleur.

– Vous tous ! reprit l'abbé à la cantonade, ne soyez pas surpris : c'est le signe attendu, même si les voies de Notre-Seigneur sont par-ci, par-là encore un peu impénétrables, on est d'accord.

Il envoya un bon sourire à Jon et à Goïzane, qui ne le virent pas, tous deux baissant la tête.

– Réjouissons-nous d'être enfin au complet, et ils me diront tout à l'heure à confesse ce qui... enfin ce que...

L'abbé parcourut l'assistance, et surprit à la dérobée quelques paires d'yeux courroucés.

– Quant à leur place en bas, répliqua-t-il à ces questions muettes, Notre-Seigneur accordera l'exception. Ne vous semble-t-il pas, à première vue, que les épreuves subies évitent d'en ajouter une autre, celle des escaliers pour monter à notre galerie ?

La plupart hochèrent la tête.

– On est d'accord. Et puis je vois, sourit encore l'abbé en désignant les bandes entourant la tête de Jon, qu'il est coiffé, ce qui est de règle en bas.

Cela lui rappela son bonnet sur la tête, qu'il arracha, comme les dentelles sur sa chasuble. En haut, le douanier ne le quittait pas des yeux et leva les sourcils, quémandant un signe. Il ôtait les siennes aussi ?

L'abbé haussa les épaules de loin. « Quel crétin ! » songea-t-il. Et il reprit, d'une voix ferme :

– Continuons à louer Notre-Seigneur. Chantons !

Il entonna le Kyrie en basque et sa voix relayée par celle des hommes en grave et des femmes, piquantes, réjouit les voûtes.

*

Dès la fin de la messe, l'église s'était vidée en hâte. Même l'abbé n'avait pas traîné, rembarrant les enfants de chœur. Pour éviter la bousculade, Goïzane et Jon avaient attendu sur leur banc. Maritchu avait proposé de les aider, mais Goïzane lui avait fait signe de les laisser.

Les danses ? Elles explosaient partout. Ça ne serait qu'arabesques, la journée entière. Celle des pelotaris autour de la balle, celle des verres autour des gosiers, celle des jambes et des bras autour des corps. Les figures des ballets basques décrivent la frénésie des membres sur un buste figé. Pieds-cabrioles et mains-pirouettes, têtes et ventres jamais dégroupés, à l'image des arbres dont les troncs libèrent les branches et les feuilles pour les laisser virevolter dans le vent.

Dehors, tout le monde s'écarta quand Goïzane et Jon apparurent enfin sous le porche. Entrés les derniers, seuls dans l'allée, ils sortaient au milieu d'une haie. A voir ce couple enchâssé de force, on aurait dit un mariage brinquebalant.

Mikel, le père, observait lui aussi ce cortège bizarre. Reculé en compagnie d'autres hommes, d'autres Maîtres Vieux des grandes Maisons, il s'appuyait d'une main sur sa canne, et l'autre, au fond de sa poche, triturait quelques feuilles qu'il y avait enfouies le matin. L'oncle Mattin, son frère, attendait déjà sur le banc de pierre et l'appela. La réunion des hommes débutait.

On y parlait de problèmes qu'on réglait entre soi. Le temps était loin des grands *biltzar* de villages, ces assemblées organisant la vie des vallées, au-delà des lois. Mais l'habitude persistait. Les anciens discutaient, qui d'un passage pour son troupeau sur le chemin d'un voisin, qui de l'achat partagé d'une nouvelle machine. Mikel évoqua le mariage de sa seconde fille, Goïzane, avec le jeune Jon Aguirre. Rien n'allait modifier le partage des terres, et les Vieux approuvèrent.

A quelques mètres de là, sur la place, les pelotes claquaient déjà contre le fronton. Des jeunes s'échauffaient.

Devant l'auberge, dont la terrasse mordait sur l'aire de jeu, Goïzane et Jon s'installèrent à l'ombre d'une toile tendue au-dessus des tables. Sa mère, Maritchu, et quelques femmes du village jacassaient à côté, déjà prêtes pour le banquet. Vrai jour de fête : elles n'avaient pas de repas à préparer.

Maritchu jetait de fréquents coups d'œil à Goïzane et Jon, impatiente de leur parler, mais sachant qu'il faudrait attendre le soir, à la Maison. Elle se sentait fière : Goïzane, la calme jumelle, s'avérait résistante autant que l'autre, Germaïna l'ardente. Maritchu le savait depuis toujours, mais la jeune fille venait de le prouver à tous, en guidant Jon à l'église, en bravant l'interdit.

Jon, que Goïzane faisait boire en lui tenant le verre contre les lèvres, observait les joueurs, cloué sur sa chaise, hochant la tête après un joli revers. Le moindre geste déclenchait toujours de lancinants éclairs derrière ses yeux.

La partie opposait de jeunes pelotaris. Aujourd'hui, l'abbé était spectateur lui aussi. Il vint s'asseoir à côté de Goïzane et de Jon. Sa masse fit plier la chaise. Il s'épongeait le front avec un morceau de dentelle rescapé. Il le tendit ensuite à Jon.

– Tu récupéreras ça au moins, s'esclaffa-t-il. Té, quelle chaleur!

Goïzane enfouit le tissu dans la pochette qu'elle portait en bandoulière.

– Que veux-tu, reprit l'abbé, ce sont les risques du métier.

A l'évidence, il n'évoquait que la prise du chargement par le douanier, pas l'état dévasté de Jon. Si tout le monde se posait des questions, personne n'en posait à quiconque. Ici, les secrets gardaient leur sens; ils étaient tenus. Si quelqu'un voulait en partager, qu'il parle en premier. Alors les autres hocheraient la tête, sans répondre.

– Si c'est un métier ! enchaîna l'abbé. Tu es peut-être en train de changer enfin ? demanda-t-il sans attendre vraiment de réponse, clignant de l'œil en direction de Goïzane.

L'abbé connaissait tous les mystères de cette vallée. Trente ans de chuchotis derrière le grillage en bois du confessionnal laissaient peu d'ombres sur la vie de ces gens. Sa bonté attentive, mal masquée par les anathèmes tonitruants qu'il faisait pleuvoir sur la paroisse, lui avait ouvert les cœurs. Il voyait en dedans, l'abbé, et clair.

– Vous deux, si vous avez besoin de me consulter, ou plutôt quand vous aurez besoin, vous savez où je suis. On est d'accord.

Goïzane sourit, et Jon grogna.

– Je vais m'occuper d'autres pécheurs, j'ai à faire dans cette vallée de misèèère ! s'enfla le gros homme.

Il se leva et tapota gentiment l'épaule de Jon. Même effleurée, elle fut vrillée par la main-battoir. Goïzane lança un regard courroucé à l'abbé.

– Eh bien, quoi ? s'étonna celui-ci en s'éloignant.

Le douanier passa aussi, les saluant sans s'approcher, fier. Jon leva les yeux au ciel, exaspéré.

Au fronton les jeunes jouaient, vivaces. Ils ne laissaient pas un point sans lutter. Par réflexe, Jon esquissait les mouvements qu'il aurait faits s'il avait joué, et ça tirait. Il commença à se tourner. Goïzane se précipita et le réinstalla, presque dos à la partie.

Ainsi Jon ne vit-il pas au même instant trois hommes en béret passer au coin de l'église et que Mikel rejoignait, à l'abri des regards.

★

Ils se saluèrent brièvement, mais rien que prononcer le nom prenait du temps.

– Salut, Ferbentxajaurregui, dit Mikel.

Même pour lui, la séquence était éprouvante.

L'homme à qui il s'adressait porta son pouce au béret.

– Ton père, ça va ? interrogea Mikel.

– Bien.

– Toujours à San Sebastián ?

– Toujours.

C'était rituel.

Personne ne les voyait, tous les quatre, masses stables à l'arrière de l'église.

– On m'a dit que tu avais eu du souci avec un chargement, dit Mikel.

– Tu fais dans le travail de la nuit, maintenant ?

– Non. La contrebande, on n'y touche pas chez les Etcheverry. Et ceux qui y touchaient, ils n'y toucheront plus. Tu me suis ?

– Pas trop.

– Tu sais que le petit Jon Aguirre va épouser ma deuxième fille, Goïzane.

– On le dit.

– Je te le dis.

– Bien.

– Alors le petit, là... il faudrait le laisser tranquille maintenant, dit Mikel.

– Le « petit »... comme tu y vas !

– Le laisser tranquille, répéta Mikel.

Deux des hommes baissèrent la tête, offrant au regard la galette de leur béret. Sous l'un d'eux apparaissait un bandage.

Le troisième fixait toujours Mikel :

– Tu sais, Etcheverry, ce n'est pas ta famille.

– Ça le sera.

– Alors, peut-être.

Mikel froissait toujours les feuilles au fond de sa poche.

– Et l'oncle, ça va ? continua-t-il, comme au début.

– Ça va, reprit l'homme.

– Toujours en Amérique ?

– Toujours. A Chicago.

– Bien.

Mikel laissa passer un temps sans le quitter des yeux, puis il précisa :

– Il n'a rien perdu le tonton de Chicago : vous avez repris le chargement de la Chica. Mais le petit, lui, il a perdu le sien.

– Son problème.

L'un des hommes redressa la tête :

– Et la Chica, elle a disparu.

– Je vais dire pareil : ton problème, répliqua Mikel, le regardant à peine et sans rien lui demander sur son pansement au crâne.

C'étaient des batailleurs, ces trois. Ils vivaient en Espagne, « où on aime ça en ce moment », songeait Mikel.

Il laissa passer un silence, puis demanda doucement :

– Ton oncle, d'Amérique il revient quand ?

– A Noël, il revient. Pour la première fois.

– Tu lui parles comment ?

– On a le téléphone, de l'autre côté.

– Quand il te contactera, tu lui diras que je veux le voir dès qu'il débarque.

– Je lui dirai.

– J'ai un travail à lui confier.

– Je lui dirai.

– Et le petit, en attendant, il faut le laisser tranquille.

– Je lui dirai.

Mikel n'en attendait pas davantage. Rude et brut de famille, comme lui.

L'homme du centre certifia simplement sa promesse par ces mots :

– Il te connaît bien, l'oncle.

– A l'école on a été, ensemble, ricana Mikel. Je ne l'ai pas revu depuis si longtemps.

– Je sais bien.

– Il ne s'appelait pas encore Ferben, de ce temps.

– Ah ! là-bas, en Amérique, ils n'aiment pas que ça traîne.

– Alors... fais vite, Ferbentxajaurregui.

Mikel écrasa dans sa poche les feuilles qu'il triturait depuis le matin. Des feuilles de lin, bleues, cueillies dans le carré du jardin où il avait semé la plante à la naissance de Germaïna.

L'homme au béret remarqua que le père Etcheverry avait eu dans sa voix une mauvaise tristesse.

*

Les tables avaient été dressées en entrelacs dans les salles et sur les terrasses, serpentin de nappes en lin à bandes vertes. On avait aménagé un bout pour Jon, qu'il ne soit pas bousculé pendant le banquet. Goïzane l'avait aidé à se glisser sur son siège, et s'était assise à côté. Maritchu les couvait.

Mikel trônait plus loin, avec d'autres hommes, leurs verres pleins de rouge, remplis, vidés, au gré du passage des serveuses en tablier noir. Leurs visages s'empourpraient à déchiqueter les cuisses cuivrées de poulets ou, pour les plus acharnés, à croquer en bavant les piments rouges, en grappes sur les tables. Excepté Mikel, tous les hommes avaient repoussé le béret en arrière, signe de gaieté, dégageant les cheveux blancs autour de la feutrine noire.

Le soleil vertical cuisait les corps. Quand, des heures plus tard, il tapa de biais, il brûla le cuir de peaux jusque-là protégées, ombra les sillons sur les joues et les mains grasses. Les couteaux taillaient dans le fromage de brebis, étalaient la confiture de cerises noires, avant d'être essuyés sur du pain, refermés et enfouis au fond du pantalon. On servait du *patxaran* à la fin. La liqueur épaisse chavirait les derniers yeux, et dans les cous ruisselaient des sueurs qu'on n'épongeait même plus.

Ballet réglé par instinct, entre ceux qui servaient, ceux qui bâfraient, ceux qui se dressaient, chantaient, et les groupes s'éloignant pour se soulager, dos caché contre un chêne.

Jon dégustait les portions que Goïzane coupait pour lui. Il la suivait, ses yeux devenus suaves. Il n'avait plus besoin de la détailler, la jumelle Etcheverry, de discerner son corps sous le corsage comme il le faisait toujours face aux filles. Sans pratiquer son jeu favori d'imaginer le rire ou le rauque d'une conquête au moment du bonheur, il percevait, assourdi, le son de sa voix, effleurant.

Il ne discernait pas les regards cruels des autres filles sur Goïzane qui leur volait leur homme-merveille. Et elle souriait en plus ! A lui, à tout le monde, du rictus tendre-hébété qui se plaque sur la face des bénis.

Vit-elle le faux pas volontaire d'une serveuse qui trébucha et renversa sur elle un plat et sa sauce ? Sans doute avait-elle repéré, toutes antennes sorties, cette bringue élancée au regard salace, qui s'excusait en ricanant :

– Que je suis maladroite ! Misère !

Et de ne pas savoir à quel saint se vouer, et de se lamenter, faussement penaude. Et d'autres filles autour qui pouffaient, se retenant à peine de battre des mains.

Maritchu se dressa, hors d'elle :

– Je t'ai vue, imbécile ! Tu as fait exprès, oui.

Les mères qui l'entouraient glapirent aussi.

On insultait la serveuse, pas pour sa maladresse mais parce qu'elle faisait semblant.

– Sorcière !

– Je vais te montrer, moi !

Puis le silence régna : on allait au pugilat.

Alors Goïzane se leva. Elle s'approcha et embrassa la fille lentement sur les deux joues. Stupéfaite, l'autre s'éloigna en pleurnichant.

Presque aussitôt les flûtes résonnèrent par le fond, tenues d'une main, la tige coincée entre les derniers doigts gauches, les autres bouchant les trous, modulant des sons vite irritants. Mais l'autre main, frappant sourdement la peau d'un tambour accroché à la taille, compensait l'aigreur.

Un homme les suivait, psalmodiant des vers improvisés, où l'on racontait la brève rencontre entre Jon et Goïzane, consacrés les héros de la fête. La pudeur profonde autorisait par ce biais de dire tout haut ce que chacun avait compris.

D'un bond qui tenait du prodige, un danseur atterrit au milieu de la place, surgi de nulle part, et entama une danse furieuse autour d'un verre posé à ses pieds. Pour finir, il sauta sur le mince rebord, sans le briser ni le renverser, les pieds serrés dans ses espadrilles tendues comme une seconde peau. Tout le monde applaudit, Jon aussi, oubliant ses douleurs. Elles se rappelèrent à lui. Goïzane aussitôt lui caressa la joue.

– Garde ton rire pour tout à l'heure, lança une voix derrière Jon.

L'abbé, hilare, posait gentiment ses grosses mains sur les épaules du jeune homme, sans se rendre compte que leur seul poids lui arrachait derechef une grimace.

Sur la place venait de surgir un *zamalzain*, danseur au corps de cheval, qui exécuta une farandole, mais pas la même que d'habitude. En effet, une mascarade se mettait en place où chacun reconnut bientôt le douanier – habillé en douanier ! – et un couple de jeunes. L'homme portait bandeau, *makila* et chemise noire, et deux ballots sur ses épaules. La femme faisait semblant de se cacher derrière les branchages qu'elle tenait à la main. Chacun tournait autour du douanier, immobile au milieu, très content de sa farce.

Se croisant au faux hasard de leurs pas, le jeune homme et la jeune fille se frôlaient, s'enlaçaient, puis s'éloignaient à l'abri du branchage censé représenter la forêt. Au passage le jeune homme avait déposé ses ballots sur le cheval de bois du danseur, qui baissait la tête, mimant l'attente. Alors le douanier se glissait en silence vers lui, rigolo de maladresse, s'emparait du chargement, et s'éloignait en marchant sur les pointes, un doigt sur la bouche. Disparaissant derrière la foule, il en revenait un instant plus tard, les ballots à bout de bras sur lesquels il venait d'épingler un morceau de dentelle, triomphant.

Tout le monde s'esclaffa et tapa des pieds. Là encore, le théâtre improvisé avait permis au village d'apprendre l'exploit du douanier.

Mille fois, les aventures des uns et des autres s'étaient propagées dans la vallée grâce à la mascarade. Il n'eut pas été concevable d'en parler clairement : il fallait bien savoir, mais il ne fallait pas dire. En mimant sa prise de butin, la nuit dans la montagne, le douanier triomphait en évitant le péché, capital ici, de fanfaronnade.

Malgré sa douleur, Jon rit franchement.

– Dis donc, tu n'as pas le succès oublieux, dit-il au douanier qui s'approchait enfin, pour le saluer bien bas.

– Mais moi, je n'y étais pas, là-bas, interrompit Goïzane qui s'imaginait qu'on l'avait reconnue dans le rôle de la jeune fille.

– Non non, expliqua le douanier. Une idée, comme ça...

Il n'en dirait pas davantage. Et Jon scruta son visage : il persistait, rond et simple. Non, vraiment, le douanier avait dû s'évanouir dans la nuit après avoir découvert le cheval de Jon et son chargement non gardé. Et s'il avait deviné un couple au fond, malgré ses dires, il en avait sans doute conclu que la jeune fille était Goïzane. Personne ici n'imaginait que le chef-d'œuvre datait du matin, seulement. Il ne savait pas pour la Chica. Il ne saurait jamais.

Le soleil déclinait. D'autres groupes enchaînaient leurs danses apprises de plusieurs siècles, ou de la veille. Les enfants, dans leur costume en réduction, s'appliquaient derrière les pas que les grands leur montraient. Sur leur visage, le sérieux s'accordait avec l'essentiel du jour. Déjà nourris de gaieté et de recueillement, ils sculptaient peu à peu sur leurs traits l'image qu'ils offriraient un jour : la joie grave.

Elle ne les éclairait jamais aussi fort qu'au moment des chants longs que les hommes entonnèrent au bout du jour.

Né dans un murmure, le chœur s'enroula, d'abord retenu, puis enrichi de son propre écho, remontant dans les corps, se gonflant dans les gorges, puissant enfin comme un rouleau d'océan qui se ramasse et déboule.

L'air calma, un peu, les douleurs térébrantes de Jon, saccagé – lui qui s'allongeait dans les champs pour écouter les fleurs pousser.

II

1

Les cheveux de Germaïna blanchiront en une nuit.

Les murs des villes noirciraient, eux, mais dans son regard fixe de Basque brille une cruelle patience.

Pourtant l'année passée avait conjugué le verbe aimer à tous les temps et toutes les saisons, et le printemps avait délivré ses entrailles. Il était né, Eder!

– Le Beau! Voilà ce que cela veut dire.

– Eder...

Maximilien avait eu la gorge nouée, et le premier coup de feu de la guerre civile d'Espagne avait claqué.

17 juillet 1936 au matin.

– Ce sera fini avant Noël, assura le capitaine, qui rechargeait son fusil.

Ce n'est pas un mais trois Noëls qui suivraient, armes jamais tues et cris de souffrance jamais assourdis.

La gangrène se propageait en désordre. Dieu, qu'il est simple de tuer. Dieu? Il gambadait, de tous les côtés. Les curés se démenaient, avant d'être décapités, les nonnes égorgées. L'atroce prenait ses aises. Tous avaient mal à l'Espagne. *Me duele España...*

Germaïna se faisait téter. Eder ingurgitait son sein tranquille. Maximilien la choyait. Entendaient-ils les fusils faire la mort?

Dans la villa où ils vivaient, le choix avait été simple : ce Franco, quel homme!

Ils quittèrent la villa.

Désordre immense dans les têtes où chacun tombait du bon côté, le sien. Désordre ignoble dans les rues, où les cadavres pourrissaient. Désordre infâme des campagnes. On lynchait. Les fléaux pour le blé assommaient les notables entre les haies de paysans ivres, infect *paseo*. La guerre civile allait, n'importe comment. Enfer rouge, comme le sang qui coulait des bras crucifiés aux portes des maisons quand les anarchistes capturaient des franquistes, quand ceux-ci reprenaient ceux-là. Corps en bouillie, yeux crevés. Ou bien plus simple, une patrouille ouvrait la porte d'une maison au matin, désignait le père et les fils, presque en souriant :

– Ton tour.

Les hommes sortaient, sans même avoir peur. On les alignait contre un mur. On tirait. Ils tombaient, raides.

Ô Frères, la vie d'Espagne est une fête dangereuse.

Frontières fermées, communications interrompues, les mandats de sa famille ne parvenaient plus à Maximilien. Germaïna, le bébé et lui se retrouvaient sans ressources. La limousine avait été vendue, bradée. Ne restaient à Germaïna que des clips d'argent aux oreilles – nouveauté dont les jeunes femmes raffolaient, offerts par Maximilien pour la naissance d'Eder.

Malgré tout, ils partaient.

Magdalena les rattrapa sur la route qui descendait de la villa vers la ville.

– C'est de la folie, cria-t-elle. Où allez-vous ?

– Tu sais bien qu'on n'a plus d'argent, soupira Germaïna.

– Justement, c'est le moment de rester. Qu'allez-vous faire ?

– Travailler.

Magdalena resta sans voix. Elle ne connaissait pas le mot.

– C'est inutile, protesta-t-elle. Ger chérie...

– Ne m'appelle pas Ger.

– De l'argent, il y en a plein ici. Restez.

– Non.

Magdalena trépignait. Elle désigna Eder, emmitouflé dans un sac porté à deux par les parents :

– Depuis des mois, vous vivez ici, ça ne vous a pas gênés.

Elle se mettait en colère.

– Ce n'est plus pareil, dit Germaïna avec douceur.

– Je ne comprends pas.

Germaïna haussa les épaules et reprit sa marche avec Maximilien et le bébé. Magdalena courait derrière eux.

– Mais je vous aime, moi !

Les autres continuèrent.

– Maxi ! cria-t-elle.

Maximilien s'arrêta, crispé. Cette manie qu'elle avait de réduire les prénoms !

– Puisque tu veux travailler, j'ai une solution.

Maximilien et Germaïna échangèrent un regard et se retournèrent.

– Mon père a de nombreuses affaires en ville. Je vais voir ça. Tout seul, tu ne trouveras pas. Tu es Allemand, tu comprends ?

– Quel travail ? demanda Maximilien.

– Eh bien... par exemple de l'import-export, voilà... un genre de banque. Sur la place centrale, un bâtiment jaune, je sais que c'est là. Je ne me souviens plus du nom, mais allez-y de ma part. Demandez mon ami, il dirige la société maintenant.

Elle citait l'Espagnol avec qui elle vivait depuis quelques mois. Maximilien fit la grimace.

– Fine bouche ? C'est peut-être pas le moment, grinça Magdalena.

– Quel travail ? répéta Maximilien.

– Tu verras avec lui. De l'import-export. Et toi, Allemand, je suis sûre qu'il en aura besoin. Mais est-ce que je sais ? Vas-y.

Germaïna acquiesça.

Ils reprirent leur marche.

– Où allez-vous dormir ? cria de loin Magdalena. C'est de la folie.

Maximilien et Germaïna ne répondirent pas. Eder, qui commençait à vagir, se calma avec le retour du balancement de son sac.

– Décidément, tout le monde me quitte, pleurnicha Magdalena.

Quelques jours plus tôt, le couple de domestiques basques était parti aussi.

Dans sa poche, Germaïna serrait une adresse que l'homme lui avait glissée avant de quitter la villa. Celle d'un petit hôtel familial qu'il tenait dans le centre.

Après une heure de marche, ils s'y installèrent, dans une minuscule chambre, au dernier étage, moite dans la fournaise.

Ils se souriaient. Eder dormait.

– J'ai plus envie de toi que d'aller travailler, murmura Maximilien.

– Moi aussi, mais...

– J'y vais.

Après avoir erré dans la ville, trouvé la place centrale et repéré enfin le bâtiment décrit par Magdalena, Maximilien se présenta. Il demanda le directeur, qui accourut.

– *Amigo!* Mon ami, *mein Freund!* s'exclama-t-il en le serrant dans ses bras.

Maximilien se dégagea :

– Magdalena m'a dit que...

– Je sais, elle vient de me prévenir. Il y a encore quelques lignes de téléphone qui fonctionnent. C'est un miracle, ça. Bien sûr, j'ai besoin de toi.

Le tenant par les épaules, il l'entraîna dans son bureau. Un ventilateur tournait au plafond. Epuisé, Maximilien s'affala dans un fauteuil pendant que l'Espagnol lui expliquait :

– Banque, import-export... beaucoup de liaisons avec l'Allemagne en ce moment, alors tu penses si tu peux être utile! Je ne dis pas que la fortune sera là demain, hein, en ce moment, mais quoi, puisque tu veux travailler, tu pourras vivre avec ça, hein, en attendant... Ah! l'Allemagne.

Devant le regard froid de Maximilien, il se tut.
– Je commence quand ? demanda Maximilien.
– Demain.
– D'accord.
– Mais allons boire un verre.
– Merci. Je n'ai pas le temps.
L'Espagnol le regarda sortir, toujours avec son sourire découvrant la moitié seulement de sa bouche.
Le lendemain, Maximilien prit son poste, dès l'ouverture. Confiné dans un réduit, classant des papiers, il transmettait les ordres reçus et traduisait des documents en allemand, qu'un autre employé récupérait, sans un mot. Au bout de la semaine, il reçut son premier versement, en billets. Il avait refusé l'avance proposée par l'Espagnol le premier jour.
– Il était temps, soupira Germaïna en l'accueillant dans leur chambre. Eder est un goinfre. J'ai les seins à plat.
Maximilien l'enlaça.
– Je ne trouve pas, sourit-il en embrassant sa poitrine.
L'épouse avait proposé de surveiller Eder, et, ce soir-là, ils purent faire un vrai repas, en tête à tête, dans une auberge de la vieille ville.
Ils parlèrent d'avenir, leur seule richesse infinie. De leur mariage, peut-être – oui, sûrement – dès la guerre achevée, ou même avant, oui ! Ailleurs qu'ici !
– Chez moi, affirmait Germaïna, ou n'importe où s'ils ne veulent plus de moi, de nous. En Amérique.
Maximilien levait un doigt, sentencieux :
– L'Amérique, oui. Du Sud.
– Pourquoi ?
– Je n'aurai pas appris l'espagnol pour rien.
– D'accord. Et il y a plein de Basques là-bas. Buenos Aires...
– Santiago.
Et il murmura entre ses lèvres les premières notes d'une romance à la mode, *Ay querida !* qu'on entendait à la radio.

Tout en chantonnant, Maximilien caressait la joue de Germaïna, et ses doigts accrochèrent l'un des clips d'argent. Germaïna grimaça.

– *Schatze*... un problème? s'inquiéta-t-il.

– Ils me serrent un peu. Je croyais qu'ils se détendraient, à force. Ça fait mal. Demain, si tu as le temps, tu peux les rapporter, les faire desserrer?

Elle les décrocha. Maximilien fondit. D'abord, sa reine-fragile n'avait pas le droit de souffrir. Ensuite, il avait compris : elle disposait de mille et une fois plus de temps que lui pour y aller elle-même. Oui mais ! Ne pas savoir où il les avait achetés, ne pas savoir combien ils avaient coûté... Rester dans le rêve. Il irait, lui.

Dans la cité, les combats avaient cessé pour un temps. Des patrouilles rétablissaient l'ordre après les folies des derniers mois. On tirait, il fallait être prudent, mais la sale guerre installait ses répits aléatoires. Chacun reprenait son souffle en évitant le regard du voisin, haineux.

2

Si Germaïna avait conjugué pendant tous ces mois, à tous les temps, le verbe aimer, Mikel son père avait maillé sur tous les tons le verbe haïr. Et mentir.

Ses yeux rapetissés avaient lancé un éclair quand l'un des trois hommes en béret lui avait annoncé, quelques semaines après le départ de Germaïna :

– On sait où est ta fille.

C'était un dimanche, et comme chaque dimanche Mikel retrouvait les trois hommes, ou l'un d'eux seulement, derrière l'église, après la messe et le *biltzar* de la vallée.

Celui qui avait parlé portait encore un bandage autour du crâne, sous le béret. Mikel ne lui avait toujours pas demandé d'où venait sa blessure. Chacun les siennes, au pays. Sinon il aurait appris que le jeune homme avait été raflé dans une manifestation, à San Sebastián où il vivait avec ses frères, pourchassé par la *guardia civil*, matraqué, puis réfugié dans une villa voisine où ses parents, Pablo et Mina, travaillaient. Et qu'il avait été soigné sur une table, à la cuisine, puis caché après qu'une très belle jeune fille était venue s'empiffrer de chocolat noir sous ses yeux...

– C'est ta fille, Germaïna. Celle qui est partie.

– Chassée.

– Oui.

– Le Boche est là?

– Oui.

Mikel avait passé la main sur son visage, comme pour essuyer ses yeux, comme s'il étouffait un sanglot :

– Protégez-la.

Mais il n'avait pas du tout prononcé les mêmes mots à l'oncle de ces trois hommes, le père Ferbentxajaurregui, débarqué dans le port de Bayonne un peu avant Noël. Il arrivait de Chicago et s'appelait désormais Ferben.

Pas du tout, du tout les mêmes mots, au contraire :

– Tue le Boche. Et le bébé aussi quand il sera né, s'il naît.

– Tu me demandes beaucoup, Etcheverry.

Mikel avait pris l'autobus qui passait en bas de la Maison, prétextant des courses à faire pour Noël. Par les neveux, il connaissait le nom du paquebot et le jour d'arrivée du père Ferben. Dans la foule, au pied de la passerelle, ils s'étaient reconnus. Les yeux froids ne vieillissent pas.

Lui donnant l'accolade, Mikel avait été choqué par une gourmette, un bracelet d'argent que portait l'autre, avec des initiales gravées. Il n'avait pourtant rien dit – déjà assez troublé par la chemise bariolée sous la veste de cuir et le cordon-lacet en guise de cravate. Inutile de s'attarder, déjà on les dévisageait. Il l'avait entraîné loin du port.

– C'est que tu peux beaucoup maintenant, rétorqua-t-il.

Passèrent alors dans leurs têtes les images de l'enfance au village, au début du siècle. Les culottes courtes et les courses dans les champs. Les premières chasses à la palombe et ces fusils que les Ferbentxajaurregui aimaient trop, cette manie familiale de s'en servir pour régler leurs problèmes : alors, quand un chasseur concurrent s'était effondré, criblé de plombs, Mikel avait pris sur lui de maquiller le crime de l'autre en accident de chasse, pour le sauver d'une guillotine certaine tant les Ferbentxajaurregui souillaient, tandis que les Etcheverry semblaient immaculés. La maréchaussée n'avait peut-être pas été dupe mais trop tard : dans la cale d'un cargo parti de Bayonne cahotait déjà le tonneau où se cachait Ferbentxajaurregui. Mikel avait payé le marin pour assurer sa fuite.

En Amérique, le Basque violent n'avait pas fait berger, bonne bête de somme dont on aurait apprécié les bras puissants et le silence. Il s'était fixé à Chicago, où l'on aimait beaucoup les armes aussi... où l'on aimait vraiment les familles... et pas que les napolitaines.

Quant à l'autre frère, Pablo, éclaboussé aussi, il s'était installé côté Sud. Il avait trois fils, les trois masses en béret qui rencontraient Mikel chaque dimanche derrière l'église, et l'informaient. Puis ils repartaient par la montagne jusqu'à San Sebastián où ils tenaient un petit hôtel au centre-ville avec leurs parents, Pablo et Mina, jusque-là employés et cuisiniers dans la villa de Magdalena. Toujours redevables du pacte de jeunesse entre les deux anciens, ils suivaient les désirs affichés de Mikel : ils protégeaient Germaïna, et Maximilien comme le bébé Eder dans la foulée. Ils ignoraient que l'autre frère, parti depuis si longtemps aux Amériques, avait reçu d'autres ordres, un autre contrat.

Pendant vingt ans Pablo, resté au Pays basque, au Sud, n'avait reçu que de rares nouvelles de son frère émigré à Chicago. Il savait qu'il avait un fils, Edouard, qu'il était riche et, disait-on, puissant comme, paraît-il, on peut l'être là-bas si l'on sait rendre service avec un revolver.

La famille Ferbentxajaurregui était morte. Ils ne portaient plus ce nom, fondus, partis, liés par les seuls souvenirs qu'on n'avoue jamais.

Ils avaient marché vers le pont Neuf de Bayonne, débouchant face à la rue Pannecau.

– Oui, tu me demandes beaucoup, Etcheverry.

– Mais tu le feras.

Mikel ne mettait même pas de menace dans son ton.

– Laisse-moi un peu de temps.

– Pas trop. Quand le bébé sera né, pas avant, bien sûr.

Le père Ferben baissa les épaules, presque peureux dans sa masse.

Un bébé...

– Tu veux qu'il revienne nous égorger quand il sera grand ? s'étonna Mikel.

– Et ta fille ?

– Ce n'est plus ma fille. Au diable. Mais elle, on n'y touche pas. Le Boche et l'enfant, rien d'autre. Secret.

A l'autre bout du pont, sous les arceaux de pierre, ils s'assirent à la table d'un café.

– Tu restes combien de temps ? interrogea Mikel.

– Noël, et puis le Nouvel An chez mon frère Pablo, à San Sebastián. Puis quelques jours encore et je repars à Chicago. A propos, pour ce que tu demandes, mon frère Pablo et ses trois fils... puisqu'ils sont sur place, non ?

– Pas un mot à eux.

Malgré les années passées, et sa vie de gangster en Amérique – il haïssait ce mot, jamais prononcé là-bas sauf par la police –, il craignait toujours Mikel. Revenir sur les lieux de son enfance, et dans ce passé secret qu'ils partageaient, le troublait. Une dette affaiblit. Il prit la décision de la payer.

– Je le ferai.

– Fais vite, Ferbentxajaurregui.

L'autre émit un hennissement :

– Drôle d'entendre mon nom en entier ! Je suis simplement Ferben depuis si longtemps.

– On ne se débarrasse jamais, glissa Mikel, lisant sans doute dans ses pensées.

Ils s'étaient quittés sans se serrer la main, se prenant seulement l'avant-bras dans leurs poignes.

Le père Ferben avait passé quelques semaines à San Sebastián, découvert ses trois neveux, qu'il n'avait jamais vus, et son frère, vieilli.

Quand Pablo et sa femme, Mina, prenaient un congé de la villa où ils servaient encore, tous se retrouvaient dans le petit hôtel du centre-ville tenu par la famille. Quand Pablo, sa femme et ses fils restaient seuls, ils passaient par une porte comme creusée dans un mur du fond, masquée par une armoire. Ils débouchaient alors sur une petite maison collée par son dos aux murs de l'hôtel, encastrée entre deux immeubles, une maison survivante et pratique.

« Double entrée, double sortie... et double fuite. Pratique », aurait pu réaliser le père Ferben. Mais Pablo, par instinct, ne lui montra jamais ce passage dissimulé. Des conversations du soir, l'autre avait compris aussi que son frère et ses trois fils faisaient dans la contrebande, le *gauesko lana* de famille, et peut-être encore d'autres... Mais ils n'en parlaient pas davantage. « Aurait pu faire son chemin à Chicago lui aussi », songeait-il. Il haussa simplement les sourcils, très haut, quand un fils, l'un de ses neveux, parla de politique et montra son crâne encore marqué par les coups de matraque reçus quelques semaines plus tôt dans la rue. Ça ? Tout à fait un autre monde, pour lui.

Un jour il avait vu aussi Germaïna et Maximilien, mais de loin.

Pablo l'avait poussé du coude, alors qu'ils prenaient le frais d'un hiver trop chaud cette année-là, aux fenêtres de leur hôtel. Un couple passait sur le trottoir, en face.

– Tu sais qui c'est ? avait glissé Pablo.

– Non.

– La fille Etcheverry !

Le père Ferben n'avait pas bougé un cil :

– Ah ?

Heureusement qu'on n'aurait pas à la toucher, elle. Trop belle ! Il eut presque envie de téléphoner à Mikel Etcheverry pour le féliciter. Quant à l'Allemand, quel dommage ! C'est tout.

Et le bébé, dont il voyait les rondeurs sous la robe de Germaïna ? Il avala difficilement sa salive.

Pablo était tout joyeux :

– Elle vit dans la villa où on travaille, avec Mina. Amusant, non ?

– Tu parles. Elle est belle.

– Et pas commode. Son père l'a chassée, mais en réalité il nous demande de veiller sur elle.

– Vraiment ?

Il n'y avait pas d'ironie dans sa voix. Pablo reprit :

– Je ne sais pas ce que ça va devenir, tout ça.

Germaïna et Maximilien s'éloignaient, tournant au coin de la rue. Le père Ferben les détailla bien, jusqu'au bout. Pablo avait continué :

– On dirait qu'au Nord ils n'ont que des problèmes de bestiaux.

– Tu n'es pas tranquille ici ?

– Plus beaucoup, avoua Pablo. Ici, ça bataille. La politique...

– La politique ? s'étonna l'autre, sourcils levés.

– Les fils en font trop, à mon goût et à celui de Mina. Ils veulent que le pays devienne, je ne sais pas... autonome ? On a des élections, bientôt.

Le père Ferben avait haussé d'un cran ses sourcils :

– Des élections ? Ça s'arrange.

– Je ne crois pas que ça va bien s'arranger, soupira Pablo.

Ils parlaient en basque ; mais ils ne parlaient pas la même langue.

– Si tu as besoin, je t'enverrai mon fils.

Pablo se redressa, comme sonné :

– Je ne vois pas pourquoi.

– Au cas où. Je disais, comme ça...

Il changea de sujet. Il avait hâte de repartir maintenant.

Il le fit un matin après les fêtes, sur un paquebot. Il aimait les bateaux. Enfui jadis à fond de cale, il embarquait aujourd'hui pour le même voyage, mais en se prélassant dans sa cabine de première classe dont il caressa un instant les montants d'acajou. Et il songea à son fils Edouard – Eddie Ferben là-bas –, qu'il enverrait ici à son tour. Quand? Sous quel prétexte? Le champagne, que déposa dans sa cabine un maître d'hôtel, l'éloigna aussitôt des poussières espagnoles et des rancœurs basques.

Le premier coup de feu de la guerre civile claquait, quelques semaines plus tard, en début d'été.

3

Eddie Ferben descendit du train de San Sebastián, à la fin de cet été.

Son père, à Chicago, avait reçu le signal, et tenu sa promesse. Le fils avait embarqué dans un avion, avec des sacs postaux, toute récente ligne d'Amérique, direction l'Europe, la France, Paris, une masse de dollars en poche, et la gourmette aux initiales gravées du père – E et F, les mêmes – à son poignet.

– Si besoin, ça te fera reconnaître, avait expliqué son père. Tu sais ce que tu as à faire : fais-le, vite. Et reviens.

Après l'avion, le voyage se révéla pénible, surtout pour le passage en Espagne. Ça puait, et on tirait dans les rues.

Dans une gare, il avait patienté pendant deux jours, sans perdre son calme. Il avait quitté des gratte-ciel neufs pour aboutir dans ce vieux pays de fous sales et attendre était l'une de ses forces.

Il sauta enfin dans le bon convoi. La locomotive sifflait sa vapeur, s'arrêtait puis repartait, très aléatoire. Adossé à son sac, ses longues jambes hors du wagon, il répondait d'un signe à qui le saluait, sinon il souriait, canines découvertes, à personne, au ciel d'automne, aux prés d'acajou que le train cisaillait. Avec son foulard rouge dont le nœud faisait des pointes sur le côté du cou, on aurait dit un cow-boy, mal rasé. On aurait deviné aussi qu'il en avait vu d'autres.

Il passa par Irún puis se laissa brinquebaler jusqu'à San Sebastián, davantage sur ses gardes. Il se glissa dans les ruelles, souple, s'encoignant sous un porche quand il devinait une patrouille.

Il trouva enfin la petite maison qu'il cherchait, au centre-ville. Il avait appris par cœur le plan que son père lui avait montré, très loin, d'où il arrivait, un nouveau monde.

Il se présenta au couple qui avait ouvert. Il dit son nom américain, puis le redit en entier, en basque :

– Edouard Ferbentxajaurregui.

Pablo et Mina hochèrent la tête :

– On t'attendait. On a été prévenus. Si tu peux être utile...

Quelques semaines plus tôt, Pablo avait reçu un appel de son frère de Chicago. Celui-ci proposait son fils « au pays ! Ça lui fera du bien. Il pourra aider ». Pablo avait rechigné. Il n'aimait pas les visites. Il n'aimait plus beaucoup son frère non plus, qui l'avait laissé sans nouvelles depuis vingt ans et qui, maintenant, lui imposait son fils. On n'en avait pas besoin, au moment où l'on tirait dans les rues, où les Basques étaient pourchassés – et se battaient. Mais il n'avait pas pu dire non, pas su.

Depuis, il attendait. Maintenant, il voulait vérifier car ce qu'il avait déjà appris de la guerre, dehors comme en lui, avait cisaillé toute confiance :

– Qu'est-ce que tu sais faire ?

Le jeune Américain faillit répondre : « Tuer. »

– Pas grand-chose, avoua-t-il.

La femme, Mina, se leva et vint se placer derrière son mari.

Depuis longtemps, elle et lui ne portaient plus l'uniforme des domestiques de la villa où ils servaient naguère, sur la colline de San Sebastián, la villa de Magdalena. Leur uniforme, à présent, c'était des vareuses usées, gris-noir, du pantalon de velours, du cuir pour ceinturons, et beaucoup de fatigue sous les yeux.

Les silhouettes d'autres hommes, pas de femmes, passaient dans la pièce, vêtues de même. Chacun semblait affairé.

L'épouse attendait un geste pour sortir une bouteille et trois verres. Son mari scrutait l'arrivant :

– D'où viens-tu exactement ?

– D'Amérique, vous le savez bien.

– Exactement d'où ?

– Chicago.

Le mari baissa la tête. On l'aurait dit rassuré par un nom magique.

– C'est où, exactement ?

« En Amérique... je viens de le dire. Bouchés, ces vieux ! » songea le jeune homme.

– Dans le Nord, une grande ville, froide. La famille s'y est arrêtée il y a longtemps, en venant d'ici. C'était bien avant ma naissance. Je suis né là-bas.

– Qu'est-ce que tu sais d'ici ?

– Rien.

– Alors, tu n'es pas très utile ici.

– Mon père m'a envoyé...

– Je sais. On a été prévenus.

– Je suis basque.

– Qu'est-ce que tu sais ! Tu n'es jamais venu. Ton travail là-bas, à Chicago, c'est quoi ?

« Tuer », faillit-il répondre derechef.

– J'aide mon père dans ses affaires. J'apprends.

Un silence s'installa. Le mari plantait toujours ses yeux dans ceux du jeune homme et rencontrait un regard plein d'énergie, mais sec.

– Tu sais ce qui se passe ici ? lui demanda-t-il.

– Le Pays basque est attaqué, c'est notre terre qui...

Le mari leva la main :

– Bah... Il y a la guerre, c'est tout.

– C'est ce que je voulais dire, sourit le jeune homme, découvrant ses canines blanches sous ses joues mal rasées.

– C'est la guerre, c'est tout, répéta le mari. Une guerre entre Espagnols. Ils adorent ça.

– Mais vous n'êtes pas espagnols.

– Ne parle pas sans savoir. On est ici, on vit ici, on n'aime pas beaucoup les autres.

– Les autres ?

– L'armée. Franco. S'il gagne...

– Ah ! Ce nom-là... je l'ai entendu, l'interrompit le jeune homme. Mon père m'a dit : « Fils, ils ont besoin de jeunes au pays, alors tu y vas. »

Pablo le scruta, étonné.

– De toute façon je suis là, insista le jeune Ferben. A moins que vous ne vouliez pas de moi ?

– On n'est pas si nombreux. Tu peux rester. Tu as des armes ?

– Les miennes.

– Alors tu sais bien faire quelque chose : tuer.

Eddie Ferben ne baissa pas les yeux.

Pendant l'heure qui suivit, il apprit quantité de détails dont il se moquait : le groupe de combattants, le manque de moyens, la ville et la région aux mains des franquistes, leur repli bientôt vers Bilbao et Guernica, encore tenues par les républicains, qui leur garantissaient l'indépendance en échange de leur soutien, les coups, les batailles de rue auxquelles il faudrait participer, même pour rien, même si la cause semblait perdue, et puis tout un fatras peu compréhensible pour lui, entre anarchistes, communistes, Basques, entre les curés et les provinces, Hitler, Mussolini, le Nord et le Sud, Franco, le roi exilé... Mais qu'est-ce que c'était, ce chaudron de dingues ? Il faillit s'endormir.

La femme n'avait pas sorti la bouteille.

Et à aucun moment on ne lui avait parlé de Germaïna, de Maximilien et de leur gamin... quel nom déjà ? Un gamin, un bébé... Peu importe : les ordres de son père étaient clairs.

★

En quelques semaines, il s'intégra. On lui fit confiance. Il savait se battre. Plusieurs fois, il fallut l'arracher aux corps d'ennemis sur lesquels il s'acharnait. Dans ce cas un peu de bave suintait à la commissure de ses lèvres, un trait blanchâtre s'étirant sur la joue au poil toujours dressé.

On lui confiait des missions, en commando, mais plus souvent en solitaire car il se faufilait. Il apprit les routes détournées, les chemins peu surveillés ; il porta des plis, il fit passer des caisses d'une crique à l'autre, en ramant sur une barque pourvue d'un moteur qu'il n'avait pas le droit de mettre en marche. La mission accomplie, il dissimulait la barque sous des branchages. Parfois une corvée de ravitaillement... parfois la réception de munitions... Un jour, c'était un mur qu'il fallait dresser à l'arrière d'une maison pour protéger une issue, et il charriait des sacs de ciment à prise rapide, sans broncher. Il ricanait :

– Chez moi, on s'en sert aussi pour les pieds.

Les autres ne comprenaient pas. Pourtant l'Américain parlait bien le basque. Avec un gros accent, mais bien. Son père, savait-on, était parti du pays, et là-bas, en Amérique, on avait continué de parler la langue en famille. Ça s'expliquait, mais ça ne faisait pas mieux comprendre l'histoire du ciment et des pieds.

– Quand on veut faire disparaître un type dans le fleuve, à Chicago, on lui met un sac de ciment aux pieds et voilà, escamoté pour toujours.

– Pourquoi cacher les morts ? Au contraire.

Il ne répondait rien, l'Américain. Mais un soir, tout seul, il dissimula un sac de ciment au fond de la barque.

Même à ces hommes rudes, il faisait peur. Personne n'aimait se retrouver avec lui. Il agissait vite, et parlait peu, ou pour donner d'horribles détails, toujours. Il devait mener une vie bizarre, en Amérique. Le soir, quand les hommes attendaient au calme dans une maison avant une attaque du lendemain, on lui demandait :

– Ton père, il n'est pas berger ?

L'éclat de rire de l'Américain vexait ces hommes venus de la montagne, et à qui on avait dit souvent qu'ils partiraient là-bas eux aussi, faire berger, gardien de ranch. Se remplir les poches.

– Berger ? A Chicago ?

– Il n'y a pas de moutons à Chicago ?

– Si ! Et on les tond. Bien ras, tu peux me croire.

Et ses dents sortaient de ses lèvres. Il avait l'air fielleux, éclairé par la lampe à huile.

Les autres se taisaient. Il ne pouvait pas être bien riche puisqu'il n'était pas berger. Mais on n'en parlait pas. Qui était riche ici ? Personne.

Ça les décevait : à quoi bon aller en Amérique ? En même temps, la bague en or et le bracelet d'argent qui serrait son poignet les intriguaient : ils avaient brillé sous la lampe alors qu'il tendait la main au-dessus de son verre pour refuser du vin. La bague jaune était incrustée d'une pierre et la gourmette tressée révélait deux lettres croisées, E et F, ses initiales. Très mal vu pour un homme, d'arborer des bijoux.

– Il n'y a que les invertis et les gangsters qui portent ça.

L'Américain s'était figé. Les autres le dévisageaient.

– Tu n'es pas inverti, hein ? Tu n'aimes pas les hommes au moins ? Tu ne pourrais pas rester, avertit l'un.

Mais rien dans le comportement du jeune homme ne faisait naître un doute.

Après un silence pesant, un autre tapa son poing sur la table en s'esclaffant :

– Donc gangster !

– Bon Dieu, on m'en a parlé : Chicago, c'est les gangsters. Comment on dit... Mafia ? C'est ça !

Et sans attendre la réponse, ils éclatèrent de rire, se tapèrent sur les cuisses, la bonne blague.

Les yeux de l'Américain étaient devenus tout petits. Lui aussi se mit à rire, en se forçant.

Ils se levèrent, en raclant leurs chaises sur le ciment. Ils ne comprenaient pas : quelle idée de venir faire la guerre dans un pays où on n'est même pas né ? Mais il savait batailler, tirer, tuer, il était résistant; alors, si ça lui plaisait de se battre à leurs côtés, tout valait mieux que l'inverse. Souvent, dans le danger, pour détendre, on le surnommait Gangster, ou bien Al Capone, sans y croire un instant, et lui, la première fois, avait saisi le type par la ceinture et murmuré :

– Ne m'appelle jamais comme ça.

L'autre s'était dégagé, sans forcer, son énorme main tordant le bras du jeune homme, et lui avait rétorqué encore plus doucement :

– Ne m'interdis jamais rien, l'Américain.

Ferben avait senti du feu dans sa tête. Chez lui, pour un tel mot on signait son arrêt de mort. Certains n'y croyaient pas. Ils avaient tort. Le lendemain, ils étaient morts.

Il fit un gros effort pour ne pas se laisser submerger. L'image de son père et de ce qu'il lui avait ordonné s'interposa. « Pas me laisser emmerder longtemps par ces attardés, songea-t-il. *My God!* Vivement que ce soit fini, que je foute le camp! »

★

Mais le temps pesait.

Ferben avait hâte.

Dans l'inaction, il s'enfermait entre les murs grisâtres de la petite maison silencieuse, triste repaire où le groupe de Pablo vivait – si l'on peut dire vivre. Ils tuaient surtout, pour éviter de l'être. Et lui, entre deux coups, cherchait la lumière comme un insecte se cognant aux vitres.

En même temps, il avait un goût dans la bouche, qu'il connaissait. A Chicago, quand il fallait organiser le meurtre ou l'enlèvement d'un récalcitrant, il connaissait deux méthodes : tirer tout de suite, même en pleine rue, et disparaître sans être vu, ou bien bâtir un piège. Il savait prendre son temps. Une fois le temps pris, dans la bouche jaillissait un acide. Il en savait le goût, mauvais. Il le sentait, là.

Pablo les envoya un soir, trois de ses hommes et lui, Ferben, sur la route de Bilbao, porter de l'aide à un autre groupe que les franquistes menaçaient. Ferben n'avait pas bien compris le but, mais il suivait. « Vivement qu'on revienne ! »

Il revint plus tôt qu'il pensait : tout de suite.

A peine monté dans la camionnette bâchée qui devait les conduire, il sentit ses boyaux se retourner. « Leurs *tapas* puantes, réalisa-t-il, et ces omelettes, pourries d'huile », qui l'avaient déjà tordu depuis son arrivée. Il fit non de la tête aux autres, surpris, qui le voyaient se tenir le ventre. Il ne pouvait plus tenir et sauta par-dessus la ridelle. Plié en deux comme s'il fuyait, il revint dans la petite maison, à l'arrière, et s'enferma, souffle coupé, dans le cagibi où l'on déféquait dans un seau.

Il se vida et respira, fortement. Puis il se calma, accroupi la tête dans les mains, transpirant, et le silence de la maison vide s'installa de nouveau autour de lui.

Quelques secondes plus tard, un grincement l'alerta.

Fauve depuis son enfance, il distinguait tous les bruits. Il savait qu'une porte qu'on ouvre lentement grince comme ça. Mais, dans la maison, il n'avait jamais entendu ce bruit, venu de la pièce du fond, un réduit avec un lit où Pablo se reposait parfois, au pied d'une grosse armoire qu'on n'ouvrait jamais. D'ailleurs personne ne pénétrait là. La pièce ne donnait sur rien. On disait : l'antre du chef.

Pourtant ça grinçait, et d'autres bruits de bois...

Doucement Ferben décolla de son seau et, à genoux, colla son œil à l'interstice du loquet. Dans la pénombre, il distingua soudain la silhouette de Pablo.

Il marchait, lourd, fatigué comme les autres.

Ferben le suivit d'un œil. Pablo passa tout près de la porte. « Il va chier aussi ? » Mais Ferben le vit s'approcher de la table, prendre quelques papiers oubliés et repartir vers le réduit de sa chambre.

Ferben entendit à nouveau le grincement de bois. Puis le silence retomba.

Immobile, il attendit jusqu'à être certain de ne pas même déceler une respiration. Alors il s'essuya avec un vieux papier-journal accroché au-dessus du seau, se rajusta et sortit sans précaution : il savait la maison vide, comme avant.

Où était passé Pablo ?

Presque sur la pointe des pieds, il se glissa dans le réduit. Comme il s'y attendait, il n'y trouva personne.

Personne, rien que cette armoire, qu'il tâta du bout des doigts. Il l'ouvrit doucement. Elle grinça : le bruit de tout à l'heure. Elle était vide sur tout un côté. Dans l'autre moitié s'empilaient des draps, du linge, des vieux objets. Il chercha mieux et distingua des rainures. Etonné, il fit bouger une étagère, et celle-ci commença à glisser. « Pas si cons, ces vieux. » Il fit coulisser sans bruit les deux autres montants, qui s'ouvrirent sur un panneau tenu par un crochet.

Ferben découvrit la moitié de ses dents dans un sourire joyeux. Il avait compris.

Il déposa le haut du panneau et, dans l'ouverture, glissa sa tête.

En face, il se retrouvait dans le dos d'une autre armoire, aux portes vitrées, celle-là. Ainsi, il pouvait voir la pièce dans laquelle on débouchait – et surtout, comprit-il, on pouvait vérifier que, de l'autre côté, le chemin était libre.

Car ce que Ferben distinguait à travers la vitre, c'était le fond du petit salon d'un hôtel, à l'ameublement simple, identifiable aussitôt. De mémoire, il reconstitua l'agencement des murs, et il eut presque envie de taper son poing dans sa paume comme on crie : « Eurêka ! »

On parlait peu dans ce pays, dans cette guerre, on parlait encore moins dans le groupe. Son père avait bien évoqué un hôtel tenu par la famille, mais où ? Et l'adresse confiée à Chicago n'était que celle de la petite maison, le repaire, tout à fait dans une autre rue : en réalité, les dos des deux bâtiments communiquaient !

Des quelques grognements arrachés à l'un ou l'autre des hommes, Ferben avait bien compris que Pablo et Mina, son épouse, avaient servi naguère dans une villa. Il ne savait plus vraiment... En tout cas ces gens faisaient l'indispensable pour se fondre, pour échapper aux batailles, pour ne combattre que la nuit.

Ferben était tout de même épaté qu'au cours de ces semaines Pablo ait réussi à dissimuler que l'hôtel collait à la maison où ils vivaient. Ce pays lui convenait mal.

Il retourna s'allonger dans l'autre chambre, qu'il partageait avec deux hommes du groupe. Il ne sentit plus les douleurs dans son ventre.

★

– Alors, l'Américain, toujours tordu?

Le lendemain, tôt, les hommes revinrent de mission. Lui, il avait dormi. Eux y allaient.

Il fit une grimace et mima des intestins gargouillant. On le laissa tranquille.

Pendant que tout le monde récupérait, il sortit. Après trois rues pour contourner le quartier, il se retrouva bientôt en face du petit hôtel. Il se cacha.

De loin, il aperçut Mina qui balayait l'entrée, redisposait un pot de fleurs bien fanées et redressait la plaque d'entrée que le vent de la nuit avait poussée de travers. Puis elle rentra.

La rue s'animait. L'Espagne se couche tard, mais certains s'y lèvent tôt. Les risques d'embuscade, ou de patrouille de la *guardia civil*, étaient plus faibles à potron-minet.

Toujours encoigné derrière l'échoppe d'un marchand de tabac et journaux, où des panneaux rafistolaient des pans que des combats précédents avaient dû casser, Ferben vit, de loin, Pablo sortir à son tour et humer l'air comme s'il reprenait goût à sa deuxième vie.

Un couple avec un bébé le suivit immédiatement.

Ferben se figea.

Il n'avait aucun doute.

Eux ! Le grand blond frisé, le Boche... La fille, brune avec une frange... « *God!* J'ai envie... celle-là ! » Il était sans femme depuis son arrivée. Il maudissait l'austérité des Basques. Et le gamin dans les bras de la fille ? Il faudrait voir.

Le couple discuta un instant avec Pablo, puis Ferben vit le grand jeune homme embrasser la jeune femme et le bébé, et partir, seul.

La fille allait dans l'autre sens, se promener sans doute. « On a le temps, se dit Ferben. Toi et moi... » Il était déjà content de suivre l'Allemand.

Maximilien allait sans flâner, Ferben à dix pas derrière, tranquille.

« Maximilien... Bon, disons Max », songeait-il en marchant sans besoin de se cacher, l'autre ne le connaissant pas. « Saletés de noms à rallonge. Et la fille, comment ? Germaine ? Enfin, c'est bien elle... Quelle merveille, celle-là. »

Sur une grande place de San Sebastián, il le vit pénétrer dans une bijouterie, y demeurer quelques minutes.

En ressortant, Maximilien se dirigea vers un bâtiment ocre jaune, devant lequel se pressaient des employés pour l'ouverture. Tout le monde baissait la tête. Le début d'automne rayonnait pourtant, lumineux.

Ferben se mélangea aux gens, sans quitter des yeux la nuque de Maximilien, qu'il vit s'engouffrer dans la bâtisse. Il avança lui aussi, presque jusqu'à la porte, gardée par un vigile en uniforme, fusil en bandoulière. Il passa sans s'arrêter.

– *Buenos días*, monsieur le directeur.

Ferben fit volte-face, bousculé par le flot des arrivants, juste à temps pour distinguer le visage d'un homme jeune, émacié, bien habillé d'un costume clair, que le vigile venait de saluer. On s'écartait pour le laisser passer. Ferben scruta son visage et ne l'oublia plus.

Il continua son chemin dans les rues plus animées, songeant à son plan.

« Pas de traces, avait averti son père. Pareil qu'ici. Mais il y a la guerre là-bas, tu pourras faire vite. » Or, pas du tout ! Certes, il n'y avait plus la vraie guerre, à San Sebastián, plus de combats ouverts. Mais des soldats, des militaires, oui partout. L'armée tenait la ville en joue. « Les quoi ? Franquitos ? » prononçait mal Ferben. Parfois il craignait de confondre les uns, les autres... « Marre ! »

Il fut bientôt exaspéré de suivre l'Allemand presque chaque jour, dès qu'il pouvait échapper à une corvée de mission avec les hommes de Pablo. Le « Boche » n'allait que de l'hôtel à la banque. Que faire ? Tirer dans le dos, être capturé aussitôt ? Que dire alors ? Qu'est-ce qu'il aurait fait, là ? Et le petit chiard, quand, après ce fiasco ? Tout pouvait rater : alors, il vaudrait mieux oublier le retour à Chicago – s'il sortait vivant d'ici, déjà ! Là-bas, dans leur monde, même le fils de son père n'avait pas deux chances. Il se savait condamné au sans-faute. Ce serait long, il réalisait que l'on tue plus facilement dans le secret de la paix qu'au centre d'une guerre. Il savait attendre.

★

– Pablo, je suis fatigué.

Pablo releva la tête et fixa Ferben :

– Et nous ?

– Je sais, admit Ferben. On est tous crevés. Mais vous êtes d'ici, vous êtes chez vous. Moi, je n'en peux plus. J'ai besoin d'un peu de repos.

– On se repose, nous ?

Ferben baissa les yeux, bouillant à l'intérieur. Faire semblant d'être couard... Sa haine grandissait.

– Retourne à Chicago si tu veux, je comprends, marmonna Pablo.

Plusieurs hommes traînaient dans la maison, sans prêter attention à leur tête-à-tête.

Ferben prit sur lui d'être hystérique. Il s'agita sur le banc :

– J'suis simplement crevé ! J'ai besoin d'un peu de repos ! Je veux vous aider.

– Eh bien, reste. Va te coucher. Repose-toi.

– Mais, nom de Dieu...

Au parjure, Pablo releva la tête, sonné.

– Je veux dire... je ne peux pas me reposer ici, rectifia Ferben. Bon sang ! Il n'y a que vous qui pouvez dormir pendant la guerre.

– Jusqu'à présent, cela s'est bien passé pour toi.

– Oui, mais là, je craque, c'est comme ça.

Pablo croisa les bras sur sa poitrine :

– Où tu veux aller ?

– Au Nord, en face, en France. C'est calme.

– Ah ! pour ça ! Ils ne nous aident pas beaucoup.

– Tu peux me faire passer ?

– Je peux.

– Alors, trois jours. Pour roupiller, pouvoir respirer sans armes. Ça me suffira.

Pablo le dévisagea, un peu de mépris dans la tête. Ferben s'en rendit compte et faillit le tuer. Pour cacher ses yeux, il s'affala sur la table, la tête dans les coudes.

Pablo leva les sourcils et soupira :

– On va te faire passer. C'est un cadeau. C'est pour ton père. Nous, on n'a pas le temps d'être fatigués.

La bouche écrasée sur son avant-bras, Ferben marmonna :

– Merci.

Pablo passa dans la pièce à côté, donna quelques ordres. Le soir même, Ferben glissait à travers la montagne avec un convoi. Ils le laissèrent sans problème côté Nord, lui indiquèrent les derniers chemins et quelques croisements où être prudent, les patrouilles rôdant souvent là. Ils ne le saluèrent pas.

Resté seul, Ferben respira enfin à grandes goulées puis dévala les sentiers. Au premier village, il se renseigna, en basque.

Deux heures plus tard, par un autobus klaxonnant à chaque virage, il arriva à Bayonne et attendit l'ouverture de la poste.

Il lui fallut encore plus d'une heure avant d'obtenir une communication grésillante avec l'Amérique, où il réveilla son père.

Le vieux Ferbentxajaurregui interrogea d'emblée, peu commode :

– C'est fait ?

– Bientôt.

– Qu'est-ce que tu veux ?

Ferben transpirait dans la cabine en bois, dont les battants, grillagés comme ceux d'un vieil ascenseur, fermaient mal. Il ne pouvait même pas s'asseoir. Il coinçait le gros combiné noir contre son épaule et s'essuyait le front du revers de la main.

Il expliqua à son père la banque, l'import-export, Maximilien...

– Qu'est-ce que tu attends ? dit le père.

– De l'argent.

– Quel argent ? Mais c'est la guerre, non ? Tu tires, et tu fous le camp.

– Justement, non. Si tu ne veux pas de traces, c'est moins facile qu'on pensait.

– Quel argent ? répéta le père.

Ferben lui demanda d'envoyer un dépôt, et d'annoncer sa venue au directeur.

Le père grogna. Le son passait mal, faisant chevroter les voix. Le fils lui donna l'adresse, le nom, en vitesse :

– Et combien de temps il faudra ?

– Au moins trois ou quatre jours, maugréa le vieux à l'autre bout. C'est le cirque, ici aussi, qu'est-ce que tu crois ?

– Ça ira. Je serai revenu chez eux, calcula Eddie Ferben.

Puis il partit se promener en sifflant.

Il s'installa pour trois jours dans un hôtel, à l'entrée de Biarritz, et y passa des vacances idéales, solitaire. On le prenait pour un touriste américain. Lui ricanait sans broncher quand il surprenait des confidences en basque. Il était bien joyeux. Il serait bien resté.

Mais, comme prévu, trois jours plus tard il reprenait le sentier de la nuit, où l'attendaient les passeurs de l'aller. Ils marchèrent en silence, et, au petit matin, Ferben revint à la maison de San Sebastián. Il dormit jusqu'à midi.

L'après-midi, ayant un peu arrangé sa tenue, il se présenta à la banque où travaillait Maximilien. Il fallut insister : on ne voyait pas monsieur le directeur aisément.

– Dites-lui : « *Mister* Ferben. De Chicago », glissa-t-il à la guichetière obtuse, à qui son regard sec fit peur.

Comme téléguidée, elle se leva et disparut dans un bureau. Deux minutes plus tard apparut une autre femme, qui fit signe à Ferben et l'introduisit dans l'antichambre :

– Monsieur le directeur va vous recevoir, monsieur Ferben. Vous auriez dû nous prévenir.

Ferben la remercia d'un sourire. La grosse porte capitonnée du fond s'ouvrit. Il dissimula un soupir de soulagement : c'était bien l'homme jeune et élégant, celui qu'il avait vu arriver un matin à la banque, qui l'accueillait.

– Monsieur Ferben ! Vous auriez dû me prévenir, redit en écho l'Espagnol.

Il le fit pénétrer dans son bureau. Ferben s'assit dans le fauteuil de cuir, sous le ventilateur tournant vite. Il avait toujours aussi chaud. Le climat le gênait, dans ce pays.

L'Espagnol s'assit en face et parla le premier, dans un anglais scolaire :

– Nous remercions votre famille de faire confiance à notre établissement.

Ferben leva la main pour interrompre le flot de complaisances qu'il devinait :

– Notre famille croit au succès de votre camp.

– Tous les Américains ne partagent pas votre opinion.

– Nous n'avons pas d'opinions, nous avons des intérêts, les mêmes.

Ferben se fatiguait vite à parler comme il l'avait entendu faire dans quelques réunions d'hommes d'affaires ou de politiciens à Chicago, avec son père, tous dans leurs gros pardessus à col de velours. Il maudissait ce langage. Comme s'il le devinait, l'Espagnol en vint au fait :

– Que puis-je pour vous ?

4

Les bureaux où travaillait Maximilien furent envahis, une fin d'après-midi, juste avant la fermeture. Une troupe dépenaillée pénétra dans les locaux presque déserts. De loin, Maximilien entendit une cavalcade dans le couloir. Il allait ouvrir sa porte quand celle-ci vola sur ses gonds. En quelques secondes, son bureau fut renversé et lui, plaqué au mur. Deux hommes le tenaient en joue avec de longs fusils d'une ancienne guerre. Un troisième se détacha :

– C'est toi, l'espion ?

Maximilien secoua la tête, sans comprendre.

– Réponds ! cria l'autre en le giflant.

Mais sans attendre il le fouilla et dénicha ses papiers.

– C'est lui, l'Allemand. Embarquez !

Quelques employés sur le départ les virent passer. Ils baissèrent la tête. Maximilien fut poussé à l'arrière d'une camionnette bâchée.

Au même moment Germaïna déambulait sur la promenade de la baie.

Chaque jour à cette heure, elle promenait Eder sur son dos, dans un vieux sac à bretelles. Le gamin se balançait au rythme du pas de sa mère, plein de son odeur, endormi dans le soleil couchant. Souvent, elle passait par la baie, pour se laver les yeux. Parfois lui revenaient en tête les jours heureux.

La promenade avait changé. Aux combats bruyants

succédait la terreur muette. On entendait parfois claquer une rafale. Chacun s'éparpillait. Certains se glissaient sous des bancs, d'autres accroupis derrière un lampadaire. On ne savait jamais qui tirait, ni où. On attendait. Si le silence durait assez pour rassurer, on émergeait de son abri avec précaution. Parfois le mouvement déclenchait la rafale d'un tireur isolé, qui avait attendu lui aussi. On vivait dans la certitude du malheur.

Une voiture déboulant dans un crissement de pneus transportait peut-être la mort. Un camion de soldats, vers quelle armée fonçait-il ? De quel côté penchaient ses occupants ? Germaïna vit passer une camionnette bâchée. Elle y jeta un regard, lasse.

De l'intérieur, par l'interstice de la toile, Maximilien la reconnut, silhouette élancée à cheveux courts, Eder accroché à son dos. Elle devint toute petite, et puis, dans un virage, le soleil pointa un rayon face à la fente de la bâche. Maximilien fut ébloui – sans distinguer si l'éclair ne venait pas plutôt du coup de crosse qu'il recevait dans le ventre.

*

La bâche sombre de la camionnette épousait les ombres de la nuit, jusqu'à ne plus se faire remarquer. Il fallait passer, vite et sans bruit. Des soldats pouvaient l'intercepter. Au volant, le chauffeur en béret scrutait les façades des immeubles le plus loin possible. Puis les maisons furent espacées. Les phares faibles laissaient surgir un poteau, encore un panneau, et peu à peu trouaient la nuit seule.

A l'arrière deux hommes gardaient Maximilien. Comme le conducteur, l'un portait une vareuse élimée, un béret bien enfoncé sur le crâne. L'autre, Eddie Ferben, les joues mal rasées faisant jaillir son long nez, avait son foulard rouge aux pointes dressées sur le côté. A sa ceinture, un revolver massif, qui fascinait :

– C'est américain, ça ? Tout le monde en a chez toi ?
– Pas tout le monde.
– Je croyais.
Au fond, Maximilien, poignets liés, encaissait les cahots de la route. On s'intéressait peu à lui.
– Tu me le prêteras un jour ? demanda l'homme en désignant le revolver.
– Non.
L'homme hocha la tête, résigné. Il soupesait son propre fusil, un modèle si ancien !
– Voilà ce qu'on nous donne.
– Pourtant il y a des armes dans le pays, remarqua le jeune homme.
– C'est tout de bric et de broc ici, soupira l'homme. Chacun pour soi.
– C'est pas comme ça qu'on va gagner la guerre.
– Possible.
– En face, ils sont organisés.
– Pour ça !
Le jeune homme au foulard regarda Maximilien en essayant de lui sourire en catimini. Mais le geste venait mal. De toute façon, Maximilien ne voyait rien, les yeux clos. Sous ses paupières dansait l'image de Germaïna trottinant sur le trottoir sans l'avoir vu, avec le bon visage rond d'Eder accroché à son dos, son bébé.
La camionnette quitta les faubourgs et suivit la corniche. A l'intérieur, on se taisait. Eddie Ferben, mal rasé, tirait sur un coin de son foulard pour essuyer son menton. Il jetait un coup d'œil à travers la bâche, pour vérifier que la route était libre. Il avait souvent emprunté ce chemin. Il connaissait les heures des patrouilles. C'était une de ces soirées silencieuses que la guerre autorise, sans autre motif que le hasard, ou la fatigue immense qui s'empare des corps de chaque côté, l'épuisement à perdre la vie, et alors à quoi bon ? On est à bout.
Après quelques virages, la camionnette atteignit une crique. Eddie Ferben tapa sur la tôle. A l'avant, le chauffeur se retourna, sourcils levés.

– Arrête ! fit le jeune homme, agitant la main pour se faire comprendre.

La camionnette stoppa. Le chauffeur coupa le moteur et les phares.

A l'intérieur, Maximilien ouvrit les yeux. L'autre homme aussi, déjà assoupi.

– Où on est ? demanda-t-il.

– T'inquiète pas, rétorqua Ferben en enjambant la ridelle, à l'arrière, sautant sur le sol en souplesse.

– Pourquoi on s'arrête ? s'insurgea l'autre homme. C'est pas là qu'on doit aller. On doit le ramener aux camarades, dit-il en désignant Maximilien du canon de son long fusil, le doigt déjà sur la détente.

De l'extérieur, Ferben repassa par la bâche son visage émacié. Il fixa l'homme avec dureté. « Camarades... font chier, ceux-là », songea-t-il. Il se força à sourire :

– J'ai simplement envie de pisser, tu vois ?

L'autre décrocha sa mâchoire :

– Là, tout de suite, tu peux pas attendre ? Allez, on part.

– Je pisse d'abord.

Vexé, l'homme le saisit par le col pour le hisser de force mais il trébucha et se prit les pieds dans la crosse de son fusil en jurant. Ferben, étouffant sous la poigne, désigna Maximilien du menton. L'homme se retourna, inquiet. Maximilien les dévisageait, les mains toujours entravées.

– Ben quoi ?

– Surveille-le. Tu me lâches, hein ? Je vais pisser.

Dans le mouvement, il se dégagea. Remettant son foulard d'aplomb, il recula de trois pas sans quitter l'autre des yeux, qui restait indécis. Puis il se retourna contre un arbre, mit ses mains à sa braguette. Il refit face aussitôt, un doigt sur la bouche :

– J'ai entendu du bruit.

L'homme se pencha à l'extérieur et serra son fusil. Ils se turent. On percevait en bas le clapotis de l'eau.

– J'entends rien, chuchota-t-il.

– Descends.

L'homme mit son fusil en bandoulière et enjamba le rebord. Pas souple, il atterrit avec lourdeur. Le jeune homme lui fit signe de s'accroupir, puis, à pas de loup, il s'approcha de la portière, à l'avant, et fit descendre aussi le chauffeur. Il lui montra comment le suivre vers l'arrière, sur la pointe des pieds.

Il en posta un d'un côté, l'autre à l'opposé, et se tint au centre, le doigt toujours sur la bouche.

Soulevant un coin de la bâche, il croisa le regard de Maximilien, assis au fond. Dans la faible lueur, il dressa son pouce et lui fit un clin d'œil sans être vu des autres. Puis il revint vers le chauffeur et s'accroupit à ses côtés, désignant au loin :

– Par là.

L'autre scruta le noir. Silence...

Comme pour ne pas s'ankyloser, Ferben passa d'un pied sur l'autre et, d'un même mouvement, dégrafa l'étui de son revolver. Le chauffeur entendit le claquement et se retourna.

Il sentit le canon de métal glacé s'enfoncer jusqu'à sa glotte et sans doute vit-il le barillet tourner, ou le chien s'abaisser, avant que sa tête, jetée en arrière, éclate et que sa cervelle aille se répandre en giclées gluantes sur le garde-boue.

L'autre homme se précipita. Au deuxième pas, il s'empala sur la lame du couteau que Ferben tenait dans l'autre main, pointe vers le haut, et qu'il remonta jusqu'au larynx quand l'homme s'affaissa. Il était toujours épaté de la mollesse qu'on rencontrait en éventrant un homme. Pourtant, ces viscères, ces poumons, ces os, diable ! Les couteaux taillaient tout ça. Il fallait le poignet dur, simplement.

Il s'écarta pour lâcher le corps dans un gargouillis de sang et de bave qui s'étalait vite sur la terre noire. A l'intérieur, il y eut un choc. Ferben souleva la bâche, chercha Maximilien des yeux et le trouva allongé, encastré sous la banquette. Il grimpa, coupa les liens qui serraient les poignets de l'Allemand, et l'aida à descendre.

Maximilien distingua les corps des deux hommes et interrogea du regard.

– Tu peux me dire merci, murmura Ferben.

Maximilien massait ses poignets, sans répondre.

– Ils voulaient me tuer, continua Ferben. Et toi aussi.

– Ils me prenaient pour un espion, je sais.

– Moi, je suis là pour te sauver. Rien à foutre de ces « camarades ».

Il lui fit signe de le suivre.

– Vous ne prenez pas leurs armes ? s'étonna Maximilien.

– Ces tromblons ? Tu rigoles.

– Mais qui es-tu, toi ? le tutoya aussi Maximilien en se courbant sous les branchages que le jeune homme écartait en descendant vers la crique.

– Je suis de ton côté.

Maximilien s'essoufflait :

– Je ne suis d'aucun côté.

– Tu es du mien maintenant, ça te va ? répliqua sèchement le jeune homme. Je dois te protéger. Cherche pas à comprendre. Tu vois le bateau, plus bas ?

Maximilien distingua une coque dans la nuit, une lourde barque dont la pointe émergeait à travers les branchages.

– C'est pour ça, dit Ferben.

– Pour ça quoi ? Qu'est-ce qui s'est passé ?

– Je dois te faire passer la frontière, te ramener en France. Je t'expliquerai sur le bateau. On n'a plus le temps.

– Mais pourquoi me ramener ? Je n'ai rien fait.

– Tu es Allemand. Tu travailles dans...

– Et alors ?

– ... dans une société qui est un relais, tu n'avais pas compris ?

– Mais je m'en fous, ce n'est pas mon problème.

Le jeune homme lui fit face, soudain sec :

– C'est quoi ton problème ? Que je te laisse là, tout seul, comme un con ? Tu ne tiendras pas une heure.

Ils arrivaient près du bateau. Maximilien s'agrippait à une branche, pour ne pas glisser.

– Je ne pars pas sans ma femme et le bébé.

– On s'en occupe. Tu les retrouveras de l'autre côté. C'est réglé. Tu peux me dire merci.

– Et toi, tu vas où ?

– Peu importe. Dans une heure tu m'auras oublié. Tu auras retrouvé ta chérie et ton petit.

Maximilien soupira. Il s'inquiétait moins. Germaïna... Eder... il les avait pourtant aperçus plus tôt, à travers la bâche. Alors ? Sans aucun doute d'autres hommes les avaient fait passer, et plus simplement que lui, Allemand qu'on devait cacher.

Brusques, ces hommes, durs. Il s'y habituait. Comment serait son petit, plus grand : dur ? Autant que ce peuple d'ici ? Autant que le sien ? Le double, puisque né des deux ? Il y veillerait.

Eder... Il conservait dans sa poche les deux clips d'argent de Germaïna, achetés à la naissance du bébé, récupérés la veille seulement dans la bijouterie, élargis. Tout tardait ici. Rien n'allait. Lui s'accommodait : il voulait attendre le prochain dîner yeux dans les yeux avec Germaïna, si rare. Il les lui rendrait alors, comme il les avait repris, en caressant. Eh bien, cela serait dans une heure, et de l'autre côté ! Il se sentit en paix.

Ils montèrent dans le bateau, que Ferben avait décroché de la rive. Il en prit les rames. Le canot s'éloigna sans bruit, les pelles pénétrant l'eau en souplesse, et lui poussant les bras pour relever celles-ci sans clapotis. La nuit glissait autour.

Longtemps après, Maximilien se détendit vraiment. Assis à l'arrière, il avait proposé à Ferben de le relayer, en vain. Dans le noir, il tapota sur le renflement, au bout de la barque :

– On ne va pas ramer jusqu'en France? Il y a un moteur.

– Pas tout de suite. Les gardes-côtes.

Encore longtemps, et Ferben cessa de ramer. Il fit signe à Maximilien :

– On va mettre le moteur maintenant. Tu sais faire?

– J'essaye.

Maximilien se leva et tira sur le cordon, une fois, cinq fois, provoquant un raclement métallique dans la machine, qui ne devait pas servir souvent.

Il tira encore. Le moteur démarra enfin et claqua, comme dérangé, du bruit des guimbardes dans les films que Maximilien voyait pendant son enfance à Berlin.

Le souvenir le fit sourire. En un éclair passa dans sa tête le rire qu'aura Eder quand-il-l'emmènera-au-cinéma plus tard, le rire qu'a Germaïna-en-l'embrassant, les rires-qu'ils-auront-tous quand cette folie sera finie...

... le rire de lui-même, pour toujours, la dernière grimace, la contorsion qui l'accompagna dans la mort quand la rame brandie dans son dos par Ferben s'abattit sur sa nuque et fracassa ses vertèbres.

Maximilien mourut en appelant Germaïna au secours, mais aucun son ne sortit. En trois soubresauts il s'affala, et Ferben tapa encore, plusieurs fois, marmonnant : « De la part du père Etcheverry... de la part... », avant de s'asseoir en sueur et d'écouter le bruit de rien, le bruit de la nuit où ne bougeait que la barque, qui se calmait aussi, prenant son temps, écrasant ses clapotis pour enfin se taire, la barque.

Ferben aspira l'air à grandes goulées. Il était bien.

Il y avait cet Allemand si long dans sa mort, dont la nuque frisée blonde, éclatée, laissait suinter le sang. Il y avait le gros sac que le jeune homme tira de sous la banquette, et qu'il versa sur les pieds de Maximilien. Et il y avait l'eau, toute l'eau qu'on voulait.

Il aspergea la poudre de ciment, qui prit corps. Il malaxa pour en faire un bloc énorme qui figea le cadavre de Maximilien et fit tanguer la barque. Il eut du mal à le balancer par-dessus bord, l'entendant s'aspirer tout seul vers le fond, quelques bulles crevant la surface comme un clignotant dans la nuit. Bientôt il n'y eut plus rien que lui, à peine essoufflé, très content.

Avant de reprendre les rames, il compta les billets dérobés dans le portefeuille de Maximilien, pas une fortune. Il avait vidé toutes les poches, jeté les papiers dans l'océan.

Quant aux boucles d'oreilles trouvées au fond de la veste dans un sac en velours noir serré par un lacet, elles pesaient lourd. Ferben verrait mieux demain, à la lumière. Il les empocha.

En attendant il ramait, la tête vers les étoiles, retrouvant à la fin de la nuit la crique, où il amarra la barque. Il remonta le talus en s'aidant des branchages, et s'allongea en haut, la tête dépassant à peine la crête.

Ses yeux habitués à l'obscurité distinguaient la forme de la camionnette et les corps des deux hommes, laissés là. Il attendit, sans bruit. Rien ne bougeait. Le dos courbé, il revint près des cadavres et les fouilla. Rien. Il les poussa du pied pour leur faire dévaler la butte. Quelques branches cassées furent leur tombeau.

Le jeune homme se mit au volant en sifflotant *When You're Smiling*, sa rengaine.

Pas de traces : « Un à zéro. »

Si on lui avait dit : « Comment tu vas expliquer aux autres ? », il aurait éclaté de rire. D'ailleurs il s'esclaffa, tout seul. Expliquer ! Un vraiment vieux pays, ici.

5

Pauvre petite qui observe la place de sa fenêtre sous les toits, et qui voit les aiguilles de l'horloge avancer en se moquant de tout. Elle se décompose, Germaïna.

L'inquiétude est un rongeur. Des dents fines la mordillent. Son ventre cuit.

Il est trop tard pour justifier l'absence de Maximilien.

Elle croit pire qu'en la mort : l'abandon.

Maximilien aura craqué. Germaïna l'imaginait se décidant à disparaître. Mais voyons ! Elle ne l'imaginait pas du tout comme ça. Jusqu'à présent rien n'indiquait qu'il se fatiguait de ce danger langoureux qui parfumait leurs jours-et-nuits.

Elle se rongeait et n'entendait même pas brailler Eder, le goinfre. Mais non ! Maximilien ne les avait pas abandonnés. D'ailleurs Germaïna entendait Maximilien l'appeler-au-secours. Et les aiguilles de l'horloge, sur la place, tournaient. Elle prenait Eder dans ses bras, elle le berçait, elle revenait à la fenêtre, écartait le rideau, et les aiguilles, en bas, avançaient d'un cran.

Elle susurra une mélodie à Eder, un chant basque de son enfance, des mots sucrés et lents. Mais Eder s'agita encore.

Pourquoi Maximilien ne rentrait-il pas ? Malade d'attendre, Germaïna se concentrait sur les aiguilles de l'horloge, essayant d'inverser leur mouvement, de remonter le temps. Elle était une enfant-de-nouveau.

Elle n'entendait que le bruit de la porte qui s'ouvrait et la chanson de Maximilien les-prenant-dans-ses-bras, son homme-musique.

Bruit imaginaire : il n'y avait que du silence dans la chambre. Eder s'était enfin endormi.

Elle ferma les yeux. La musique de Maximilien ne jouait plus. Loin en bas, l'horloge tournait, et heureusement Germaïna n'entendait pas le tic-tac. Elle ne l'aurait pas supporté.

Sa tête s'emplissait d'un gargouillis liquide. Une vision brusque d'un corps aspiré, des bulles : une image de noyé. C'était Eder qui tremblait dans un mauvais rêve, avec quelques bulles de salive affleurant à sa bouche, inondé dans son pipi.

– Pauvre chéri, murmura-t-elle.

Elle défit ses langes et le changea. Elle aussi transpirait.

La nuit inquiétait, trop. Alors elle couvrit Eder, l'emporta dans son couffin et dévala les étages pour le confier aux gardiens de l'hôtel. Elle le faisait lorsqu'elle préservait une soirée avec Maximilien – ils conseillaient : « Traversez la place, allez dans les ruelles, aimez-vous » comme s'ils disaient : « Traversez la guerre, perdez-vous. » Avant de fermer et de dormir dans leur loge, à l'arrière, le couple basque nettoyait le hall. Elle leur laissa Eder.

Elle courut les rues, les places, traversa sans se perdre et aboutit au bâtiment où travaillait Maximilien. Portes closes. Elle repartit, monta la colline et sonna à la villa où elle avait vécu. Personne ! répondit un maître d'hôtel qu'elle ne reconnut pas ; non, madame Magdalena n'est pas ici, non, son ami espagnol n'est pas là, pas davantage, personne n'est là cette nuit. Et la porte claqua sur du vide.

Ses pieds la brûlaient dans les rues pourtant froides. Elle ne croisait que des attardés, et se blottissait dans un recoin quand des soldats s'annonçaient. Elle était sûre : Maximilien avait disparu. Si sûre qu'elle ne remonta pas dans leur chambre mais tomba au creux d'un fauteuil dans le hall désert et s'endormit bouche ouverte. Ses rêves furent pénibles.

Au matin elle avait déjà disparu quand Pablo et Mina sortirent de la loge qui communiquait avec la petite maison, à l'arrière.

Pour la première fois, ils gardaient Eder aussi longtemps. Mina le berça et ne le lâcha plus.

Germaïna avait repris sa course, sale et les cheveux hirsutes. Un bon soleil glissait déjà sur l'ocre des immeubles. Les remparts des balcons en fer forgé protégeaient des volets, qu'on ouvrait, avec des yeux tristes. La ville bougeait mais ses habitants tremblaient. Fermeraient-ils leurs fenêtres ce soir ou seraient-ils morts ?

Germaïna remonta jusqu'à la villa. Le même maître d'hôtel que celui de la nuit ouvrit. Elle exigea de voir Magdalena.

Son tapage réveilla son ancienne amie, qui apparut en haut de l'escalier en chemise de nuit de guingois, mal enfilée, et grattant ses cheveux roux pour les ébouriffer, claudiquant sur deux mules disparates. Elle descendit trois marches, et leva les bras d'un geste théâtral :

– Mais chérie, Ger... Tu as vu ta tête?

On aurait dit qu'elle se parlait à elle-même.

– Où est Maximilien? martela Germaïna, sur le seuil.

– Qu'est-ce que tu racontes? Je ne sais pas, moi! Pourquoi veux-tu qu'il soit là?

Germaïna fit un pas pour pénétrer. Le maître d'hôtel interrogea Magdalena du regard.

– Entre! Que se passe-t-il? Qu'est-ce qui se passe, chérie? Tu as vu ta tête? répéta-t-elle en ébouriffant à nouveau ses cheveux.

Le maître d'hôtel s'effaça. Magdalena lui cria :

– Du café, voyons, vite! Du thé? Du café et du thé, et puis des croissants, du pain, allez! Tu veux de la confiture? De la confiture, avec du beurre évidemment.

– Mais, Madame, bredouilla le maître d'hôtel, il n'y a plus rien.

– Mademoiselle ! trépigna Magdalena. Mademoiselle, pas Madame ! Ça me rend folle, gronda-t-elle en prenant Germaïna par les épaules. Servez-nous, je meurs de faim.

– Mais, Madame... insista l'homme.

– Pas bonne mine, vraiment, ma chérie. Alors, raconte.

Elle tentait d'entraîner Germaïna vers le salon, mais Germaïna se dégagea et courut vers la porte, bouscula le maître d'hôtel et sortit. Magdalena parlait toujours au loin, bras levés, comme si elle déclamait devant un auditoire. Puis elle se retourna et vit qu'elle était seule. Le maître d'hôtel l'observait, résigné.

– Bon, alors elle n'est plus là. Elle arrive, elle repart... Vous avez vu Maximilien, vous ?

– Je ne le connais pas, Madame.

– Ah ! Vous ne connaissez rien ! Alors servez-moi du vin. Il reste du vin au moins ? Je vais en boire.

Elle alla jusqu'au perron et vit, déjà loin, Germaïna qui dévalait la pente vers la ville.

– Elle est tout de même curieuse, cette fille, non ?

Au silence qui suivit, Magdalena se retourna, énervée :

– Non ?

Mais le maître d'hôtel avait disparu, sans doute descendu à la cave pour chercher une bouteille.

Magdalena claqua la porte d'entrée, traversa le hall et remonta les escaliers, peu ferme sur ses jambes, lançant à tue-tête :

– Pas de vin ! Croyez pas que je vais boire du vin à cette heure ! Pour qui vous me prenez ? Pas de vin pour Mademoiselle, je répète : Mademoiselle.

Sa voix se perdait dans le couloir vide.

Elle trébucha une dernière fois en heurtant la porte de sa chambre et s'affala sur son lit, seule.

★

Dehors, Germaïna marchait aussi vite que ses jambes fatiguées et ses pieds en feu le permettaient. Elle retraversa la ville, jusqu'au bâtiment où Maximilien avait son bureau. Les portes venaient d'ouvrir et des employés s'engouffraient, la mine lourde.

Le portier la dévisagea : sa robe fripée, ses cheveux en bataille, de la poussière maculant son visage : il s'interposa.

Elle le fusilla du regard :

– Laissez-moi passer ou je vous arrache les yeux.

L'homme sourit car la menace avait été lancée d'une voix épuisée. Du haut du perron, il toisa la jeune femme. Elle était grande et forte, elle tenait à peine debout. Il commença à la repousser.

– Laissez ! Elle est avec moi, interrompit une voix derrière.

L'homme recula, presque au garde-à-vous :

– *Buenos días*, monsieur le directeur.

Germaïna sentit qu'on lui prenait le coude et qu'on l'entraînait à l'intérieur. La poigne était solide. A bout de forces, elle se laissa guider sans se retourner. Au milieu du hall seulement elle fit face à celui qui la tenait et reconnut l'Espagnol, l'ami de Magdalena.

– Ou est Maximilien ? parvint-elle à articuler.

– Tss... ne t'agite pas. Viens dans mon bureau. Avec ton allure, tout le monde m'observe en coin. Je suis le directeur ici, tout de même.

– Où est-il ?

Il poussa une porte capitonnée et la fit pénétrer. Germaïna entrevit un ventilateur, encore immobile, au plafond. Elle tomba dans un fauteuil, et l'Espagnol s'assit sur l'accoudoir d'un autre.

Elle pouvait à peine supporter ses paupières. Pourtant ses yeux brillaient encore, tout le reste s'effritait.

L'Espagnol la détaillait sans bonté. Il vit ses mains qui tremblaient, mais il ne les prit pas entre les siennes pour les tapoter. Hautain, il sortit un étui de sa poche et alluma une cigarette, dont l'odeur écœura Germaïna.

– Où est Maximilien ? demanda-t-elle, détournant la tête.

– C'est une rengaine ! Où veux-tu qu'il soit ? Il va arriver. C'est vrai que d'habitude il est là le premier. Très bon élément, ton Allemand, ricana-t-il en découvrant la moitié de ses dents.

Germaïna chassa de la main la fumée qu'il venait d'exhaler. L'Espagnol s'assombrit. Il contourna son bureau et se planta face à Germaïna :

– Il va arriver.

– Ça m'étonnerait, soupira-t-elle.

– Si tu le sais, qu'est-ce que tu fais ici ?

Germaïna avait envie de pleurer, mais elle soutint le regard de l'Espagnol :

– Il n'est pas rentré cette nuit.

L'autre gloussa :

– Il était là hier. Il n'est pas rentré ? Il a peut-être une petite copine.

Germaïna crispa ses doigts sur les accoudoirs, à blanchir jusqu'aux ongles.

– Bon, je n'ai rien dit, admit l'Espagnol. Mais comprends-moi : on ne t'a pas vue depuis des mois, personne ne sait ce que tu es devenue, moi je fais travailler ton Allemand, et je...

– Tu me fais pitié, l'interrompit Germaïna.

– Ah bon ? Ecoute-moi bien : c'est toi qui me fais pitié. Tu débarques dans un état lamentable. D'où sors-tu ? Tu t'es vue ? Tu me demandes où est Maximilien. Est-ce que je sais ? Il a travaillé hier, comme tous les jours. Je suis parti dans l'après-midi et il était là. C'est tout. Tu me dis qu'il n'est pas rentré : que veux-tu que je te réponde ? Il a découché, c'est tout. Il doit y avoir une bonne raison.

– Non.

L'Espagnol allait répliquer, mais il se ravisa. Toujours debout, il décrocha son téléphone. Germaïna l'entendit réclamer... elle ne comprit pas le nom, un chef de service sans doute... demanda s'il avait des nouvelles... s'il s'était passé quelque chose hier, tard...

Germaïna se dressait dans son fauteuil, droite soudain, le menton levé, et sa poitrine tendait le tissu de sa robe. L'Espagnol jetait des coups d'œil vers elle, le téléphone à l'oreille, les yeux fixés sur ses seins.

– Rien, souffla-t-il en reposant le combiné.

Germaïna se recula contre son dossier. Son buste se recroquevillait, comme si elle rentrait ses seins à l'intérieur d'elle-même. L'Espagnol reprit le téléphone, demanda un autre interlocuteur, posa les mêmes questions. Germaïna se redressa, à nouveau tendue, et l'autre replongea sur sa poitrine.

– Rien, répéta-t-il en raccrochant.

Le manège se répéta. Rien... Rien... Et il ne détachait pas ses yeux des seins de Germaïna. Chaque fois elle s'affaissait quand il échouait. Son regard à lui brillait quand celui de Germaïna s'éteignait. Chaque fois elle se redressait quand il questionnait. Elle ne voyait pas malice, elle ne se demandait pas si l'Espagnol faisait semblant de téléphoner pour la voir rejaillir, et rejaillir ses seins, et se régaler de la femelle inquiète, la titiller, comme un chat avec une souris.

– Rien, dit-il encore.

Germaïna, tassée au fond du fauteuil, respirait mal.

L'autre se pencha en avant, les poings serrés :

– Il a découché, c'est tout. Ça arrive. Après tout c'est un homme. On dit que les femmes n'aiment pas trop ça après la naissance de leur gosse. Ça te le fait, à toi ?

Germaïna devint blême. L'Espagnol eut peur qu'elle s'évanouisse. Il ne fallait pas, au moment où il la croyait à sa merci. Il contourna le bureau et s'accroupit près d'elle, prenant ses mains dans les siennes. Il en caressa la paume.

Alors elle le gifla.

Presque un coup de poing, avec un han ! de bûcheron. Un coup de muscles, sa dernière énergie ramassée dans son bras, tout son corps résumé dans ce membre.

L'Espagnol fut soulevé de terre, perdit l'équilibre et roula sur le tapis. Il tâta son visage, et découvrit ses doigts tachés de sang.

Vidée, Germaïna s'effondra au creux du fauteuil.

Elle tâta ses propres doigts et les fit bouger pour en vérifier la souplesse. Ils ne se regardaient plus.

Il sortit un mouchoir et nettoya son nez où le sang perlait :

– Sors d'ici.

Germaïna s'appuya sur les accoudoirs, se mit debout comme une handicapée. En titubant, elle commença à se diriger vers la porte, sans un regard pour l'Espagnol, qui grondait :

– Fous le camp. Et si ton Boche remet les pieds ici, je le fous dehors. Je ne vous ai jamais aimés, tous les deux. Vous m'écœurez.

Son ton montait. Il se dressait. Il ne voyait que le dos de Germaïna qui, même exténuée, gardait les épaules hautes. Il avait envie de frapper cette nuque que les cheveux courts couvraient à peine. Il l'insultait :

– ... me dégoûtez tous les deux. Vous êtes des vipères, des bêtes immondes. Pas un de vous ne doit survivre, pas un Allemand qui trahit son pays, pas un Basque... nous emmerdent, les Basques ! Vous le fera payer... Saloperies !

Il poussait maintenant des petits cris. D'une voix de tête qui se brisait, et presque au garde-à-vous :

– *Arriba España ! Viva la muerte !*

Près de la porte, Germaïna devina peut-être qu'il levait le bras, main tendue. Elle haussa les épaules, ou peut-être était-ce un geste maladroit pour ouvrir la porte capitonnée, lourde à tirer.

Un pied déjà dehors, elle entendit le téléphone sonner, et l'Espagnol décrocher. Elle se figea.

Dans son dos, l'Espagnol triomphait, après avoir raccroché.

– Je crois qu'il y a eu un petit problème, ricana-t-il.

D'instinct, elle s'assécha. Sans se retourner, elle sortit, prenant sur elle pour rester lente. La porte se referma en glissant, jusqu'au claquement de la serrure, comme un coffre.

Alors seulement, Germaïna accéléra, puis elle détala, elle galopa, de brefs gémissements se mêlant à son souffle saccadé, elle traversa les avenues en bousculant des soldats – certains riaient en l'interpellant, d'autres crispaient déjà leurs doigts sur les fusils puis laissaient filer, les yeux ronds.

Elle détala dans une course contre le vent tiède d'automne sous le ciel bleu, puis contre le vent âcre des fumées qui grisaient peu à peu ce ciel, contre le vent, noir enfin, qui la frappa de face à l'entrée de la dernière rue : le vent noir des tourbillons de flammes de l'hôtel où elle vivait.

Les dernières charpentes s'écroulaient au moment où elle déboulait.

Tout avait brûlé. Des cadavres noirs se recroquevillaient sous les gravats fumants.

Elle hurla :

– Edeeeeer!

Dissimulé derrière des rangées de badauds, Eddie Ferben l'observait, son demi-sourire content accroché à ses dents. Lui et l'Espagnol avaient bien travaillé...

Dans le brouhaha des ordres et du désordre, Germaïna s'enfonça dans les débris broyés, enjamba des planches brûlées dont les arêtes se dressaient à l'image d'épées croisées. Elle marcha sur des corps malaxés, se brûla aux flammèches virevoltant sur un pan encore debout. Elle ne criait plus. Elle pleurnichait, bouche tordue. Dans sa gorge, un gargouillis ne produisait qu'un son, répété à l'envi : « Eder... Eder... » Personne ne s'occupait d'elle.

Elle se cognait à des gens qui pillaient ce qui restait intact. Ne se repérant plus, elle continua en tout sens, ne reconnut rien ni personne dans les fumées. Elle soulevait au hasard des morceaux déchirés. Elle cherchait un corps mort. Et sans presque plus de souffle, elle espérait, elle espérait, encore.

Fouillant, allant, se cachant des premiers pompiers annoncés à coups de sirène, elle heurta un mur dans le fond. Aveugle, elle força, et sans bien s'en rendre compte, passa à travers une ouverture déglinguée. Elle déboucha dans une oasis soudain calme, épargnée des flammes et des fumées. Sans le savoir elle surgissait dans la petite maison adossée à l'hôtel. Elle en ignorait l'existence.

Là le feu, arrêté par les pierres, n'avait pas encore pris. Elle vit soudain clair et faillit faire demi-tour : en effet, la pièce semblait sans vie, meublée d'une armoire défoncée et d'un châlit. Au bout, une autre pièce, dont elle apercevait seulement un coin.

Mais dans ce coin, debout, un gros homme pleurait.

Germaïna le fixa, hébétée. Il portait un habit à peu près militaire. Elle distingua une moustache épaisse encadrée par des joues rouges, bonnes et grasses. Boudiné dans sa vareuse, le ceinturon cisaillant sa bedaine et agitant les plis, il tressautait.

Et il portait dans ses bras un bébé.

Germaïna se jeta vers lui et arracha l'enfant. Elle le serra, l'emmitoufla contre sa poitrine, le couvrit de baisers, sentit son souffle chaud. Elle respira, Eder vivait.

L'homme – il lui semblait l'avoir déjà vu –, l'homme secouait la tête comme un drogué :

– *Yo no sé*... je ne sais pas, *ez dakit*... psalmodiait-il en trois langues. Tous morts. *Todos muertos*, morts. *Hilak!*... je ne sais plus.

On entendait des craquements de l'autre côté, encore des cris. Les derniers débris de l'hôtel s'éparpillaient.

Eder coincé contre elle et qui ne pleurait même pas, Germaïna tira le gros homme pataud par son ceinturon, l'entraînant dehors, par la porte béante de la petite maison où plus rien ne vivrait.

– Venez!

Ils débouchèrent dans la rue. Au-dessus des immeubles s'élargissaient toujours les volutes de l'incendie de l'autre côté. Ça sentait fort.

Maintenant, qu'il la laisse !

Il l'encombrait, d'un coup. Mais il suivait, à l'image de ces chiens errants dont on ne peut se débarrasser une fois qu'ils vous ont choisi.

Pourquoi l'entraînait-elle ? Elle voulait savoir, quand même. Marcher loin du massacre la calma.

Germaïna et le gros homme avancèrent pendant plusieurs minutes dans le sens opposé, sans se retourner, cherchant, vite, de l'air, du souffle, un peu de silence. L'homme secouait toujours la tête :

– Je ne sais pas, *todos muertos*... Germaïna marchait en couvrant Eder de baisers sur le front.

Le bébé commençait à s'éveiller. Il allait bientôt vagir et réclamer.

Au coin d'une petite place ombragée, Germaïna s'assit sur un banc et fit signe au bonhomme. Il se laissa tomber à côté d'elle et baissa la tête, sa moustache noire enfouie dans son menton. Germaïna se mit de trois quarts pour lui tourner le dos. Elle dégrafa sa chemise, enfouit la tête d'Eder contre son sein et en rabattit le pan pour ne pas être vue. Le bébé téta aussitôt et Germaïna soupira d'aise.

Pendant qu'Eder la pinçait, sans se retourner elle ordonna au gros homme, à côté :

– Raconte.

Et pendant que l'homme parlait, Eddie Ferben passa derrière leur banc, comme s'il flânait, mains dans les poches, sans se faire remarquer ni les perdre de vue.

L'homme semblait plaider, en zézayant un peu :

– Ils sont arrivés dans deux camions. Les franquistes. Ils ont fait vite. Je les ai bien vus. Moi, j'arrivais en même temps qu'eux par hasard. J'avais des papiers à donner à Pablo. Tu connais Pablo, toi ? (Germaïna ne bougea pas la tête.) Je devais lui donner. Je ne sais plus quoi en faire. Ils sont entrés comme des fous dans l'hôtel. J'avais l'enveloppe dans la poche. (Il fouilla dans sa vareuse et ses gros doigts sortirent des papiers pliés ; il les glissa par-dessus l'épaule de Germaïna qui ne bougea pas.) Les voici, les papiers pour Pablo. (Mal à l'aise, il les remit dans sa poche comme on remet sa main quand quelqu'un a refusé de la serrer.) Comme des fous dans l'hôtel! Ils ont aligné contre le mur tous ceux qui s'y trouvaient. Et puis d'autres sont partis tout de suite vers le fond. Ils ont défoncé une armoire vitrée et fait sauter une cloison. Je les ai vus de loin s'engouffrer par le passage qui débouche dans la petite maison. Là j'ai eu peur. (Il lissa sa moustache; dessous, ses lèvres tremblaient.) En même temps, ceux de l'hôtel, qui visaient les gens contre le mur, et là il y avait Pablo qui s'était fait surprendre, et des clients, je ne sais pas, alors ceux-là ont tiré sur tout le monde, des rafales, des rafales... Tous morts. *Hilak!* Dans la rue on s'est tous mis à courir. J'ai suivi. (Il haletait, il courait dans sa tête.) J'ai fait le tour des rues pour revenir vers la petite maison par l'arrière. J'ai jeté un coup d'œil dedans. Je faisais très attention. Mais il n'y avait plus personne. C'était vide. Et juste là, quand j'allais repartir, Mina a débouché du coin avec ce bébé dans les bras. Je ne sais pas, moi. Je ne l'avais jamais vue avec un bébé. Je n'en ai pas, moi, de bébé. Elle me l'a presque jeté. (Il fit les gestes, que Germaïna ne vit pas : elle tournait toujours le dos, Eder tétait.) Elle m'a crié : « Sauve-le! Ils me poursuivent : c'est l'Allemand qui nous a trahis! » (Germaïna se tassa, ce que le gros homme ne vit pas.) Je ne sais pas, je n'ai pas compris. Quel Allemand? Je suis resté tout bête avec ce bébé tout retourné, et juste au coin j'ai vu des soldats qui arrivaient, ceux qui poursuivaient Mina. Je me suis faufilé dans la maison, caché derrière la porte. J'ai entendu la cavalcade passer devant, et crier. Et puis, une rafale. Au bout d'un moment, j'ai regardé dehors. La rue était vide. A quelques mètres par terre, il y avait Mina, et du sang partout. Sa tête était dans le caniveau. Tous morts, maintenant. (Il dit les mots suivants en claquant des dents.) Je suis resté à l'intérieur, toujours caché là, derrière la porte. La maison était toute vide, je t'ai dit.

Ceux qui étaient passés par l'intérieur, avant que je revienne, avaient saccagé. Ils n'ont rien trouvé, hein! De toute façon il n'y avait rien. On y était de passage, dans cette maison. On mangeait, on dormait, on repartait. Mais ils étaient bien renseignés, les franquistes. Oui, quelqu'un a trahi. Quel Allemand? *Yo no sé.* (Cette fois, le gros homme sentit Germaïna frissonner; il jeta un coup d'œil en biais : elle se rajustait. Eder avait fini.) Moi, j'avais peur, là. J'avais vraiment peur parce que j'étais tout seul avec ce bébé. J'entendais, au bout, de l'autre côté, des coups de feu encore. Ça criait. (Il redressa la tête, l'œil moins vitreux.) Et puis des explosions, comme des chaudrons qui pètent : ils avaient mis le feu à l'hôtel. On entendait bien. Je ne pouvais pas partir. Je ne sais pas. *Ez dakit.* (Germaïna aussi avait relevé la tête.) J'ai plus bougé, caché derrière la porte. Après, c'est devenu plus calme. J'allais partir, et puis vlan! j'ai entendu du bruit par le fond. J'étais sûr qu'un franquiste revenait, qu'ils allaient brûler aussi la maison maintenant. Ils m'auraient tué, là. Je ne pouvais plus bouger. Mais c'était toi qui arrivais, là! Je ne te connais pas. Mais bon, je vois bien qu'il est à toi, ce bébé. Là, je suis content. Tu es bien jeune. Qui es-tu?

Germaïna se dressa et lui fit face. Elle portait Eder dans son coude, endormi, bien repu. Le gros homme leva les yeux vers cette haute jeune femme aux mâchoires serrées. Sur chaque joue coulait une larme.

– Pleure pas, fille.

Germaïna tendit la main :

– Donne le papier, ordonna-t-elle en basque.

Le bonhomme fouilla dans ses poches. Il ne savait plus où il l'avait fourré. Il hésita :

– C'était pour Pablo. Tu connaissais Pablo?

– Et Pablo, et Mina, et tout. Tu as bien vu qu'elle gardait mon bébé.

Elle avança encore la main. L'homme avait enfin sorti les papiers d'une poche. Il hésitait, mais le regard noir, absolument glacé, de la jeune femme le décida.

D'une main, Germaïna les déplia et lut, vite.

Sur le banc, l'homme s'était à nouveau tassé, la tête dans les mains.

– Je ne peux plus.

Il sentit un coup dans le tibia.

Germaïna venait de le frapper du bout du pied. Il releva la tête, incrédule.

– Tu vas venir et tu vas me conduire, martela Germaïna.

– Quoi? Où ça?

Germaïna tapota les papiers :

– Là, Bilbao.

– Mais qui es-tu?

– Et puis tu vas enlever ça, dit-elle en désignant la vareuse militaire. Tu veux te faire tuer, imbécile?

– Oui.

– Plus tard. En attendant, allons.

Il ne bougeait pas. Elle lui redonna un petit coup de pied :

– Allons.

Il se leva à regret et Germaïna marcha la première, avec ses dernières forces.

Croisant des promeneurs, des soldats, d'autres femmes avec des landaus, qui les dévisageaient, elle accéléra – aussi parce qu'elle n'était pas du tout certaine de pouvoir faire le pas suivant. « Ne pense qu'à Eder, voilà. » Lui seul, désormais.

Eddie Ferben, rôdant toujours, se mit à les suivre. Il avait failli sauter sur elle, mais trop de badauds passaient.

★

Elle ne savait plus pourquoi elle marchait? Son cœur battait, mais en réalité Eder s'écrasait à chaque pas sur son sein gauche. Fausse impression. Elle lançait un pied devant l'autre, simplement. Et elle réfléchissait, par bribes. Ignoble.

Ainsi donc, la veille, elle avait deviné ? Epouvantable. Maximilien... Traître ? Au pas suivant, elle faillit s'affaisser, fit un effort pour ne pas tomber à genoux.

La trahison donne un goût dans la bouche, le goût qu'auraient des cendres ruminées. Elle mâchait, vraiment de la bave, grise. Le vent tiède d'automne avait au moins séché ses deux larmes. Elle marchait, et derrière, le gros moustachu secouait la tête. Au pas suivant encore, elle s'arrêta, net. L'autre faillit la bousculer dans le dos. Elle ne pouvait plus activer sa jambe. Puis la machine repartit, automatique. Bien sûr, elle ne pouvait qu'y croire : Pablo et Mina morts. Et tous les autres morts aussi, dont elle découvrait l'existence au moment où elle apprenait leur disparition. L'Allemand-les-a-trahis : Mina ne pouvait pas l'inventer. A nouveau ses jambes se bloquèrent, et en trois pas le gros homme fut à sa hauteur. Germaïna fixait du rien au loin, tout flou. Ses mâchoires mastiquaient une bouillie âcre, sale. Maximilien... épouvantable.

Le gros moustachu la poussa du coude pour qu'elle reparte. Elle repartit. Rien expliquer : savoir seulement. Tout le temps, partout, on disait que la ville grouillait d'espions, surtout-des-Allemands, Italiens aussi, pour Franco. Les-morts-l'hôtel-brûlé, la petite maison dont elle n'avait rien-deviné durant ces semaines. Elle n'avait rien-su-de-rien, Maximilien avait trahi tout-le-monde-fait-tuer tout le monde, elle aurait bien voulu qu'on la-tue-en-premier.

La guerre rattrapait Germaïna. La guerre la poussait du coude, avec ce gros homme terrorisé qui répétait :

– Il faut aller à Bilbao ? C'est ce que disent les papiers ? La guerre c'était ça, la peur.

Alors, par des rues qu'elle connaissait bien et qu'elle savait ne jamais revoir, elle se dirigea en automate avec le gros homme vers la gare des autocars, près du pont. Du monde s'y bousculait, des grappes aux portières.

Le bonhomme enleva sa vareuse et la roula sur son bras, apparaissant en maillot de corps sans manches, des poils partout, luisant. Il semblait avoir repris quelques forces puisqu'il partait. Il se débrouilla pour acheter deux billets au guichet encombré. Il jetait de brefs coups d'œil par-dessus son épaule. Germaïna se tenait droite au milieu des gens, regardant loin. Il la vit bien triste, et belle.

Lui glissant son billet dans les mains, il la poussa vers le marchepied. Des hommes s'écartèrent devant cette jeune femme au bébé dans les bras. Elle s'installa dès qu'elle trouva un siège. Des ressorts défoncés lui rentraient dans les fesses.

Le vieil autocar marron était plein. Il puait. Elle trouva un coin de fraîcheur en appuyant son front contre la vitre, que des moucherons, écrasés sur de la vieille saleté, rendaient blême. Elle s'endormit aussitôt.

En se bousculant, d'autres montèrent de force dans l'autocar. Parmi eux, le gros homme, qui se coinça sur un bout de banquette, les épaules lourdes, et qui attendit.

Presque aussitôt le chauffeur actionna un klaxon éraillé puis avança dans l'allée pour repousser les derniers qui s'agrippaient, fermer les portes en décrochant les plus récalcitrants, tapant sur leurs doigts.

L'autocar tanguait, surchargé à déborder de cartons et de malles à peine sanglées sur la galerie du toit. Le conducteur bloqua les loquets, s'essuya le front en jurant, et se glissa derrière son volant. Le mastodonte hors d'âge qui assurait la liaison San Sebastián-Bilbao – quand il pouvait démarrer, quand l'armée assurait le passage, quand il y avait de l'essence, quand le chauffeur ne dormait pas, quand il n'y avait pas d'avions qui piquaient dans le ciel, quand les pneus tenaient... –, la vieille machine s'ébranla tout de même et fraya son chemin vers les quais.

Des gens le poursuivaient à l'arrière, espérant s'agripper à l'échelle qui montait vers le toit, mais il y avait déjà du monde là-haut. On les repoussa à coups de talon sur les mains. Parmi ceux qui ne purent pas, *in extremis*, s'accrocher au vieux car et tombèrent : Eddie Ferben. En plus, il reçut en plein visage un nuage de suie graisseuse, éjecté par l'arrière.

Impuissant derrière le cul brinquebalant de l'autocar qui disparaissait, il se retourna et fit peur à ceux qu'il croisait avec sa peau salie et son rictus sur la moitié de la bouche.

La guimbarde sortait des premiers contreforts de la ville, crachotant dans chaque côte. A l'intérieur Germaïna dormait, depuis la première seconde. Le gros homme avait toujours très peur, à l'avant.

6

Tête dans les épaules, Eddie Ferben traversa San Sebastián à pas vifs jusqu'à l'immeuble ocre jaune de la banque de l'Espagnol. Sans se soucier d'être bloqué, il se dirigea vers le fond, bouscula la secrétaire et pénétra à la volée dans le bureau du directeur, qui se révolta :

– *Mister* Ferben, je...

Ferben saisit le revers de son costume et attira son visage, à toucher le sien. L'Espagnol avait mauvaise haleine.

– Elle est partie, grinça Ferben.

– Qui ?

– La fille Etcheverry.

– Bon débarras.

– Tu ne comprends pas, enculé ! qu'elle a disparu avec son gosse ?

Il le poussa violemment vers son fauteuil, où l'Espagnol se tortilla, gêné.

Ferben arpenta le bureau, sous le ventilateur qui tournait sans hâte. Après un temps, l'Espagnol défroissa son costume et se redressa, plus sûr :

– Mais enfin ! C'est l'Allemand qui vous intéressait.

– Peu importe, môssieu le banquier. Vous, c'est l'argent de notre famille qui vous intéresse. Alors écoutez-moi : il faut la retrouver. Vite.

– Où ça ?

– Elle a pris un autobus pour Bilbao. Putain ! ça roule encore, ces guimbardes, dans votre pays pourri !

– Pour Bilbao ? Je ne comprends vraiment pas... Nous tenons San Sebastián et les environs, mais plus loin il y a le front. Bilbao ? C'est les Basques qui résistent encore. Je me demande d'ailleurs ce que Franco...

– Je me fous de Franco ! hurla Ferben.

L'Espagnol vacilla.

– Ça m'étonnerait qu'ils passent, reconnut-il. Enfin, on ne sait jamais. De temps en temps, entre deux bombardements, des convois traversent la ligne.

Ferben s'approcha et, poings serrés au bout de ses bras tendus, s'appuya sur le bureau en tutoyant à nouveau le directeur :

– Ecoute-moi bien, banquier. L'argent qu'on t'a envoyé, il servait pour monter l'attaque contre l'hôtel, le brûler et bousiller tous ceux qui vous gênaient, OK ? Je t'avais pas menti, ils étaient bien tous là, tes Basques, OK ? Vous les avez bien tous abattus, OK ? Et vous leur avez tous bien fait croire que c'était le Boche qui les avait donnés, OK toujours ? Bon. De mon côté, moi, je m'occupais de c't'Allemand sans qu'on me pose de questions dans ta sale banque, OK ?

– Justement. Ça s'est passé comme prévu.

– Mais la fille est partie ! Voilà, je veux la retrouver. C'est comme ça. Cherche pas à comprendre. Obéis. Tu me fais passer à Bilbao.

– Mais...

Ferben balaya le bureau avec violence. La lampe, le cendrier, les dossiers, les stylos, tout vola.

– Tout de suite.

– C'est diffici...

Ferben lui saisit les cheveux à pleines mains et lui tapa le front contre le bureau :

– Tu vas arrêter de discutailler, petit enculé de merde !

Il tapa encore et lui plaqua la joue contre la table. De l'autre main, saisissant un coupe-papier effilé, il lui posa la pointe dans l'oreille et commença à appuyer.

Sous le bureau, l'Espagnol agitait ses jambes, en cancrelat.

– Je te cloue la tête sur la table, susurra Ferben, si tu ne m'envoies pas, tout de suite, à Bilbao.

Il força encore la pointe dans l'oreille.

– *Sí!...* Oui ! gémit l'Espagnol.

★

L'autocar avançait tant bien que mal. Germaïna dormait toujours. Les cahots faisaient tressauter les passagers dont beaucoup s'affalaient contre la vitre ou sur l'épaule voisine, ou le menton écrasé sur la poitrine. Pas d'autre bruit, sauf des poules caquetant au fond, dans des cageots qu'une grosse femme protégeait de ses bras.

Où allaient-ils ? Quelles horreurs fuyaient-ils ? Quelle fatigue infinie supportaient-ils ? Tant qu'ils n'étaient pas morts, ils tentaient d'être plus forts que la guerre, vaille que vaille. Les très riches n'avaient pas attendu pour passer, depuis longtemps – France, Angleterre, Amérique... Les très pauvres aussi, qui n'ont qu'eux à sauver. Tous les autres se débrouillaient, coincés dans ce vieux bus-miracle par exemple – par hasard. Ils n'avaient aucun désir d'être des héros dont la guerre n'a pas besoin – seulement après guerre, les héros, et seulement pour les vainqueurs.

Ceux qui ouvraient un œil, parce que dans un virage leur tête avait dodeliné, discernaient sur la route des soldats en groupe. Des troupes faisaient la pause sur un talus, agitaient même les bras quand l'autocar les dépassait. Aux croisements, un char, ou deux, les menaçait, un crucifix dressé sur le canon. On traversait des villages exigus où la vie continuait, entre carrioles et bœufs, femmes en noir qui se pressaient, et d'autres où la mort était passée, des fumées s'élevant de débris.

Ces rares répits, personne ne s'inquiétait d'en savoir l'origine, ni le motif. Du hasard, des chuchotements entendus... Aussitôt, ceux qui savaient s'échappaient du fourmillement général, et sans se retourner. D'autres passaient par des chemins de montagne, connus d'eux seuls. Mais pour le peuple assommé, la loterie tombait chaque jour, souvent perdante. Parfois, on tirait le bon convoi, le dernier autocar.

A la sortie d'un de ces villages perchés, quand on se demanda même si le moteur aurait la force de les hisser, le chauffeur aperçut deux soldats au milieu, et derrière eux un barrage. On lui fit signe de stopper. Il eut à peine besoin de freiner, l'autocar était à bout.

Avec sa crosse, l'un des soldats frappa la vitre. Le chauffeur se précipita pour soulever le loquet. Deux militaires montèrent. L'un resta sur le marchepied, à l'avant, et détailla les passagers. L'autre se fraya un chemin entre les sièges, faisant signe de temps en temps à un homme de se lever et d'aller vers la portière, puis de descendre.

Assis à l'avant, le gros moustachu fut l'un des premiers désignés. Son maillot de corps était trempé.

Le soldat continua son inspection, désigna d'autres hommes, qui se groupèrent sur le bas-côté. Des militaires, dehors, les encadraient.

A l'intérieur, le soldat arriva près de Germaïna, qui n'avait pas ouvert les yeux. Peut-être dormait-elle toujours.

Il n'y jeta qu'un coup d'œil. Si les autres n'avaient pas eu les yeux baissés comme pour se rendre invisibles, ils auraient discerné le bref sourire de douceur du soldat à la vue du bébé enfoui dans les bras de Germaïna, la jeune brune.

Il passa.

Son inspection l'amena jusqu'au fond, où il empoigna les cageots. Les poules s'affolèrent, et lui, il fit taire les glapissements de la paysanne en lui posant le canon de son fusil sous le menton.

Paniers sur l'épaule, il retraversa l'allée en bousculant tout le monde, mais tout le monde l'aurait remercié d'avoir été épargné, sans savoir pourquoi ni comment il avait désigné les autres, debout dehors, tremblants. Les victimes ont tort.

Avant de descendre le soldat lança au chauffeur :

– Dépêche-toi. La ligne est libre depuis une heure. Ça ne va pas durer.

Le chauffeur esquissa le salut franquiste, en essayant de ne pas être vu des passagers.

Le moteur poussif cracha et l'autocar reprit sa route dans les cahots. On laissa sur le côté les hommes qui avaient été pris, on ne les connaissait plus. Germaïna continua à dormir, et ne vit pas – peut-être ? – qu'on les fusilla sur place, avant de les pousser du pied dans le fossé. Personne ne pouvait dire qu'il serait vivant dans une heure.

Or il fallait bien une heure pour passer les dernières collines et plonger en lacets vers Bilbao, la triste, noire Bilbao, si heureuse de résister encore – « pour toujours ! » chantaient les Basques.

7

Dimanche matin derrière l'église, après la messe : Mikel attendait, seul. Les trois hommes en béret ne venaient pas.

L'hiver approchait, pourtant rien n'empêchait de passer. D'ailleurs il fallait des années à neige, des années rares dont on se souvenait longtemps, pour empêcher des hommes de franchir la montagne. Or ce n'était pas l'une de ces années qui s'annonçait. Pourquoi ne venaient-ils donc plus ?

Mikel tournait en rond, guettant les trois bérets. Tout le monde en portait, mais il connaissait ceux-là. Ils n'apparaissaient pas ce dimanche.

Furieux, il allait revenir sur la place, lamper un verre de vin avec d'autres hommes de la vallée, puis rentrer à la Maison. Passé le temps des fêtes, on ne mangeait plus dehors, aux terrasses.

Il rentrerait donc à la Maison pour dévorer le poulet que Maritchu avait tué le matin, et se taire. Après midi, il approcherait sa chaise du poste de radio tout neuf, pour écouter des nouvelles et des airs d'accordéon. La molette tournerait entre deux gros doigts. Comme chaque dimanche il s'amuserait avec l'aiguille glissant le long des stations, déclenchant des sons crachouillants, libérant soudain une voix claire avant un autre gargouillis.

L'aiguille parcourait les noms de villes où il n'irait jamais. Des langues étrangères qu'il ne comprenait pas sortaient brusquement sous la toile grillagée qui protégeait le haut-parleur. Un speaker à la voix parisienne et pointue expliquait que le gouvernement français maintenait sa neutralité dans le conflit d'Espagne, le leader du Front populaire, Léon Blum, l'avait affirmé en juin, à Luna Park. Frontière hermétique : Mikel ricana... La frontière, qu'est-ce qu'ils en savaient ? Comme si un cordon de soldats empêchait les trois hommes en béret, les neveux du père Ferbentxajaurregui, de passer ! Alors pourquoi n'avait-il plus de nouvelles ?

Il continua à tourner la molette, captant des bribes de vociférations allemandes (il reconnaissait cette langue : Verdun) et des acclamations de foule. S'affairant devant l'évier, Maritchu s'exaspérait. Mikel tourna, et une jolie chanson jaillit du poste. *Parlez-moi d'amour...* Maritchu fredonna en même temps. Mikel laissa filer l'air jusqu'au bout, plus calme. Il continua ensuite avec la molette ; ça l'amusait, ce poste, ça le faisait voyager, lui qui ne quittait pas la vallée.

Un autre speaker donna des nouvelles de la guerre de l'autre côté, des combats, des offensives franquistes, de la bataille de Madrid, ou de la ligne de front au Nord, et à Bilbao. Sans expliquer, sans détailler : par exemple l'attaque d'un hôtel à San Sebastián et son incendie, la fusillade et la mort de tous ses occupants, à peine évoqués. Les nouvelles officielles ne donnaient pas de détails.

Même précises, jamais elles n'auraient égrené la minutie des noms, jamais : « et les Ferbentxajaurregui, père, mère, trois fils, parmi les morts de l'hôtel incendié... Qui veut récupérer leurs bérets se présente ! » Jamais – et quand bien même : Mikel n'écoutait plus. La guerre là-bas, de l'autre côté, ne s'entendait pas ici.

A la Maison, on parlait rarement de ces Espagnols qui faisaient toujours peur, aimant tellement le sang, ni de ces Rouges brandissant l'Antéchrist, ni de Franco – après tout, il était homme de Dieu, lui, d'ailleurs les Basques de Navarra l'avaient rejoint... On comprenait trop mal, et Mikel tourna encore pour trouver de la musique légère, qui fit enfin soupirer d'aise Maritchu, terminant sa vaisselle.

Mikel se pencha en avant, les coudes sur les genoux, et souleva son béret pour passer sa main sur ses cheveux gris, épais. Il transpirait la fatigue, seul. Goïzane et Jon se promenaient. Leur mariage se préparait. Quelques semaines encore, quelques petits mois... et que l'hiver passe. C'était bien : la Maison revivrait. Il saurait, d'ici là, si l'Allemand était mort, et le bébé de la sorcière aussi. Etre tranquille.

8

A l'approche de la nuit l'autocar atteignit Bilbao et se gara dans le quartier d'Olabeaga, en file avec d'autres, aussi rouillés. Fébrile, Germaïna descendit avec Eder dans ses bras et chercha des yeux le gros homme. Avait-il débarqué plus tôt? Elle se souvenait mal. Puis l'image floue d'un contrôle, sur la route, lui revint. Elle partit seule.

La ville s'assombrissait plus tôt que les collines, autour. Le soleil l'abandonnait mais continuait de courir sur les crêtes, en sursis. Germaïna respirait à la fois mieux et plus mal ici qu'à San Sebastián. Plus mal parce qu'en se noyant dans les fumées d'usine, on sentait la suie dans cette ville lourde et sale rien qu'en y posant la main; mais mieux parce que Bilbao restait libre, elle résistait encore. Elle travaillait, la ville, sans être en paix.

Germaïna croisa des groupes armés, en *mono azul*, la combinaison bleue des ouvriers-combattants, et ne fit pas très attention aux casquettes que ceux-ci portaient, ornées de médailles, cousues des symboles d'un parti, d'un syndicat. Certains allaient dans le même sens qu'elle, au pas, mal cadencé. Ils chantaient.

Eder s'était réveillé. Il pesait. Germaïna marcha à petits pas. Elle avait dormi dans l'autocar mais le sommeil ne l'avait pas reposée – plutôt dormi pour ne pas se souvenir, sans récupérer. Bien sûr, elle n'avait pu oublier ni le massacre de l'hôtel ni l'Allemand-nous-a-trahis. Brusquement, des larmes montèrent. Elle avala une nouvelle goulée de mauvaise salive. Elle se perdait.

A bout, elle s'assit sur un banc à côté d'un vieil homme, et sortit les papiers enfouis sous sa chemise. Elle en déplia un coin et montra au vieillard une ligne, le nom d'une rue. Il lui indiqua le chemin, heureusement pas loin, indifférent.

Avant de s'y rendre, Germaïna resta assise pendant quelques minutes pour reprendre son souffle. Eder détaillait tout. Son petit corps tendre comprenait par la peau plus que par les yeux. L'atmosphère avait changé. Les bruits aussi. L'air qu'il inspirait n'avait pas le goût d'avant. On l'avait plongé dans un nouvel aquarium. Il devait distinguer des formes inconnues autour de lui, renifler des odeurs neuves. Réjoui, il tendait parfois un mini-bras potelé vers une surprise en couinant un petit cri et, joyeux, coinçait sa tête dans le cou de Germaïna, qui riait de lui.

Plus rassurée, elle se leva et prit le chemin indiqué, se frayant un passage entre les réverbères. Quelques minutes plus tard, elle se retrouva dans un flot d'hommes et de femmes se dirigeant vers l'entrée d'un bâtiment grisâtre, éclairé. Une banderole, au fronton, un peu de biais, indiquait en basque : « Gouvernement autonome » et sur les côtés, peint de travers deux fois *No Pasarán*. C'était là, l'adresse sur les papiers, le Colisée Blanc.

Elle pénétra avec les autres et s'assit dans l'assistance, près de femmes qui sourirent à Eder. Au fond, sur une estrade, des hommes en beaux habits écoutaient un orateur, chemise et bretelles, béret sur la tête, un bel homme qui transpirait et lançait son discours. « Recruter des combattants... » entendit Germaïna. Elle lutta pour ne pas s'endormir parce que la guerre l'ennuyait et parce qu'elle ne comprenait pas tout. Elle avait du mal à suivre. Des mots, des expressions entières différaient de ceux du basque parlé dans sa vallée. Et l'homme s'enflammait, appelait à l'unité, annonçait l'horreur si Franco arrivait. Puis il laissa la parole à un autre tandis que toute une partie de la salle brandit le poing trois fois.

Assourdie, Germaïna se leva et alla vers le fond, avisant une dame aux cheveux blancs qui semblait responsable, plaçait des gens, faisait distribuer des tracts, une active. Germaïna s'approcha et lui tendit les papiers pliés, qu'elle venait de sortir de sa chemise. La dame s'intéressa d'abord à Eder, et lui caressa la tête :

– Le mignon...

Puis elle vit les papiers, dévisagea Germaïna, et les feuilleta, visage sérieux.

– C'est pour quelqu'un d'ici, je pense, avança Germaïna.

La dame hocha la tête.

– Qui vous les a donnés ? demanda-t-elle.

– Oh ! c'est une longue histoire, soupira Germaïna. Mais s'ils sont pour vous, gardez-les. Moi, je m'en vais.

Elle se détourna mais la dame lui saisit le bras :

– Attendez... Asseyez-vous là et attendez-moi. C'est important.

Germaïna s'assit au bout d'une rangée, avec Eder, qu'elle arrangea contre elle.

La dame scruta ces deux visages blêmes :

– Il a mangé, le bébé ? Vous avez mangé, vous ?

Germaïna fit non de la tête, et la dame vit des larmes couler tout de suite sur ses joues, laissant d'ailleurs des traces plus claires car l'air suintant de Bilbao avait déjà grisé la peau.

Elle fit relever Germaïna et prit Eder dans ses bras :

– Suivez-moi, je vais le porter.

Germaïna sentit son bras gauche presque se relever, déchargé du poids qui le crispait depuis des heures.

La dame la fit passer dans une pièce, à côté, où d'autres femmes pliaient des affiches, préparaient des paquets et buvaient du café. Elle donna un ordre et l'on servit aussitôt à Germaïna un grand bol de soupe, et du lait, qu'elle but debout, comme un don de Dieu.

La dame revint au bout d'un moment, suivie d'un homme que Germaïna avait aperçu tout à l'heure à la tribune. Il portait un costume – et bien rasé, cheveux noirs plaqués, une raie nette au côté. Il tenait dans sa main les papiers de Germaïna, et la fit asseoir en face de lui, chaleureux :

– *Buenas tardes, señora,* commença-t-il.

Germaïna avait le nez enfoui dans son bol. Elle le regarda en biais.

– Vous n'êtes pas espagnole?

Germaïna fit non de la tête.

– Je suis de France, de San Sebastián, mélangea-t-elle.

Indulgent, l'homme se pencha vers Germaïna, un bon sourire aux lèvres :

– Des deux à la fois? Bon, expliquez-moi. Prenez votre temps. Ces papiers sont importants. Vous êtes avec des amis, ici.

Germaïna aspira encore une gorgée de sa soupe avec un bruit de succion.

– C'est une longue histoire.

– Soit. Vous connaissez sûrement Pablo, ces papiers lui étaient destinés. C'est vous qui les apportez. Dites-moi simplement pourquoi il n'est pas venu.

– Il est mort.

Elle se sentait mieux. Elle ne leur raconta pas sa vie, mais leur dit pour l'hôtel, l'incendie, le massacre, Pablo, Mina, les autres, *todos muertos*, son bébé sauvé dans les bras d'un gros moustachu, les papiers qu'il lui avait donnés...

– Où est-il, cet homme?

– Pris sur la ligne, un contrôle. Je ne comprends plus.

L'homme en costume sembla secoué. Germaïna vit ses mâchoires se crisper.

– Je ne comprends plus, répéta-t-elle.

Sa tête se penchait, elle était sur le point de dormir aussitôt.

Lui revenait en désordre ce qu'elle avait vu, trop vite, sur les papiers, des lignes, des lignes comme un discours ou comme un livre, elle avait même entendu tout à l'heure à la tribune des phrases lues sur les feuilles, des noms de gens... président Aguirre... général Llano de la Encomendia... Ceinture d'acier, front nord... et surtout l'adresse de la salle où se tenait ce meeting, l'unique endroit où aller. Elle était seule.

Elle vit l'homme se lever et avant de partir glisser quelques mots en basque à la dame, mais elle les comprit : « C'est peut-être une infiltrée, les franquistes en mettent partout. »

Alors elle se leva, prit Eder comme on rassemble ses dernières forces. Ses jambes lui faisaient mal mais elle sortit de la salle, tout droit.

Quelques instants plus tard, la dame la rattrapait :

– Où voulez-vous aller ?

– Laissez-moi. Tout ça me dégoûte.

La dame voulut reprendre Eder pour la soulager, mais Germaïna refusa.

– Laissez-moi partir.

– Vous irez où ?

– Laissez-moi partir.

– Mais bien sûr, partez. Ce n'est pas une prison, on est encore libres ici, à peu près.

– Alors laiss...

La dame lui prit la main et celle d'Eder :

– Vous n'avez peut-être pas besoin de nous, nous n'avons peut-être pas besoin de vous, mais lui ? insista-t-elle en désignant le bébé. Il a besoin de tout le monde. Et il n'est pas seul, lui. Vous savez combien il y a d'orphelins, de gamins dont les parents sont morts dans les combats ?

Germaïna serra plus fort son enfant.

– Qu'est-ce que vous savez faire ? reprit la dame.

Face à ce visage aux cheveux blancs, face à cette dignité, Germaïna se rendit compte qu'elle n'avait qu'une réponse :

– Rien.

La dame montra Eder :

– Si.

Un silence suivit. La salle se vidait. Autour des deux femmes passaient des gens discutant, bousculés, ignorants.

– Voulez-vous venir? dit la dame.

Germaïna ne répondit pas tout de suite, mais au bout d'un moment, elle acquiesça, rompue.

En pleine nuit, après des détours par des rues sans joie, Germaïna fut conduite dans un bâtiment qui ressemblait à une petite caserne. Elle découvrit deux dortoirs où des femmes s'agitaient, beaucoup d'enfants endormis, des bébés qu'on calmait. Des rideaux fabriqués avec de vieux draps séparaient des coins de pièce, aménagés en loges pour les surveillantes, les infirmières de cet orphelinat improvisé. L'air sentait l'eau de Javel.

On présenta Germaïna à quelques filles, pas toutes gracieuses. On lui attribua une place dans l'une de ces chambres de toile avec deux lits en équerre. On coucha Eder tout à côté. On lui indiqua une salle avec des toilettes grossières au fond, quelques lavabos alignés, deux douches. Elle resta longtemps sous une eau frêle qui ne se réchauffa jamais. On lui octroya enfin une grande chemise blanche descendant sous les genoux.

Ses cheveux courts trempés, ébouriffés et mal essuyés avec un bout de serviette, elle retraversa le dortoir. Eder dormait dans un petit berceau, une caisse remplie de coussins, au bout de la rangée, à toucher la toile délimitant la chambre. Germaïna le regarda dormir, remonta sous son menton la couverture marron, bien fine. Il aurait froid, sûrement.

Les yeux vitreux, elle écarta le rideau pour aller à son lit. Une deuxième couche faisait un coin avec la sienne. Il y avait maintenant une autre fille allongée, qui se redressa à l'entrée de Germaïna.

– *Salud!* Tu t'appelles comment?

– Germaïna.

Elle sortit une main de sa couverture et la lui tendit :

– Mireña.

La fille était belle, blonde, mais le visage marqué, des cernes sous les yeux et un rouge à lèvres mal essuyé. Germaïna le remarqua sans rien en penser.

Elle tomba sur son lit et, avant que sa tête ait touché le drap elle dormait.

9

– C'est pour bientôt?

Ferben avait aboyé. En face, l'Espagnol lui coula un regard choqué.

Dans le salon de la villa de Magdalena à San Sebastián, l'autre sirotait un whisky qu'Eddie Ferben avait refusé : il ne buvait pas d'alcool.

– Monsieur Ferben, un peu de patience. Nous ne sommes pas à Chicago, nous sommes en guerre! Ces chiens de marxistes... tous ces Rouges... des bêtes... et ces Basques qui...

– Arrête tes conneries! cria Ferben pour stopper la litanie aiguë qui recommençait. Je passe quand à Bilbao?

Il sentit un frôlement derrière son fauteuil : Magdalena venait de descendre de sa chambre. Il la suivit des yeux, en passant un bout de langue sur ses lèvres.

Magdalena se faufila entre eux :

– Qu'il fait doux encore. On a un bel hiver.

Aucun ne répondit.

– Non? insista-t-elle, puis elle alla vers les cuisines en grattant ses cheveux roux.

Ferben revint sur l'Espagnol :

– Alors?

– Vous m'aviez dit de m'en occuper tout de suite, je m'en suis occupé tout de suite.

– Non. Je t'avais dit de me faire passer tout de suite.

– C'est pas si facile. Mais on avance. Mes amis

bien placés cherchent. Quelques jours, quelques semaines...

– Quelques jours.

– Je fais le maximum. Bilbao est aux Basques, enfin pour le moment.

– Tu parles ! Vous avez des espions partout. Comment vous dites ? Des infiltrés ?

– Certes... On va la retrouver. Sitôt qu'on le saura, on vous fera passer, comme prévu.

– Pas comme prévu : comme promis. Sinon, plus d'argent pour ta banque.

L'Espagnol consulta sa montre :

– A propos, je dois y aller.

Magdalena ressortait de la cuisine en mâchouillant. Il se leva, l'embrassa avec force :

– A ce soir, *querida*.

Elle marmonna. L'Espagnol salua Ferben de la tête.

Depuis qu'il l'avait installé à la villa, car il fallait bien le loger, l'Espagnol sentait Ferben moins fébrile. Impatient, mais pas fou comme au début. Tant mieux. Cet Américain l'exaspérait et lui faisait peur. Qu'il parte maintenant à Bilbao ! *basta*, pensait-il en sortant.

A l'intérieur Magdalena avait attendu que la porte se ferme en arrangeant quelques bibelots sur les guéridons puis avait jeté un coup d'œil par la baie jusqu'à voir partir son amant dans la voiture noire.

Ferben n'avait pas attendu. Approché par-derrière, doucement, il la retourna avec force contre lui, mordit ses lèvres et força ses dents avec sa langue tout en plaquant son ventre contre le sien.

Elle adorait ça.

Elle adorait ces joues mal rasées qui râpaient son menton, elle adorait ne plus respirer, elle adorait les coups de boutoir contre son pubis, elle adorait qu'il la prenne sans parler, tout de suite, salement, dès que l'autre avait tourné au coin de la rue. C'était tous les jours.

10

Au premier Noël de la guerre d'Espagne, avant lequel « tout sera fini », rien ne finissait. Qui savait combien de Noëls il faudrait passer sous les fusils ?

Pour Germaïna c'était bien le premier d'une vie neuve, et sa vie passait à côté de la guerre. Son premier Noël sans parents, sans Maison, sans messe, sans personne, sans rien, seule. Premier Noël où elle avait un cadeau à faire, à Eder. Mais elle ne possédait rien – que lui. Pas un sou, et le cadeau venait d'ailleurs. Son enfant-bébé tout en joie palpait la peluche qu'une dame de l'orphelinat avait donnée, distribuant d'autres jouets, dons de familles bourgeoises du Nord. Un petit sapin penchait dans un coin du dortoir, pauvre en guirlandes. Les filles avaient chanté ; se tenant par la main, elles dansaient devant les gamins, qui frappaient des mains, riant. C'était triste.

On avait bu un vin mousseux, à racler les gorges. Germaïna en avait repris, la tête chaude pour la première fois, un peu ivre. Cela l'aida à parler.

Car elle parla, tard, assise sur son lit dans la petite chambre qu'elle partageait avec l'autre fille, Mireña. Celle-ci avait pleuré avant, bien cernée, avait embrassé beaucoup d'enfants sans aucune chaleur, mais toujours adouci ses yeux durs en voyant Germaïna pouponner Eder.

Amollie, Germaïna parla enfin, ce soir de Noël. Elle

parla d'autres soirs aussi, par bribes, plutôt à elle-même qu'à Mireña. Elle parla trop.

Depuis des semaines qu'elle vivait à l'orphelinat à Bilbao, elle n'avait prononcé que quelques mots, pour le travail. Amorphe et droite, elle était devenue une belle nounou, un peu infirmière, gardienne et institutrice.

Pour les filles et les dames qui géraient cette caserne-refuge, le travail ne manquait pas. L'exigence de ces petites vies abandonnées s'imposait jour et nuit. Laver, nourrir, amuser ces gambadants déjà meurtris, alors qu'ils commençaient à peine leur vie, fatiguait bien. Mais il fallait aussi organiser des convois, embarquer un groupe sur un bateau, qui tenterait d'éviter les tirs du blocus dressé par le cuirassé *España*, le croiseur *Almirante Cervera*, le destroyer *Velasco* et les unités légères qui cernaient le Nord. Certains de ces enfants rejoignaient leurs parents, déjà en France depuis le début de la guerre, mais la plupart aboutissaient dans des familles d'accueil ou des refuges hors d'Espagne, réchappés de justesse d'un combat, d'une embuscade, une de plus, où leurs parents avaient été massacrés.

D'autres femmes de l'orphelinat gardaient, comme Germaïna, leur enfant près d'elles. Les maris, s'ils vivaient encore, campaient sur un front, défendaient un village, maillon d'une prétendue Ceinture d'acier dont on parlait à voix basse, craignant les espions, comme on parlerait plus tard, ailleurs, d'une infranchissable ligne, due à Maginot. D'autres avaient leur homme dans un bataillon logé au bout d'une aile de la petite caserne. Elles ne le rejoignaient jamais. La guerre habillait l'austérité du pays sur mesure. Elles priaient, plutôt.

Assise au bord de son lit, ses bras enserrant ses genoux pour se tenir au chaud dans sa grande chemise de nuit en toile blanche, Germaïna parlait donc à Mireña, aux yeux fermés de Mireña, aux cernes lourds de Mireña, aux lèvres et coins baissés de Mireña. Par bribes :

– ... parti... je ne respire plus depuis ce jour... et les autres tous morts... je paye peut-être ce que j'ai fait... mais je n'ai rien fait ! Je l'aime encore, tellement, et je croyais que ça suffisait... Maximilien ! C'est un Allemand, tu comprends ? On vivait si heureux. Il travaillait à San Sebastián dans une banque, je viens de là. Enfin... de la Maison, de l'autre côté, je mélange tout, excuse-moi... On habitait dans ce petit hôtel, et lui, il revenait tous les soirs, bien. C'est tout. Je ne pouvais pas me douter. Maintenant je comprends mieux. Cette banque... avec cet Espagnol qu'on détestait, il n'aurait pas dû y aller... Ils étaient pour « les autres ». J'ai été conne. Mais... il rentrait tous les soirs, c'est tout ce qu'on voulait. Ça allait passer, la guerre, et un soir il n'est pas rentré... Et puis tout a brûlé. Je mélange tout, excuse-moi. Il n'est jamais revenu. « L'Allemand nous a trahis ! »... J'entends encore ça. Pas une heure ne passe sans que j'entende encore ça... Enfin, je ne l'ai pas entendu, c'est un gros bonhomme qui me l'a dit, celui qui tenait Eder... et même c'est Mina qui l'a crié avant d'être abattue... Tu ne connais pas Mina ? Bien sûr, Pablo et Mina... qui nous avaient recueillis. Je ne savais même pas qu'à côté ils faisaient les soldats, avec d'autres hommes. Ils sont tous morts maintenant. A cause de Maximilien ? Oui, à cause... c'est pas possible ! Je suis tellement seule. Je n'avale que de la poussière. Et ça venait à peine de commencer... à peine de commencer...

Tout ça par bribes. Et en plusieurs soirs.

Monologue devenu rite. Germaïna avait des mois de silence à éjecter.

Mireña maintenant la questionnait, demandait des détails, s'intéressait. Germaïna se vidait.

Pour la première fois, elle plongeait dans la confidence d'une autre qu'elle-même, et pas d'une autre elle-même, sa jumelle Goïzane. Entre-temps surtout, elle avait multiplié les vies dans un chaos inverse au calme de ses vingt premières années.

Par bribes, le soir, elle racontait ses vies à Mireña – les soirs où Mireña rentrait tôt.

D'autres fois celle-ci rentrait au petit matin, se glissant avec maladresse dans la chambre, cognant son genou au bout, réveillant Germaïna qui surprenait ensuite un sanglot monté du lit voisin.

S'il lui restait un bout de force, Germaïna s'installait sur l'autre bord, lui tapotait la main, lui demandait ce qui n'allait pas. Mireña ne répondait jamais.

Germaïna restait près d'elle, tenant sa main jusqu'à ce qu'elle s'endorme. Elle se recouchait, certaine d'être réveillée deux ou trois fois, car Mireña avait des cauchemars bruyants quand elle rentrait si tard. Germaïna ne voulait pas savoir d'où.

★

C'est d'un bar à soldats que Mireña rentrait si tard.

C'est d'un bar à soldats plein de suie et de poussière noire, plein d'hommes poussiéreux, dont les cheveux sont gras, la peau luisante, fatigués. Leurs yeux sont fous de ce qu'ils ont vu. Leurs mains sont toujours crispées de ce qu'elles pourraient faire. Leurs mains ne sont pas des mains de guerriers, ce sont des mains d'hommes qui font la guerre. Ils y ont pris du plaisir, peut-être moins d'une heure avant, mais le plaisir est passé. Ils en recherchent un autre, dans le vin, les femmes. Un plaisir qui signale qu'ils vivent encore.

Ils entrent en farandole d'uniformes tachés. Souvent ils ont un chapelet au fond d'une poche. Ils le tripotent en lançant des obscénités aux femmes qui les accueillent en riant. Ils jettent un coup d'œil au crucifix cloué au mur, au-dessus d'une fleur, un crucifix même là. Ils crient « Vive Dieu ! », ils crient « A mort ! », même là. Ils balbutient : « Du vin, *guapa*. Tu es belle, toi ! », et ils plaquent les femmes trop maquillées contre une table et soulèvent leurs jupes. De l'autre ils triturent leurs seins épais, et ils ont déjà la bouche mouillée avant d'avoir bu, et quand ils ont bu la bouche rouge car un filet déborde de la bouteille et coule au coin de leurs lèvres, rouge sang. Ils embrassent les femmes. Elles ont aussi la bouche fardée.

– Tu es belle, toi, *guapa* ! dit un soldat. Mais tu as les cheveux trop blonds.

Mireña ne répond pas. Elle est au bar, elle remplit des verres de vin.

– Tu ne réponds pas ? s'étonne le soldat.

Mireña ne le regarde même pas :

– Voilà ton vin.

L'homme observe :

– Tu as de l'accent. Tu viens d'où ?

– D'Oviedo.

Le soldat ouvre grands ses yeux, et lance à la cantonade :

– On a une Asturienne ici !

Des cris fusent dans la salle sombre, des calots volent.

Mireña est surprise.

– Oviedo ? reprend l'homme. C'est bien.

– Ça pose un problème, soldat ? rétorque Mireña.

– Au contraire... Très bien, du moment que c'est pas la France, *muy bien* !

Son ton montait mais, dans le brouhaha, seule Mireña l'entendait.

Il tapa du poing sur le bar, faisant frémir le vin des verres. Il en avala un, d'un coup.

– Puisqu'ils aiment ça, hein, *guapa* ?

– Je ne fais pas de politique, dit Mireña.

L'homme tapa à nouveau du poing :

– Moi non plus ! A mort la politique ! On fait la guerre, nous.

Il se tourna vers la salle, à tue-tête :

– *Viva Franco !*

Les soldats, affairés à lécher les femmes, se levèrent dans un bruit de chaises renversées, abasourdis par ce qu'ils venaient d'entendre. Puis ils réalisèrent que le soldat, au bar, se moquait. Alors ils singèrent aussi

– *Viva Franco! Arriba España!*

Et ils éclatèrent de rire.

Au bar, l'homme pivota sur son tabouret, et refit face à Mireña.

– Pas de politique, balbutia-t-il en ingurgitant un autre verre, les yeux barbouillés.

Mireña l'entendit roter.

– Tu ne fais pas la guerre, alors tu fais quoi, toi? s'étonna-t-il.

– Je te sers du vin, soldat.

– Tu fais bien.

Pendant un moment il la reluqua qui allait et venait. De tous, elle persistait, seule, à ne pas rire. La seule aussi à cheveux blonds. Finalement l'homme s'excitait. Il était las, il voulait dormir, il voulait une femme. Celle-là, une autre, elles attendaient là, pour eux, allez! celle-là.

Mireña repassa près de lui, un plateau de verres vides dans les bras. Elle le posa au coin. L'homme lui saisit le coude.

– On monte.

Mireña se dégagea, sans le brusquer :

– Tu as de l'argent?

– On monte. J'ai de l'argent, oui.

– C'est cher, soldat.

Il cria :

– Mais tu viens, merde!

Mireña savait qu'il ne fallait pas d'esclandre, surtout pas, qu'il fallait finir chaque jour avec un peu d'argent au fond de la poche, et se taire. D'un coin de la salle, on la surveillait. Elle suivit le soldat soûl. Certains, les voyant monter l'escalier qui menait aux chambres sales, applaudirent.

En redescendant plus tard, Mireña ne pleurait pas. Ses yeux durcissaient chaque jour. Des billets crasseux, dans sa culotte, lui faisaient mal. Le reste, elle le donnait à ceux qui la surveillaient, ceux du fond. Dans la chambre, pendant que le soldat s'agitait sur elle, désordonné, elle avait fixé le plafond. Elle tentait de calmer son mal, en imaginant par exemple une échelle de souffrance, et en comptant sur quel barreau elle se tenait, dans le sens de la descente.

Tout le monde parti, elle donnait l'argent à ceux du fond, qui comptaient.

– Rien d'autre?

– Tu veux dire... l'argent?

Le type la regardait en dessous, soupçonneux :

– Peut-être. Et pour le reste?

– Pas grand-chose. Le soldat, tout à l'heure... m'a parlé d'un fortin d'où ils revenaient, devant Durango. C'est tout.

– Dommage.

– La fille de l'orphelinat aussi... j'en sais davantage.

– Bien.

Car Mireña en savait un peu plus chaque soir, après avoir écouté Germaïna, les bribes.

Les autres transmettaient. Ça remontait, par des réseaux. Les franquistes tissaient des toiles d'espions, des vrais, des supposés, même pas des infiltrés puisqu'il suffisait de se servir sur place. A côté de ceux qui brandissaient le crucifix, innocents de croire aux bons et aux méchants, à côté du fouillis de ceux qui déployaient leur drapeau rouge, bien coupables de penser que le noir du voisin signalait l'ennemi, au milieu de tous ceux, la plupart, qui ne savaient plus, les autres mentaient. Absorbés par hasard ou par force, ils avaient vite compris que la vérité de la guerre, c'est le mensonge.

Ils transmettaient, ces hommes, à d'autres hommes, dans des bureaux, à des familles qui téléphonaient. Les murs avaient beaucoup d'oreilles, ceux des commissariats, des casernes. Les mots passaient les lignes plus facilement que les corps.

Mireña se tortillait comme un petit ver dans cette toile d'araignée. Elle aussi mentait. Elle détournait de l'argent de ses passes, elle n'avait que cela. Elle disait qu'elle venait des Asturies si ça l'arrangeait. Elle venait de Navarre, c'était vrai. Une fille perdue dans la masse, avec une mère basque très religieuse, un père de Madrid. Des combats avaient éclaté ; après, ils avaient choisi Franco. Elle non, et elle avait échoué là, elle ne savait plus comment, elle ne se souvenait plus de grand-chose. Elle n'avait qu'une mémoire : son propre enfant, tué.

Depuis, ils la tenaient parce que sa mère serait morte d'apprendre cela. « Ça te fera un fils de fasciste » lui avait-on martelé en la violant. *Puta...* sa mère en serait morte. Il y en avait, des putains, beaucoup. Certaines allaient à l'église ensuite.

Mireña racontait aux hommes ce qu'ils espéraient. Parfois du vrai, autant de mensonge. Elle ne faisait pas le tri. Parler, ça ne coûtait rien. Elle n'avait qu'à dire tout ce qu'elle voyait à l'orphelinat, ce qu'elle entendait sous la sueur des soldats dans la chambre sale de l'étage. Elle racontait et leur donnait l'argent, une partie, le reste caché dans sa culotte, en risquant la mort. Elle n'en gardait qu'un peu chaque fois, ne sachant même pas si ça lui servirait pour partir, un jour. Elle était persuadée qu'ils le découvriraient, qu'ils la tueraient.

Les hommes du fond du bar affichaient toujours un air sournois quand elle racontait. Toujours un, renversé sur le dossier de sa chaise, les pieds sur la table, les yeux au niveau de ses fesses. Parfois un autre, en fin de nuit, la culbutait, sans payer. Ils l'aimaient bien quand même. Elle n'existait pas, c'était une chose. Oui, ils l'aimaient bien. Une bonne infiltrée. Elle ne parlait que pour dire ce qu'ils lui demandaient. Sinon, elle fermait sa gueule, bien.

– La Basque, elle prépare quoi ?

– Rien, soupirait Mireña. C'est une perdue.

– Surveille ! Avec ceux-là, on n'est jamais tranquilles.

– Une perdue. Elle était collée à un Allemand.

– On sait.
– C'est même lui qui a dénoncé tout un groupe. Elle me l'a dit.
L'un des hommes un peu soûl ricana, clignant de l'œil vers les autres :
– Tu crois ça ?
Il se versa un nouveau verre d'alcool. On lui jetait un regard noir, pour le faire taire.
– Mais on s'en fout, éclata-t-il. Tu peux lui dire, après tout : il n'a rien donné, son Boche. Il a été descen-du.
Les autres plongèrent le nez dans leurs verres.
– Allez, rentre ! reprit l'un. C'est bon.
Ce soir-là comme tant d'autres, Mireña fit des cauchemars. Elle ne raconta rien à Germaïna, rien du tout.
Et la pauvre vie continuait.
« Ils y passeront tous, les Basques, comprenait Mireña. Trop... » Elle aurait pu dire « trop romantiques » si elle avait connu le mot.
Et les racontars, les informations passaient d'un groupe à l'autre, d'un indicateur à un capitaine, d'un policier à un homme d'affaires, suivant des chemins désordonnés, ruisseau de zigzags affolés aboutissant dix fois plus souvent chez les franquistes, en bon ordre, que chez les autres, qui se faisaient une guerre à l'intérieur de la grande, communistes détestant les anarchistes, Basques gouvernementaux ignorant le secteur mitoyen qui s'organisait à sa guise, syndicalistes du Grand Soir, lucides au petit matin, avant boire.
Quand deux personnes connaissent un secret, ce n'en est plus un. C'est ainsi, par ricochets moins aléatoires qu'ils semblaient, que l'Espagnol, à San Sebastián, apprit, bien plus tard, où se trouvait Germaïna. Il put le dire à Ferben, et qu'ils aillent tous au diable !
Mais plusieurs semaines avaient passé, et Germaïna tenait maintenant un fusil.

★

Bien plus tôt, elle avait en effet empoigné un fusil, son premier, et pas pour faire la guerre.

Elle l'avait saisi, ce premier fusil, au début de la nouvelle année, un soir en revenant du port.

On avait attendu la nuit épaisse pour lancer un bateau dans la baie, qui longerait les côtes et débarquerait au matin sa cargaison de femmes et d'enfants, à Hendaye ou plus loin, si la mort les épargnait. Dans le meilleur des cas, le bateau reviendrait chargé d'armes au retour. Bilbao en regorgeait.

Parfois on les oubliait dans des caves. Souvent elles étaient saisies par les destroyers franquistes, et eux savaient quoi en faire, et d'abord tuer ceux qui menaient le bateau. L'aller s'avérait moins risqué. On sortait plus facilement qu'on ne rentrait : après tout, plus on s'enfuyait d'Espagne, plus vite Franco gagnerait.

Germaïna avait aidé au transfert, comme deux femmes de l'orphelinat embarquées avec les enfants et qui reviendraient elles aussi, plus tard, peut-être.

Passant sous le pont suspendu de Biskaia, près de l'embouchure, elle remontait, seule, par des petites rues, aussi noires la nuit que le jour, au fond de la ville encaissée.

Elle coupa par une ruelle pour gagner du temps, marchant tête basse, vite, ses yeux suivant le trottoir.

Au débouché, elle aperçut devant elle des semelles, verticales, le talon en l'air, et la pointe qui raclait le sol en avançant.

Une femme se traînait à genoux, comme une sainte en pèlerinage.

Germaïna s'arrêta. La femme s'aidait parfois d'une main à terre et gémissait. Par à-coups elle avançait, s'agrippant à un poteau pour se relever, mais continuant sur les genoux, un cri sourd à chaque geste.

Germaïna courut pour l'aider. Quand elle arriva à sa hauteur, la femme tomba sur le côté, des cheveux plein le visage. Germaïna les écarta.

Mais elle savait déjà :

C'était Mireña.

Elle entrouvrit un œil tuméfié. Du sang avait séché au coin de sa bouche – et du sang, Germaïna en vit beaucoup sur sa jupe, entre ses jambes, sur les genoux écorchés. Dans le mouvement, un pied s'était déchaussé.

Germaïna s'accroupit et la prit dans ses bras.

– Tu peux marcher ? chuchota-t-elle.

– J'ai mal... mal, gémit la fille.

– Je vais te ramener. Doucement, là.

Elle releva Mireña et la soutint sous les aisselles. L'autre passa un bras autour de son cou. Elles avancèrent à petits pas, mirent longtemps pour arriver au bout de la rue qui menait à l'orphelinat.

Tout lentement, Germaïna amena Mireña à travers le dortoir jusqu'à leur chambre de toile, et l'allongea sur son lit.

Elle s'affaira, ouvrit le placard d'infirmerie où l'on gardait les produits d'urgence, prépara des mixtures, coupa des bandelettes... En une heure elle soigna, plusieurs fois sur le point de vomir.

Elle la mit nue. C'était affreux. Elle ôta avec une pince des éclats de verre du sexe de la fille : on l'avait déchiré avec un tesson de bouteille.

Germaïna noua des pansements, nettoya, évacua du sang, sortit un flacon d'alcool, mouilla une serviette et la tordit, coinçant le tressage entre les dents de Mireña pour qu'elle ne hurle pas mais serre à s'en casser la mâchoire pendant qu'elle désinfectait les plaies de son vagin à l'alcool pur. De grosses larmes tombaient des yeux de la fille, vaillante. Elle supporta.

– Tu vas dormir maintenant, dit Germaïna en la couvrant d'un drap, attentive à ne rien faire peser sur les blessures.

Mireña s'accrocha à son bras avec une force inconnue jusqu'alors :

– C'est trop tard, implora-t-elle. Il faut que je te dise.

– Demain.

– Non ! Je t'en prie.

Mais sa tête retomba. Elle s'endormit – ou s'évanouit : en tout cas elle respirait par à-coups, suante.

Le lendemain, elle récupéra des forces. Germaïna resta près d'elle sans s'absenter, sauf pour s'occuper d'Eder, satisfaire à quelques tâches auprès des autres, cachant Mireña de son mieux.

Le soir, après lui avoir fait boire un bouillon, elle la rassura :

– Tu vas mieux, et ça passera. Dors maintenant.

Mireña, comme la veille, s'accrocha à son bras, plus fort encore, et répéta :

– Il faut que je te dise.

Germaïna s'assit au bord du lit.

Ainsi que parlent les blessés allongés, Mireña articula en avançant sa mâchoire, tête renversée, comme pour happer l'attention de l'autre avec ses lèvres. Elle réussit à dire des phrases courtes :

– Ton Allemand... Il est mort.

– Ne délire pas, conseilla Germaïna en glissant un doigt sur la joue encore sale, du geste qu'on a pour calmer une enfant qui ne veut pas s'endormir.

Exaspérée, Mireña prit une immense inspiration, une profonde goulée d'air, comme si elle voulait que ce fût la dernière, et lui dit :

– Ecoute-moi, la Basque. Vous êtes foutus. Vous serez balayés. Vous résistez, les Basques. Mais vous n'attaquez pas. Vous vous battez n'importe comment. Tu ne te bats même pas, toi. C'est rien, ça, aider les gosses. C'est pas difficile. J'en ai eu un. On me l'a tué. Tu sais ce que je fais maintenant ? Non, tu ne sais rien. Je fais la pute. Je fais l'espionne. J'essuie la merde et je produis de la merde. Ils ont tué mon gamin, et je fais la putain. Je ne peux pas m'en sortir. Tu ne t'en sortiras pas, pareil. Qu'est-ce que tu crois ? Qu'il suffit de torcher des orphelins pour s'en tirer ? T'es enfermée, là. Tu répètes que c'est affreux. Que ton Allemand a trahi tout le monde. Tu l'as perdu. C'est quoi, ça? Tu sais ce que c'est, perdre? Perdre un enfant? Alors on s'en fout de ton Allemand.

Mireña s'essoufflait. Pourtant, elle n'avait pas tout dit :

– Je ne te le dis qu'une fois : il n'a donné personne, ton Allemand. Il n'a pas trahi, tu entends? Ça te rassure? Il a été descendu. Oui, descendu! Tué, par eux. Qui? Je ne sais pas. D'ailleurs je ne sais pas qui te recherche. Mais ils savent où tu es. Je ne sais pas pourquoi. Et pourquoi mon gosse a été tué? Je ne sais pas, pareil. Alors ton Allemand! Réveille-toi.

Elle exhala un souffle, âcre d'alcool médical et de sang. Germaïna, assise au bord du lit, la dévisageait, les yeux exorbités :

– Ce n'est pas vrai.

– Si.

Germaïna se glissa sur le rebord et approcha sa bouche de son oreille, pour lui dire tout doucement :

– Ce n'est pas vrai. Tu es une salope d'espionne qui ment tout le temps. J'ai deux solutions : soit je t'étrangle, soit je te ramène là-bas et on les tue tous.

Mireña eut un pauvre sourire sur ses dents abîmées par les coups. Elle regarda Germaïna entre ses paupières gonflées et souffla :

– Choisis. Pour moi c'est pareil.

Germaïna laissa passer un moment. Elle réfléchissait.

Puis elle revint chuchoter à Mireña :

– Si c'est vrai, pourquoi tu me le dirais?

– Pour que tu connaisses quand même la guerre, un peu. Quand même, non?

Germaïna leva les yeux au plafond et fixa longtemps les fissures qui couraient sur le ciment, des chemins où l'usure hésitait. Ce n'est jamais droit, des fissures, comme si le hasard les faisait virer de droite, de gauche, ou une force commandée d'ailleurs.

– La guerre, je connais. Quand même.

Mireña essaya de grimacer. Elle respira, de nouveau profondément :

– Pardi ! T'as vu brûler un hôtel et fusiller douze personnes. Sinon, t'as juste baisé avec ton gars sans t'occuper de rien. Guerre de gamine !

Elle déglutit. Germaïna fixait, fascinée, une veine battant sur la tempe de Mireña, qui reprit :

– T'as pas vu les types empalés, comme j'ai vu à Pampelune. T'as déjà vu des seins coupés ? Pense aux tiens. Imagine. T'as vu une chatte déchirée hier, la mienne : t'as failli vomir. C'est pas grand-chose, à côté. Si j'avais pas réussi à m'échapper – une patrouille est passée près du bar, et ils ont eu peur, sinon ! on aurait même pas retrouvé mes morceaux. T'as déjà vu un match de football ? Avec des types enterrés vivants, la tête qui dépasse. Et on prend comme ballon celui dont la tête s'est détachée la première, avant les autres, à coups de pied. T'aimes pas le football ? Dommage. T'aimais bien l'embrasser, ton Allemand ? Eh bien, moi, je serrais avec mes cuisses les couilles des soldats. Ils aimaient ça. J'aurais voulu serrer à les faire éclater. Eux, avant de venir, ils avaient serré celles de prisonniers avec des tenailles. Autre chose que mes cuisses. Tu as vu des femmes enceintes dont on ouvre le ventre pour en arracher le bébé et le clouer sur une porte ? Et tu connais la guerre ? Quand même ?

Elle laissa échapper un grognement inquiet et reprit son souffle :

– Tout ce que je te raconte, on ne me l'a pas raconté : je l'ai vu. Tu crois que ça va te passer au-dessus, la guerre ? Fais attention à ton gosse, fais pas comme moi.

Elle termina enfin, dans un petit sanglot sec. Elle releva une paupière vers Germaïna, plus blanche que le drap.

– Tu peux pleurer, lui conseilla-t-elle.

Germaïna fit non de la tête et se pencha :

– Qui a fait tout ça ?

– Quoi ? On ne me l'a pas fait, je l'ai vu faire.

– Je veux dire : ça.

Elle désignait les blessures, les pansements, le ventre.

– Oh... les putes, on se fait toujours amocher quand on prend l'argent. J'en ai pris. Ils l'ont su. Ils m'ont attrapée, voilà. Je ne suis pas la première. J'ai pu m'échapper, mais pour rien. Ils ne pardonnent pas.

– Tu ne vas pas y retourner?

– Non. Mais ils m'auront, ici, ailleurs, demain, dans un moment. C'est foutu pour moi. Je t'aime bien, conne de Basque! Mais c'est foutu pour vous aussi, je crois. C'est pour ça que je voulais te dire... pour ton Allemand. Tu n'aurais jamais su, sinon.

– Ne recommence pas.

Mireña tourna la tête sur le côté : à quoi bon...

– Etrangle-moi alors.

Au lieu de cela Germaïna se leva, bien étonnée. A l'instant, elle avait senti sa tête claquer. La sensation d'un élastique tendu qu'on lâche, et qui gifle. Un jet de sang dans le cerveau. Légère douleur à l'arrière des oreilles. En même temps, la certitude de voir nettement les objets autour d'elle, les détails, une loupe devant les yeux. Presque du calme.

En se penchant vers Mireña, elle n'était plus la même :

– Tu te sens mieux?

– Pas plus mal. Souffrir, je sais ça depuis longtemps. En tout cas, tu es devenue une bonne infirmière, répondit-elle sans rire.

– Tu penses qu'ils sont toujours dans ton bar?

– Ceux-là? Bien sûr. Toute la nuit, tous les jours.

– Tu vas venir avec moi.

– Tu es cinglée?

– Tu vas venir avec moi.

Mireña fut affolée par le regard scintillant de Germaïna.

– Si, on y va, reprit celle-ci, tu retrouveras ton gosse.

– Qu'est-ce que tu rac...

– Attends-moi.

Au milieu de la nuit, Germaïna traversa sans bruit le dortoir endormi, passant devant d'autres chambres de toile où se reposaient les filles et les femmes de l'orphelinat, et déboucha dans la cour obscure. Elle connaissait le chemin par cœur, les détours de la caserne, depuis des semaines qu'elle s'y activait.

Elle pénétra dans l'aile où logeait le bataillon de soldats. En pleine nuit, tous dormaient sauf un qui montait la garde en lisant un journal dans la pièce d'entrée où l'on pendait les fusils et les manteaux avant d'aller dormir.

Elle connaissait tous ces hommes. Plusieurs fois, elle avait discuté avec celui-là. Né ici, il bataillait ici, il mourrait ici.

– Vous gardez des pansements? lui demanda-t-elle en basque. On a un gamin qui s'est coupé, on n'a plus rien.

L'homme leva la tête et la reconnut :

– C'est toi? Je crois, oui, pour un gosse... pas des tonnes.

Il se leva et passa dans la pièce voisine fouiller dans les armoires comme Germaïna l'avait prévu.

Très vite alors, profitant de son absence, elle décrocha un fusil, la cartouchière, puis un revolver, dans un baudrier pendu à côté. Elle roula le tout dans un manteau de soldat accroché à une patère, plus un calot, et glissa le paquet de l'autre côté de la porte, à l'extérieur.

Elle repoussait juste le battant quand le soldat revint, avec un rouleau de bandes :

– C'est tout, dit-il un peu contrit.

– Parfait. Allez, je fais vite!

Elle lui donna un bon sourire. Il en fut tout réjoui. Elle fit même demi-tour pour l'embrasser en vitesse sur le front.

– *Hau poza*... Qué bonheur! gloussa le soldat.

Dehors, Germaïna ramassa le paquetage roulé par terre, se glissa le long des murs et revint jusqu'à la chambre. Mireña ne s'était pas rendormie.

Germaïna défit le paquetage volé, enfila le manteau de soldat, qui descendait presque à ses chevilles malgré sa haute taille, et mit le calot dans sa poche.

Elle fit lever Mireña doucement. L'autre bougeait en automate quand elle lui passa une blouse et la coiffa, vite : elle détestait le négligé.

Elle lui tendit le revolver, et comme Mireña ne bougeait pas, le lui glissa sous la blouse, à la ceinture de la jupe qu'elle l'aidait à enfiler.

– Tu sauras quoi faire. Et remets tes chaussures. Tu peux marcher ?

– Très mal.

– Tu t'appuieras sur moi. C'est loin ?

– Trois rues. Presque là où tu m'as trouvée hier.

– Ça ira.

Elle glissa le fusil à l'intérieur de son manteau, le fixant par un crochet sous la ceinture et le serrant contre sa hanche avec le coude. Elle vérifia que tout tenait en place et ordonna à Mireña de lui tenir le bras.

Pieds glissant sans bruit sur le dallage, elles sortirent de la caserne par une porte, à l'arrière, réservée aux infirmières, évitant les gardes – qui dormaient plus qu'à moitié. La nuit douce de début d'année ne mordait pas. Une brume mouillait le halo des réverbères sous lesquels elles passaient, ombres sans mots, l'une mêlée à l'autre.

Une rue, deux rues... au bout de laquelle surgit une patrouille.

Ils marchaient d'un pas mou, terminant leur corvée de surveillance.

Germaïna sentit les pieds de Mireña flancher, fragile. Que les soldats s'approchent et les deux curieuses femmes ne passeraient pas. Ils étaient à trente mètres, ils ne les avaient pas encore vues peut-être.

Alors Germaïna poussa Mireña dans le recoin d'un immeuble tarabiscoté. Elle sortit très vite le calot, enfoui dans une poche du manteau, et s'en coiffa. De loin, haute et droite en capote militaire, calottée avec ses cheveux courts sortant à peine, de nuit elle pouvait passer pour un homme.

Elle se plaqua contre Mireña, l'enlaça, et la tête penchée, l'embrassa, comme pour un long baiser d'amoureux au clair de la lune.

Germaïna entendit quelques rires :

– De la chance, soldat !

– Ne la mange pas toute !

Ils continuèrent leur ronde en se donnant des bourrades.

Germaïna attendit qu'ils aient tourné au coin pour décoller ses lèvres. Toutes deux reprirent leur souffle, haleine mauvaise.

Quelques minutes plus tard, dans cet attelage souffreteux mais qui avançait droit, elles arrivèrent près du bar à soldats. Germaïna l'avait déjà dépassé deux ou trois fois en remontant du port, sans y prêter attention, sans le voir. D'ailleurs seule une petite porte en marquait l'entrée, avec un lumignon au-dessus.

Mais Mireña, plus ferme à force d'approcher, la retint d'y pénétrer :

– Par là.

Elle la guida vers une autre entrée, au coin, celle d'un immeuble, où, par un dédale d'escaliers et de recoins, elles aboutirent à une porte de service. Mireña poussa. Elles montèrent encore trois marches avec peine, et débouchèrent à l'arrière d'une vague cuisine. Mireña la prévint :

– C'est là.

Elle lui désigna, au bout, une sorte de passe-plat entrouvert. Germaïna s'approcha, Mireña derrière elle. Elle craignait que l'autre vacille, si fatiguée et blessée, heurte une casserole, fasse du bruit. Elle la reprit par le bras, la tint serrée, et s'approcha de l'entrebâillement.

Au fond, quatre hommes, à une table, jouaient aux cartes, sous une lampe. Le reste était désert.

Elle interrogea Mireña du regard : « Eux ? »

« Oui », fit-elle.

Elle lui sortit le revolver de la ceinture, le lui cala

dans les mains, les deux paumes contre la crosse, et lui indiqua l'ouverture du passe-plat :

– Vise, dit-elle à voix très basse.

Mireña approuva une dernière fois, semblant la remercier. Elle sourit sur les trous noirs, dans sa bouche, où l'on avait fait sauter des dents. Puis, lentement, elle posa le canon du revolver sur le rebord, appuya ses coudes, et baissa son œil jusqu'à ne voir qu'une ligne entre la visée et l'un des hommes.

De son côté, Germaïna sortit le fusil du manteau, le prit bien en mains et se cala contre le battant de la porte.

Elles restèrent ainsi toutes les deux plusieurs secondes, prêtes.

Puis Germaïna, soudain :

– Tire !

Le premier coup de feu claqua. Un homme, à la table, s'affala sur les cartes et les verres.

Germaïna repoussa violemment le battant, visa, tira aussi, la première balle de sa vie. Un autre homme, de face, qui se levait, fut éjecté et tapa contre le mur.

D'autres détonations partirent à côté d'elle. Mireña continuait à tirer. Un des hommes avait sorti un revolver et ripostait. Germaïna l'abattit d'un deuxième coup. Ça ne lui fit pas davantage d'effet qu'au premier, sauf le recul du fusil : elle ne savait pas.

Un cri surgit à droite. Germaïna tourna la tête. Au bar, une fille affolée, qu'elle n'avait pas vue au début, hurlait en brandissant une bouteille. Elle la lança sur Germaïna. Celle-ci se baissa et, en deux enjambées, se jeta derrière le bar, tapant avec la crosse dans les genoux de la fille, qui tomba en hurlant de plus belle.

Mireña tirait encore. Germaïna se dépêcha de replacer deux balles dans le fusil et repassa doucement sa tête au-dessus du bar, canon pointé vers les hommes. Mais aucun ne bougeait. Le premier gisait toujours affalé sur la table, les trois autres disloqués par terre.

Il y eut un coup de feu encore. Germaïna n'entendit pas la balle siffler, ni ricocher.

Un long moment passa. La fille du bar se tordait toujours à terre. Germaïna s'éloigna en la surveillant. Elle reprenait son souffle, les yeux fous, puis elle visait brusquement les hommes à terre, elle refaisait demi-tour, tournait sur elle-même, le fusil au bout du bras, sans plus savoir. Elle avait l'impression que tout avait été si long.

Elle alla encore à droite, à gauche, dans le bar désert avec ses quatre morts. Venu du fond, un bruit la fit se retourner. Par réflexe elle tira, n'importe où, en l'air. La balle fracassa des bouteilles accrochées en hauteur. La fille du bar, en claudiquant, venait de s'échapper. Elle l'entendit crier plus loin, dans les arcanes de l'immeuble.

Soudain le silence, sauf le battant de la porte qui finissait son va-et-vient.

Germaïna avançait comme une droguée, pas ferme sur ses jambes. Elle regardait sans bien voir... les tables, les chaises, les morts, le bar, l'escalier du fond, qui devait mener aux chambres, et son fusil au bout du bras. Un monde nouveau.

L'arme tomba par terre.

Germaïna s'était voûtée, et c'est juste si les coins des pans de son manteau de soldat ne traînaient pas dans la poussière quand elle poussa le battant de l'arrière, si lourd maintenant, pour retrouver Mireña.

Elle la découvrit à terre. Morte.

D'un trou de sa blouse s'échappait du sang.

Elle avait reçu une balle. Germaïna vit le revolver encore dans sa main, bizarrement tourné vers elle, tourné vers ce trou. Elle fut persuadée, à l'instant, que la fille s'était suicidée.

Sans hâte, elle enjamba le corps puis s'accroupit pour soulever la tête de Mireña. Pour la deuxième fois en deux nuits, elle écarta les cheveux filasse qui masquaient le visage. Elle s'assura qu'elle ne respirait plus et lui ferma les yeux.

– Tu l'as retrouvé, ton enfant, hein ? chuchota-t-elle.

Et comme tout à l'heure elle sentit ce claquement dans la tête, douloureux et plaisant.

Alors elle sortit et laissa tout ouvert. Elle jaillit dans la rue, elle galopa sur les trottoirs qui remontaient à l'orphelinat, elle détala, ne croisa personne, jeta le manteau dans le caniveau sans s'arrêter – il la gênait, vola au-dessus des pavés, traversa la cour, traversa le dortoir, pas essoufflée, arriva jusqu'au lit où dormait son enfant, à elle, le prit, le serra, il s'éveilla un instant puis s'affala sur son épaule, elle valsa en l'étouffant, elle rentra dans la chambre de toile, tomba sur son lit avec Eder sous elle, s'emmitoufla dans la couverture, eut froid et tira d'un bras la couverture du lit de Mireña, et là, bien au chaud maintenant, bien au chaud avec Eder, qui ne se réveilla pas jusqu'au matin, elle pleura, toute la nuit.

11

Qu'elle avait pleuré !
Elle pleura de joie : Maximilien n'avait pas trahi.
Elle pleura de peine : Maximilien était mort.
De fatigue : elle restait si seule.
Elle pleura de colère : elle aimait se battre.
Et de crainte : Eder.
De rage.

Trois jours après le vol des armes dans la caserne s'était tenu un conseil de guerre : grands mots pour quelques hommes autour d'une table et trois autres, debout devant eux en un maladroit garde-à-vous. Deux d'entre eux étaient les soldats à qui on avait dérobé, l'un le manteau et le fusil, l'autre le revolver; le troisième était l'homme de garde cette nuit-là. Le tribunal allait lever sa séance, puisque le soldat ne voulait rien avouer.

– Je dormais, capitaine. C'est tout.

L'homme qui présidait la séance secoua la tête, incrédule. C'était le responsable qui avait interrogé Germaïna, des semaines plus tôt, le soir du meeting. Une grande fatigue lui pesait. A quoi bon faire la leçon...

Comme tous ceux du gouvernement autonome du Pays basque, constitué quelques mois plus tôt, et qui tentaient d'imaginer l'avenir un peu au-delà de leur petit secteur ou de leur simple village, il frisait l'épuisement. Ces groupes disparates que personne ne parvenait à unifier, ces combattants de bric et de broc ; ces *gudariak* cramponnés aux promesses des républicains garantissant leur autonomie et, en conséquence, affolés par les franquistes qui, s'ils gagnaient, annuleraient le jour même de leur victoire cette liberté avant de les couper en morceaux ; et puis ces autres, de Navarre, la grande province, déjà ralliés au *Caudillo* parce que le crucifix penchait de ce côté, bon alors ? Fatigué.

Et ce bataillon, là, qui logeait à l'orphelinat, représentant n'importe comment son *Ejército popular* dans le seul périmètre du quartier de la ville sans référer à un état-major, qu'on ne savait même pas où trouver. Désunis.

Lui-même, chaque fois qu'il obtenait un entretien avec le président de ce gouvernement, José Antonio Aguirre, il plaidait pour l'union. Peine perdue.

On possédait tout de même des canons, et des gros, jusqu'à 210 millimètres, des chars, T 26 soviétiques ou Renault français, et d'autres, Trubia d'Espagne, sauvés de l'offensive sur San Sebastián. Or, pas loin dans les Asturies, des milliers de combattants des mines d'Oviedo étaient immobilisés depuis des mois et mourraient si on ne les aidait pas. On ne les aida pas.

En stratège théorique, il sentait bien la bataille du Nord approcher, et il la sentait bien perdue. Bataille du Nord ! Front nord ! Ça n'existait même pas. Ses adjoints lui avaient pourtant fourni de bons rapports : près de cent cinquante mille hommes, trois cent cinquante canons, cent mille fusils... Mais lui, qui avait étudié en France avant de revenir chez ses frères ici, comprenait qu'on menait une guerre du Moyen Age alors qu'elle se passerait dans les airs.

Une trentaine de vieux Bréguet ou Haviland pour la chasse, des trimoteurs recrus de fatigue aussi, sur les tarmacs de Santander, voilà tout. En face, le général franquiste Mola pouvait disposer de presque cent cinquante avions, des unités allemandes en l'air, italiennes au sol. Comment expliquer cela à des hommes qui partaient à la bataille en refusant même de creuser une tranchée pour s'abriter? Car c'eût été un manque de *hombría*. Mourir la tête plus basse que terre? Jamais. « *Milicianos, sí! Soldados, no!* » claironnaient-ils. Miliciens, pas soldats. Les pauvres, ils étaient morts, déjà.

Plus grave, pour lui qui refusait d'être dupe, s'étendait la gangrène interne. Il décomptait les défections faciles, les groupes soudain ralliés aux franquistes, sans le moindre sentiment de trahir. Bien plus simple : leur intérêt s'exerçait là, et que faire? Ou bien la peur, ou bien le goût de l'ordre... Il décelait aussi, au cours d'opérations cisaillées dès leur engagement, le travail préalable d'espions, d'infiltrés. Il nourrissait même des doutes sur ceux qui dressaient les plans de la Ceinture d'acier, réseau d'usines, de fortins, de voies de communication et de dépôts d'armes, ceinture censée protéger Bilbao. Peut-être? Peut-être pas, si les plans aboutissaient un jour entre des mains franquistes, comme il le redoutait.

Au-delà de l'indifférence des pays prétendus amis, au-delà du chaos du Nord où personne ne suivait les mêmes ordres, il déprimait encore plus de ne jamais savoir si celui qui vous parlait – en basque, oui, surtout en basque – se battait vraiment de votre côté. Ce doute l'obsédait.

D'ailleurs il lâcha d'un ton triste aux trois hommes debout devant lui, comme aux autres assis à la table, à qui il trouvait l'air imbu :

– Il doit y avoir un espion ici. Un infiltré. Peut-être plusieurs. Peut-être toi? à l'adresse du soldat qui prétendait avoir dormi pendant le vol des armes.

L'homme vacilla, giflé par l'insulte.

Dormir? La belle affaire. Ils vivaient tous à bout de forces. On les envoyait batailler n'importe où, n'importe quand. Ils partaient en chantant. Parfois ils ne revenaient pas. Alors, s'ils parvenaient à rentrer, ils pouvaient bien se reposer. Non ? Mais trahir ! Pour qui se prenait-il, le monsieur en costume, cheveux noirs plaqués ?

La voix du soldat cracha :

– Pour qui tu te prends, petit marquis ?

C'en était trop. L'homme se leva, repoussant sa chaise avec ses jambes :

– Emmenez ces hommes. Mettez-les au secret. Nous allons délibérer.

D'autres soldats s'approchèrent, pas très contents, et entourèrent les trois accusés, sans les toucher. Ils sortirent de la pièce.

Resté seul avec les responsables de son secteur, l'homme se rassit et expliqua aux autres :

– Un vol d'armes à l'intérieur même de la caserne, c'est inadmissible. Et ce n'est pas le premier. Et je ne rappellerai pas les nombreux manquements à l'ordre dans nos rangs. Les vrais coupables sont ceux qui ont volé, certes. Mais on ne saura jamais qui. Ces hommes alors sont autant coupables : de s'être fait voler. Autant coupables ! Là, on sait qui. En temps de guerre, il n'y a qu'une seule sanction.

Il ne prononça pas le mot suivant, mais enchaîna, martelant la table de ses poings :

– Reprendre nos troupes en mains, c'est la dernière chance. Au gouvernement, nous sommes persuadés que la situation va s'améliorer, qu'elle va se retourner en notre faveur. Nous avons reçu les assurances d'autres gouvernements. Des convois d'armes sont en transit. Ils arriveront bientôt. Les Brigades internationales gonflent. La France même nous aidera. Sa neutralité n'est qu'un paravent. Des soldats nous rejoignent. L'union du front nord se fait.

Il mentait. Les autres hochèrent la tête, martiaux.

– Mais quand le grand mouvement que nous bâtissons dressera la tête, quand l'Europe s'associera à nous, quand les soldats de la liberté de toutes les nationalités défileront pour nous rejoindre, quelle crédibilité aurons-nous à présenter nos soldats disparates et rigolards, s'ignorant les uns les autres, les mains vides parce qu'on leur aura volé leur fusil, ou le visage bouffi parce qu'ils sortiront à peine d'un sommeil aviné ? Si nous ne réagissons pas dès aujourd'hui à cette fantaisie, les fascistes continueront ce qu'ils font depuis des mois : rire de nous.

Pas ça !

Les hommes redressèrent le buste, le menton levé, et fixèrent au loin le mur du fond, où il n'y avait rien.

– Et un cran plus haut qu'hier et un cran plus bas que demain ! insistait l'homme.

Il mentait encore, mais peut-être l'ignorait-il cette fois. Car Franco et ses généraux ne riaient pas du front nord, ne riaient pas des Basques. Plutôt exaspéré, le *caudillo* rondouillard.

Si des villes étaient tombées très vite, Irún tout de suite, San Sebastián peu après, si la frontière fermait bien et si le blocus, au large, s'avérait efficace, à l'inverse à Bilbao, Santander et dans les Asturies, la résistance demeurait forte et énervait un chef-conducteur qui devinait un autre rire, ricanement de Hitler ou de Mussolini, mépris de ses collègues dictateurs parce qu'il ne parvenait pas, lui, à réduire ces hommes et ces femmes venus de la nuit des temps – que personne d'ailleurs n'avait jamais matés.

Mais l'homme concluait :

– Pour une faute comme celle-ci, en temps de guerre, il n'y a qu'une sanction. La mort.

Aucun ne regarda son voisin.

– Votons.

Une à une les mains se levèrent, avec lenteur ; un par un les morts se comptèrent, sans fierté.

– Exécution immédiate, martela l'homme.

Dans l'orphelinat, des femmes parlaient à voix basse. Relayée par les uns et les autres, l'affaire des fusils volés avait fait tout le tour. On savait que le responsable du secteur avait convoqué les coupables et qu'une réunion se tenait dans l'aile de la caserne. Un procès ?

Germaïna restait à l'écart.

On avait noté l'absence de Mireña, sans plus. Si brave et si vulgaire. Elle adorait les enfants et cela seul comptait. Elle disparaissait parfois ? On ne posait pas de questions. Le soir, si elle manquait, qui s'en souciait ? Et aujourd'hui, dans la douceur de ce matin d'hiver, qui s'en inquiétait ? Elle reviendrait, sans doute. Et le chuchotis de se poursuivre...

Un bruit de bottes dans la cour attira l'attention. Les femmes délaissèrent un instant les gamins à leur charge et collèrent leur nez à la vitre.

Germaïna les rejoignit. Plus grande que la plupart, elle observait par-dessus.

Dehors, un groupe de soldats s'ordonnait, face à un mur, fusil au pied.

Aussitôt, trois hommes sortirent de la caserne, encadrés par d'autres soldats. Ils allaient tête nue et basse.

On les plaça contre le mur, yeux ouverts, sans liens.

De loin, Germaïna reconnut parmi eux le soldat dont elle avait détourné l'attention, l'avant-veille. Ce n'était pas à lui d'être là. Elle se raidit.

Dans la cour, un gradé se plaça sur le côté, entre le mur et la rangée de soldats. Suivait un prêtre, croix à la main, qui s'arrêta devant chacun des condamnés, murmura une prière et lui fit embrasser le crucifix. Puis il se mit lui aussi sur le côté.

– Fusils !

Les soldats coincèrent leur arme contre l'épaule.

Un silence total envahissait la cour. Au-dessus, les balcons restaient vides. On distinguait des visages derrière les vitres. Il n'y avait aucune joie, nulle part.

Le gradé levait le bras et s'apprêtait à crier « En joue ! », mais le bruit d'un pas emplit le silence, soudain.

Les têtes se tournèrent : Germaïna s'avançait sur le ciment de la cour.

Face à l'immobilité transie des hommes et des murs, seule bougeait cette haute jeune femme brune. Il semblait qu'elle faisait exprès de taper ses pieds sur le sol à chaque pas qui la rapprochait des trois condamnés.

Personne ne respirait ni n'osait un geste. Les yeux, tous les yeux, la suivaient.

Tout le monde ici connaissait la jeune Basque, réfugiée depuis quelques mois, si utile et si belle, si triste aussi sauf lorsqu'elle promenait son enfant, le Beau, Eder, dans la cour ou le jardin voisin. Que voulait-elle ?

Elle s'arrêta face au peloton, devant les futurs fusillés qu'elle masqua, bras écartés.

Pupilles fixées sur la rangée de canons pointés sur elle, elle mourait de peur. Mais elle n'hésita pas :

– Moi d'abord.

Deux soldats inclinèrent leurs armes vers le sol et jetèrent un coup d'œil inquiet vers le gradé, mâchoires serrées et bras toujours levé, qu'il laissa doucement retomber contre sa cuisse. Lui aussi chercha quelqu'un du regard. Qui ? Il se sentait bien seul. Ce n'était pas prévu.

– Armes aux pieds ! murmura le gradé.

Les hommes mirent leur arme à terre.

« Grotesque », songea-t-il, peut-être en se désignant lui-même, commandant d'un peloton qui ne pouvait pas tirer.

Des rangs de ceux qui assistaient à l'exécution, à l'écart, sortit enfin un homme, en costume, le responsable du secteur. Il vint jusqu'à Germaïna, l'œil méchant :

– Je vous reconnais. Je me souviens maintenant. Qu'est-ce que c'est que cette mascarade ?

– Je veux vous parler.

– Non. Eloignez-vous.

– Alors je reste.

– Ridicule. Mes hommes vont vous écarter.

– Bousculer une femme, là, devant des soldats ? Vous n'êtes pas d'ici, ou quoi ?

Son ton narquois énerva l'autre. Mais il savait qu'elle disait vrai.

La nuque raide, l'homme fit quelques pas vers le gradé commandant le peloton et lui glissa des ordres bas. Soulagé, celui-ci fit signe à ses soldats de repartir au pas, et il les accompagna jusque dans la caserne. Dans la cour, on semblait reprendre vie, par paliers.

Furieux, l'homme fit un signe de tête à Germaïna. Elle le suivit.

Il la fit entrer dans un bureau dont il ferma la porte.

Dehors, les trois condamnés se regardaient sans comprendre, penauds contre le mur, leurs bras ballants.

Dans le bureau, Germaïna les évoqua d'emblée :

– Il faut les ramener aussi.

– De quoi vous mêlez-vous? rétorqua l'homme, sèchement. Ce n'est pas vous qui donnez des ordres. Je répète : qu'est-ce que c'est que cette mascarade?

– Je me mêle de ce qui me regarde. Si vous nous aviez interrogées pour le vol des armes, nous...

– Comment êtes-vous au courant?

– C'est moi qui les ai volées.

Blême, l'homme la dévisagea. Pris de court, il lança, n'importe comment :

– Les femmes et les filles de l'orphelinat ne sont pas censées s'occuper des questions militaires.

– Hélas!

L'homme soupira. Habitué aux débats, aux discours, à la dialectique, il se retrouvait souvent dépassé dans le vacarme guerrier où sa conviction l'avait embarqué, peut-être trop tôt. Il lui manquait des armes : pas des fusils, des canons ou des chars, ce qu'il savait gérer, en apparatchik. Non, il lui manquait des armes intimes : pour comprendre les âmes. Et l'âme de son pays, chaque jour, lui échappait. Il ne maîtrisait plus rien, et là, il avait envie de gifler cette rebelle. Restait donc à se maîtriser soi-même, en bon élève. Savoir, comprendre, ensuite agir – mais ça, il n'en était plus certain.

Il fit un effort surhumain et s'assit derrière son bureau. Germaïna resta debout.

– J'écoute, dit-il.

Elle sentit qu'elle avait gagné – au moins une manche.

Les trois condamnés restèrent plus d'une heure contre le mur avant qu'on s'occupe d'eux parce que, pendant plus d'une heure, Germaïna parla d'eux, d'elle.

Epuisée d'avoir peu dormi, le teint fade, elle raconta. Tout : Maximilien, les fusils, Mireña, San Sebastián, le bar à soldats, l'hôtel de Pablo, les morts, et l'infiltrée...

– ... qui n'est pas moi.

Au début, l'homme n'avait posé aucune question. Il ne croyait pas à son discours. Il manquait de preuves. Puis il l'interrompit de temps à autre pour obtenir une précision, et dans sa tête il recoupait l'information. Il en savait beaucoup. Or jamais elle ne se trompait.

Il se braqua à nouveau lorsqu'elle lui avoua qu'on la recherchait, qu'elle était en danger.

– Vos histoires personnelles...

– Mon histoire n'est plus à moi. Si le père de mon enfant a été assassiné, c'est la guerre.

– Votre guerre seulement.

– Evidemment non. Je ne sais pas encore tout ce qui s'est passé. Je le saurai un jour. Je ne sais pas qui l'a tué, mais c'est lié, bien sûr, à ces franquistes de San Sebastián, à cette bande. On l'a fait passer pour un espion ! En tout cas c'est la guerre maintenant, ma guerre.

L'homme s'adossa à son fauteuil. Il avait desserré sa cravate, ouvert sa veste et passé plusieurs fois la main dans ses cheveux. Il se rendit compte que, depuis une heure, la jeune brune n'avait pas tangué un instant, pas bougé d'un centimètre. Plantée comme un pieu noir au milieu de la pièce, elle parlait sans ciller. Mais sa peau se grisait de fatigue.

– Je vous ai tout dit, conclut Germaïna. Vous me devez quelque chose.

– Rien du tout. Puisque vous faites la guerre, faites-la à votre place.

– En torchant des gamins ?

– Le vôtre.

Pendant une seconde, Germaïna vacilla, mais l'homme, occupé à croiser et décroiser ses jambes sous le bureau, par énervement, ne s'aperçut de rien. Quand il releva les yeux, elle était toujours droite, féroce comme avant. Tandis qu'il s'épuisait, elle se chargeait. Rien dans ce pays ne reléguait les femmes à l'annexe. Et il était de ce pays. Il avait à Madrid une compatriote, Dolores Ibarurri, la Pasionaria. Ibarruri...

Il soupira :

– Admettons. Que voulez-vous ?

Germaïna détacha bien ses mots :

– Donnez-moi ces trois hommes. Donnez-nous des fusils. Et des balles.

Curieusement l'homme ne s'esclaffa pas. Il n'avait plus de rire en réserve pour répliquer à cette belle femme immobile, dont seules les lèvres bougeaient depuis une heure.

– Croyez-vous que nous avons assez de combattants pour en détacher trois et faire joujou ?

– Croyez-vous qu'ils seront encore des combattants ? Vous les aviez condamnés à mort. Se battront-ils pour vous ?

– Les lois de la guerre...

– Quelles lois ? Quelle guerre ? Moi, je me bats pour ma vie et celle de mon enfant. Vous, pour quoi ?

– Pour notre pays, pour la liberté...

– C'est bien ce que je dis : moi, c'est sérieux. Donnez-moi ces trois hommes, des balles et des fusils.

L'homme se leva et marcha autour de Germaïna, épaules voûtées et mains dans le dos. Un long moment passa.

Brusquement l'homme se rassit à son bureau. Il ouvrit une chemise dont il tira une feuille déjà remplie, qu'il déchira.

– C'est leur vie sauve, expliqua-t-il en jetant les morceaux à la corbeille.

Puis il décapuchonna un stylo, prit un formulaire, remplit les espaces et cocha des cases. Il le tendit à Germaïna :

– Ce sont les armes.

Germaïna plia le papier et le glissa sous sa blouse.

L'homme, et tous les autres ensuite, imaginèrent qu'elle avait basculé, là et à cette seconde. En réalité Germaïna ne sentait plus dans sa tête ce tiraillement douloureux, salé, depuis quelques jours : depuis son premier coup de fusil tiré dans le bar à soldats. Pourtant, cela n'avait pas été, du tout, pour faire la guerre.

Mais depuis lors la guerre vivait en elle. Elle se contentait de ne plus réfléchir, bien calme.

Elle fit demi-tour de la façon dont les soldats claquent des talons et pivotent, mais seulement l'ankylose dans ses jambes raidissait ses gestes.

Arrivée à la porte, elle fixa l'homme une dernière fois, le début d'un sourire tirant tout juste ses lèvres :

– Je te tutoie.

12

Depuis des jours, les trois hommes qu'elle avait sauvés du peloton la suivaient, chiens dressés aux joues creuses.

Elle marchait devant, toujours. Son dos désignait leur point de mire. Haute silhouette qu'une ceinture de cuir barrait, serrant une jupe de laine noire qui tombait sous les genoux, et des chaussettes aux mollets pendant l'hiver, chaussures de marche. Sa hanche droite se bombait d'un étui de revolver. Elle sortait l'arme vite, d'un geste, quand le petit groupe partait en embuscade ou simplement récupérer des colis au port, convoyer un « monsieur » passant la ligne de front. Tous ces petits jours à la caserne s'achevaient avec Eder, le soir, qu'elle retrouvait dans le bâtiment mitoyen, l'orphelinat des mois passés.

Les grands soirs, elle ne revenait pas, planquait toute la nuit sur une route avec ses hommes, pour assurer le passage d'un convoi, parfois relayer et relever un autre commando épuisé, souvent décimé.

Ils portaient maintenant des fusils, les trois hommes, et des balles plein les poches. Ils évacuaient aussi des blessés réfugiés à l'arrière. L'infirmerie s'activait, la nuit autant que le jour. Sans dimanches et sans fêtes, plutôt entre cris et gémissements, la tristesse.

Deux nouveaux rétablis avaient rejoint le groupe de Germaïna. Quand deux autres, échappés de San Sebastián, avaient raconté leur histoire, un soir de pause en buvant du vin, Germaïna les avait écoutés sans rien dire. Mais le lendemain elle avait demandé au responsable du secteur qu'ils soient intégrés à son groupe, avec des armes et un deuxième véhicule. Depuis lors, elle roulait dans une jeep conduite par le premier soldat, l'ancien condamné, le Basque de Bilbao. Derrière suivait un camion bâché, avec les autres membres de son commando. Sous la toile avait été fixée une mitrailleuse légère, dont les crochets cassaient souvent sur les cahots des routes de montagne. Chacun portait une capote militaire et un béret marron, dénichés un jour au fond d'une caisse jamais ouverte, résidus d'une livraison oubliée. Il y en avait assez pour d'autres hommes, qui grossiraient peut-être les rangs ; assez pour se changer aussi. Germaïna exigeait une tenue propre, la même pour tous. Les hommes lavaient leurs effets dans une bassine au fond de la cour. Jamais mis à l'amende : ils obéissaient.

Les premiers souffles du printemps 37 nettoyaient la ville. Certains après-midi, on pouvait sortir en chemise, jusqu'aux fraîcheurs du soir qui saisissaient encore. En mission de nuit il fallait s'emmitoufler, toujours.

L'air léger contrastait avec les allures lourdes. Mauvaises nouvelles... Les férocités s'enchevêtraient, de plus belle. Les franquistes avançaient, bombardaient. En face, les anarchistes battaient des records de cruauté. A la caserne, on refusait de les recevoir. Des communistes, cantonnés bien plus loin, se chargeaient parfois d'eux, ne connaissant pas la pitié non plus. Des journaux circulaient, relatant des massacres, et même des prêtres entre eux, achevant à coups de crosse des athées, mixant terreurs blanche et rouge dans une boue noirâtre où le soldat le plus simple ne reconnaissait plus sa terre.

Souvent Germaïna et son groupe recevaient l'ordre d'escorter les voitures de responsables politiques. S'enchaînaient réunions au siège du gouvernement, meetings dans des salles populaires de la ville, comités à peine secrets au Carlton. Agitation désordonnée, celle de rats faisant tourner de plus en plus vite la roue dans laquelle ils couraient, jusqu'à être culbutés par leur propre vitesse et faire tourner la roue dans le vide.

Au cours de ces réunions, Germaïna croisait souvent le responsable du secteur, bien déprimé. Si elle en référait, ce n'était qu'à lui, et pas souvent. Il le regrettait d'ailleurs. Du commando, il ne fréquentait qu'elle. Se ressourçant à l'énergie produite par cette jeune femme, il évacuait quelques doutes intimes grâce au pari qu'il avait fait sur elle, et qu'il avait gagné. Au moins, ce groupe ne décevait pas. Tant d'autres lui étaient signalés, inaptes ! Dans certains on savait à peine se servir d'un fusil. D'autres avançaient à découvert sur les routes, file de clowns. Et deux avions en piqué passaient, mitraillaient. C'était fini. Ils partaient tout de même au combat, ces miliciens populaires, une fleur au fusil, magnifiques et impuissants.

Un soir où Germaïna et trois de ses hommes l'escortaient au retour d'une réunion, il la garda près de lui. Ils s'isolèrent dans un coin du salon. Il lui révéla, plus excité qu'à l'ordinaire :

– Voici les ordres : partir sur la route d'Arrasate. C'est escarpé. Il y a un village là-haut. Dans ce village est caché l'un de nos amis, malade. Il ne peut plus s'échapper seul. Il faut y aller dès cette nuit et le ramener. Voici un plan. Nous disposons d'informations : les franquistes approchent du village. Ils l'atteindront sans doute dès demain matin. Vous risquez de ne plus pouvoir en ressortir. Faites vite.

De retour à la caserne, Germaïna réunit ses hommes, des armes, des manteaux, s'éclipsa pour embrasser Eder en le berçant, chantonnant à son oreille toujours la même berceuse basque, dont elle faisait un rituel avant chaque départ. Le bébé était calme, elle aussi.

Son groupe sortit de Bilbao et ils s'enfoncèrent dans la campagne. Deux heures plus tard, tous perdus !

Au milieu d'une forêt, deux fois déjà ils avaient dépassé le même repère, une croix de pierre avec, au pied, la Vierge Marie dans une niche. L'un des hommes, qui fumait la pipe, grattait sans cesse son briquet pour éclairer le plan que Germaïna étalait sur ses genoux. C'était flou. On ne voyait rien par cette nuit sans lune. A force de s'engager sur des routes en lacets, de grimper-descendre, et demi-tour, et « là, je reconnais ! », puis « j'ai confondu », ils n'avançaient plus. Le risque de buter sur des lignes fascistes augmentait trop. Elles campaient pas loin, et eux traînaient peut-être tout près du village où languissait l'homme qu'ils devaient ramener. Mais où était-on ?

– On attend là, décida Germaïna. Au petit jour, on pourra se repérer. Dormez. Toi, monte la garde, ordonna-t-elle à l'homme qui, à la caserne, l'avait si mal fait quelques semaines plus tôt.

Il acquiesça, fier.

Dès que le soleil creva la nuit, dès que la cime des arbres se découpa, ils purent repartir. Cette fois, ils voyaient devant eux. Le plan correspondait. De rage Germaïna tapa du poing sur la portière de la voiture :

– On était à quatre kilomètres, à peine. Il faut faire très vite.

Ils débouchèrent sur une route encaissée et purent éteindre les phares jaunes. Le jour dessinait le chemin, moins lugubre. Sur une borne, au bord, Germaïna put même distinguer le nom du village qu'ils cherchaient.

En haut d'une colline, elle fit stopper la voiture pour se repérer une dernière fois. Comme le plan le supposait, plus bas elle voyait les maisons. Rien ne bougeait.

Loin au sud, à l'opposé, elle vit aussi, pas très sûre, de la poussière soulevée d'une route – le reflet de la brume matinale ?

Elle observa ses hommes qui attendaient, très agités. Ils reniflaient le danger.

– Restez là, vous autres. Mettez le camion à couvert sous les arbres. Vous attendez. Toi – elle désigna l'homme de garde – prends le brancard à l'arrière. On y va tous les deux.

Les hommes grognèrent, surpris :

– Mais...

Germaïna claqua sa main sur sa cuisse. Ils cessèrent de maugréer.

– Vous avez peur de rester seuls ?

– Ce n'est pas ça, mais...

Elle claqua à nouveau, et plus fort, sa main.

– Allons-y, ordonna-t-elle au chauffeur.

Le brancard bien coincé à l'arrière de la jeep, elle sauta sur le siège avant, et ils partirent vers le village.

Il leur fallut du temps pour l'atteindre, et du temps pour trouver la maison où attendait l'homme qu'ils cherchaient, mal en point comme prévu. Sa barbe blanche coulait sur une chemise déboutonnée. Il gisait sur un lit, mains croisées devant la poitrine. Un couple le gardait. Tous deux semblaient bien soulagés par l'arrivée de Germaïna, et du soldat, et du brancard.

A la porte de la maison, reculée dans une ruelle au bout du hameau, des femmes en noir passaient la tête, intriguées. L'air semblait lourd. Germaïna avait croisé des hommes menant des bœufs attelés, et eux-mêmes, fusil à l'épaule, les faisaient avancer d'un petit coup de bâton sur le joug. Sur la place une fontaine attirait femmes et enfants. On puisait l'eau, pas joyeux.

Germaïna serra la main du malade :

– Nous allons vous ramener.

Il la dévisageait de haut en bas, sans lâcher sa main. Fatigué, mais tranquille. Il y avait longtemps qu'il ne devait plus avoir peur, celui-là.

La femme l'habilla chaudement, lui fit boire un verre d'eau et un médicament. C'était une vieille, avec un fichu sur la tête et une ample blouse paysanne.

Il fallut installer le vieil homme sur le brancard avec précaution. « Il va se casser dans la voiture », songea Germaïna, traversée par un fou rire nerveux. La fatigue provoquait souvent chez elle ces spasmes.

Enfin l'homme fut bien installé. On l'enroula dans une couverture.

– Vite maintenant, dit Germaïna.

Elle fit signe au mari de la vieille femme de les aider. Il ne se fit pas prier pour empoigner un bout du brancard, et le chauffeur l'autre. Les précédant, Germaïna sortit dans la ruelle.

A peine avait-elle fait un pas dehors qu'un obus tomba sur la place, à quelques mètres de la fontaine où s'égaillaient des gamins. Puis deux autres, coup sur coup, dont un qui fracassa un mur de l'église.

C'était l'attaque.

Elle s'engouffra dans la maison et tira la porte, au calme.

Tout à l'heure son intuition ne l'avait pas trompée. Les volutes de poussière sur la route, au loin, signalaient bien un convoi militaire qui préparait l'encerclement du village.

Elle avait eu raison de laisser ses hommes à l'abri dans la forêt, à plusieurs kilomètres. Elle n'avait pas besoin d'une troupe pour emporter un malade. Mais elle, maintenant, se trouvait piégée au cœur du village.

Dehors le vacarme augmentait. L'artillerie tapait sans relâche. Telle était la méthode : détruire un peu les villages, affoler. Ensuite ils entreraient. La prise serait modeste, un simple relais sans doute dans l'avancée de Franco. Sinon les avions auraient bombardé à mort et les militaires n'auraient plus eu besoin, dans les ruines, de haranguer la population – comme ils le faisaient maintenant :

– Paysans ! Sortez de vos maisons ! Rejoignez-nous ! Laissez les portes des bâtiments grandes ouvertes !

Germaïna écarta le rideau de la fenêtre. Du cul des camions déjà disposés en quinconce aux carrefours, surgissaient des soldats en armes. Ils se postaient, vite, devant chaque porte. Au bout, sur le toit d'un véhicule kaki, un homme parlait dans un micro, et le haut-parleur tremblait sur le capot, décuplant sa voix métallique et hargneuse :

– Tout le monde dehors ! Il ne vous sera pas fait de mal. Laissez les portes ouvertes !

A l'intérieur, Germaïna tremblait, transie. Dans quelques minutes les soldats enfonceraient l'entrée.

On avait posé le brancard par terre. Le malade la regardait, une lueur fataliste dans les yeux. Germaïna lui tapota le dos de la main.

Dehors, le haut-parleur crachait :

– Drapeaux blancs aux fenêtres ! Tout le monde !

Germaïna chercha autour d'elle. Au fond, près de l'évier, des torchons pendaient, sans doute un vieux drap découpé en morceaux. Elle en prit un, et s'approcha de la fenêtre.

Le mari lui barra le chemin :

– Jamais.

– Tu veux mourir maintenant ? rétorqua-t-elle, sèchement, en basque.

Dans son dos, la vieille femme s'adressa à son mari dans la même langue :

– Laisse-la faire.

L'homme s'écarta. Germaïna passa en murmurant entre ses dents, en français : « Imbécile », juste pour le plaisir. Il ne comprenait certainement pas cette langue.

Elle entrouvrit la fenêtre et coinça le drapeau blanc dans l'encoignure. Puis, en quelques gestes, elle se débarrassa de son ceinturon, avec le revolver accroché, ordonna au chauffeur-soldat de laisser ses armes lui aussi. Ils enfouirent tout sous les fesses du malade, en s'excusant à peine, rajustèrent la couverture remontée jusqu'à la barbe. Le vieil homme, qui souffrait, ricana, et même se mit à rire un peu.

Germaïna furetait. Une boule sur l'estomac raccourcissait son souffle. Elle cherchait.

Avisant la vieille femme, elle lui prit son fichu, sans réaction. Près de l'entrée pendaient à une patère des habits, des capes, des blouses. Elle en enfila une, dit au chauffeur de faire de même. Elle l'observa : il pouvait passer pour un paysan. Elle se regarda aussi, vit ses chaussettes remontées jusqu'aux genoux. Elle les baissa, les roula aux chevilles. Vérifiant que rien ne dépassait, le fichu bien noué sous le menton... Déguisés, pouvaient-ils passer ? C'était leur seule chance.

Elle s'apprêtait à faire signe au mari de reprendre le brancard, mais se ravisa : il était malsain, elle n'avait plus confiance.

Plus le temps de réfléchir. C'est elle qui empoigna l'avant, les bras dans le dos, et le soldat souleva l'autre bout. D'un coup de pied, elle ouvrit la porte.

Dehors, ça grouillait. Un peu partout des drapeaux blancs s'étalaient aux fenêtres. Devant les maisons, des hommes et des femmes regroupés, certains les bras en l'air, d'autres marchant vers la place. Des soldats les poussaient.

Ils s'approchèrent de leur jeep garée à quelques mètres et Germaïna sentit dans son dos que l'autre allait déposer le brancard à l'arrière. Elle tira dans l'autre sens, et lui, surpris, manqua de s'affaler.

– Tu crois qu'on va rentrer en pullman ? siffla-t-elle, la tête à demi tournée.

Au passage elle surprit l'œil malicieux du malade, qui semblait prendre goût à l'aventure. Sa dernière ? « Bien de la chance s'il est comme ça », songea-t-elle.

Soudain un soldat les bloqua, tandis qu'ils avaient avancé assez loin. Elle ne l'avait pas vu arriver.

– *Mi padre...* mon père... très malade, pleurnicha Germaïna.

Le vieil homme allongé leva un bras fragile, et chevrota :

– *Arri... ba... Es... paña !*

Le soldat rectifia d'instinct la position, puis, du menton, il désigna l'autre, à l'arrière.

– Mari... gémit-elle.

En prononçant ce mot elle sentit la boule gonfler dans son ventre. Un instant, mais douloureux. Ce mot, qu'elle ne pouvait pas dire... Elle faillit tout lâcher. A quoi tient la survie ?

Elle pariait, quitte ou double avec une seule carte : une femme en fichu transportant elle-même sur un brancard son vieux père malade, le mari à l'arrière.

Le soldat hésita.

D'autres approchaient, criant des ordres. Plus loin, on frappait des hommes. Ils avaient dû trouver des armes, ou pas de drapeau blanc. Une résistance inutile.

Le soldat avisa le torchon clair à la fenêtre de la maison d'où venait ce brancard. Avait-il un père malade aussi? Une sœur?

De loin, on l'interpella pour qu'il rejoigne un autre groupe. Il passait d'un pied sur l'autre, fusil à la hanche.

Il se décida.

De la tête il fit signe de passer.

Germaïna avança. L'autre, derrière, marchait du même pas, bien droit. Ils passèrent parmi d'autres groupes, devant des soldats qui les avaient vus franchir le premier cordon, Germaïna murmurait :

– *Mi padre... por favor...*

Cinquante mètres plus loin, des cris dans leur dos et des vociférations : Germaïna jeta un coup d'œil, sans s'arrêter. Au bout, d'où ils venaient, des soldats hurlaient. Elle entendait des mots :

– ... jeep! Sortez de là!

Des soldats pointaient leur fusil sur la porte de la maison. Germaïna remarqua que le torchon blanc à la fenêtre ne flottait plus.

– Avance, dit-elle à l'homme qui portait le brancard avec elle. Ça ne sert plus à rien.

Des ordres retentirent près de la maison, puis le fracas d'une porte enfoncée, et très vite une rafale.

Germaïna n'eut pas besoin de se retourner pour comprendre qu'ils avaient abattu le vieux couple. Contraints d'abandonner la jeep, ils avaient sans doute signé la mort des vieux de la maison. C'était ainsi. Germaïna, entrée dans la guerre par la petite porte, la faisait maintenant, tous les jours la même, sordide.

Il leur fallut deux bonnes heures pour contourner le village et la ligne du convoi franquiste, puis s'enfoncer à pied dans la forêt, avec peine, posant de plus en plus souvent le brancard à terre pour alléger leurs bras, mais sans crainte : on savait comment se passaient les attaques de village. Des raids brefs, isolés. La grosse armée n'avançait pas encore. Le front nord reculait par petits coups, comme celui-ci. Autour, les prés restaient souvent bien calmes. Mourir dans de grandes batailles ne figurait pas à l'ordre du jour. « J'y étais ! » ne se prononçait pas. On trépassait avec modestie. Dans un village, celui-ci ou un autre, demain. Et pas de médaille, pas de monument aux morts, pas de récit pour troubler plus tard les petits enfants. Que du simple, bien sale. Où passaient les trémolos ? Nulle part. Rien qu'un brancard avec un vieil homme malade, dont on ignorait tout, un soldat et une jeune femme épuisés, dans un chemin de forêt.

Ils furent accueillis sans vivats par les hommes qui attendaient depuis l'aube, près du camion. On n'entendait plus les coups de feu, et depuis longtemps. Rien d'autre que des branches écrasées en marchant, et leurs souffles.

Les hommes avaient-ils eux-mêmes, de si loin, perçu le son des mitraillettes ? Les obus du début, oui, peut-être. Cela n'avait pas dû les rassurer. Et revoir Germaïna et le chauffeur, à pied, portant le brancard, les inquiétait. Mais ils ne demandèrent pas d'explication. Il fallait simplement se serrer davantage, s'entasser dans le camion, aménager à l'arrière un espace pour le malade allongé qui prenait de la place, repartir vers Bilbao, sans prononcer un mot. La mission était accomplie, vaille que vaille.

Germaïna vérifia si tout était en place et, avant de donner le signal du départ, décréta :

– Fête, ce soir.

Les hommes grognèrent.

13

Dans la villa de Magdalena, Eddie Ferben tournait en rond, bien nettoyé, mais toujours vêtu de pantalon et chemise noirs, un blouson par-dessus. Sombres aussi ses joues mal rasées, et ses yeux. Seul le foulard rouge aux coins dressés, qu'il ne semblait jamais abandonner, traçait sur son cou une ligne rutilante, aux allures de découpe.

Près de la porte, un sac d'épaule attendait. Il y avait enfoui lui-même quelques affaires, de l'argent – son argent – rapporté par l'Espagnol de la banque et, tout au fond, les boucles d'oreilles volées dans la veste de Maximilien avant qu'il ne le jette à l'eau. Des mois déjà... Long ! Un instant, il avait songé les offrir à Magdalena avant de partir.

Car il allait partir ce soir, enfin.

Après une trop lourde attente, l'Espagnol l'avait informé qu'on l'embarquerait tout à l'heure sur un bateau, direction Bilbao. Tout bien organisé.

– J'espère, avait lâché Ferben.

Mais il avait gardé les clips. En guise de cadeau, il avait fait l'amour à Magdalena avec une grande brutalité tout l'après-midi. Elle se pâmait. Elle avait tant crié que le chauffeur de l'Espagnol, revenu à la villa chercher un pli à la demande de son patron, avait tout entendu et bien reconnu les cris femelles, là-haut, au premier étage. Ils n'avaient même pas dû fermer la porte. De retour à la banque, il en avait informé l'Espagnol, qui ne l'avait pas cru.

Le soir venu, Ferben s'agitait dans le salon, consultait la pendule, et lui qui savait attendre souffrait d'attendre, enfin. Magdalena avait compris qu'il partait tout à l'heure. Dans une longue robe rouge elle attendait aussi, mais rien. Le nez collé à la vitre du salon, elle comptait les lumières de la baie, en face de l'avenue, en bas. Ferben rôdait derrière, sans faire attention à elle.

Magdalena se retourna. Ses yeux tombaient, tristes :

– Fais-moi un grand baiser avant de partir.

Ferben s'énerva :

– Fous-moi la paix. Ils devraient déjà être là. Qu'est-ce qu'ils font ?

– Tu ne veux pas m'embrasser une dernière fois ?

Il sembla la voir. Il l'aurait oubliée dès la porte franchie. Après tout...

Il s'approcha et tira ses cheveux en arrière pour la renverser et gober sa bouche en entier, fouillant entre les dents. De la salive débordait.

Elle lui saisit le bras et l'écarta avec une force qui le surprit.

Les yeux dans les yeux, elle dit avec lenteur :

– Fais-moi un baiser d'adieu, gentil.

Ennuyé, il prit son visage dans ses mains et effleura ses lèvres pendant quelques secondes. A cet instant, la porte s'ouvrit et l'Espagnol surgit, sidéré.

– Salo... commença-t-il.

Ferben se retourna d'un bloc. Il planta ses yeux secs dans les yeux fous de l'autre. Un long moment passa, les deux chiens dressés face à face. Ferben ne bougea pas jusqu'à voir la pupille de l'Espagnol faiblir.

– C'est prêt ?

– C'est prêt. Une voiture en bas. Vous serez à Bilbao à l'aube.

– Enfin.

Il avança tout droit, l'Espagnol s'écarta.

Il jeta son sac sur l'épaule, ouvrit la porte et sortit sans la refermer, entendant tout de suite les éclats de voix, les coups, les cris, les chocs sur Magdalena que l'Espagnol battait. Eddie Ferben haussa les épaules et s'engouffra dans la voiture garée devant le porche.

Sur le chemin du port, ils furent bloqués à un contrôle. Le chauffeur montra des papiers. On le salua.

Une heure plus tard, Ferben voguait au large de l'Espagne, l'estomac retourné. Le bateau de pêcheurs sur lequel on l'avait embarqué allait passer loin des côtes, s'obliger à un détour pour contourner une ligne de cuirassés bloquant les chenaux et faire halte une partie de la nuit en plein large, agité par les flots, attendant l'aube.

Ferben vomit sous le rire des pêcheurs, narquois. A l'arrière du bateau, mal assis sur une caisse, il grelottait. Il fouilla dans son sac. Au passage il sentit la pochette de velours contenant les clips d'argent. Il les négocierait bien, à Chicago. Il sortit un gros chandail.

Un peu réchauffé, il souffla dans ses poings et, à la surprise des autres, refusa le vin qu'on lui proposait.

A l'aube, le bateau reprit son cabotage et pénétra dans les eaux de Bilbao. On avait demandé à Ferben de rester avec les autres, au bout, sans se cacher. Tout près du port, une vedette militaire l'aborda. Des soldats montèrent. On leur montra à nouveau des papiers.

Le bateau repartit sans problème. L'Espagnol avait dit vrai : tout était bien organisé.

Ferben descendit à quai au petit jour, salua en vitesse les marins, qui ne lui répondirent pas, déjà occupés à transborder leurs caisses. Il vacilla sur les premiers mètres. La fatigue? Plutôt l'excitation? Ferben savait où aller, et quoi faire.

Il remonta les avenues, bientôt les petites rues noircies, en se repérant sur les indications fournies à San Sebastián. Cette ville-là vivotait moins. Sale, mais décorée, aérée par de petites places rondes, farcies de dômes à colonnes. Du monde se bousculait aux échoppes, si tôt. San Sebastián soumise, Bilbao dressée... Eddie Ferben ressentait par la peau les atmosphères changeantes. A force il devenait guerrier.

« Ça ne sera pas dur », pensait-il en approchant maintenant de la caserne-orphelinat où on l'avait assuré que Germaïna demeurait désormais.

Elle y était, oui, et elle, par force, était une mère en guerre.

Ferben attendait le soir pour se présenter. Il fit le tour de la ville, à pied. Il chercha des putes, n'en trouva pas. « Toujours pareil, ici », grommela-t-il.

*

Elle ne dansait pas. Les hommes, eux, dansaient, entre eux, sans se toucher. A tour de rôle ou deux par deux, ils virevoltaient dans un fandango austère, leurs visages aux barbes rêches, rayonnants.

Germaïna les observait, au bout de la salle où l'on tenait réunion d'habitude, où l'on avait aussi, le soir de Noël, aligné des guirlandes – mais elle l'ignorait : à cette époque elle n'officiait qu'à l'orphelinat et elle lâchait ses confidences à Mireña, parlant trop. Le piège se refermait sur elle et sur Eder, sans qu'elle imagine qu'il avançait exactement à cet instant, quelques rues plus bas, qu'il montait vers elle.

Ce soir, rentrés tous par miracle du village attaqué par les franquistes, le vieil homme important et malade confié aux responsables, enfin calmes, ils suivaient l'ordre : « Fête », décrété par leur *pasionaria* – aucun ne disait le mot.

Cela voulait dire une grande bonbonne de vin, dont ils n'abusaient pas car Germaïna détestait les hommes ivres, mais qu'ils vidaient tout de même, et en joie, joues rouges ; et puis deux guitares, un accordéon. Même ceux dont les femmes ou les fiancées travaillaient à côté, dans l'orphelinat, restaient avec les autres. Germaïna n'acceptait aucune femme, les soirs de fête. Son groupe célébrait une mission réussie, pas un mariage ou un anniversaire. Les autres soirs, ailleurs ? Cela ne la regardait pas. Etait-elle femme, elle ? Parfois, elle avait chaud dans son ventre; parfois, il fallait qu'elle serre les dents devant un homme.

On ne l'invitait pas à danser, bien sûr. Un soir peut-être – qui s'en souvenait? –, au début, l'un avait dû le faire. Le regard de Germaïna l'avait convaincu de s'en retourner.

Mais elle frappait dans ses mains, elle accompagnait les danses, et leurs chants. Assise sur le rebord d'une table, elle battait la mesure de son pied ballant. Quand l'un avait réussi une belle figure, elle n'était pas la dernière à applaudir et levait le pouce pour le féliciter. Le suivant s'acharnait à faire mieux.

Après, quand ils avaient bien dansé, ils chantaient. Les chœurs sourds psalmodiaient. Germaïna sentait les larmes sous ses yeux. Puis, tout accumulé depuis des heures, le vin assommant, les danses usant, les hommes cessaient d'un coup, frappés de fatigue.

Ils partaient dormir, quelques pas vers les pièces voisines, qui leur semblaient un long chemin, puis tombaient sur leurs paillasses, les yeux déjà clos.

D'autres restaient assis, autour de la table qu'on ramenait au centre. Ils voulaient parler. Plusieurs avaient la tête trop pleine, farcie d'horreurs vues, commises parfois. Ils racontaient des exploits, en inventaient, enfin... des détails, pas des vrais mensonges. Germaïna laissait les têtes se vider, sans intervenir. Plus tard, s'il le fallait, elle retenait les derniers pour préparer le travail des jours suivants. Les plus tristes avaient du mal à se coucher. Elle avait remarqué que le sommeil se refuse à ceux qui en ont le plus besoin, et se comptait dans le nombre. Rien de tendre.

Ce soir, il en restait quelques-uns autour d'elle. Le travail avait été correct, la mission accomplie, ils dormiraient moins tristes.

Ils se groupèrent autour de la table.

La porte s'ouvrit dans le dos de Germaïna, penchée sur un plan de ville, quelques compagnons lorgnant par-dessus son épaule. Plus loin, d'autres parlaient, attendaient, rien de précis.

Le soldat de faction à l'extérieur s'approcha :

– Un homme, dehors. Il veut entrer. Il vient de San Sebastián.

Sans être célèbre – le mot n'avait pas d'usage ici –, le groupe avait sa notoriété. Il attirait. On parlait dans son dos d'une « vierge brave »... Cela l'aurait fait hurler de rire, ou de rage, si elle avait su. Il y avait des candidats. On se présentait à la caserne.

Germaïna acquiesça. Le soldat alla chercher l'homme, dehors.

– Salut ! camarade.

Germaïna se retourna, mal à l'aise. Quelle idée de s'interpeller ainsi... camarade, *compañero !* Elle n'aimait pas, et pas davantage l'air mauvais de cet homme, son foulard rouge avec ses pointes, sa démarche de cow-boy, ni ses dents, celles du haut seulement, qu'il découvrait en souriant. Pourquoi sourire ?

– Dis ton nom, lança-t-elle.

– Eddie Ferben.

Les hommes ricanèrent. L'un nettoyait son fusil, plus loin d'autres déchiffraient une feuille de journal mal imprimée.

– C'est un nom d'où ? reprit Germaïna.

Le jeune homme le lui dit :

– D'Amérique.

– Et tu viens chez nous ? s'étonna Germaïna.

– Je suis un peu d'ici. Mon père est né ici.

– Avec un nom d'Américain ?

– Mon vrai nom, c'est pas ça.

– C'est comment ?

Le jeune homme le lui dit.

– Qui ? s'étonna Germaïna.

L'autre répéta, plus lentement :

– Edouard Ferbentxajaurregui.

Sous la rafale de syllabes, même Germaïna avait vacillé.

Les autres ne ricanaient plus. Celui qui nettoyait son fusil jeta un coup d'œil au jeune homme, et commença :

– Mais tu...

Germaïna le fit taire d'un regard. L'homme reprit son nettoyage.

– Pourquoi tu as changé de nom? poursuivit Germaïna.

– Ce n'est pas moi. C'est mon père.

– Je t'ai demandé pourquoi.

– En Amérique, personne ne peut prononcer ça, s'esclaffa-t-il. Mon père racontait : « J'avais même pas terminé de dire mon nom que tout le monde avait déjà quitté la pièce. » Alors il a raccourci. En Amérique, il faut aller vite... Vous verriez les voitures! Il a gardé le début : Ferben. Ça sonne comme beaucoup de noms en Amérique.

– Tu dis sans arrêt « en Amérique », remarqua un homme, au fond, d'une voix lente.

Germaïna tapa sa main contre sa cuisse, pour le faire taire. Elle détaillait toujours le jeune homme, en face d'elle. Elle n'arrivait pas à se plaire devant lui.

– Eddie, c'est pour Edouard alors?

– Voilà. Bon, je peux m'asseoir?

– Attends.

Il sourit en creusant ses joues, comme sous un affront. Germaïna observa ses mains, qui se crispaient.

– Eddie Ferben... Et pourquoi es-tu ici?

– Pour vous aider, camarades.

– Ne m'appelle pas camarade.

Elle remarqua que ses mains se crispaient un peu plus.

– Qui t'envoie?

– J'ai obéi à mon père. On obéit toujours à son père, je pense.

– Pas toujours, ricana Germaïna.

Mais elle n'avait aucune envie de lui raconter son histoire. Ni le temps.

– Qui t'envoie? répéta-t-elle.

Le jeune homme parla du couple qui l'avait accueilli, de l'adresse qu'on lui avait fournie avant de partir, rien de plus.

Ferben restait très attentif : ne pas trop dire... oui il savait... tout avait brûlé... tous morts, il en avait réchappé de justesse... ah, toi tu vivais à l'hôtel ?... à côté ?... moi, je ne connaissais que la petite maison... oui oui, surpris de découvrir que tout communiquait... oui, pareil !... Depuis des semaines, cherche à passer... San Sebastián, là-bas, fini !... Ici au moins, on se bat encore... quoi ? oui, entendu parler de ton commando... si je peux aider, hein !

Germaïna, au souvenir de San Sebastián, des domestiques basques de la villa et de l'hôtel, qui l'avaient aidée aussi, se détendit.

– Assieds-toi, concéda-t-elle.

Eddie Ferben approcha un siège en bout de table. Les autres hommes se groupèrent et s'assirent. Germaïna resta debout, un pied sur le barreau d'une chaise, les mains appuyées sur le dossier. Vu comme ça, le jeune homme apparaissait moins inquiétant. Elle aperçut, sortant d'une manche, une gourmette brillante et fit la moue. Elle découvrait aussi le dessus de sa tête. Qu'il avait le cheveu noir ! Et le poil aussi, sur ses joues mal rasées.

Elle lissa sa jupe sous laquelle pointait le genou :

– Qu'est-ce que tu sais faire ?

Comme quelques mois plus tôt devant les deux Basques, il eut envie de répondre : « Tuer. »

14

Le lendemain il vit passer Germaïna dans le jardin, où l'on promenait les enfants. Elle tenait dans ses bras un bébé. Ils se ressemblent tous, les petits. Mais de la façon dont elle le tenait, contre sa poitrine, la tête posée sur un sein, il sut que c'était le sien, celui qu'il fallait éliminer. Ça ne lui fit-ni-chaud-ni-froid.

Il aurait simplement voulu, lui, avoir la tête ballottant sur ce sein.

Chaque fois qu'il revit Germaïna, il se figea, le ventre dur. Elle allait, entourée d'autres femmes et de gosses. Il n'avait rien pu tenter encore.

Et la nuit, pas davantage. Un soir très tard, il avait rôdé près de l'orphelinat. Alors, se glisser, un coup de poignard, disparaître... Mais il y avait trop de soldats et la porte était fermée. Allez ! Il trouverait le moment, et au plus tôt. Le bon moment. Ce devrait être net, anonyme. Il n'aurait pas droit à un procès après capture. Pas chez ces gens, pas en ce moment. Il n'avait pas très envie de finir cloué sur une porte. Il songeait plutôt à Chicago, et aux filles. Il s'en gaverait. Celle-ci, d'abord.

*

Par la route, le pont ne franchissait la rivière qu'à deux kilomètres mais à vol d'oiseau, tout près. Penchée au-dessus du ravin, Germaïna le distinguait, en bas.

Ses hommes attendaient derrière elle, sous les arbres. Son groupe était dense ce soir. Au noyau d'origine, les trois condamnés du début et ceux qui rejoignaient les rangs, plus Ferben désormais, jamais loin d'elle, s'était ajouté un deuxième groupe, délégué par les responsables du secteur, avec tout l'équipement. Un deuxième camion, des tentes car on passerait la nuit sur place, et des armes pour chacun.

Au bout du pont, devant une guérite, on distinguait des hommes en chemise verte, des franquistes, sans doute de la Navarre voisine. Germaïna fit approcher un soldat, qui menait le deuxième groupe, un habitué des opérations, sec et sans barbe. Elle montra le pont, en bas :

– Miné ?

– Sans doute. On ira voir.

Elle se redressa et réunit tout le monde autour d'elle :

– Dressez les tentes. A la nuit, quatre d'entre vous iront sous le pont, soit pour déminer, soit pour vérifier qu'il est « propre ». Ils feront le signal. On descendra pour se poster. Au matin, on attaquera pour dégager ce côté. De l'autre côté, mais à plusieurs kilomètres, un bataillon des nôtres est en place, qui doit libérer l'autre bout « en espérant que les gars ne seront pas partis faire autre chose », pesta Germaïna. Ça sera compliqué pour eux, les franquistes ont des réserves sur ce bord. Puis on se replie et on attend d'être relevés, si l'opération est réussie. Elle n'ajouta pas : « Sinon... » Chacun comprenait.

– Dressez les tentes, répéta-t-elle.

Le printemps arrivait, timide. L'air très frais reprenait sa place dès le soir, mais en pleine nuit l'hiver lâchait ses derniers coups. On gelait.

Trois abris de toile kaki furent installées, des sacs de couchage déroulés, mais on ne fit pas de feu. Trop voyant. Il fallait s'emmitoufler dans les couvertures, dans les capotes, se tenir chaud en se frottant. Les hommes du deuxième groupe avaient du vin. Ne pouvant l'interdire, Germaïna en fit servir à tout le monde, réduisant ainsi les portions. Avec ses hommes, on ne buvait qu'à la caserne.

Ferben refusa sa part. Il ne fut pas volontaire pour se glisser sous le pont, la nuit tombée, s'agripper aux poutrelles, la main tâtonnant centimètre par centimètre pour sentir un fil ou une masse collée, une mine. Ceux qui le firent passèrent comme des chats et ne trouvèrent rien. Les franquistes ne minaient pas souvent les ponts surveillés aux deux extrémités, pour éviter les accidents.

Les quatre hommes de Germaïna rampèrent à découvert. A l'oreille, ils suivaient les pas nonchalants sur le bois, au-dessus de leurs têtes.

Arrivés à l'autre bout, les quatre hommes descendirent jusqu'au bas du pilier et s'enfoncèrent dans les fourrés.

Plus tard et bien à l'abri, l'un d'eux mit ses mains en coque autour de sa bouche et, orienté vers la colline, en face, où se tenaient Germaïna et ses groupes, imita le cri de l'épervier. Ils avaient choisi ce signal pour indiquer que le pont n'était pas miné.

Il savait faire : chaque automne avant la guerre, il passait ses jours et ses nuits embusqué en haut des arbres, sur des plates-formes. Il patientait en attendant le passage des palombes, et des éperviers qui les chassent par-dessous. Bien sûr, le risque existait qu'un franquiste sur le pont, chasseur aussi, s'étonne de ce cri en pleine nuit. Que pourrait-il faire? S'inquiéter? Puis comme les autres s'assoupir. Les hommes ne firent aucun bruit jusqu'au petit matin, sauf le bruissement que l'un d'eux, toujours le même, celui qui avait crié, provoqua sans réveiller personne en continuant sa marche dans les bois, comme il le faisait, là aussi avant la guerre, pour passer les chemins de montagne en convoyant des ânes et des ballots de contrebande. Il marcha jusqu'au campement de l'autre secteur, à quelques kilomètres, pour donner à son tour le feu vert de l'attaque du matin proche. Puis il dormit un peu.

Sur l'autre colline, certains ronflaient, empêchant Germaïna de s'assoupir. A la faible lueur de la lune, les pupilles bien dilatées, elle distinguait Ferben, pas loin. Et elle le vit se tourner, rouler, s'approchant d'elle à chaque mouvement.

Depuis des jours, elle essayait de chasser cet homme de son esprit. Mais son corps réagissait. Elle ne l'aimait pas, et ne comprenait pas pourquoi le bout de ses seins durcissait à son approche. Elle le mit sur le compte du froid.

Ferben avait roulé un peu plus vers elle. Dans la nuit, d'un bleu clair, elle croisa son œil. Il était dur.

Elle se souleva sur les coudes et lui ordonna sans hâte :

– Roule dans l'autre sens, l'Américain.

Il eut un sourire méchant, d'un coin de bouche, et se rapetissa.

– Je rêvais.

– C'est ça.

Elle se rallongea dans son sac de couchage, voyant qu'il reprenait lentement sa place plus loin, parmi les hommes.

Croisant les bras sur sa poitrine, les doigts sur chaque bout, elle s'aperçut au bout d'un moment qu'elle les titillait, bien heureuse. Elle résista à l'envie de se caresser. Personne ne l'aurait vue, sauf elle. Personne ne l'aurait su, sauf elle. Sauf elle. Elle ne bougea plus.

Le sommeil la prit d'un coup.

Au petit matin, quand les formes se dessinèrent avec clarté, on lança l'attaque.

A part trois soldats laissés en surveillance près des véhicules, Germaïna descendit de la colline avec tous ses hommes, très furtifs jusqu'aux abords du pont. De l'autre côté, si rien n'avait enrayé le plan – « ils sont peut-être partis, attaquer autre chose... » songea-t-elle à nouveau, tellement habituée à la désorganisation du front –, l'autre secteur avait dû faire marche pendant la nuit, prêt pour déclencher l'attaque en même temps.

Au grand soulagement de Germaïna, les premiers coups de feu claquèrent lorsqu'elle-même donna l'ordre de tirer. Les franquistes, mal réveillés – certains claquaient des bras devant leur guérite pour se réchauffer – furent abattus. La surprise les cloua contre la rambarde. Plusieurs basculèrent par-dessus, un cri dans la gorge. D'autres, jaillis des guérites, ripostèrent en tirant. Germaïna vit deux hommes de l'autre groupe, qui avaient rampé sous le pont et qui sortaient pour les prendre à revers, se faire tuer à bout portant et rejoindre en bas, sous l'eau, les corps désormais mélangés, dans le sang qui éclaboussait les rochers.

La fusillade dura, mais combien de temps ? Familière des combats, à force, Germaïna savait qu'une minute de feu peut durer des heures dans les têtes ; et plus souvent l'inverse : on se battait une heure et elle passait comme une mauvaise minute.

Des corps à corps aussi s'engagèrent mais pas nombreux. Elle vit jaillir Ferben sur le côté, courant vers un soldat qui le mettait en joue. C'était une flèche, et d'un mouvement il sortit un poignard sanglé à son mollet, qu'elle lui avait déjà vu aiguiser, et déchira l'homme de bas en haut, d'un geste net.

Elle ne s'attarda pas.

L'attaque éclair s'acheva assez tôt, tous les ennemis morts. La fusillade cessa.

Germaïna regroupa ses hommes et fit le compte. Il n'en manquait aucun.

A l'autre bout gisaient quelques cadavres. La défense, de ce côté-là, avait été plus fournie que du sien. Pour cette raison on avait dépêché un bataillon complet alors que Germaïna n'avait disposé que de deux équipes.

Apparut au bout un véhicule militaire, qui avança jusqu'à elle. Le commandant du bataillon ayant assuré sa part de l'attaque, du côté fort, en descendit.

Des troupes, déjà, le suivaient sur le pont, rompant le pas, occupant le nouveau secteur qu'elles venaient de conquérir.

Le commandant s'approcha de Germaïna et lui mit les mains sur les épaules, en serrant fort. Ils n'avaient pas besoin de se féliciter. Lui connaissait sans doute de réputation cette guerrière, qu'il voyait pour la première fois. Elle, en tout cas, ne l'avait jamais rencontré.

Au soleil levant, dont les rayons perçaient entre les arbres et zébraient le pont, ils discutèrent pendant quelques secondes, organisant le passage des troupes, une armée pour Germaïna, comparée à son groupe disparate. Du matériel suivait, des véhicules lourds. Elle les enviait. Il existait donc des secteurs moins fantaisistes que d'autres ?

Sans se presser, elle remit ses hommes en marche pour se replier vers le haut et récupérer le matériel. Désormais cette rive était bien tenue par les leurs. On pouvait rentrer à Bilbao. Deux heures de route.

A peine était-elle arrivée au bout du pont, alors que les premiers commençaient à gravir la colline pour rejoindre les camions, que des sifflements partirent du ciel.

Plus tôt, Germaïna avait cru entendre des vrombissements, mais dans l'agitation elle n'y avait pas pris garde. Le moment le plus fragile d'une attaque, quand elle est réussie, vient tout de suite après. Les nerfs se relâchent.

Les sinistres sifflements furent aussitôt suivis par des gerbes de feu et de bois semblant jaillir du pont. Tout de suite Germaïna vit les corps de soldats en débandade projetés dans le ciel, déjà disloqués, et dont les hurlements ne couvraient pas le vacarme des bombes.

Au même instant, dans une trouée du ciel, surgirent des avions noirs en rase-mottes, qui les mitraillaient.

Germaïna et ses hommes détalèrent sur les derniers mètres, jusqu'à la forêt. Oh ! elle n'était même pas surprise, un peu déçue. Le pont avait été libéré pendant quelques minutes à peine. Sans doute quelqu'un avait trahi, une fois de plus. Ou des observateurs bien placés avaient prévenu l'état-major, le temps d'armer les avions venus de San Sebastián ou de Pampelune pour la contre-attaque, et voilà... le bataillon décimé alors qu'il chantait en traversant, des morts encore, de la fatigue pour rien, et eux-mêmes pas encore à l'abri car les avions revenaient déjà. Peut-être des Italiens ? On les savait astucieux dans les airs, assez joyeux.

Les deux appareils repassaient en piqué. Des balles cisaillaient les montants du pont, tout près de l'extrémité où s'enfuyaient Germaïna et ses hommes. Elle ne voyait plus clair, affolée.

Des éclats, arrachés de la guérite où, tout à l'heure, ils avaient combattu, passèrent à quelques centimètres de sa tête.

Ils l'auraient blessée, tuée sans doute, si elle n'avait pas été plaquée au sol juste avant, jetée dans le premier fourré d'arbustes, par Ferben.

– De justesse, hein ?

Il s'était abattu sur elle. En tout cas il la protégeait. Il faisait rempart avec ce corps qu'elle sentait allongé sur son dos, et le souffle près de son oreille...

Des frissons l'agitaient, sous le corps de l'Américain. Là encore, elle eut l'impression de ne pas bouger pendant longtemps alors que, sans doute, elle se releva et s'épousseta au bout de quelques secondes. Elle se demanda même si l'éclair qui avait traversé son ventre, couchée, se trahissait sur son visage.

Elle se détourna de Ferben qui la poussait à l'abri sous les arbres, et rejoignit les autres, déjà haut, au flanc de la colline. Elle en voulait à cet homme qu'elle n'aimait pas, et se mit aussi en colère de s'en vouloir à elle-même.

– Va ! Rejoins les autres. Je reste derrière pour couvrir. Allez !

Il n'attendait pas de remerciements.

Les avions ne revenaient plus, travail accompli. Après le vacarme de l'attaque, un silence accablant régna sur la colline. Le pont, à moitié défoncé, était impraticable, et le bataillon, de l'autre côté, avait reculé, emportant ses morts. Le véhicule du commandant avait explosé sous une bombe. Germaïna ne savait pas si l'homme avait pu les rejoindre ou s'il gisait dessous, en charpie. Peu importe.

Mais quelques mètres plus bas – elle avait eu raison de vouloir vérifier – elle aperçut l'un des siens qui se traînait. Elle reconnut le chauffeur, le premier condamné qu'elle avait sauvé. Il rampait, blessé.

Elle se laissa glisser dans la pente jusqu'à lui, et l'examina.

– Ça ira, balbutia-t-il entre ses dents, livide.

Ses doigts étaient déchiquetés. Germaïna secoua la tête, encore plus en colère. Elle l'aida à se redresser. Il s'appuya sur elle et ils grimpèrent, sans un mot, rejoignant longtemps après tous les autres, regroupés, en attente.

Les tentes avaient été repliées, les sacs enroulés. Les hommes sautèrent dans les camions. On y soigna le blessé. On lui fit un garrot, sans certifier qu'il tiendrait jusqu'au bout. En tout cas, il ne pouvait plus conduire.

Germaïna alla à sa jeep. Ricanant, Ferben tenait déjà le volant.

Elle soupira, résignée, et s'installa sur l'autre siège avant.

Le véhicule fit demi-tour dans la clairière, et le convoi, déçu, repartit vers Bilbao.

Après tant de combats, qu'elle avait vus ou conduits, elle avait remarqué que l'observation d'une file de camions pouvait donner des indications sur le moral de ses occupants. Rien que des roues, de la tôle et des bâches, mais on aurait dit qu'elles avaient leur propre vie. On pouvait distinguer, même à le suivre de loin, un convoi victorieux d'un convoi vaincu, sans rien apercevoir du visage des hommes à l'intérieur.

Ce convoi-là rentrait déçu.

15

La déception persistait au Carlton de Bilbao, où se tenaient les réunions et où, souvent, Germaïna venait au rapport. Les dirigeants du secteur savaient tout du fiasco.

Un militaire exposait son point de vue :

– Ce ne sont pas les Italiens, d'après ce qu'on sait. Plutôt une toute petite partie de la légion Condor. On dirait que Mola s'amuse. Vous savez que, depuis des semaines, il déverse ses bombes sans être inquiété. Et encore là, ils n'avaient choisi qu'un pont, un joujou. Souvent, ils poussent leurs escadrilles jusqu'à trois ou quatre kilomètres en profondeur. D'après nos informations...

Autour de la table, on ricana. Le militaire les fit taire d'un regard :

– Oui, d'après nos informations, car, si nous manquons d'armes et surtout d'avions – il faillit ajouter : « de bons combattants aussi », mais il se retint face à Germaïna, qui écoutait, au bout de la table –, nous avons en revanche de bonnes informations.

Son regard se porta sur un homme épais, au cou de taureau, présent depuis quelques semaines. Un conseiller soviétique, avait compris Germaïna, un nom comme... Gortchev... Goriev ? On les disait maîtres, les Soviétiques, dans l'art du renseignement.

– Ce que l'on sait, continua le militaire, c'est que Franco va déclencher une offensive sur notre front.

Une vraie. Ça sera infernal. L'attaque pourrait venir par Durango au sud, et Manaria.

– Est-ce si urgent ? s'inquiéta un homme en civil, un des représentants du gouvernement basque d'Aguirre.

Le militaire se retourna vers le conseiller soviétique. Celui-ci se racla la gorge et parla d'une voix de basse, dans un espagnol très correct, aux tons un peu doux, sucrés d'accent russe :

– La lutte pour Madrid est sans fin. Franco n'y arrive pas. En plus, les Italiens qui devaient l'aider à Guadalajara sont partis en piaillant comme des poules. Pour lui, le problème est simple et grave à la fois : sans les Allemands et sans les Italiens, il ne peut pas gagner la guerre. Mais les Allemands et les Italiens – je parle de Hitler et de Mussolini – commencent à se demander s'il peut la gagner, cette guerre. Le front nord, c'est-à-dire ici, n'est qu'une poche de résistance. Rien de plus. Bien sûr, il veut s'emparer des industries, mais il les aura si le reste du pays tombe. Non, pour l'instant, ce qui l'agite contre nous, ici, contre le front nord, c'est l'exaspération. Il devient hystérique rien qu'au mot « basque ». Croyez-moi, camarades (Germaïna posa son menton dans sa paume, énervée), croyez-moi, dans une guerre on ne tient jamais assez compte des crises de nerfs des généraux.

Quelques rires circulèrent, mais le Soviétique referma aussitôt son visage.

– Soyez sans illusions. Après Durango et la Ceinture d'acier viendra le tour de Bilbao. C'est une évidence. Moi, je suis d'avis d'y rester et d'y résister, rue par rue, maison par maison, jusqu'au bout.

Le silence tomba. Puis chacun parla sans attendre son tour. Discussions et invectives, brouhaha épuisé.

Germaïna ne dit pas un mot – d'ailleurs, on ne lui demanda rien, sur le moment.

Le responsable politique du secteur, l'homme à qui elle en référait depuis l'origine, toujours dans son costume croisé et les cheveux noirs plaqués, rétablit enfin le silence. Sa voix sonnait moins qu'à l'ordinaire :

– Nous déciderons une autre fois si nous tenons Bilbao ou si nous abandonnons la ville. Bientôt, je vous le promets. Très vite. Mais une autre fois. En revanche, ce qui ne peut pas attendre, c'est l'évacuation de certaines parties.

Ils en discutèrent; on apporta des plans; on évoqua le contrôle de plusieurs quartiers, la défense du port, l'abandon de certains bâtiments trop exposés. Parmi ces derniers, l'orphelinat.

On décida son évacuation sans tarder. Germaïna en fut chargée, avec son groupe.

On embarquerait les enfants et les femmes sur un bateau. Le temps de le préparer : un jour plein. Il longerait les côtes, plus sûres, ou du moins sans danger comparable avec celui des routes, infestées de soldats en déroute – les plus cruels – ou de régiments en marche, les plus indifférents à la mort des autres. Il passerait sans encombre, on l'espérait. Les petits seraient accueillis au matin, dans la ville refuge choisie.

Ce secteur était encore libre. Le bateau s'enfoncerait dans une baie puis remonterait jusqu'au bout. Là, des camions et des autocars les attendraient. Les gosses seraient installés dans les dortoirs, les écoles, les presbytères et les maisons amies de la ville, où ils allaient vivre en paix désormais. Plus tard, si possible avec d'autres, on organiserait leur transfert vers la France, à Guéthary, où l'établissement de bains les accueillerait, et même vers l'Angleterre.

En attendant ils seraient au mieux dans cette ville calme.

L'opération fut fixée au surlendemain : le 26 avril 1937.

La ville refuge s'appelait Guernica.

*

Germaïna dormit quelques heures seulement. Avant l'aube, elle avait réuni tout son monde pour organiser le départ des enfants. Ces pauvres gosses ne possédaient rien. Trois chemises, des chaussettes... Pourtant, ils s'amusaient. Les femmes s'acharnèrent à les calmer et se fatiguèrent avant eux.

Germaïna passa la journée à courir en tous sens. Ses hommes dispersés dans la ville récupéraient ou réquisitionnaient les véhicules pour un jour.

Maintenant Ferben ne la quittait plus, toujours au volant, sillonnant les rues, filant au port avec elle, attendant, sifflotant dans la jeep pendant qu'elle inspectait le bateau mis à leur disposition et négociait avec le capitaine.

Quand tout fut prêt le soir, les hommes se réunirent à la caserne, autour d'une *paella* qu'avait confectionnée l'un d'eux préposé à la tambouille – il n'ouvrirait pas un grand restaurant après la guerre, celui-là –, mais volontaire cette fois : originaire de Guernica, il était heureux d'y retourner le lendemain.

Repus, les hommes allèrent se coucher, plus excités parfois que les enfants dans l'autre aile, où les femmes distribuaient taloches et fessées pour les fixer dans leurs lits.

Germaïna non plus ne sentait pas venir le sommeil. Son petit, son Eder, qu'elle embrassait chaque soir mais trop vite, elle allait donc passer une journée entière avec lui pour la première fois depuis si longtemps. Peut-être davantage ? Elle calma ses illusions. La guerre ressemblait à ses missions : aléatoire. Mais pour l'heure, ils allaient tous s'installer à Guernica en paix.

Sur le moment, Germaïna n'envisageait que ces jours radieux du nouveau printemps, ce soleil couché à présent mais qui avait bien brillé, et qui vivrait les jours suivants à Guernica. Dans le sombre décor de Bilbao, la ville noire et dangereuse, qu'ils devaient quitter à l'aube, passait soudain un frisson de légèreté, à l'image de ces colonies de vacances qui s'embarquent pour des séjours chantants.

Le sommeil lui échappant, elle décida de filer à nouveau vers le port, vérifier une dernière fois que le bateau ne deviendrait pas fantôme. Il était arrivé que des convois soient annulés car au matin le bateau prévu n'y était plus. Il avait levé l'ancre pendant la nuit, son équipage mieux payé par d'autres, ou ayant pris peur.

Elle convoqua Ferben.

Il se transformait. « Plus léger », réalisa-t-elle sans en tirer de conclusion, simplement moins mécontente. Ou bien elle-même s'angoissait-elle moins ? Jamais elle ne se posait de questions aux réponses introuvables.

Ils prirent la jeep et, à travers les rues vides, roulèrent vers le port.

Pendant le jour, le vacarme agitait ces esplanades. Maintenant, elles s'étendaient désertes et glauques. La nuit le lieu était effrayant, avec ses grues dressées en pics menaçants, ses réverbères timides dans la brume, qui n'ouvraient qu'un rond jaunâtre autour d'eux, parvenant à peine jusqu'au sol. Et ces cahots quand on passait sur des rails striant le chemin ! Quelques marins croisés près des bateaux titubaient en chantonnant ; d'autres, rares, plus loin, marchaient tête basse.

Ferben avait du mal à retrouver, dans l'enchevêtrement des coques, le bateau visité pendant le jour. Germaïna scrutait l'obscurité.

Ils tournèrent en rond, ne sachant plus comment se diriger. Germaïna frissonnait, le col de sa capote remonté sous le cou.

Le froid était tombé sur elle, brusque.

– On est paumés, non ?

Germaïna cherchait. Elle distingua un bateau aux lumières éteintes :

– Je crois que c'est celui-ci, lança-t-elle en descendant d'un bond de la jeep ; en s'avançant vers la coupée, elle distingua le nom, peint sur le flanc. Pas le bon !

– Non. C'est ailleurs. Peut-être un autre ponton, carrément. Je ne sais plus où on est.

Ferben l'avait suivie. Elle passa devant lui et revint vers la jeep en grelottant.

– Froid ? demanda-t-il, mettant son bras autour d'elle, très familier.

Germaïna s'arrêta, net.

Elle dégagea la main de l'Américain de son épaule.

Que ce bras pesait... rassurant !

Elle lui fit face, sans se sentir plus légère. Elle voulut parler, dire simplement : « non, pas ici », mais les sons ne sortaient pas. On entendait des clapotis plus bas, des grincements de câbles le long des bateaux.

La forme sombre de la jeep l'attirait, tout près. Il fallait y remonter. Ou bien ne pas bouger ?

Elle aurait voulu vaciller sur ses jambes, et qu'il la retienne, qu'il la porte. Tant voulu ! Ce foulard rouge, qu'il portait toujours, elle désirait s'y agripper, comme à une bouée dont il avait la couleur.

Elle n'aimait pas ces joues mal rasées, elle n'aimait pas grand-chose de cet homme, et elle ne savait pas pourquoi elle avait tellement envie de tomber dans ses bras.

« Non, pas ici », voulut-elle encore dire mais, encore, les sons restèrent bloqués. Elle ne put qu'avaler sa salive et entrouvrit les lèvres pour reprendre son souffle.

Elle allait tout de même caresser cette joue râpeuse, qui lui répugnait et la fascinait en même temps. Elle ne comprenait pas pourquoi sa main montait doucement vers ce visage sec et cruel. Elle allait lui dire d'attendre, tout simplement... il saurait bien attendre ? Elle attendait bien, elle, depuis la dernière fois où Maximilien l'avait entourée de ses bras, dénudée et lentement prise, lentement.

Comme s'il s'agissait d'une autre femme qu'elle, Germaïna suivait des yeux ses propres doigts approchant du menton de Ferben, qui découvrait un coin de sa bouche dans ce sourire qu'elle détestait mais qu'elle accompagnait pourtant du sien, liquide et molle, armure fêlée d'un bloc. Elle n'allait que lui dire d'attendre. Il saurait, quand même... qu'il soit gentil. Gentil... Elle avait tant besoin de force et de gentillesse et ne cherchait même pas à savoir pourquoi cet homme, qu'elle savait cruel, l'empêchait maintenant de résister. « Gentil... »

Elle ouvrit un peu plus la bouche, pour le lui dire. Cette fois, les sons pouvaient sortir.

Mais rien ne sortit. Tout fut bloqué, fermé, envahi par la bouche et la langue de Ferben qui s'était jeté sur elle, croyant qu'elle tendait les lèvres pour un baiser. Il pétrissait sa nuque, la fouillait dans sa bouche, il malaxait ses seins, et, sur le moment, elle ne put réagir, entraînée de force vers le capot de la jeep où il la plaqua et commença à arracher ses boutons et remonter sa jupe.

Trompée par sa mollesse à l'instant, ne l'ayant pas sentie résister, Ferben s'agitait avec des râles, certain qu'elle s'offrait. Il mélangeait ses mots :

– Allez ! Nom de Dieu ! J'ai envie de toi... depuis le temps ! Viens !

Le tissu rêche de l'armée tenait bon. Mais c'est un voile qui se déchira tout de même, toujours le même, un jet de sang : dans la tête de Germaïna.

Ferben ne prit pas garde.

D'un coup, Germaïna dégagea ses hanches, appuya ses paumes sur le capot de la jeep et, en un éclair, se retourna face à lui, doigts crochetés.

Elle s'agrippa au foulard rouge, tint sa tête à distance, écœurée par la bave qui striait sa joue.

Lui ne comprenait pas, les yeux exorbités. Il la vit prendre un élan.

Plus haute que lui, elle projeta de toute sa force son front contre son nez. Elle sentit un cartilage éclater.

Ferben lâcha tout et cria de douleur... enchaînant sur un hurlement strident quand le genou de Germaïna, ramené violemment devant elle, écrasa ses testicules.

Il s'affala à ses pieds, recroquevillé comme un crapaud, les mains dans l'entrejambe, la tête agitée en tous sens.

Germaïna appuya son pied sur le cou de Ferben et se pencha, essoufflée :

– Tu pourras conduire quand même, ou tes petites couilles te servent de cerveau et tu ne retrouveras pas le chemin ?

Il happa l'air, étranglé.

Elle ôta son pied et il put respirer une goulée, juste pour bredouiller un gargouillis : « *Oh! God... Christ*! J'ai mal! »

Le pic de la douleur passa, et il parvint à se remettre à quatre pattes, en couinant :

– Mais merde! haleta-t-il en secouant la tête, qu'est-ce que j'ai fait?

– Le con.

Il ne parvenait pas à se relever. Du coin de l'œil il aperçut la main de Germaïna sur son revolver. « Elle va me descendre... salope! »

En réalité, Germaïna le craignait. Ses yeux ne quittaient pas les mains de Ferben. Elle savait que le poignard attendait là, sanglé contre son mollet, et qu'il s'en servait très vite. Elle préférait dégainer avant.

– Debout maintenant. On rentre. Ou alors, je te laisse là. Les marins soviétiques aimeront bien.

– Ça va... Ça va! murmura Ferben en se remettant debout, titubant.

Il fit un effort pour ne pas hurler à nouveau de douleur en s'asseyant dans la jeep, glissant sur le siège comme un handicapé, les fesses d'abord, et ramenant ses jambes à l'intérieur, en tirant sous les genoux.

Ses mains traînaient près du poignard : coincée par la portière, Germaïna eut peur. Elle serra la crosse de son revolver.

Mais Ferben ne réagissait plus. Il posa ses mains sur le volant et appuya son front entre elles. Germaïna le laissa reprendre ses esprits. Au bout d'un moment, il se redressa et respira à fond.

– On y va, décréta-t-elle, et elle monta à son tour sans jamais lui tourner le dos.

Sur le moment, elle se félicita de ne pas savoir conduire. Sinon, enragée par ce qui venait de se passer, elle aurait sauté au volant et les aurait ramenés à la caserne, à toute vitesse. Qu'aurait-il fait de ses mains pendant ce temps?

Elle y avait pensé parfois : apprendre à conduire, et vite. Mais d'autres urgences s'imposaient et le temps avait filé. Quelques fois, elle avait bien déplacé la jeep dans la cour de la caserne pour la mettre en position. Elle connaissait les trois gestes de base. Mais calant rapidement, elle avait surpris des sourires sur les visages des soldats observant la manœuvre, rigolards. Vite, à terre : elle avait l'instinct de son prestige, de son corps splendide, et de son austérité.

Son esprit voguait ainsi pendant qu'ils remontaient vers la caserne, pour s'alléger sans doute. Peut-être pour ne pas penser à Ferben ? Pour éviter de le tuer, là ? Mais non, il avait déjà rejoint son passé, en une minute. Les mois écoulés, qui comptaient triple ou quadruple en cette période, lui avaient révélé qu'elle n'oubliait rien, mais se détachait. Cet homme qui conduisait, il n'existait plus pour elle. Il n'était qu'une extension du moteur.

Elle n'eut pas besoin d'indiquer les rues et les carrefours. On aurait dit que la jeep, dans la nuit et son brouillard, rentrait d'elle-même à l'écurie.

Ferben serrait les dents, et pour ne pas crier et pour ne pas devenir fou.

Il s'en payerait à son retour à Chicago, de la fesse facile. Celles qui disaient non n'étaient pas belles à voir, ensuite. Il crispait ses mains sur le volant pour ne pas massacrer celle-ci, à ses côtés, comme il en mourait d'envie. Mais il faisait trop d'efforts, Ferben... Ça lui montait au cerveau. Ça le bloquait. L'effort ne lui procurait aucun plaisir. Avec son père, on réglait tout rapidement. On avait même réduit ce putain de nom de famille imprononçable, des deux tiers. Ici et maintenant, il fallait savoir attendre, soit ! Mais il était humilié – il ne supportait plus –, et Germaïna, en le repoussant, venait de faire sauter le dernier verrou qui protégeait Eder.

Ils passèrent dans la rue où ne scintillait plus le lumignon du bar à soldats, volets clos. Germaïna ne tourna pas la tête. Elle avait toujours froid, ici.

Après la tuerie quelques semaines plus tôt, la *guardia civil* avait jeté les corps dans la fosse commune. Personne ne les avait réclamés. Qui prenait le temps de faire une enquête ?

Un chien passa dans les phares de la jeep, efflanqué, allant d'une poubelle à l'autre. Ferben eut le geste de tourner le volant pour l'écraser. Il se retint, pas facile...

Bon, il s'était planté ! « Mon p'tit Eddie, tu vas reprendre la main, vite fait, OK ? Pas fini, pas fini encore. » Tout en serrant le volant pour calmer la douleur dans son bas-ventre, sans tourner la tête il se força à un ton aimable :

– Tu m'en veux. Je comprends. Mais t'es trop belle.

Germaïna ne broncha pas. Rassuré, il continua à parler. Il se faisait petit, mouton. Ça lui allait mal, mais il avait confiance. Phrase après phrase il parviendrait à l'amadouer, la Basque, non ? Il en était sûr. Le fils Ferben ! Personne ne résistait. Elle ne répondait pas : la preuve ! Prendre son temps... Comme il la connaissait, s'il ne la lissait pas avec sa voix moelleuse, tout de suite elle aurait répliqué, claqué, ordonné qu'il « la ferme ! », comme tout à l'heure au port. Il ne saisissait toujours pas, peu importe. Il avait dû aller trop vite, lui qui savait pourtant attendre.

D'ailleurs il mélangeait les langues, exprès. Il n'avait pas grand talent de discours mais bel instinct d'animal chasseur, douce patte avant la griffe.

Il blablata et ne se tut que face à la porte de la caserne. On fermait les battants chaque nuit. Deux soldats de garde poussèrent, de l'épaule, pour ouvrir et laisser passer la jeep de Germaïna.

Ferben remarqua qu'elle n'avait même pas fait signe aux vigiles. Il adressa, lui, un sourire aux gardiens, tordant la moitié de sa bouche comme d'habitude. Un rictus content qu'il s'adressait autant à lui-même : ça allait, il l'avait bien retournée, la grande, pas baisée, d'accord, mais elle ne lui en voulait plus, il l'aurait juré-craché. C'était important pour ce qu'il lui restait à faire.

Il sauta à terre, bien réjoui. Maintenant il avait sommeil.

Déjà descendue, Germaïna parlait à voix basse aux soldats.

Ferben s'approcha. Aussitôt ils l'entourèrent et lui plaquèrent les mains dans le dos pour le menotter : Germaïna venait de le mettre aux arrêts !

Elle se détourna, sans un regard, et s'éloigna, certaine qu'elle ne le verrait plus jamais.

Elle économisa ainsi le crachat qu'il lançait.

★

Dès l'aube les enfants étaient partis, les femmes aussi, et presque tous les soldats pour accompagner le convoi.

De la pièce où on l'avait enfermé, Ferben les avait entendus. Des camions dans la cour, des cris de gamins, quelques ordres. Il s'était recouché sur sa paillasse, l'œil aux aguets. Qu'ils partent ! Il avait tendu l'oreille : Guer-ni... quoi ? Cadenassé dans sa cellule, à la grille disjointe, il attendait.

Le jour levé, il ne restait qu'un seul homme à l'intérieur pour le surveiller. Le bonhomme faisait partie du bataillon, et pas féroce. On lui avait simplement dit de boucler l'Américain, on verrait demain matin. Personne n'était venu pendant le reste de la nuit. Le matin arrivé, dans le vacarme des enfants excités de partir et l'agitation de presque tout le monde, c'était à se demander si on ne les avait pas oubliés. Bah ! il restait là, le gardien, il patientait. Avant la guerre, il faisait le berger. Les heures de solitude, il connaissait.

Dans la cour, enfin, le calme revint. Il se risqua dehors et jeta un coup d'œil. Devant la porte, personne. Tout le monde semblait disparu.

En maugréant et rejetant son fusil dans le dos, il rentra et revint vers la cellule, au fond, où Ferben toujours allongé, jambes repliées et un bras sous la nuque, le suivait d'un œil.

– Ils vont venir te chercher quand ?
– Est-ce que je sais, marmonna Ferben. C'est dingue, non ?
– Qu'est-ce que tu veux !
– Dingue.
– Qu'est-ce que t'as fait ?
– Mais rien, une connerie, j'ai voul... j'ai voulu voler le pompon d'un marin au port, voilà... comme ça, pour le souvenir.
– C'est tout ?
– Ben... oui.
– Ben... alors ! Faut dire qu'elle ne plaisante pas.
– La grande ? La Basque ?
– On ne l'appelle pas comme ça.
– Ah ? Comment tu l'appelles, toi ?
L'homme jeta un coup d'œil vers la porte, craignant d'être surpris. Il en avait marre, lui aussi. Rien que des corvées ici...
Il fit un pas de plus vers la grille. Ferben sortit ses jambes de la paillasse et s'assit sur le bord. Il était prêt à bondir.
Le bonhomme cligna de l'œil :
– Tu le répéteras pas, promis ?
– Voyons !
– On dit, entre nous, mais entre nous hein ? C'est pas à dire dehors... on dit : la vierge brave.
– Non ?
– Si !
Il se mit à rire. Ferben aussi s'esclaffa, se tapa sur la cuisse, observant en coin le bonhomme et son fusil rejeté dans le dos, canon vers le bas.
– Oh ! ça lui va bien ! C'est marrant...
– Mais chut ! hein ? répéta le soldat en mettant un doigt sur la bouche.
– T'inquiète pas. Oh ! ça lui va bien ! Si je te disais...
Ferben se leva et colla son nez aux barreaux. Le bonhomme écarquillait les yeux.
– Tu veux que je te dise ? demanda Ferben. Ça va te faire marrer, enchaîna-t-il à voix basse, en confidence.

Le bonhomme riait bien. Un peu de détente, bon sang ! Marrant, l'Américain ! Il n'en avait jamais vu, des comme ça, là-haut, dans les pâturages.

Il s'approcha et colla presque son oreille aux barreaux.

D'un seul mouvement Ferben lança ses mains en avant, accrocha de l'une la crosse du fusil, de l'autre le bout du canon, remonta l'arme le long du dos du soldat ébahi, jusqu'à la nuque. Il tira vers lui, appuyant son genou contre la barre. L'autre eut le menton écrasé contre un barreau. Ferben tira plus fort, d'un coup sec.

On entendit les cervicales se briser.

L'homme glissa à terre. Ferben le retint, sans bruit. A travers les barreaux, il plongea sa main dans la capote du soldat, et tira le trousseau de clés qu'il l'avait vu enfouir en arrivant.

Quelques instants plus tard, il avait échangé son blouson contre la capote du soldat, pris le calot et le fusil et tiré le corps à l'intérieur, et il l'avait hissé sur son lit, face au mur. La forme ferait illusion, assez longtemps.

Il passa dans la pièce voisine, vide. En haut d'une armoire, il récupéra son sac, bien dissimulé derrière des piles de cartouches. Il en tira ce qui restait : une liasse de billets, un petit sac de velours avec des clips d'argent qu'il mit dans une poche intérieure.

On ne lui avait même pas ôté son poignard : et ils pensaient gagner la guerre ?

La cour était presque déserte. Au fond, les derniers soldats montaient dans une camionnette, sans tarder. Ferben attendit, dans un recoin, qu'ils déguerpissent.

Les deux battants du portail avaient été laissés grands ouverts. Dehors, personne ne prêta attention à un soldat qui filait, même avec un foulard rouge dont les coins dépassaient du col de la capote, tournait au coin et se fondait dans les rues.

★

Les enfants furent menés sans accroc. Comme prévu, le bateau contourna le cap Machichaco, le plus au nord, puis s'engouffra dans la baie jusqu'à Bermeo où des autocars et des véhicules de fortune les attendaient. A l'intérieur, on chanta aussitôt. Des comptines bien rythmées, et les femmes tapèrent dans leurs mains, épuisées. Décidément, ils ne dormaient jamais, les gamins ?

Deux camions ouvraient la marche. Germaïna avait pris place dans le premier, s'arrachant à Eder, qu'elle avait bercé tout au long de la traversée en bateau. A l'arrivée, d'après ce que les hommes qui les avaient accueillis avaient assuré, tout était prêt.

– Ils seront bien, là-bas. Voyez comme il fait beau.

Au milieu du printemps, le matin restait frais, dans sa lumière toute pure. Les femmes avaient le sentiment très fort d'échapper à l'angoisse.

Après Bermeo et ses maisons en fouillis, colorées comme une fresque de balcons et fenêtres entremêlés, la route ne durait plus très longtemps. Les lacets escarpés du début avaient débouché sur un sommet, dominant une minuscule chapelle-promontoire. Ensuite tout droit, en montagnes russes, le long de murets de pierres noires.

Pour la première fois depuis longtemps, Germaïna sentait son corps moins tendu. Des hommes, qui ne l'avaient donc jamais vue, la regardaient.

Une quinzaine de kilomètres plus loin apparurent les collines puis le clocher à trois étages de la ville refuge.

Le convoi pénétra dans Guernica. Tous allaient enfin se reposer.

C'était jour de marché. Germaïna, qui avait vécu en recluse depuis des mois, fut soûlée des parfums des légumes et des viandes, du bruit des gens et des chariots aux roues de bois plein, tirés par des bœufs. L'image de sa Maison la traversa, violente.

Le convoi ralentissait, bloqué dans les étals. Les chauffeurs, houspillés par des paysannes furieuses qu'on bouscule leurs cageots, juraient aussi, bonasses. Certains reconnaissaient un parent et, sans vergogne, faisaient la pause. Au moment où les autocars et les camions parvenaient enfin sur la grand-place, on n'avançait plus.

Au même moment, la voiture où se trouvait Eddie Ferben était bloquée aussi, coincée dans le fouillis de la foire, à l'autre bout de la ville. Il jura, et décida de continuer à pied.

De son sac, il sortit les billets pour payer celui qui l'avait convoyé.

– S'emmerdent pas, maugréa-t-il. C'est le tarif d'un taxi New York-Chicago !

A Bilbao, après s'être échappé dans le désordre de l'évacuation, dès qu'il avait pu il avait arrêté les voitures conduites par un homme seul, celles où il restait de la place. Après quelques tentatives, il avait convaincu l'un d'eux de l'emmener jusqu'à Guerni... « quoi ? ca, c'est ça ! », en faisant crisser les billets devant ses yeux. Personne ne s'étonnait plus d'un soldat isolé, en ce temps, et qui voulait partir. La liasse l'emportait. Et tant que ce gars ne voulait pas franchir les lignes franquistes ! « *Ala, goazen* ! En route, allons-y ! »

Maintenant, du bas de la ville où on l'avait laissé, il repéra la colline centrale, l'église, et il commença à rôder, cherchant.

On avait réussi à caser tous les enfants. Dispersés par petits groupes, ils s'installaient partout où des lits restaient libres. Germaïna fut surprise de l'organisation, plus ferme qu'en maints lieux visités depuis des mois.

Elle avait confié sans angoisse Eder à la dame aux cheveux blancs, celle qui l'avait accueillie le soir de son arrivée à Bilbao, au meeting. Celle-ci passait rarement à l'orphelinat car sans doute organisait-elle, ailleurs, son travail. Pour l'évacuation des enfants, on l'avait rappelée. Germaïna en rayonnait.

– Que de chemin ! Que de chemin, ma belle ! s'était réjouie la dame en la retrouvant.

Elles s'étaient embrassées.

La moitié de la journée avait à peine suffi pour installer ces troupes d'enfants, de femmes et de soldats.

Enfin, vers quatre heures de l'après-midi, Germaïna souffla.

Assise sur le muret de pierre qui ceinturait la grand-place, avec trois hommes de son groupe, elle mangeait un fruit, son premier depuis longtemps.

Les mains appuyées derrière elle, renversée, elle offrit son visage à la lumière. Depuis longtemps aussi, elle n'avait plus reçu le soleil, doux, de face, baignant. Elle ne souriait pas – personne ici n'osait. Mais elle était en paix.

A l'unisson des arcades qui cerclaient cette place, le souvenir de Maximilien s'arrondissait aussi, devenait beau. Eder aussi était beau. Vivre même était beau, encore. Oubliait-on la guerre si vite, dès que blottis dans une sainte-ville ? Elle l'ignorait mais respirait enfin, flâneuse dans sa tête. A l'instant, cela suffisait.

Recueillie dans ce calme inattendu, elle réchauffait sa peau, entrouvrait la bouche pour y gober du soleil. Ses seins tendaient sa chemise kaki, sous sa vareuse déboutonnée.

Au bout d'une demi-heure, reposée, elle rouvrit les yeux. En face d'elle, il y avait l'église.

Au premier son de la cloche, elle crut qu'on appelait pour une messe. Elle n'irait pas.

Au deuxième, elle comprit : c'était le tocsin.

16

L'église sacrée de Guernica vibrait sous ses cloches, basses : attaque aérienne.

Dans le ciel, les frelons approchaient.

D'abord la vieille ville basque ne bougea plus. Ensuite, elle paniqua.

Comment mettre aux abris six mille habitants? Les caves n'y suffiraient pas, si on avait le temps de les atteindre. Et les mille réfugiés de San Sebastián et d'Irún, fuyant les franquistes qui tenaient déjà la moitié du pays? Et les enfants du convoi de Bilbao? Et les autres mille du marché du lundi : où les parquer? A sa façon, Germaïna répondait : poussant des gens hors des étals du marché, groupant des femmes et des enfants pour les enfouir dans une cave amie.

Le sous-sol de Guernica s'emplissait, vite débordant. A l'air, dehors, une fourmilière apeurée se déchirait pour le moindre abri – même un arbre, dérisoire.

Le massacre arrivait par le ciel, et, pour ces gens, le ciel abritait le royaume de Dieu, qui décidait de la vie et de la mort.

Tous tournaient sur eux-mêmes, effrayés et tenaces.

On signalait les avions allemands, les canons italiens, et les gens tourbillonnaient. Les rats s'égaillaient, eux, entre les jambes, trouvant des passages. Ils se bousculaient, connaissant leur affaire, et reviendraient après les bombes.

Mais les bombes ne tombaient pas encore, sur Guernica.

Quatre minutes avant la première.

Un temps plus long qu'il n'en faut pour revoir sa vie, quand la mort monte. Un temps qu'Eddie Ferben passa à courir vers le centre.

La ville se révélait étroite, alors en allant au centre, à coup sûr il buterait dessus, contre elle. Exact : de loin il l'avait vue soudain, occupée, elle, à pousser des gens aux abris, d'où la plupart ne sortiraient pas vivants.

Se cachant au mieux, le calot volé au soldat enfoncé jusqu'aux sourcils, il ne la quittait plus des yeux, haute jeune femme en blouse noire, jupe sous les genoux, un ceinturon dessinant ses hanches, et ses jambes serrées dans des chaussettes d'homme, des godillots aux pieds. Un baudrier de cuir barrait en biais sa poitrine. Deux sacoches de cartouches s'y accrochaient. Germaïna avait repoussé son fusil dans son dos, la bandoulière barrant sa poitrine dans l'autre sens faisait avec lui une croix. Eddie Ferben pensa à deux obus pour les seins enserrés, deux obus qui pointaient où elle se tournait, lançant des ordres, désignant à un groupe d'enfants devant une bâtisse où s'abriter, et pointaient aussitôt vers un autre. Elle martelait une phrase en basque, quelques syllabes sèches pour dégager un passage, encombré par les cageots du marché dont les paysannes s'obstinaient à ramasser le contenu.

D'autres hommes suivaient.

« Où est le gamin ? » s'inquiéta Ferben.

Dans la panique, la voix de Germaïna surnageait :

– L'école, à droite, tu vois ? Emmène ces femmes.

Aussitôt l'un des combattants poussait un troupeau de vieilles, où se mêlaient de plus jeunes, portant un, deux enfants dans les bras, tirant les autres par la main, glapissant.

Toujours des chiens aussi, dans les cortèges, terrifiés comme les hommes, et qui se rassurent en levant la patte et en fouillant les victuailles répandues.

Pas d'oiseaux.

Le son sourd du tocsin de l'église continue : il annonce le désastre.

On attend les bombes.

Avant le fracas, un silence s'installe. Les cerveaux des hommes ont deviné, comme ceux des animaux, le feulement métallique venu du ciel bleu avec le vent. Où exactement ?

Silence.

Puis les oreilles l'entendent : voici la première bombe.

Il est seize heures trente.

A Guernica, un jour d'avril ensoleillé, démarre la mécanique qui va terroriser la planète à partir d'un petit impact de rien du tout : le premier cratère de la première bombe, son premier mort.

On ne saura jamais qui fut le premier mort de Guernica.

Première gerbe de métal rougi qui traverse la place. Elle tombe du ciel mais on dirait qu'elle a jailli de la terre en un cratère de pierres et de poussières âcres. La gerbe fait exploser les corps de ceux qui n'ont pas fui. Des têtes en bouillie se détachent, de la chair malaxée éclabousse, ruisselante de sang, il y a même un homme qui reçoit à proprement parler un gigantesque coup de pied au cul d'une jambe arrachée d'un autre homme, à trois pas. Il n'a pas le temps d'en rire, son propre ventre étant troué aussitôt par un moellon expulsé du mur contre lequel il se tenait. Il hurle en mourant.

D'autres mettent les mains sur leurs oreilles.

Les appels se mélangent. Certains ont la gorge trouée. Aucun son n'en sort. Les mères hurlent de plus belle. Puis elles se taisent les premières. Elles savent que la mort arrive. La mort qui leur va si mal, qui prend souvent leurs enfants avant elles, pour les faire souffrir davantage.

Les obus tombent, déféqués par les Junker et les Henkel. Ils s'éclaboussent à terre et transforment la ville en merde. Les chemins sont piétinés par des fuyards qui halètent, qui se battent. Leurs souffles sont aussitôt coupés par les rafales tirées d'avions en piqué. Des pointillés d'herbe et de terre arrachées tracent au sol les lignes qui n'ont pas haché encore, mais qui scieront les hommes, les femmes et les enfants au prochain passage.

Eder est là !

Ferben a discerné tout à l'heure, entre les fumées, Germaïna et ses hommes se ruant pour organiser la fuite ou l'abri. Il a vu des enfants sortis des refuges, vite. Embarqués dans les camions qui venaient de les déposer, et Germaïna, soudain, avec son bébé dans les bras, le confiant – dans son regard une belle assurance – à une dame aux cheveux blancs.

Il sait, Ferben. Il sent, Ferben, le goût acide dans sa bouche. Maintenant. Ce sera maintenant.

Des avions repassent. L'un se détache, pique et tire. La terre se boursoufle où courent d'autres femmes dont les mains ne lâchent pas les enfants qu'elles tiennent, parce qu'elles n'ont plus qu'eux pour aller en zigzag. Mais ces femmes et ces enfants sont coupés en morceaux par une autre rafale.

La femme qui porte Eder claque des dents.

Elle fait demi-tour, elle tourne encore, elle est une toupie avec le bébé dont les petites mains poussiéreuses s'accrochent à son nez. Elle avance en sens inverse des autres, pour rentrer dans le village.

Là, tout brûle. Les murs s'effondrent, nuages opaques dont les bords scintillent sous les flammes.

La femme serre Eder. Veut-elle le rendre à sa mère ?

Eddie Ferben la suit depuis un moment. Il se détache du groupe qui le masquait et pousse la femme vers la fournaise, pour l'isoler.

– Par là... vite ! ordonne-t-il, lui désignant des recoins invisibles dans la fumée. Et la femme aveuglée suit la direction de ce bras d'homme qui montre, qui sauve.

Qui se met aussi à la suivre, mais elle ne le voit pas.
Des ombres sortent d'un nuage, s'engloutissent dans un autre, survivant quelques secondes. Une nouvelle bombe les aplatit, une poutre tombée d'un toit en fait des torches hurlantes.
Vivante? La femme qui tient Eder l'est toujours. Elle court dans les gravats enflammés. Eddie Ferben suit.
L'un derrière l'autre, ils longent un rempart de fumée derrière lequel – mais ils ne le savent pas – s'est repliée Germaïna avec quelques hommes, au pied des chênes millénaires de la ville.
C'est curieux, là : comme dans l'œil du cyclone de boue sanglante qui dévaste la ville... là, rien ne brûle. Les chênes sacrés sont intacts. Un tourbillon de printemps tient la fumée à distance. Il fait clair. A terre, l'herbe reçoit même un trait de lumière venu du ciel.
Ce serait bien calme sans le vacarme.
De l'autre côté de ce rideau de fumée, Eddie Ferben ne sait pas qui est cette femme qui tient le bébé de Germaïna, et peu importe : c'est le petit qu'il suit.
Marche derrière elle, se rapproche.
La femme ne le remarque pas. Eder ne voit rien d'autre que le tissu de la femme, contre lequel il enfouit son museau rose. Et les autres sont déjà des fantômes, qui ne voient plus personne. A vadrouiller ainsi, ils vont tous mourir. Eddie Ferben est prêt pour la mort. Il sort son revolver.
Se presse derrière la femme, très souple.
Tant de bruit autour avec les avions qui viennent de reprendre leurs piqués, les maisons qui explosent, tant de bruit que celui de la détonation n'est qu'un bouchon qui saute. Il a tiré; on tire, partout.
La femme a tourné sur elle-même. La balle lui a fracassé le dos. Ses jambes plient, et Eder tombe sur elle.
En trois pas, Eddie Ferben s'est approché. Il vise le bébé.
La femme vit encore. Sa bouche ouverte ne peut pas crier, mais ses yeux dévisagent l'homme qui vient de

l'abattre et qui pointe maintenant un canon noir sur la peau blanche de l'enfant.

Et elle entend un claquement, sec.

Elle ne sait pas ce qu'est le bruit d'un revolver qui s'enraye. Rien n'est sorti du canon noir. Un claquement, puis un juron de l'homme, dans une langue qu'elle ne reconnaît pas. L'homme a un foulard rouge, et elle garde les yeux fixés sur ce foulard qui est rouge comme ses yeux-injectés, rouge comme le sang-qui-coule entre sa poitrine et le ventre d'Eder, rouge maintenant comme le dos d'Eder quand l'homme-enragé a fouillé près de sa jambe, levé la main en brandissant un poignard, l'a planté, ce poignard, dans le dos d'Eder en un geste frénétique qui déchire la petite chair du bébé – qui ne crie pas.

Aussitôt c'est un cri pourtant, inhumain, qu'entend la femme derrière elle.

Un cri bestial. Long, rauque. Un cri qui la fait survivre quelques secondes.

Le cri de Germaïna.

Un cri porté par le coup de vent qui vient de déchirer le rideau de fumée qui la masquait.

Dans la clarté soudaine, Germaïna a distingué une ombre s'enfonçant au loin, puis la femme à terre, puis Eder crucifié, sur la femme, ses petits bras en croix, mort.

L'effarant cri d'une mère enfouissant son visage dans le sang de son enfant.

Germaïna s'est jetée dessus, tombant comme une bombe noire.

Les hommes accourent et la relèvent de force. Ils ont du mal à tenir ses quatre membres qui griffent, qui donnent des coups. Ils ont du mal, ces hommes noueux, à tenir la mère qui se déchire. La lenteur de ses hurlements les glace.

Elle est debout enfin. Ils s'écartent.

Elle retombe à genoux.

Grande femme noire au visage plein du sang de son enfant, terrassée, touchant la femme qui respire faiblement et qui cherche une force dernière pour arracher le petit cadavre crispé sur elle, le soulever, un peu, le tendre à sa mère, en suppliant :

– Pardon...

Germaïna enserre son bébé mort. Elle le lèche. Elle met ses doigts dans sa bouche, ses doigts dans la plaie de son dos. Elle pose ses lèvres sur le crâne aux cheveux chauds, et sortent des râles cassés du fond de sa gorge. Elle mord la joue tiède d'Eder.

Autour, on se tait.

Au ciel, depuis une minute, c'est le silence, saccadé seulement par le craquement des toitures sous le feu. Il y a déjà eu des répits en cet après-midi.

Germaïna entend bien la femme. Deux mots :

– ... foulard... rouge...

A genoux, gestes tremblés, Germaïna dégrafe son ample chemise et y enfouit Eder. Elle le tasse. Elle fait entrer ses petites jambes molles. Elle se macule du sang qui sort maintenant de sa bouche. Elle fait tenir de force le poupon comme une chiffe douce contre son ventre et ses flancs. Puis elle reboutonne sa chemise pleine à craquer, elle repousse à l'intérieur un bras brinquebalant du bébé, devant les yeux morts de la femme à terre, qui vient d'expirer.

En forçant, elle parvient à fermer le dernier bouton, et croise les bras sur ce monstrueux torse qu'elle a maintenant, comme on fait quand on tremble de froid.

Alors, sur le côté elle retombe.

Au-dessus d'elle, les hommes ont baissé la tête.

Dans le choc, le haut de la chemise s'est ouvert et, comme celui d'un pantin, le petit bras d'Eder sort par l'échancrure. Germaïna est recroquevillée, évanouie, et le petit bras est posé sur son cou, sortant d'elle, presque froid déjà contre sa veine qui bat.

Puis les avions reviennent, bien excités.

Les hommes disent :

– Allons.

Ils soulèvent Germaïna, enflée d'Eder. Ils la transportent à leur abri, où ils ont un brancard.

*

Les heures ont passé et Germaïna ouvre les yeux. Elle ne voit qu'un plafond gris. Elle reste longtemps, à fixer les fissures.

Elle ne comprend pas où est ce plafond gris, ni qui elle est.

Elle se tourne et tombe du brancard, sans rien sentir.

Elle se relève lentement, à quatre pattes, puis les épaules droites. Elle n'a mal nulle part.

La pièce est à peine meublée. A droite, un vieux lavabo. Germaïna a soif.

Très lentement elle s'approche, et peu à peu le sommet d'une tête s'aligne sur le miroir au-dessus du lavabo. Dans le miroir, Germaïna voit un visage, qu'elle ne connaît pas. Il y a quelqu'un d'autre dans la pièce. Elle salue de la tête, et elle voit la tête bouger en parallèle dans la glace.

A droite, l'autre aussi. A gauche... aussi. C'est elle-même.

Alors elle crie.

Au fond, la porte s'ouvre, et deux hommes se précipitent, alertés.

Ils se figent, mâchoires pendantes.

Germaïna se retourne vers eux. Elle a croisé ses mains sur sa tête, aux cheveux si courts.

Ils sont blancs, ses cheveux. Tout blancs.

III

1

Autour de la Maison Etcheverry, le soleil traînassait, tardait à descendre en ce printemps bleu-neuf et ne s'affalait plus d'un coup comme en hiver. Les champs luisaient, arrondis. La lumière du soir glissait aussi sur la peau luisante de sueur des hommes et sur celle, échauffée, des femmes. Tous battaient des mains en encourageant ceux qui montaient d'énormes bottes de paille jusqu'au toit de la Maison.

– *Aupa!...* vas-y!

– *Zortzi, bederatzi... beste bat!...* huit, neuf... encore une! Allez, Jon!

Jon Aguirre hissa la botte jusqu'à toucher la poulie, à presque huit mètres du sol. Les tendons de son cou saillaient. Sa chemise blanche de cérémonie se trempait. Sortant de ses manches retroussées, ses avant-bras gonflaient sous l'effort insensé du jeu. Il s'acharnait.

– Ils vont te le tuer pour ce soir, gloussa Maritchu en se penchant vers l'oreille de sa fille Goïzane, tout en blanc de mariée, au centre de la longue table de pierre, sous le préau.

– *Ama...* maman! reprocha Goïzane à sa mère, gênée qu'on ait pu saisir l'allusion.

Mais autour on riait trop. Depuis des heures, les cris et battements de la noce ne laissaient plus de place aux conversations.

Jon Aguirre et Goïzane Etcheverry se mariaient.

Maritchu, la mère, pouvait bien cligner de l'œil, ils n'iraient pas au lit avant longtemps. D'abord jouer. Jouer-manger-boire, et rire, ivres de parfums. Là et maintenant se vivait le moment des jeux.

On avait levé des pierres sur l'épaule, masses de granit à réduire en bouillie un freluquet et qu'on avait hissées comme des jouets, et reposées sans même les abîmer. Seul l'œil, plus vitreux à chaque arrachage, trahissait la fatigue. Jamais une plainte, plutôt un sourire – à transformer en grimace, sans plus. Plutôt s'effondrer sous le bloc la dernière fois, la fois de trop, et se briser des os. Mais gémir, non.

On avait coupé des troncs à la hache. La cognée, ramenée du dessus de la tête à bout de bras, vers l'entaille, de biais, gauche droite, gauche... droite, faisait éclater les veines du bois en morceaux bien cisaillés. Les copeaux les plus purs, énormes mais taillés au rasoir, étaient parfois gardés en reliques.

Chaque épreuve proposait un défi. Chacun relevait celui qu'il était apte à emporter, et Jon n'avait pas participé à tous les jeux. Marié, héros du jour, il n'allait pourtant pas bénéficier de la moindre indulgence de la part des hommes de la vallée. Mieux valait gagner.

Là, il levait la botte de paille au bout d'une corde fixée à la poulie en saillie sur la fenêtre du grenier, au plus haut de la Maison, jusqu'au rebord pointu du toit. Et tant qu'il pouvait, il hissait. Puis laissait redescendre, entraîné lui-même en hauteur sur les derniers mètres de la course, puis reprenant son élan et tirant. Tant qu'il pouvait. Et une de plus que le concurrent précédent, un jeune contre lequel il disputait souvent des parties de pelote.

Aurait-il le temps désormais pour ces fantaisies de jeune homme ? Pas sûr.

Et pour la contrebande ? Plus le droit.

Mikel, le père Etcheverry, n'avait pas eu besoin de le lui préciser. Le voir monter chaque jour à la Maison depuis quelques mois, et s'occuper des champs, des bêtes et des machines, avait convaincu le père de son choix, juste.

Né dans une ferme de la vallée et nourri à la terre jusqu'à ce que cette Maison Aguirre brûle naguère et qu'il se retrouve seul, Jon avait consommé ensuite son énergie dans les courses et les danses, et le travail de nuit dans la montagne. Aujourd'hui de retour dans une autre Maison, à voir ses muscles rouler sous la chemise et son bonheur à lever la paille, Mikel songeait que Jon se retrouvait, lui le pauvre, comme ces enfants riches en ville qu'on envoie aux études puis courir les comptoirs à travers le monde avant de reprendre la boutique paternelle. Que Jon soit tout simplement heureux, ce n'était pas des mots pour Mikel. Utile, il serait.

Or Jon était heureux. Goïzane l'apaisait.

Allez ! les danses et la pelote, il irait le dimanche. La contrebande, plus jamais.

Sa dernière course ne lui avait pas laissé un souvenir flamboyant. Les dentelles volées, la Chica – sa mémoire provoquait des cauchemars et du mystère –, la raclée des trois hommes...

Ils n'avaient plus remis les pieds dans la montagne, ni lui ni son cheval. La bête vieillissait – et regrettait ses cavalcades nocturnes, qui sait ? Elle mourrait près de lui à la Maison.

« N'amenez pas de voitures » avait-il répondu aux autres qui lui proposaient, comme de coutume, de charger ses affaires et monter en cortège jusqu'à la Maison Etcheverry. « Je n'ai presque rien. Venez, on ira avec la charrette et la bête. »

Et le matin, les jeunes s'étaient présentés à la petite maison de Jon, au village. Il était apparu sur le seuil vêtu comme un prince : costume sombre au pantalon bien repassé, et chemise lumineuse au soleil.

Le douanier sortait au même moment de sa maison mitoyenne. Se mêlant aux jeunes. Jon l'avisa :

– Tu peux entrer, douanier. Tu peux tout fouiller. Il n'y a plus rien.

– Oh non, mais je...

Les autres s'esclaffèrent. Jon et le douanier se donnèrent l'accolade.

– Je vais te manquer! lança Jon, gouailleur.

– Mais... pas du tout.

Tous commencèrent à empiler les ballots et quelques caisses sur la charrette, attelée au vieux cheval, qui n'aimait pas cette excitation. Le douanier lui flatta l'encolure. Il lui manquerait, oui.

La dot de Jon pesait peu. Tout tenait aisément sur le plateau coincé entre les roues en bois. Quand il pensait que la règle exigeait qu'on dépose au moins le quart de la valeur de la Maison qu'on intégrait! Il possédait quoi, le grand Jon? Plutôt des fleurs entre les dents. Des bras puissants, des jambes lestes. Et la joie.

L'équipage s'était mis en route, sans se retourner, rejoint par des habitants qui applaudissaient et, plus loin, par trois musiciens attendant au dernier croisement vers la Maison Etcheverry. Ils montèrent en musique. Le cheval soufflait entre ses mâchoires, fâché.

En haut de la route attendait Mikel, seul.

Peut-être parce qu'il le découvrait de plus bas, découpé sur le ciel bleu, Jon ne l'avait jamais vu aussi lourd. Arrivé à sa hauteur, il descendit de la charrette et s'avança vers lui. Les deux hommes se prirent les coudes et s'embrassèrent, leurs bérets se cognant. Plus à l'arrière, les musiciens jouaient toujours. Jon frissonna. La joie venue du cortège se fracassait contre la rudesse du vieil homme.

Le reste de la famille patientait à l'intérieur. Tous sortiraient lorsque le père et le marié avanceraient dans l'allée, tenant chacun une bride du cheval.

Dans la Maison, Goïzane gardait le nez collé à la vitre, jolie comme un cœur avec ses fleurs blanches dans les cheveux, et très fière. Pas de mariage en couleurs, alors. Blanc-noir, seulement. « Qu'est-ce que je vais mettre, la bleue, la jaune, la violette, la rouge, la bariolée? » Et de rire, comme si elle avait le choix. Sa main avait suivi dans l'armoire les rares habits pendus. Maritchu, sa mère, avait cousu sa robe de mariée, un peu chaque soir, et, pour elle-même aussi, une très jolie, jaune pâle brodée.

Heureux à côté, Nabar, l'ouvrier agricole, droit dans ses habits de velours recousus aussi par la mère. Et Mattin, l'oncle, tenait la porte, impatient.

Maritchu alla au calendrier mural dont on arrachait une page chaque matin :

Le 26 avril, année 1937.

La Maison Etcheverry était prête pour son jour-bonheur.

Manquait Germaïna.

*

Au Sud, le jour-malheur qui avait déclenché une terreur noire dont se gaverait la Terre pendant des décennies s'achevait.

Pendant que des mains joviales battaient dans la Maison Etcheverry, Germaïna pleurait son enfant mort dans Guernica, ville malaxée par des mains géantes.

Les invités du massacre, avions noirs de la légion Condor, avaient battu des ailes, eux, mitraillant les échappés, bombardant sans relâche, sans besoin : la ville gisait, aplatie.

A la noce de Goïzane les invités étaient au complet, le soir. Au deuil de Germaïna, la nuit, les tombes étaient pleines.

Quelques murs hésitaient encore, pas longtemps, avant de se fracasser sur eux-mêmes. Un clocher subsistait, défi ironique; mais aussi les colonnes et les chênes sacrés – épargnés par Dieu? Près d'eux, Germaïna et ses hommes s'étaient repliés un instant. Là, en fin d'après-midi, dans le voile soudain déchiré des fumées, elle avait vu son enfant, Eder, poignardé, et plus loin, déjà floue, la silhouette d'Eddie Ferben noyée parmi les fuyards.

Un bâtiment, tout près, se dressait encore, noble. Les délégués basques ne s'y réuniraient plus. Là, Germaïna avait été transportée, évanouie, le cadavre d'Eder en elle. Là, elle venait de reprendre conscience le soir, dans une pièce éclairée par les incendies de la ville. Là, elle s'était vue, le cheveu blanc, tout blanc, hurlante. Là, elle tenait maintenant à peine debout, les yeux noirs, face à ses hommes.

Ils avaient ôté leur béret en signe de deuil, la tête basse.

– Je ne suis pas morte, dit-elle d'une voix monocorde.

Les hommes ne bougèrent pas, mains croisées devant eux.

– Où est-il? continua Germaïna.

Qui? Quelques-uns levèrent la tête, indécis. A qui pensait-elle?

Certains avaient vu Ferben disparaître. D'autres ne savaient rien. Ceux qui l'avaient transportée songeaient au petit cadavre à peine tiède qu'ils avaient installé au fond d'une caisse en bois dans la pièce voisine, sinistre et sans lumière, du bâtiment qu'un miracle avait épargné des bombes.

– Où est mon petit? précisa Germaïna.

L'un des hommes désigna la pièce à côté, sans quitter Germaïna des yeux. Il craignait qu'elle se précipite sur le pauvre cercueil improvisé, il craignait qu'elle meure ou, plus grave, qu'elle devienne folle. Ils avaient eu tant de mal avec elle tout à l'heure.

Après l'avoir posée sur le lit, inconsciente, après avoir ôté le petit cadavre en sang qui raidissait sous sa chemise kaki et les avoir nettoyés, ils avaient pensé entre eux qu'elle ne se réveillerait pas. Ils avaient pensé qu'elle le rejoindrait.

Maintenant, après qu'elle avait crié, ils osaient à peine la regarder, en cercle devant elle, à peine jeter un coup d'œil sur ces cheveux blanchis d'un coup. Leurs grosses mâchoires se crispaient sous leurs peaux amaigries.

Le silence durait, et Germaïna vacilla un instant.

– Allons-y. Couvrez-vous, ordonna-t-elle enfin en serrant les poings.

Les hommes remirent leur béret. Germaïna ne marchait pas : elle avançait, de force. Ils s'écartèrent.

Arrivée à la porte, elle attendit. Puis elle poussa, soudain, et resta sur le seuil, cramponnée à la poignée.

Près d'un mur était posée une caisse blafarde où reposait le corps de son enfant.

Deux hommes s'approchèrent pour soutenir Germaïna par les coudes, mais elle les repoussa.

Elle fit un pas, puis deux, ses hommes derrière elle. L'un d'eux ôta son béret.

– Non, dit Germaïna. Tout à l'heure.

Venues de la ville, les lueurs des flammes éclairaient par moments l'intérieur. Elle reprit sa marche dans la pièce où les ombres dansaient, seules. Les hommes suivaient, lugubre procession derrière leur vierge brave dont les cheveux de neige luisaient, et eux en pavillons noirs, tête baissée.

Les clameurs du dehors, les cris, le fracas de murs s'effondrant et le brasier des incendies auraient couvert le raclement de leurs chaussures sur le dallage. Mais ils avançaient sans bruit, dans un calme étrange.

Le groupe d'hommes s'arrêta et Germaïna franchit seule la distance jusqu'à la pauvre caisse où elle découvrit, enveloppée entièrement, l'empreinte paisible de la mort. Son cœur se serra. Au même moment sa peau brûla à nouveau de la chaleur du petit corps qu'elle y avait enfoui, ruisselant, dans l'après-midi. Ce feu-souvenir l'emporta. Elle put alors regarder sans mourir à son tour la forme glacée dans le petit cercueil.

Derrière elle, les hommes étaient prêts à bondir pour la soutenir. Mais au contraire, ils virent son dos voûté se redresser, s'allonger. Sa nuque montait au-dessus des épaules. Elle semblait grandir. Ses cheveux courts et blancs s'auréolaient autour de son crâne, dans la lueur des flammes.

Elle resta là, un très long moment. Eux priaient.

Enfin elle s'approcha et prit la planche posée contre le mur. Elle la posa sans trembler sur la caisse, fermant le cercueil à jamais.

Elle recula de deux pas. Les hommes virent son dos tanguer. Ils allaient intervenir mais elle se raidit à nouveau et brutalement se tourna pour leur faire face.

N'osant pas voir ses joues creuses, ses yeux cuisants et sa peau encore plus blanche, tendue sur les os, ils attendirent, yeux rivés au sol.

– Nous allons l'enterrer, annonça-t-elle d'une voix étranglée.

Elle fit signe à deux hommes, qui chargèrent sur leurs épaules le cercueil de bois, si léger.

Le cortège repartit, elle en tête, qui sortit dans les ténèbres, avançant dans un jardin, à gauche, jusqu'aux chênes millénaires, à quelques mètres de l'église Santa Maria sur la colline, unique lieu épargné de la ville, tandis qu'autour l'incendie éclairait jusqu'aux étoiles et serait vu à des kilomètres. Il faisait tout noir, là. Plus bas, des silhouettes s'échappaient de convois de blessés et de morts, qu'on éloignait, dans un silence abruti.

Germaïna frôla les arbres, dont elle savait qu'ils marquaient pour les Basques le signe de leur vie, libre.

Elle avança, quelques mètres encore, puis, à l'arrêt, sentant sous ses pieds une terre douce, elle désigna le sol :

– Là.

Les hommes prirent des bêches dans leur attirail. Plus tard un autre revint avec une pelle et une pioche dénichées à l'arrière du bâtiment. Ils creusèrent.

Quand le trou fut profond, Germaïna fit signe d'arrêter. Ils se reculèrent et ceux qui avaient porté le cercueil descendirent. Bras levés, ils reçurent la petite caisse blanche et la déposèrent au fond. Puis ils sortirent, essayant de faire vite.

Germaïna jeta une poignée de terre, s'emplissant la tête du bruit sec sur le bois, puis contenant un hurlement quand les pelletées s'amassèrent jusqu'à combler la tombe, se retenant pour ne pas s'y jeter elle aussi, ongles en avant, et labourer le sol avec ses mains, pour ne pas s'y enfouir avec Eder.

On dispersa le peu restant. La tombe bombait à peine, presque invisible.

Un homme, qui avait cloué deux petites planches en croix pendant ce temps, s'approcha pour les planter à la tête de l'infime renflement. Germaïna le retint :

– Surtout pas.

Dans la nuit de printemps, isolés tandis que la ville broyée brûlait, tous prièrent devant la tombe, immobiles. Elle les laissa chanter.

Au début ils ne prononçaient pas les mots. Ils murmuraient, dents serrées, lèvres à peine entrouvertes :

– Mummumumumm...

Le chant des morts. Germaïna frissonna.

A la fin, ils modulèrent :

Où sont les enfants morts ?
Ils sont partis là-haut,
Parler de nous à Dieu.

Un homme mit sa vareuse sur les épaules de Germaïna. Elle releva le col, ferma tous les boutons de haut en bas, comme en camisole.

Quand ils eurent fini, elle baissa la tête vers le sol sombre, une dernière fois. Demain il serait vert. Les chênes de Guernica, quand il ferait soleil, laisseraient leur ombre glisser sur Eder, chaque jour.

Désormais Germaïna aura tout le temps froid, elle sera tout le temps fatiguée.

– La nuit est encore longue, avertit-elle.

★

– Vigoureux, avait glissé Maritchu à sa fille Goïzane. S'il est toujours comme ça, votre petit naîtra, voyons... Elle comptait sur ses doigts : fin janvier prochain, voilà.

– *Ama*... maman ! avait encore reproché Goïzane, un peu rouge – mais on buvait du vin, aussi...

– Ah ! mais il y a ce qu'il faut pour qu'il ait bien chaud, ce petit ! Il dormira près de la cheminée, comme toi quand tu es née.

Au bord de ses lèvres venait la suite : « comme vous deux, avec Germaïna ». Sa gorge se serra.

Une clameur l'attira : au centre de la cour, Jon avait saisi l'arrière d'une charrette posée à l'avant sur son timon, et il la faisait pivoter autour de cet axe, pour accomplir un premier tour complet et continuer tant que les muscles supporteraient cette torture. Il fallait un bassin d'acier, avancer les pieds de face mais le torse de biais. Des jambes de danseur aussi, à ne pas lever mais à frôler le sol en une marche lissée où le poids colossal de la charrette écraserait chaque jambe le moins longtemps possible.

Jon brillait à ce jeu, comme au lever de paille. Tailler les troncs ou soulever les pierres l'intéressait moins. Il n'était pas sûr de gagner.

Quant au *soka tira*, le tir à la corde, personne ne l'avait proposé. On le pratiquait entre villages : il fallait être nombreux pour aligner dix ou douze hommes massifs, aux cuissots plantés dans le sol, qui tiraient ensemble et auraient fait glisser une maison sur ses pierres si, en face, une autre masse d'adversaires aussi compacte ne tirait pas dans l'autre sens. Mais surtout, Mikel n'aimait pas : « C'est un jeu où, pour gagner, il faut reculer. »

Quand Jon hissa la botte de paille et qu'en retombant ses pieds décollèrent du sol sans qu'il pût bander ses muscles pour la hisser une fois de plus, il y eut soudain du silence. A la fin du défi, les jeux de force provoquaient une stupeur. D'un coup la matière des hommes se réduisait. Tous les encouragements, les claquements de mains accompagnant l'effort qu'ils s'arrachaient à fournir, bestial, prouvant leur vie, tombaient comme un rideau sur une scène achevée. On passait par une petite mort. L'énorme force avait semblé éternelle : ça, c'était une illusion.

Le silence abattait tout le monde, mais il durait peu. Son béret constellé de brindilles échappées de la botte chaque fois qu'elle retombait à terre, Jon le jeta au ciel en lançant un cri guttural. La vie reprenait.

Chacun répondit par d'autres cris. On leva les verres. Des filles et des garçons se tenant par les mains entourèrent Jon, dansèrent autour de lui, serpentin s'allongeant d'autres recrues à chaque demi-tour, tournant le long de la table et ramenant Goïzane entre eux, chantant, virevoltant entre les mariés puis les séparant, puis laissant une ouverture pour qu'ils se rejoignent, enfin s'enroulant en spirale jusqu'à ce qu'ils s'embrassent sous les vivats. Vivats !

D'un côté de la table un *bertsolari*, un improvisateur, se leva et lança quelques vers avec sa voix de caverne :

Et tu montes, Jon – et tu piaffes,
Et tu me donnes soif.
Alors, à ma propre santé,
Je bois !

« Hé là ! », criait-on. Qui relèverait le défi ? Encore du nouveau.

Un autre se leva, ventre en avant et visage rond. Il répondit au premier d'une voix aiguë :

Ça serait de bon sens
De boire à ton... intelligence.
Car la santé, déjà
Tu l'as !

Ils accélérèrent leurs répliques.

*

Avant de s'échapper, Eddie Ferben avait dû attendre pendant plusieurs heures, au fond d'une cave, « comme un rat », et des rats il en avait vus entre ses jambes, terrorisé, « des faces de rats, aussi » remarquait-il dans son « trou à réfugiés ». Une vieille femme agenouillée, bras en croix, chantait une prière, devenue folle. Des mères avec des enfants agrippés à leur sein tremblaient de la tête aux pieds. Ferben avait ricané, dégoûté. « Foutre le camp, *my God*... je vais crever ici, sous une bombe. » Des fracas faisaient trembler le sol au-dessus d'eux, longtemps. Suivaient des répits, un grand calme bref.

Un blessé allongé par terre devant lui ne cessait de geindre. Ferben se pencha et le secoua :

– Arrête ! Tu m'énerves, toi.

Il se sentit tiré en arrière et se retourna, face à un homme plus haut que lui, debout, qui le tenait, méprisant.

– Mais quoi ! jappa Ferben. Ça devait être calme ici ! On nous avait dit : Guernica, c'est sacré. Ah ! putain ! Sacré ? Vous avez été massacrés, voilà. Et ce n'est pas fini.

– Tais-toi. Tu fatigues, laissa tomber l'homme.

Ferben se dégagea en marmonnant des jurons que l'autre n'entendit pas, et il se faufila, enjamba des corps, changea de place et tortilla des fesses pour s'insinuer plus loin, entre la voûte de la cave et un bout de caisse d'où il repoussa un vieil homme aux yeux fixes.

Ce répit-là durait. Il leur semblait plus long que les précédents. Mais ils avaient perdu le sens du temps. Ils se voyaient à peine dans l'obscurité, à la seule lueur d'une bougie collée sur un tonneau et qui n'avait plus longtemps à brûler. Ils ne vivaient que par les sons, du sifflement assourdi avant une bombe et de l'onde qui se propageait dans la cave quand elle explosait, dehors. Le silence suivait et ils attendaient, ou ils n'attendaient plus. Quelques femmes avaient plaqué leurs mains sur les oreilles et, recroquevillées, tête enfouie dans les genoux, on ne les voyait pas pleurer.

Plus tôt déjà, de longs répits avaient nourri l'espoir : à un moment, tout de même, la dernière explosion entendue serait la dernière pour de bon – et puis non, une autre plus loin... Chacun se sentait soulagé en secret. Si eux n'étaient pas morts sous celle-là, c'est qu'elle en avait tué ailleurs, à vingt mètres. Certains, dans la cave, remarquaient le soulagement lâche des autres et s'en écœuraient.

Ce répit-là durait tant qu'il semblait définitif.

Les plus proches de la sortie s'engagèrent, encore terrorisés, sur l'escalier menant dehors, posant leurs pieds avec prudence comme si leur pauvre bravoure risquait de le faire s'effondrer mieux que les obus.

Ferben les laissa passer. « On est peut-être attendus dehors ? Allez voir, pauvres types ! » Les premiers ne redescendaient pas. Et pas de coups de feu, au-dessus.

Ils avaient survécu.

La cave se vida et Ferben, masqué derrière le dernier groupe, surgit à son tour à l'air libre. Libre mais brûlant de l'incendie d'un immeuble à côté, puant d'odeurs morbides.

Le soir tombait – semblait-il, les volutes couronnant les brasiers créant un ciel gris uniforme, ni jour ni nuit. Un brouillard poudreux enveloppait ceux qui couraient sur les gravats, qui en avaient encore la force.

Ferben les vit tous à cheveux blanchis, visages blafards, et leurs habits fripés. Il détailla sa capote, son pantalon et les découvrit aussi gris, maculés de cendres et de poussières. Il grogna en ébouriffant ses cheveux et jeta son calot.

Inutile d'être grand stratège : il ne pouvait s'échapper que par la mer, et le savait. « Où elle est, saleté d'eau ? » Arrivé le matin par la route, il ne savait plus se diriger, surtout la nuit. Coincé par les feux, il tournait en rond. « Surtout ne pas s'enfoncer dans le pays, je n'en sortirai jamais. »

Il était brinquebalé entre des rescapés affairés qui émergeaient à leur tour des caves. Sa tête lui faisait mal. Des piques, des lances traversaient ses tempes. Une migraine le terrassait. « Ça t'étonne ? » se demanda-t-il à mi-voix.

Depuis un moment, il marchait n'importe comment, il ne savait plus s'il avait fait demi-tour ni dans quelle direction il avançait. Mais il montait, mauvais signe.

Le bon chemin vers une vallée descend. « La mer, les rivières, l'eau, c'est toujours en bas. »

Le distinguant mal malgré les lueurs d'incendie, il passa tout près d'un grand bâtiment intact, tout près de l'endroit où, dans l'après-midi, il avait tué l'enfant.

Il ne reconnut rien. Il y pensait à peine.

Il ne vit rien d'un étrange cortège déposant au même instant un petit cercueil au fond de la terre, à l'ombre prochaine des chênes éternels. De toute façon, il avait déjà fait demi-tour.

Plus bas alors, ayant retraversé la moitié de la ville engloutie dans sa forge, il baragouina, un peu en basque, un peu en espagnol :

– Où est la mer... hein, la mer?

Il ne trouvait plus ses mots. Cette migraine... Il avait sans doute hâte de ne plus jamais parler ces langues. Ceux qu'il interrogeait indiquaient d'un geste las une direction, approximatifs. Et retournaient à leurs blessures. Ils n'avaient plus le goût d'être surpris par un étranger qui demandait son chemin en claquant des dents.

Peu à peu Ferben s'éloigna du centre. Moins de décombres, moins d'incendies, mais – et cela l'alerta – on voyait tout de même. Ferben réalisa que des véhicules roulaient. Devant les phares tremblotants jaillissaient des formes jaunâtres : chemins, panneaux, un carrefour... Si, sous ses yeux, passait quelque convoi, c'est qu'il était enfin sorti.

Il vit tanguer, puis s'estomper, un side-car avec un militaire au guidon et l'autre, sur le rebord, tenant un drapeau déchiré; quelques camions, des matelas sanglés sur leurs côtés, blindage dérisoire pour ne protéger que des caisses, des baluchons et des gens agrippés. Une ambulance déboucha en klaxonnant, une grosse croix peinte sur les flancs, puis fila vers le haut. Elle n'irait pas loin. Dans la ville massacrée, rien ne pouvait encore pénétrer. Les survivants étaient condamnés à filer sur leurs pattes, comme les bêtes qu'on avait fait d'eux.

Pendant un long moment parfois, rien sur la route... Puis un bruit de moteur signalait aux fuyards qu'un véhicule approchait, ou un camion. A coups de trompe, la voiture déboulait, et il fallait parfois se jeter dans le fossé. « La première qui s'arrête, je descends le mec et je pars au volant », s'énervait Ferben. Mais aucune ne stoppait, ou alors en panne sèche. Aucune surtout n'offrait de place. Au contraire, chaque fois qu'il était dépassé, Ferben distinguait un véhicule bourré jusque sur le toit de paquets, de gens, de gens en paquets. Il aurait bien tué tout le monde ! Et la voiture était déjà loin. Encore un moment à se traîner avec ces fuyards dans leur malheur. « Croyais qu'ils chantaient tout le temps les Basques », grinça Ferben en lui-même, la tête toujours douloureuse. « Tant mieux. Le premier qui couine, je le découpe. »

Comme dans ces rêves où la fin explique le réveil qui n'est pourtant venu qu'après, « couiner » lui fit réaliser qu'il entendait depuis quelques instants un couinement devant lui. Distinguant mal la forme qui le précédait, il accéléra en tendant l'oreille : un bruit de chaîne, un frottement de métal, ça revenait régulièrement... « Un vélo ! » Il pressa le pas et se trouva vite à la hauteur d'un homme qui poussait un vieil engin, marchant sur le côté, bras tendus sur le guidon. Il n'avançait même pas droit. La petite lumière, que la roue alimentait à l'avant, éclairait deux ou trois mètres devant, en zigzag.

Ferben avait moins mal à la tête, d'un seul coup. Plus calme il rassembla quelques mots et s'adressa au type :

– *Hola* ! C'est un miracle, hein ?

L'autre ne répondit pas.

– La mer, c'est par là ? continua Ferben.

– *Sí*.

– Loin ?

– *Sí*. Loin.

Ferben lutta pour ne pas s'énerver.

– Oui, mais loin comment ?

L'autre exhala, à bout de souffle.

– *Holà !...* quinze kilomètres. Et ça monte, ça descend.

– Mille mercis, *hombre*.

L'autre n'eut pas le temps d'acquiescer.

– Et toi, tu descends là, siffla Ferben en le cueillant au menton de toute sa force, et le poussant d'un coup de pied dans le fossé.

Il enfourcha le vélo et pédala aussi vite qu'il pouvait, la faible lumière lui dévoilant à peine une dizaine de mètres, entre les nids de poule, les fuyards qu'il rattrapait, sans se soucier des vociférations de l'homme, derrière lui, bientôt inaudibles.

A vélo, il fuyait. A vélo ! Saturé de ce pays, saturé de cette guerre, même pas heureux d'avoir tué. Débarrassé, plutôt. Et vite, miracle déjà d'avoir échappé à cette féerie de feu. « Est-ce que je vais vraiment m'en tirer ? Ils sont malades. Des dingues. Pays de dingues ! »

★

Ils avalaient comme des fous, des dingues.

Dans la Maison Etcheverry, on resservit du vin, et bientôt d'autres pâtés et des rôtis. Ceux du déjeuner n'avaient pas suffi. Les heures passées à chanter, danser, lever des pierres et cisailler des troncs, hisser des bottes de paille, tourner les charrettes, avaient vidé les ventres. La joie des noces affamait mieux qu'un long jeûne. Ils resteraient jusqu'au matin, sauf les plus vieux.

Et la nuit arrivait. On alluma la lampe installée depuis peu sous le porche, éclairant mal. Des grosses bougies furent placées tout au long de la table de pierre, au centre, enfoncées dans des bouteilles au col évasé, qui les protégeaient du vent. Les ombres dansèrent ensemble.

Pour illuminer la grande cour, l'oncle Mattin et Nabar disposèrent quelques rondins en faisceaux, l'un au coin de la Maison, l'autre à l'opposé, près de l'allée.

Récupérant des copeaux éclatés du jeu des *aizkolarriak*, bûcherons qui avaient coupé à la hache les billots de hêtre, ils s'en servirent pour allumer le feu. Les écorces craquaient et projetaient de brefs pétards. Quelques-uns se remirent à danser autour des flammes. A la table de pierre d'autres chantaient toujours, en buvant.

Dans la Maison, Maritchu et les femmes de la noce préparaient le deuxième banquet, celui du soir. Des poissons, sauces et légumes, avec de gros oignons et des piments, mijotaient depuis la veille. Elles s'affairaient. Tant de monde à servir, et elles aussi, ne pas s'oublier! bien joyeuses avec le vin. Certaines avaient chaud, partout.

Dans leur dos une voix de stentor les fit se retourner :

– Laissez-moi vous bénir!

La carrure monumentale du curé occupait presque toute la porte. Maritchu se demanda s'il n'avait pas doublé de volume. Mais c'était l'ombre des feux de la cour, projetée devant lui, noire comme sa soutane, qui trompait. Et la lumière des flammes, à contre-jour, auréolait sa couronne de cheveux, hirsutes.

Il s'avança, bras levés, deux poteaux à faire peur :

– Laissez-moi vous bénir. Femmes! vous êtes les bienfaits de Notre-Seigneur. On est d'accord.

Il avait un peu bu.

Il longeait la table centrale où s'étalaient les victuailles à servir, et de la main droite faisait un rapide signe de croix et touchait le front de chacune. Maritchu remarqua que, mine de rien, de la main gauche, qu'il laissait traîner près de la table, il grappillait ici un cornichon, là du pain, plus loin une tranche de jambon. Tournant sans cesse, il engouffrait dans sa bouche, mâchouillant ses prières d'un ton pénétré :

– ... du Père, du Fiche et du Chaint-Echprit.

Maritchu le regarda avec affection. Il avait béni les mariés le matin, et parlé avec elle, la mère, plusieurs fois. Jamais, jamais il n'avait fait allusion à Germaïna. Chacun restait maître de son malheur. Il aurait volontiers, écouté, répondu aussi, si Mikel ou Maritchu en avaient dit un mot. Mais la Maison Etcheverry ne parlait pas.

– Reposez en paix ! finit-il en pensant à autre chose.

En sortant, oubliant de se baisser, il se cogna au linteau de la porte, sans vaciller. Sa carcasse massive, à force, ne tremblait pas sous les effets du vin. Il lui en fallait beaucoup... et celui servi ici avait un autre goût en bouche que la piquette des sacristains à la messe. Il s'en était d'ailleurs ouvert à l'oncle Mattin : « ... Bon retour, ton vin... plairait à Notre-Seigneur. » Il avait suggéré que, peut-être, pour Jésus, mieux quand même d'avoir une bonbonne à l'église plutôt que... « hein ?... Bon. » Mattin était resté muet. L'abbé n'avait pas insisté. Il verrait plus tard avec Nabar le simplet, pas malicieux pour l'empêcher de partir avec une outre sous le bras.

Tant que le curé festoyait à la noce, les jeunes mariés étaient gênés de s'éclipser. Il n'allait plus rester longtemps, l'abbé. Mais il voulait chanter une dernière fois. Comme tout au long de la journée mais encore mieux le soir, les voix s'élevaient, partout, à deux, cinq ou vingt, au gré des gorges qui voulaient s'éclaircir. Des frissons passaient.

Il rejoignit un groupe d'hommes, levés, et entonna le *Jeiki-Jeiki*. On chantait en cercle. Près du feu, les visages souvent émaciés creusaient leurs ombres sous les pommettes et les bouches puissantes. La mélopée restait longtemps sourde et puis claquait sur un mot, violente. Un coup de fouet avant de ronronner aussitôt, inquiétante.

★

Germaïna s'inquiétait. Elle se tourna vers ses hommes :

– Il a pu partir n'importe où.

Ils parlaient de Ferben, à voix basse.

– Ou nulle part, rétorqua l'un.

– Comme un rat dans une cave. Il y est peut-être encore, marmonna un autre.

– S'il est parti vers l'intérieur, reprit Germaïna, on ne le trouvera pas tout de suite. Mais s'il atteint la mer, on ne le retrouvera jamais. Donc...

– ... la mer, conclut le premier.

Germaïna fit oui de la tête. Elle avait pris sa décision. Eux attendaient. Elle les dévisagea, un à un.

– Je vais vous quitter, annonça-t-elle.

Des protestations s'élevèrent. Elle tapa le plat de sa main sur sa cuisse pour les faire taire :

– Rentrez chez vous. C'est un ordre.

Elle laissa passer un temps.

– La guerre est finie, dit-elle enfin en haussant les épaules. *Suerte on*... bonne chance.

Pour la première fois, elle s'approcha de chacun, à le toucher. Aucun ne l'embrassa. Elle se tenait trop droite, trop haute. Elle les serra dans ses bras et certains, masses de muscles pourtant, furent surpris par sa poigne. Un ou deux se courbèrent pour frôler ses mains de guerrière de vingt ans qui venait d'enterrer son bébé sous leurs chênes sacrés. Ils y posèrent des lèvres piquantes de barbe. Elle fut émue mais mit vite fin à un hommage qu'elle comprenait mal.

Après les avoir tous salués, elle glissa au dernier :

– Reste.

Revenant au centre du cercle qu'ils formaient, elle planta ses yeux dans les leurs, à tour de rôle et déclara :

– Je suis morte.

Face à leurs regards choqués, elle ajouta en plissant les lèvres :

– Enfin, c'est ce que vous direz.

Ils quittèrent le bâtiment en ordre, alourdis par leur barda et leurs soucis, vaincus. L'un retournerait à Bilbao s'il n'était pas fusillé sur la route. Deux autres – deux frères – s'enfonceraient entre les collines pour regagner leur ferme, si elle n'avait pas brûlé. Quelques-uns continueraient le combat dans un autre secteur, si on leur donnait des balles.

Germaïna resta seule avec le dernier. C'était un homme noueux, plus très jeune. Il avait quelque chose de son père, Mikel. Elle chassa l'image de sa tête.

Elle s'assit et lui dit de venir en face d'elle. Il se laissa tomber sur une chaise, les cuisses débordant du siège, les coudes sur les genoux, en soufflant.

– Tu es bien fatigué, hein.

– Bah !

Il se redressa, comme pris en faute.

– Moi aussi, soupira Germaïna. Mais je n'ai pas fini. Je n'ai pas menti tout à l'heure : je suis morte. Je n'ai plus de larmes.

Elle ferma soudain ses yeux secs. Elle ne s'admirait pas, elle se surprenait. Peu avant, dans l'épouvante de la nuit, elle se demandait pourquoi elle n'avait plus pleuré. Elle n'y parvenait pas. Hurler, oui. Se déchirer les joues avec ses ongles, oui. S'arracher les yeux – mourir, oh oui !

Elle avait lutté très fort pour se retenir, elle avait tout gardé en elle face à ces hommes, pour leur offrir un espoir. Mais elle aurait pu pleurer. Se vider en entier, sentir tout son corps inondé.

Elle rouvrit les yeux. L'autre la regardait, lèvres tremblantes.

– Une femme qui ne pleure plus est morte, non ? demanda-t-elle.

Abasourdi, l'homme ne sut quoi répondre. Il n'avait pas de ces pensées d'habitude.

– Té... un homme aussi, non ?

Il était, lui, au bord des sanglots. Pour couper court, Germaïna enchaîna aussitôt :

– Tu es d'ici, je sais.

– Oui. Enfin, avant la guerre je vivais ici, et au port d'où on vient, plus bas, à Bermeo.

– Ça m'intéresse. Tu as un bateau.

– Il est là-bas. Mes frères s'en servent pour la pêche. Pas un gros, hein !

– Je sais. Eh bien, il faut retourner chez toi, comme les autres, comme moi. Voilà ce que nous allons faire.

*

Aucun ne tomberait. Dignes ! Qui se sentait près de déborder, ventre tordu et boyaux au bord des lèvres, préférait la descente à pied vers la vallée, bras dessus-dessous avec un autre aussi fini, épaule contre épaule pour marcher droit. Ou bien s'entasser avec dignité sur les sièges d'une carriole, saluer les Maîtres Vieux, la nuque raide, et laisser le cheval retrouver le chemin de sa propre Maison. Aucun, aucune ne flancherait après des heures – huit, dix, douze pour les premiers arrivés – de mangeaille et de vin, de chansons et de farandoles. Ivres et dignes, tout se résumait.

Depuis le soir, d'autres musiciens avaient relayé ceux du cortège nuptial. Accordéon, violon, des tambourins, une clarinette et une grosse caisse marquant la mesure. Ils montaient sur des chaises et des tonneaux, estrade instable près du chêne, à droite de la Maison. Venait l'heure des valses lentes et plus souvent qu'à leur tour des femmes supportaient le poids de leur homme dont la tête tombait souvent sur l'épaule, tête qu'elles relevaient d'un petit coup, attendries.

Goïzane, reine du jour, s'agitait depuis des heures, attentive à servir, embrasser, et tout... Elle avait accompagné les premiers partis – minuit, déjà –, ceux dont les travaux du matin débutaient dès l'aube. Au hasard de ses courses d'un groupe à l'autre, elle bisouillait Jon sur le front, et laissait parfois sa joue plus longtemps contre la sienne, soudain molle. On la rappelait. Elle courait. Elle dépeçait les grands bouquets apportés du matin, pour que les uns et les autres s'en aillent avec une fleur du jour. Ses pieds cuisaient. Quelques verres choqués trop vite avaient éclaboussé de vin les franges de sa robe blanche, un peu d'eau avait atténué les taches, et la nuit venue, bien pleine, on ne les distinguait plus – ni la poussière sur le volant du bas, qu'elle avait soulevé tout au long de la journée en s'occupant de tous, plaisante.

Pendant qu'on dansait aux flambeaux, Mikel, son père, restait sur son banc au bout de la table. Malgré l'agitation et les canards avalés, les soupes, et malgré le vin, le frais de la nuit pénétrait. Il avait remis sa veste noire. Les coudes sur la table et le menton sur les poings, il suivait la scène.

Goïzane s'approcha de lui par derrière et lui glissa ses bras autour du cou, la bouche près de l'oreille

– Tu me fais danser, papa ?

Quand il l'avait conduite à l'autel à midi, elle le tenait par le bras et avait songé que, depuis son enfance, elle ne l'avait jamais touché. Oh ! si : pour son anniversaire, elle posait un baiser sur le front de ce père, où la peau rosissait quand il ôtait son béret. Sinon rien. On ne se frôlait pas. Avec sa mère, un peu ? Oui, mais surtout pour être prise dans ses bras, consolée. Avec Germaïna ? Bien sûr, mais les jumelles ont la même peau, simplement dédoublée.

– Je sais à quoi tu penses, chuchota-t-elle à son père qui lui tenait le bras trop haut et la faisait valser avec lenteur, lui ne bougeant presque pas.

– Tu ne sais rien, fille. Tais-toi.

– Moi, j'y pense.

Il ne dirait donc jamais rien ? Rien de ça en tous cas, rien de Germaïna. Pour le reste, il parlait un peu, maintenant, voix engourdie par la fatigue mais bien rauque :

– Après cette danse, j'irai me coucher. Je me lève tôt demain. Amusez-vous. Ils sont infatigables, hein ? Quand on s'est mariés, avec *ama*, on avait dansé moins longtemps. On devait partir à la guerre, ça change tout, hein ?

Goïzane leva les yeux au ciel. Leur guerre, à son père et à l'oncle ! Elle en avait entendu, de leur guerre ! Heureusement qu'on parlait moins de l'autre, à côté pourtant, et en ce moment, en Espagne. Personne d'ici n'y allait. Heureusement. Elle serait devenue folle si Jon avait dû partir. Leur guerre espagnole, qu'ils la fassent entre eux. Comme presque tout le monde, de ce côté de la frontière, elle ne reliait pas sa langue à celle du peuple de l'autre côté. L'abbé leur avait bien parlé des rouges et des chrétiens, sans plus. Et recommandé d'accueillir et soigner les demandeurs, pas moins. On n'en avait pas encore vu.

Elle tira sur le bras de son père pour qu'il la fasse tourner plus vite : il était bien lourd.

*

L'homme n'avait pas menti : ça montait, ça descendait. Ferben ahanait sur le vélo. Ses cuisses brûlaient. Au moins son énergie revenait, d'être sur le bon chemin.

Dissipés l'air épais de poussière et les odeurs de brûlé, alors il respirait mieux et emplissait ses poumons d'un parfum d'iode, salé. La mer n'était pas loin. Sans la voir, il sentit qu'il la longeait au bord de cette route en montagnes russes, rectiligne.

Au-delà de la douleur, dans ses jambes, la prudence le retenait. Etroite et défoncée, la route redevenait noire entre deux villages, eux-mêmes éclairés avec peine par des réverbères qui n'avaient pas encore claqué. Dangereuse aussi cette route, surtout à cause des ambulances et des camions de secours, de pompiers, qui remontaient vers Guernica, enfin organisés pour porter secours à la ville martyre.

De temps à autre Ferben jetait un coup d'œil derrière lui et apercevait dans la nuit un brasier gigantesque. « Je raconterai au père, pensa-t-il. M'ont assez bassiné avec leur incendie de Chicago. Ça, c'est de la flambée ! »

Dans l'autre sens, celui où il roulait, l'activité augmentait. Les fuyards formaient des files qu'il remontait en jurant, criant pour qu'ils s'écartent. Quelques-uns suivaient à vélo comme lui, qui zigzaguaient dans les montées, le cadre alourdi de balluchons, et souvent à deux, une femme à l'arrière, cramponnée sur le porte-bagages. Il doublait. Une voiture le dépassait de temps en temps et il posait le pied sur le bas-côté pour ne pas être renversé.

Des ambulances commençaient à redescendre de Guernica, se signalant par des klaxons enroués, à bout d'énergie. L'une s'approcha même sans autre bruit que son moteur hargneux, irrégulier, et le prit pendant quelques secondes dans le faisceau de ses phares, lui tout en noir sur un vélo cabossé, et le trait rouge de son foulard autour du cou.

Il fut bien content qu'elle ne le doublât pas trop tôt. Elle éclairait la route. Elle roula derrière lui jusqu'au village suivant. Dans la rue principale, mieux éclairée, elle se porta à sa hauteur en klaxonnant, mais sans le dépasser. Ferben agita le bras : « Passe, nom de Dieu ! » Mais l'ambulance roulait à sa vitesse. Il se serra le long du trottoir et jeta un coup d'œil vers la voiture. A la lueur d'un réverbère sous lequel ils passaient, il distingua le conducteur. Il était seul. « Mais je le connais ! » Et justement l'homme lui faisait des signes à travers le pare-brise, lui ordonnait d'arrêter. Ferben freina et descendit de vélo.

L'ambulance le dépassa et s'arrêta quelques mètres plus loin. Le conducteur en sortit et s'approcha de Ferben, bras ouverts :

– Où tu étais passé, l'Américain ?

Ferben jetait des coups d'œil apeurés. Il s'attendait à voir les portes de l'ambulance s'ouvrir, et jaillir des hommes du commando qui l'auraient abattu sur place. Il ne comprenait pas.

Dans le groupe de Germaïna, on allait et venait, tous ne savaient pas ce que faisait l'un, ce qu'ignorait l'autre, car depuis longtemps le groupe n'était plus un simple petit commando. Mais cet homme, devant lui, il l'avait souvent vu, il l'avait reconnu, et lui aussi. Que faisait-il là ?

Ferben joua les matamores, pas rassuré. Il n'avait plus d'arme, à part son poignard toujours sanglé sur le mollet.

– Passé ? Mais j'étais dans la ville ! J'en ai sauvé, des gens. Après, je pouvais plus rester... J'ai failli mourir cent fois. On m'a prêté ce vélo et... j'essayais de vous rejoindre. C'est un miracle, non ?

« Bon, n'en fais pas trop », se corrigea-t-il.

– Bien, approuva l'homme. Oui, c'est un miracle. Je m'en vais, moi aussi. J'ai failli pas te reconnaître sur la route. Monte.

Ferben s'approcha de l'ambulance, sur la défensive. Il essaya de jeter un coup d'œil par la lucarne, à l'arrière, mais elle était trop haute. Tous ses sens vibraient, aigus. « S'il est seul, je peux y arriver. S'ils sont tous dedans, je suis mort », calcula-t-il en silence. Il tendit l'oreille, entièrement occupé à discerner si possible des bruits à l'intérieur. Mais rien. Le conducteur semblait seul. Il s'installait déjà à son volant et faisait signe à Ferben de se presser.

L'Américain contourna le véhicule, vérifia que personne ne se cachait à l'avant et monta sur le siège. Il laissa pendre son bras pour que sa main soit toute proche du poignard.

– Continuons, dit l'homme. On n'est plus très loin.

L'ambulance redémarra en cahotant et prit un peu de vitesse à la sortie du village, toujours tout droit sur la même route. Ferben se détendit :

– Je n'en pouvais plus.

L'homme ne répondit pas. Il était sombre, l'air triste. Ferben le dévisagea en coin :

– Il faut partir, hein ?

L'homme acquiesça :

– On s'en va, tous. Chacun de son côté. C'était un massacre là-haut.

– Oui, j'ai vu, dit Ferben en prenant un ton contrit.

L'homme se concentrait, les yeux fixés sur le faisceau des phares, un peu brusque au volant. On découvrait toujours trop tard un trou, ou un pauvre gars à vélo, et pour se croiser avec ceux qui remontaient la place manquait.

Ils atteignirent peu après le sommet d'une colline. De l'autre côté, en bas, des lumières brillaient, et dans leur reflet on distinguait des mâts, de l'eau luisante, des coques de bateau.

– Où tu vas, toi, maintenant? demanda Ferben.

– Là, répondit l'homme en désignant les étoiles de lumières, plus bas, loin.

– C'est quoi?

– Bermeo. On y habite avec la famille.

– Ah bien. Qu'est-ce qu'ils font?

– On est pêcheurs, et...

– Vous avez un bateau?

– Oui.

Les yeux de Ferben brillèrent et un coin de sa bouche découvrit ses dents.

– Et toi, tu vas faire quoi? dit l'homme.

– Pareil. Je rentre chez moi. Mais chez moi c'est loin. Je ne sais pas comment je vais sortir d'ici.

L'homme ne broncha pas.

– Tu pourrais me faire passer, non? avec ton bateau.

– Pas tout de suite, dit l'homme.

– Comment ça, pas tout de suite!

Mais Ferben prit sur lui et se calma aussitôt : « Doucement. Tu les connais maintenant, ces grosses brutes. Doucement. »

Il sucra sa voix :

– Dis-moi, t'es seul? Les autres sont partis?

– Tous.

« Tant mieux, se dit Ferben. Moins j'en verrai maintenant... » Il fronça les sourcils :

– C'est une sacrée veine, hein? d'avoir piqué cette ambulance.

L'homme lui coula un regard choqué :

– De la veine? Piqué? Mais non. Je transporte.

– Ah? Et qui? demanda Ferben en cachant au mieux son inquiétude.

Après un silence l'homme laissa tomber :

– Germaïna.

Les yeux écarquillés, Ferben avait déjà la main sur son poignard.

– Mais quoi! cria-t-il. Pourquoi tu ne me l'as pas dit! Je...

L'homme lui fit signe de se taire :

– Elle est morte.

Ferben se tassa sur son siège. Tout tournait trop vite dans sa tête : « De dieu! dommage et tant mieux! » Il s'essuya le visage des deux mains, faisant aussi semblant de retenir ses larmes.

La voiture descendait maintenant une route en lacets, jusqu'au port. L'homme manœuvrait avec lenteur, pas certain que les freins puissent tenir.

– Il faut que je parte, il faut que je parte, scanda Ferben.

– Pas tout de suite, répéta l'homme, plus sec. Tu permets que je m'occupe d'elle?

– Bien sûr, bien sûr. Mais après, faut que je parte, vite.

– Eh bien, pars. Je te laisse au port.

– Mais je connais rien, personne! trépigna Ferben. C'est trop le cirque ici.

– Pour ça...

Ferben lui saisit le bras :

– Tu as un bateau, tu peux me faire passer! Tu connais tout, toi, ici, les criques, les couloirs, les courants, hein?

– Tu veux aller où?

– Mais au Nord! Il n'y a que ça à faire, s'agita Ferben. Au Nord! Ici, c'est foutu.

Voyant qu'il choquait l'autre, il se rattrapa :

– Tu devrais d'ailleurs venir avec moi. On ira en Amérique. Là-bas, tu verras...

– Ah! l'Amérique...

Ferben fouilla dans son blouson et, d'une poche intérieure, sortit une liasse de billets. Il lui en restait encore un paquet, des fonds envoyés par son père à la banque de l'Espagnol, à San Sebastián, et qu'il avait récupérés avant de partir.

– Regarde.

L'homme jeta un coup d'œil et sembla apprécier.

– Tu me fais passer tout de suite, je te paye un bon prix, affirma Ferben la bouche souriant en coin.

Au bout d'un moment, l'homme sembla se résoudre :

– Je m'occupe d'elle, dit-il en désignant du pouce l'arrière de l'ambulance, mais je te laisse d'abord au bateau. Tu attendras.

– Combien de temps ?

Il ne demandait même pas ce que l'homme allait faire ensuite du corps de Germaïna, et celui-ci secoua la tête, choqué.

– Pas longtemps.

– C'est quoi, pas longtemps ?

L'homme détourna un instant les yeux de la route et le fixa :

– Tu vas te calmer, je te prie ?

Ferben se renfrogna :

– Oui, bon. Fais vite si tu veux ton argent.

La voiture se fraya difficilement un chemin dans la foule qui s'agglutinait sur les quais mal éclairés et dans les rues alentour. Un brouhaha affolé naissait des cris et des appels, et des ordres lancés pour organiser, tant bien que mal, les cargaisons et les familles frénétiques qui voulaient s'échapper. Au bout d'un moment, la voiture ne pouvait plus avancer. Plus de place, trop de monde.

– On va finir à pied, dit l'homme.

Il descendit et Ferben le suivit, énervé. L'autre semblait avoir perdu ses repères. Ferben sur ses talons, il allait et venait, faisait demi-tour, repartait, s'enfonçait dans une ruelle puis tournait brusquement dans une autre, forçait son passage entre des groupes serrés, pour déboucher derechef sur un quai, perdu.

– Où on va comme ça ? s'énervait Ferben. C'est chez toi, non ?

– Je ne trouve plus le bateau, se lamenta l'homme. Depuis le temps, mes frères ont dû l'amarrer ailleurs. Il faut chercher.

– Il est comment, ton bateau?

– Un bleu. Tout bleu.

Même à bout de fatigue et d'énervement, ou peut-être à cause de ça, Ferben se mit à fredonner une chanson américaine.

– Tu chantes maintenant? T'as bien de la chance.

– Ton bateau, ça m'a fait penser, c'est un air de chez moi, *Blue Cargo*.

L'homme ricana en marchant :

– Cargo... c'est bien grand.

– Eh, c'est pas une petite barque au moins?

– Non. Je t'ai dit : un bateau de pêcheurs. Mais c'est pas un cargo. Un bateau de pêcheurs, le bateau de la famille. On est pauvres.

– Ouais... Ça va. Où il est?

– Je ne sais plus. On cherche. Ils ont dû l'amarrer dans un autre angle.

L'homme fit demi-tour pour remonter le quai.

– Bon sang! Ça fait une demi-heure qu'on tourne en rond, protesta Ferben.

– Je sais. On va trouver.

Ils continuèrent à détailler chaque embarcation devant laquelle ils passaient. Par mille détours, ils revenaient près de l'entrée où ils avaient laissé l'ambulance. Ferben la distingua, par-dessus la tête des gens qui les bousculaient. « *Shit!* Dire qu'elle est là-dedans. Crevée. »

– Là! cria soudain l'homme.

Ferben se retourna. L'autre désignait un petit chalutier à coque bleue, coincé entre deux autres, plus gros, qui le masquaient.

– On n'est pas déjà passé là?

– Possible. Mais sur le moment... Je le cherchais ailleurs.

– Ça va. Fais-moi monter.

L'homme s'engagea d'un pas ferme sur une échelle de coupée. Derrière, Ferben se cramponnait à la corde, risquant de tomber à l'eau à chaque marche. Avec précaution il atteignit la rambarde et sauta sur le pont, soulagé. L'homme lui fit signe de le suivre.

Ils allèrent à l'arrière et descendirent dans une cabine étroite :

– Tu m'attends là, d'accord ?

L'homme ressortit et ferma les deux battants, en haut. Ferben était seul. Le sol bougeait sous ses pieds, et il détestait.

Il s'assit sur le petit lit, au fond de la cabine. « Pas grand, son rafiot. Ça doit pêcher trois sardines. » Les lueurs du port passant par le hublot éclairaient faiblement. Peu à peu ses yeux s'habituèrent. Une petite table scellée au sol, le lit minuscule, sur lequel il avait froid, dans un coin un réchaud et des anneaux où pendaient des cirés, dans un réduit une lampe-tempête, et puis des caisses au fond, qui sentaient le poisson. « Palace », songea-t-il en soupirant.

Il s'allongea sur le lit, jambes repliées, dos coincé contre la coque, sans même la place de s'étendre.

Epuisé, il sentait qu'il ne pouvait pas s'endormir, qu'il dormirait au loin, au large, ou, mieux encore, en France, et puis à Chicago – il dormirait une année entière.

Un bruit de pas sur le pont le sortit de sa torpeur. « Il a fait vite, c'est bien. » Les battants de la porte, en haut de l'échelle intérieure, s'ouvrirent et le bruit de chaussures lourdes descendant les marches lui arriva. Il avait fermé à moitié les yeux, la tête appuyée en arrière, fixant le plafond de la cabine.

– Tu as fait vite, dit-il sans regarder. C'est bien.

Les pas descendaient les deux dernières marches. Ferben souffla :

– On peut partir.

Aucune voix ne répondit.

Inquiet, Ferben tourna la tête vers l'entrée. Ses yeux s'agrandirent, démesurément.

Germaïna se dressait devant lui, un revolver serré dans le poing.

Il jaillit de la couche en un éclair, le poignard déjà dans la main, et se jeta sur elle, lame en avant.

Elle lui tira une balle dans le pied.

*

– C'est pour toi, Jon.

Mattin tenait dans ses mains un paquet de papier huilé, emmailloté.

Lors d'un creux de la noce, quand les flambeaux faiblissaient et les énergies aussi, l'oncle Mattin avait repris place à la grande table, maintenant envahie par des restes et des assiettes en vrac, des convives dispersés, des grands vides entre eux, certains, la tête dans la main, prêts à dormir, refusant de partir.

Jon s'épongeait le front après une nouvelle farandole et buvait une goulée de vin. Il détailla le paquet, un cadeau, mais sans faveur ni ruban coloré. Les plis du papier semblaient cassés depuis une éternité.

Mattin le lui tendit. Déroulant le paquet et lissant les pans sur la table, Jon vit apparaître un gros objet de bois : une pipe. Mais énorme, quatre ou cinq fois plus grosse que la normale. Une pipe de géant. L'embout n'aurait pas tenu dans une bouche.

– De toute façon je ne fume pas, sourit Jon en scrutant le visage de Mattin.

Il lui mit la main sur l'épaule et serra :

– Merci.

L'oncle sembla se réjouir. Lui aussi parlait peu et, depuis que Jon venait passer ses journées à la Maison, il n'avait pas échangé vingt phrases avec lui. Sans doute sa solitude, et d'être resté à la Maison à condition de ne pas se marier, aussi de ne pas oser, un matin, partir, avait clos ses lèvres. Mais pas son cœur : il aimait bien Jon, il lui passait un outil, il l'aidait à tenir une bête; il avait fabriqué un beau meuble pour le linge, qu'on avait placé à l'étage, dans la nouvelle chambre, pour Jon et Goïzane, loin de celle de Mikel et Maritchu, leur chambre de Maîtres Jeunes.

Connaisseur, Mattin avait aussi apprécié l'ouvrage du grand coffre, le *kutxa*, que Jon avait apporté de chez lui, comme une petite dot. On l'avait mis en bas, près du fourneau.

Il aimait Jon, sans lui dire mais en l'encourageant d'un regard souvent, son meilleur signe d'intérêt.

Il désigna la grosse pipe :

– Je l'ai sculptée d'un bloc, là-haut...

Jon acquiesça, « dans sa chambre, le soir, très bien, mais... »

– ... là-haut, près de Verdun, précisa l'oncle Mattin.

– Y avait le temps ? On disait que ça se battait sans arrêt.

– Oh ! non. Sans arrêt, on ne se battait pas. Pour ça, le temps, on l'avait. Surtout à l'arrière quand on était blessé. J'ai été pris à une jambe. C'était rien par rapport à... A l'arrière je suis resté, quatre mois dans une infirmerie. C'est là que je l'ai sculptée. Même au front, tu sais, on ne se battait pas tout le temps. On attendait beaucoup. Ça aussi, j'ai attendu, beaucoup, pour la donner. Je la gardais, en attendant.

– Je peux te demander : pourquoi à moi ?

– A toi... hé, parce que tu es maintenant dans la Maison, et le premier à y venir. Là-haut j'm'avais fait un vœu : si je m'en sors, je la donne au premier garçon qui arrivera dans la Maison, tu vois. Pour continuer, quoi.

– Dis donc, du temps ça a pris !

– C'est que moi, un fils, je n'en ai pas. Mikel non plus. Il fallait attendre les maris, alors. C'est toi.

Un silence suivit. La même pensée traversait l'un et l'autre : Germaïna... Elle aurait dû se marier en premier, offrir la première un petit.

Ils n'en parlèrent pas. A la place, Jon dit :

– Je peux te demander : tu ne t'es pas marié, pourquoi ?

– Bah...

Jon n'insista pas.

– Et Nabar?

L'oncle Mattin fit des yeux ronds :

– Ce n'est pas pareil. Non.

Jon tourna la grosse pipe entre ses mains. Sa belle forme recourbée atténuait son épaisseur. Les parois irrégulières, de l'embout au fourneau, révélaient le travail manuel.

– Je peux te demander : comment tu as fait?

– Avec le petit couteau, dans la poche, qui nous servait à tout. C'était dur. Là où c'est plus fin, tu vois en haut? plusieurs fois j'ai failli la casser. On avait les doigts froids. Mais elle marche, hein. Tu peux mettre du tabac si tu veux. Ça tire.

– Tu me vois enfourner ça?

– Non. Mais elle marche. On peut fumer, finit-il d'un ton fier.

Jon hocha la tête, soulagé : il aurait fallu l'inaugurer. A l'imaginer, il sentait ses poumons éclater.

– Je vais te faire une confidence, reprit Mattin. Le percement, là, du bout jusqu'en bas, le tuyau, je ne pouvais pas le faire là-haut. Trop difficile. Je l'ai fait ici au retour, avec les bons outils.

– Ah! bien. Et ça, qu'est-ce que c'est? reprit Jon en désignant des traits creusés sur un côté, des petites barres alignées.

– Bah...

L'œil de Mattin s'était allumé. Cette fois, Jon insista :

– Puisque des confidences tu m'en fais, vas-y.

– Je vais te le dire. C'est quand j'allais voir les filles à Bayonne. Tu comprends? Chaque fois, hop! une encoche.

Jon compta rapidement :

– Dis donc!

– Hé hé...

En fait il y en avait peu, des encoches.

Mikel revenait avec Goïzane, essoufflé par sa valse. Jon recevait son haleine au-dessus de lui. Goïzane, après lui avoir envoyé un petit baiser du bout des doigts, repartait déjà s'occuper d'autres groupes, tendre.

La nuit devenait humide mais Jon avait chaud, pas loin de la robe blanche de sa beauté qui ressemblait à un feu follet sous la lune et entre ces deux frères dont les masses sombres l'entouraient. Il sentit la main de Mikel sur son épaule :

– Fils, je vais maintenant me coucher.

Jon se leva et serra le bras de Mikel, qui s'en alla vers la Maison.

Sur le fourneau à l'intérieur, Maritchu remuait une grande casserole en cuivre. Un parfum âcre s'en échappait.

– Encore à manger? s'étonna Mikel. Mais c'est quoi?

– La soupe d'ail, pour les derniers, avant qu'ils s'en aillent quand le jour viendra.

– Ah! oui, moi, je vais me coucher.

– J'ai compris.

Il passa devant elle pour renifler la casserole :

– Ce sera bon.

Il croisa son regard :

– Tu pleures?

– Mais non, protesta Maritchu. C'est les oignons, aussi.

Mikel ne la crut pas.

A la messe, à midi, elle avait pleuré, bien. De jolies larmes, pleines. Là, elle avait les yeux rougis.

Mikel comprit très bien à qui elle pensait.

Il serra les poings pour contenir sa colère. Mais qu'avaient-ils, tous? Elle n'existait plus, la sorcière! Il avait bien décidé. Et son Boche! Et son bâtard! Il avait décidé, juste. Il n'avait plus de nouvelles? Et alors... Depuis longtemps les neveux Ferbentxajaurregui ne venaient plus le dimanche derrière l'église? Et, bon... il ne comprenait pas mais il faisait confiance. Ça se passerait. Ça s'était peut-être déjà passé, on ne savait rien : de l'autre côté tout était fermé. Il saurait, un jour, juste pour confirmer. Car pour lui c'était fini, déjà. Il avait décidé. Alors c'était comme fait. Qu'on ne vienne pas l'embarrasser... Qu'on ne vienne pas!

Son regard méchant passait des murs aux fourneaux, à son fauteuil de bois et sa planchette, au centre, vers la cheminée où le feu s'endormait et, au-dessus, à son fusil qui restait accroché en attendant les chasses. Il dormirait et partirait à l'aube, marcher, grimper sur les collines. Il y aurait sûrement un sanglier à tirer, des canards. Il serait tranquille.

Il croisa le regard de Maritchu. Elle le toisait.

Naguère, elle posait souvent la main sur son épaule, mais plus depuis longtemps. Plus depuis qu'on avait chassé... sorcière !

C'est lui qui s'approcha pour la serrer, mais Maritchu, les yeux dans les siens, saisit ses poignets pour les écarter. Forte femme, elle ne parvenait pourtant pas, avec ses mains, à faire le tour. Mais elle les écarta.

Les bras de Mikel retombèrent le long de son corps. D'un geste, il pouvait fracasser. Il ne bougea plus.

– Va te coucher, siffla Maritchu.

– Tu ne viens pas ?

– Je m'occupe du reste.

Elle se détourna pour touiller sa soupe et entendit Mikel monter à l'étage, pesant.

Maritchu sortit pour voir un peu combien il en restait à danser, à se fatiguer sans répit. Elle venait des fourneaux, le froid, dehors, la saisit. Elle s'inquiéta pour Goïzane mais la belle, là-bas, continuait à rire avec des amies et, désormais seuls à la grande table de pierre, Mattin et Jon discutaient. Il ne portait toujours que sa chemise, lui. Elle l'envia.

S'approchant, elle vit que Jon remmaillotait la grosse pipe de l'oncle, qu'elle avait vu trôner dans sa chambre depuis des années.

– Tu l'as casée cette fois !

Elle aussi connaissait les encoches, et Bayonne, et les filles – même si, bien sûr, l'oncle ne lui en avait jamais dit le moindre mot. Pas besoin : elle savait.

Elle retourna à sa cuisine. La soupe, il y en aurait assez, pour les derniers.

Dehors, Jon referma bien le paquet et mit la main dessus :

– Merci, l'oncle. Et je peux te demander : le couteau tu l'as encore ?

Fier, Mattin tapota la poche de son pantalon et en sortit un canif dont il ouvrit la lame, pas longue, moins que la paume d'une main.

*

Bien plus tard Ferben hurlera, sous un autre couteau.

L'homme qui l'avait amené était descendu à son tour dans la cabine, peu après Germaïna. Silencieux, il avait attaché les mains de Ferben dans le dos. Remontant les manches, il avait dégagé la gourmette brillante et interrogé Germaïna du regard.

– Laisse. Sans intérêt, avait-elle répondu, tout en glissant son revolver dans sa ceinture.

L'homme avait réinstallé l'Américain de guingois sur le lit, et il était ressorti sans rien dire.

Très vite on avait entendu le bruit du moteur. Le bateau avait glissé vers l'arrière, puis les machines avaient tourné plus vite. Après un moment de tangage, le bateau sortait lentement du port.

Devant le seul hublot de la cabine défilaient les feux arrière d'autres embarcations, encore amarrées, puis bientôt rien, nuit noire.

La blessure de Ferben n'était pas grave. La balle avait brisé des os, mais sur le côté, frôlant l'artère. Sans disparaître, loin de là, la douleur baissait. Ferben cessa de crier.

Il prit son souffle et serra les dents, tête en arrière, son pied blessé en suspens sur le rebord du lit. Germaïna n'avait pas un regard pour lui. Elle fixait à terre le poignard, qu'il avait lâché. Il fallait qu'elle se retienne, et elle avait du mal, pour ne pas le ramasser et ne pas le planter dix fois, vingt, mille fois dans le corps de Ferben, de sa tête jusqu'à ses pieds. Mais pas encore.

Germaïna tenait à sa merci, face à elle, l'homme qui avait tué son enfant, elle le savait; par terre le poignard qui avait déchiré Eder, elle le jurait; jeté sur le lit l'homme à qui elle avait failli se donner, elle en vomissait. Un goût âcre remonta dans sa gorge. Cet homme-là ne pouvait plus vivre.

Le revolver à portée de main, il lui suffisait de tirer. Elle le sortit et visa. Le bout de son doigt blanchissait déjà sur la détente. Elle se força à le remettre dans son ceinturon. Avant, elle voulait savoir pourquoi.

Même s'ils étaient capturés ce soir – car s'échapper vers le Nord et passer le blocus n'était pas aisé –, elle voulait savoir. Même si elle mourait cette nuit, car si le bateau était repéré, ils se feraient tuer, elle voulait savoir. D'ailleurs... Eder mort, Maximilien mort, elle : pourquoi pas? Il n'y a donc de certain que la mort? La leçon était dure. Elle aurait préféré l'apprendre comme tout le monde, par petites touches, un peu chaque jour à heures fixes, comme une langue étrangère. Là, non : elle finissait en prison sans passer par la case départ. Elle l'avait dit : « Je suis morte. »

D'autres l'avaient dit d'elle : « Elle est morte », mots appris par le dernier compagnon qu'elle avait gardé, mots qu'il avait dits au volant de l'ambulance, comme prévu. Ces mots, elle les avait entendus, à l'arrière, aux aguets, allongée sous un drap, faisant le cadavre pour piéger Ferben.

Son premier effort avait été colossal : résister – comment avait-elle pu? – à l'envie, bestiale, de dire au chauffeur, quand la silhouette de Ferben à vélo, ses habits noirs et son foulard rouge, s'étaient encadrés dans le faisceau des phares : « Appuie! Ecrase-le, roule dessus. » Non, elle avait à peine pu parler, elle avait mis ses mains sur son cou, serré sa gorge pour ne pas hurler. Elle n'avait pu que murmurer : « C'est lui. Reste derrière. »

Quelques instants plus tard elle avait expliqué : « On ne change rien. On prend le bateau. Mais avec lui. »

Au volant, l'homme avait retenu une embardée, tellement surpris. « Ecoute-moi bien, avait enchaîné Germaïna. Au prochain village, tu le doubles, tu t'arrêtes et tu descends. Tu fais... comme surpris et content de le retrouver par hasard. Moi je passe à l'arrière. Tu m'oublies, je suis morte, c'est ce que tu lui diras. Débrouille-toi ensuite pour l'emmener sur ton bateau. De toute façon il te le proposera. Il ne cherche que ça. C'est un fuyard. Tu t'arrêteras au port et vous irez jusqu'au bateau à pied. Perds-toi dans les rues, fais semblant de chercher, laisse-moi assez de temps pour arriver au bateau la première. Je vous y attendrai, cachée. Compris ? » L'homme avait hoché la tête et lui avait expliqué exactement où se trouvait le petit chalutier de la famille, tout bleu, toujours amarré au même coin de quai.

C'est dans un calme qui l'avait surprise, qu'elle avait joué le rôle de cadavre. Afin de rejoindre en pensée Maximilien et Eder? Elle désirait plutôt ce qu'ils avaient vécu quand leur vie avait fui, sans être sûre d'ailleurs qu'on ait une sensation à cet instant : sans doute était-ce plus banal.

Pour la première fois lui manquait quelque chose que Maximilien-Eder savaient, eux – il s'agissait de la mort; ç'aurait pu être aussi bien un gâteau, un fou rire, des baisers, bref tout, puisqu'ils partageaient tout.

Elle voulait être comme eux, à nouveau. Vivre n'était pas respirer, c'était respirer le même air qu'eux, ou reposer sous la même terre.

Sur le moment, elle le pensait. Elle le croyait, ferme.

Alors maintenant, la vie minable de Ferben suspendue au doigt de Germaïna sur le revolver, rien n'allait l'empêcher de tout savoir. Elle passa d'un pied sur l'autre pour chasser ces pensées. Elle ressortit son revolver.

Ferben crut qu'elle le visait et prit peur. Les mains attachées dans le dos, il ne pouvait pas lever les bras, se protéger, dérisoire. Alors il ferma les yeux, enfouit sa tête dans le lit et attendit le coup de feu.

Le son claqua :
– Pourquoi ?
Ferben souleva une paupière et vit Germaïna, bras pendants, le revolver mollement tenu à la main, pointé vers le sol, les épaules basses. Il ne comprenait pas, mais, en tout cas, elle n'avait pas tiré. « *Christ!* Si je peux défaire ces liens, songea-t-il, j'ai une chance. Je peux la surprendre. » Il tortilla ses poignets dans son dos mais comprit vite que les nœuds tenaient ferme. « Des nœuds de pêcheur, pas rêver. »
Lui aussi réfléchissait, vite. D'abord la fille n'avait pas tiré. A Chicago, il en avait assez tué, lui, tout de suite. Ne jamais attendre. Tirer Alors, si elle n'avait pas tiré, elle voulait quoi ?
La stupeur passée – celle de la voir surgir alors qu'il la croyait morte, celle de la voir tirer « mais dans le pied ! Elle pouvait pourtant me tuer, direct » –, pourquoi le garder ?
Pour le livrer, « à qui ? J'y suis déjà, dans ses mains. » Pour qu'il parle ? « Pour son Boche, elle ne sait pas : c'est sûr. Je n'aurais jamais réussi à m'infiltrer dans son groupe si elle avait eu un doute. Pour son gosse ? Pas possible : si elle sait que c'est moi, elle m'aurait abattu tout de suite, quand même... » Sa tête bouillait.
Ferben eut soudain la gorge sèche : « Si ! C'est ça ! Elle sait que c'est moi. M'a vu ! » Puis la gorge très très sèche lorsqu'il réalisa aussitôt qu'elle allait donc le tuer.
Mais pas tout de suite, et il ne savait pas pourquoi.
– Pourquoi ? répéta au même instant Germaïna.
Il tourna la tête vers elle, piteux :
– Pourquoi... quoi ?
– Pourquoi tu as tué mon enfant ?
Il avait deviné juste. Elle savait.
– Mais je...
Elle claqua la main contre sa cuisse, le geste qu'il lui avait vu souvent faire pour dominer les masses des hommes de son groupe et qu'il avait toujours méprisé en silence.

Il haussa les épaules :

– Qu'est-ce que tu veux savoir?

– Réponds. N'essaye pas de gagner du temps. J'ai tout le mien. L'homme, sur le pont, c'est son bateau. Il est né ici, il connaît tous les recoins, tous les passages. On va naviguer toute la nuit s'il le faut. On passera. Alors réponds.

– Tu crois ça!

– Pourquoi tu as tué mon enfant?

Chaque fois, les mots arrachaient la gorge de Germaïna. Seul un effort énorme la retenait de tirer et de ne plus voir bouger ce cancrelat tordu sur ce lit, encordé, ignoble.

– Mais parce qu'on me l'a ordonné, cracha-t-il. J'en avais rien à foutre, moi, de ce...

A l'extérieur, les clapotis devenaient réguliers. Le bateau filait, moteur bas sur une mer calme. Dans la cabine il faisait frais. L'air de la nuit passait, vite piquant au début du printemps, et à l'intérieur Germaïna était glacée.

Il fallait qu'elle bouge, qu'elle frappe, qu'elle tire. Il fallait évacuer la folie qui montait. Elle n'allait pas discuter, elle n'allait pas négocier avec cette ordure : elle voulait qu'il dise, pour finir.

Elle avait l'intuition aussi que le torturer ne servirait à rien. A l'avoir observé depuis des mois, elle le savait coriace. Et elle n'avait jamais appris... pas son métier. Ni son goût? Allez! même au bout du dégoût, elle l'aurait fait. Comment? Elle ne savait pas.

Une petite vague agita le bateau. Un bref instant, Germaïna fut déséquilibrée, mais elle se retint à la table et repointa aussitôt le revolver sur Ferben, qui commençait à glisser du lit. Dans son recoin la lampe-tempête cogna au rebord. Un autre bruit aussi, plus bas, intrigua Germaïna.

Visant toujours, elle s'approcha et souleva le crochet d'un placard. A l'intérieur elle découvrit des bouteilles, qui s'entrechoquaient, agitées par le roulis. Germaïna en sortit une du casier, pleine jusqu'au bouchon de liège enfoncé à moitié. Elle la déboucha avec les dents et porta le goulot à son nez, reculant la tête aussitôt. « De la gnôle ! Infect », réalisa-t-elle.

Elle chercha autour d'elle pour voir ce qui pourrait lui servir, et un souvenir s'imposa soudain : la main de Ferben sur son verre, toujours, refusant le vin qu'on servait aux hommes. Cet homme-là ne buvait jamais d'alcool.

Contournant la table, elle s'approcha de Ferben, qui ne comprenait pas, les yeux écarquillés. Il essaya de la repousser avec son pied encore valide, mais elle l'évita.

En un éclair elle fut derrière lui. Elle glissa son revolver dans son ceinturon, lui saisit les cheveux et les tira en arrière. Elle l'écrasait, forte et puissante, et lui, blessé et les mains nouées dans le dos, criait, lèvres grandes ouvertes.

Alors elle enfourna le goulot dans la bouche et appuya.

Il s'étranglait. Il débordait d'alcool aigre. Il gigotait en toussant.

Elle vida toute la bouteille dans sa gorge. Il régurgitait. Il en avait partout. Dans un spasme, il vomit. Elle le repoussa d'un coup de genou dans le dos et se releva, essoufflée et plus calme. En elle, la glace avait un peu fondu.

*

Elle l'avait déjà vu nu. Dans sa petite maison, elle l'avait découvert inanimé. Des mois plus tôt, Goïzane l'avait pansé-lavé-habillé. Elle l'avait vu, pas lui. Mais il connaissait les gestes de l'amour, pas elle.

Avant de monter dans leur chambre, ils avaient salué les derniers attardés, goguenards ! Pas vulgaires, bien francs de cette pudeur du pays. Un homme avait brandi une gourde en cuir, dont on reçoit le jet pissant du col loin de la bouche, à bout de bras.

Chaque vallée concoctait un breuvage destiné à « réveiller les ardeurs » du jeune marié. Joyeux, Jon n'avala qu'une gorgée brève de la mixture au goût aigre, improbable mélange de plantes, de liqueurs et de n'importe quoi. Elle ne produisait sans doute aucun effet mais en tout cas pas de malaise. Qu'elle assomme le fiancé et l'empêche ? Pas de plaisanteries chez ces hommes.

Sous les vivats il humecta ses lèvres et tendit la gourde à Goïzane, qui ne la prit pas.

*

Après lui avoir déversé l'eau-de-vie dans la gorge, l'avoir étranglé, soûlé, assommé, Germaïna avait laissé Ferben, là, sur le plancher, ivre dans son vomi, au bord de la syncope.

Il semblait dormir, la bouche découverte au coin, tordu sur le sol avec les mains dans le dos.

Germaïna s'était reculée, un peu perdue. Sa fureur physique avait baissé d'un cran. Mais la furie, dans sa tête, cognait à ses tempes et lui brouillait la vue. Tout tanguait. Etait-ce le bateau qui bougeait trop ? L'odeur écœurante de Ferben ?

Elle s'y prenait mal. Il ne parlerait pas.

Elle tira le tabouret coincé sous la table et s'assit pour reprendre des forces. De temps en temps elle entendait, au-dessus, le pas de l'homme qui menait le bateau, marchant sur le pont, lâchant la barre un instant. Elle lui faisait confiance. Pouvait-elle encore faire confiance ? A qui ? Elle vivait tellement seule, si fatiguée.

Elle essuya son front du dos de la main. Poussant sur ses fesses, elle recula le tabouret pour poser sa tête entre ses bras, sur la table, et pleurer. En reculant, le tabouret avait heurté un objet. Elle se retourna : le poignard de Ferben, qui avait glissé sous la table quand elle avait tiré, brillait sous ses yeux. Elle avait peur de scruter cette lame, si effilée sous la lueur d'une lampe se balançant à son crochet.

Elle se baissa pour le ramasser mais resta bloquée. Elle ne voulait pas, elle ne pouvait pas mettre sa main où Ferben avait posé la sienne. Et pourtant... La rage la reprenait. Sa fatigue fila.

Elle pivota sur le tabouret et se pencha, tendant le bras à fond, jusqu'au cou de Ferben d'où pointait un coin du foulard rouge. Elle tira, sans à-coups. L'autre ne bougeait pas. Il semblait inconscient. Elle tira encore et le foulard se dénoua, glissa autour du cou comme une tresse rouge, sale. Elle le secoua et il se déroula.

Elle en couvrit tout le manche du poignard, comme un isolant, et put alors le saisir.

Elle ne quittait pas la lame des yeux, hypnotisée. Et la pointe, et le tranchant en rasoir. Pourquoi ne se le plantait-elle pas dans le cœur? Où était passé le cœur?

Avec des gestes saccadés qu'on aurait dits imposés d'ailleurs, elle se leva et s'approcha de Ferben, à terre. Elle s'accroupit près de ses pieds et glissa la lame sous le bas du pantalon, cette toile noire qu'il ne quittait jamais, bien sale maintenant, pourrie, maculée des poussières et des cendres de Guernica, mais qu'elle lui avait vu souvent laver, le soir à la caserne de Bilbao. Elle exigeait la tenue la plus stricte sur ses hommes. Etait-ce encore un homme, lui?

Elle remonta la pointe à l'intérieur et la lame ressortit à travers le tissu, si facilement. Elle poussa, déchira jusqu'en bas, puis recommença plus loin. Elle glissait la lame sous la toile et remontait, déchiquetant le pantalon jusqu'aux cuisses, en lambeaux. Vite, elle continua jusqu'aux hanches, elle coupa la ceinture, taillada le sous-vêtement, tout en désordre, marmonnant pour elle-même puisque Ferben ne bougeait pas :

– Ton corps, quand on le retrouvera dans l'eau... personne ne saura qui c'est... Ça ne manquera pas.

Chaque fois que le couteau crissait, on aurait dit Ferben qui criait.

Elle le dénuda ainsi en charpie jusqu'au nombril, ouvrant tout, et le sexe flasque, au milieu, qui lui fit monter un vomissement aux lèvres.

Ferben respirait plus fort. Il n'était pas mort, tant mieux. Qu'il se réveille ! Elle devinait, sans réfléchir, que l'humiliation fonctionnerait mieux que les coups. Enfin, peut-être, elle n'avait aucune habitude.

Elle commença à se relever... mieux voir, comme un artiste prend du recul devant une ébauche. Et puis elle avait mal aux genoux, accroupie depuis un moment, mal au poignet, à l'avant-bras.

A peine relevée, jambes encore pliées, elle vacilla sur un brusque mouvement du bateau, qui devait chevaucher une vague ou glisser de biais sur le sillage provoqué par un paquebot, plus loin. Ils longeaient le rivage, et les courants se cassaient là en tourbillons.

Germaïna perdit l'équilibre et voulut se retenir à la table. Mais le roulis durait et elle manqua le plateau.

Elle tomba, sur les jambes de Ferben.

Brusquement celui-ci les écarta puis les referma en ciseaux pour la coincer. Il serra aussitôt les jambes autour d'elle, de toutes ses forces.

Il ne venait pas de se réveiller : il n'avait jamais dormi. Sonné, oui, ivre – surtout d'humiliation : il attendait.

Germaïna étouffait dans l'étau des cuisses de Ferben qui surmontait la douleur réveillée dans son pied blessé en éructant, haleine fétide. Il serrait à lui broyer les seins, à lui casser les côtes. Tout son buste happé, ses deux bras collés sur ses flancs, Germaïna tenait encore le poignard dans le foulard rouge, une main de sang. Elle se crispait, tétanisée. Elle bloqua son souffle, par réflexe.

Ferben, force décuplée par sa propre terreur, la douleur et l'alcool, par le miracle aussi de la tenir – ultime miracle, il le devinait – ahanait en serrant à grands coups, avalait une goulée d'air et serrait plus encore.

Il braillait. Germaïna l'entendait bafouiller, elle ne saisissait que des bouts de mots entre deux « rran ! » de son bassin martelant son dos, elle entendait :

– A ton père... qu'il fallait demander... ton gros bœuf de père... C'est lui... pauv' fille ! Fallait... pauvre idiote !... Demande... à... ton... père !

Alors seulement Germaïna hurla, son dernier souffle.

*

Sous le porche Jon avait fait le geste que Goïzane attendait, vu dans une photo de magazine peut-être, aux actualités du cinématographe en ville, ou bien qu'elle rêvait dans sa tête : il l'avait soulevée et dans ses bras lui avait fait franchir le seuil de la Maison, la leur.

L'oncle Mattin, seul à la table, dehors, avait applaudi avec les autres, mains un peu molles maintenant, usées.

Nabar n'apparaissait plus. Il avait bien bu, bien agité ses jambes avec tout le monde, sans s'énerver dans une fête d'un genre qu'il ne connaissait pas, assommé, quelque part.

Maritchu continuait d'aller et venir entre la cuisine et la cour, et elle avait à peine remarqué les jeunes mariés montant l'escalier, Goïzane dans les bras de Jon, et disparaissant sous les poutres. Au bout de l'étage, Jon poussa du pied la porte et il déposa Goïzane, sur le lit.

Elle ne détachait pas les bras de son cou.

*

L'homme, en haut, à la barre, n'entendait que le ressac sur la coque. Le vent ne ronflait plus dans les tuyaux, et les cordages grinçaient à peine autour des poulies. Entre deux cahots, le silence noir de la mer s'installait, avant une nouvelle claque des eaux sur les flancs.

Pendant une infime accalmie il perçut un cri, en bas. Hésitant, il tendit l'oreille. Dans ce passage difficile, près des criques d'Hendaye, le bateau bougeait beaucoup. Il ne tenait pas à lâcher la roue.

Il écouta. On criait, on hurlait.

N'y tenant plus, il réduisit encore le moteur, presque au point mort, fixa un montant de la barre à une corde et se précipita vers la cabine.

Un nouveau ressac lui fit rater une marche et il s'affala en bas, découvrant Germaïna étouffée par les jambes de Ferben – nues, poilues, avec des lambeaux de pantalon accrochés autour : il enregistra tout d'un coup d'œil, sans comprendre –, les deux sur le sol, se débattant.

En même temps, un nouveau tangage fit glisser le tabouret, qui tapa contre le pied blessé de Ferben. La douleur fut si atroce qu'il perdit contrôle et relâcha un instant son étreinte.

Le bras soudain libéré, Germaïna gigota, aspira l'air comme une noyée et poussa sur ses talons, rampant sur le dos, hystérique. Elle y voyait à peine et leva le poignard.

Elle le planta où elle put, devant elle : dans un mollet de Ferben.

Les jambes de l'Américain fléchirent d'un seul coup. Germaïna se dégagea enfin de lui.

Ferben, fou, avait ramené son seul pied valide sous lui, et il commençait à se dresser comme un mort-vivant se relevant d'une tombe, sanglant, et à la dominer, mains dans le dos, son ombre couvrant le corps de Germaïna, et il se grandissait, immense au-dessus d'elle qui gisait sur le dos, la terreur dans les yeux, et dans ses mains, jointes sur le manche, restait le poignard – elle le tendait vers le haut, à bout de bras, grelottante.

Et Ferben, alors debout, sans souffle, vacillait au-dessus d'elle, bave aux lèvres, hoquetant, les yeux vitreux – déjà à moitié inconscient lorsque ses genoux s'affaissèrent d'un coup et qu'il tomba, tête en avant, torse dégagé par les bras dans le dos, et s'empala sur le poignard, droit au cœur.

Germaïna avait bandé tous ses muscles, les bras toujours tendus, raides, quand le corps de Ferben vint se clouer sur la lame. Elle le maintint de force au-dessus d'elle, jusqu'à ce que ses mains, sur le manche, viennent s'enfoncer aussi dans le corps.

Alors elle le rejeta violemment sur le côté, lâcha tout en voyant des éclairs, et roula sur le sol, jusqu'aux pieds de son compagnon, qui avait réussi à se redresser avec peine et clignait des paupières face au massacre, ébahi.

Il aida Germaïna à se relever. Quand elle fut debout, elle lui fit signe de remonter sur le pont.

Restée seule, Germaïna s'appuya sur la rampe du petit escalier, face aux marches. Dans son dos gisait Ferben, et la cabine toute chamboulée, et tout le sang, reflets brillants.

Elle reprit peu à peu son souffle. Elle n'avait mal nulle part, ne sentait rien. Il lui semblait qu'en elle tout devenait carton, gris.

Elle mit longtemps à se retourner.

Longtemps à vérifier ce qu'il lui avait semblé entrevoir.

Enfin, elle pivota, s'accrochant à ce qu'elle trouvait pour moins tituber. Sa tête résistait, ses yeux s'attardaient... l'œilleton du hublot... le recoin des lampes... un torchon... le bord de la table... balayant à regret, et puis, de force, jusqu'au corps de Ferben.

Germaïna fixa la capote militaire, toute retournée quand il s'était affalé sur le poignard, planté au cœur.

La lampe balançait à son crochet, au-dessus d'une mare de sang.

Du sang qu'en deux endroits la lumière éclaboussait, à chaque passage. Des éclairs.

Germaïna se força.

Elle ne s'était pas trompée.

Dans le sang brillaient les deux clips d'argent que Maximilien lui avait offerts, éjectés de la poche de Ferben. Cela valait tous les aveux.

Germaïna tomba à genoux, au ralenti, bras croisés sur sa poitrine, mains serrant ses épaules. Le menton enfoui dans son cou, elle oscilla, de droite de gauche, une bête, grognante.

*

Personne n'aurait empêché Jon et Goïzane de s'aimer dans le dernier fourré d'automne, ou pendant l'hiver doux, au creux d'une chaumière où ils auraient allumé un feu de bois. S'ils avaient pénétré en jeunes mariés de tradition pour la première fois dans la Maison, l'une dans les bras de l'un, c'est qu'ils l'avaient voulu.

Ils s'étaient réservés, sur leurs visages, la joie. Chaque baiser avait le goût du rêve qu'ils avaient l'un de l'autre.

Ils s'étaient déshabillés dans la lenteur, aidés. Ils rirent sur le lit. Les draps de lin, filés ici jadis, souvent lavés, glissaient. L'édredon, dans la bataille, était tombé sur le sol déjà jonché de leurs habits.

Leurs yeux s'accoutumaient à la pénombre. Glissant l'un autour de l'autre, ils soupiraient.

Ils humaient un parfum, doucereux, de sueur nouvelle et de cheveux où ils s'enfouissaient le nez, puis le perdaient quand un filet d'air s'insinuait sous la fenêtre mal jointe. Ils se serrèrent. Une vague fraîche glissa sur leurs fesses.

Vingt doigts croisés, ils en picoraient les bouts, tapotaient un ongle sur le bord d'une dent. Leurs quatre lèvres se frôlaient-collaient, regrappillaient et suivaient, bout-de-langue, le lobe d'une oreille. Leurs jambes tremblaient à peine, serrées-mêlées. Ils s'agrippaient, pour sentir la peau de l'autre sur leur peau, sans espace.

Leurs mains descendaient de l'épaule à la hanche et restaient là, peu apaisées. Aussitôt, elles retraçaient le chemin inverse.

La bouche glissait sur la bouche de l'autre. Une lèvre se crispait-une-autre-avançait, impatiente. Un rire gracieux. Et puis l'air soudain ne sortait plus, emprisonné : ils n'avaient plus de souffle que celui qu'ils retenaient et de bouche que celle qu'ils formaient, réunie.

Des gouttes perlaient sur leurs peaux, qu'ils léchaient. Ou bien ils posaient le front dessus pour se rafraîchir. Ils suivaient le trajet que le doigt traçait autour du ventre, sur les flancs, à la saignée des bras, ou l'intérieur des cuisses à la chair tendre. Et puis posaient leur joue dans le creux du dos, essoufflés sans fatigue.

Parfois leur main se cramponnait, un instant, à leur main, à leur sexe, à leur cou, pour ne pas s'éloigner. En se dressant l'un sur l'autre, leurs caresses surgissaient de tout leur corps, découvrant sous chaque écorce une autre peau, et ainsi tout d'eux, jusqu'à l'infiniment petit.

★

Elle avait, elle aussi, oscillé bien longtemps, frissonné aussi.

Agenouillée, Germaïna avait longtemps balancé son buste étouffé dans ses bras. Elle grognait, du son rauque des bêtes blessées qui se soignent seules.

A genoux, elle souffrait moins des chocs qui frappaient à l'intérieur de son ventre. D'ailleurs elle n'avait pas pu rester debout. Son corps avait réclamé cette pause que les lutteurs implorent sur les rings en s'affaissant quand les coups font trop mal.

Au début de son tangage, des larmes avaient roulé sur ses joues creusées.

Les larmes ne coulaient plus. C'était insupportable et elle ne se demandait même plus pourquoi elle le supportait. Ignorant ce qu'est « faire un deuil », elle apprendrait toute seule.

Pendant ses grognements bestiaux, son buste, de droite et gauche, oscillait sans cesse, et sa tête trop lourde l'entraîna en avant, front baissé. Elle se sentit partir. Au dernier moment elle se retint de s'affaler quand elle vit le sang luire tout près de ses yeux. Elle se rejeta en arrière, réveillée.

Peut-être ses cheveux avaient-ils blanchi encore, vrai coton fin, maintenant qu'elle savait que Ferben avait tué aussi Maximilien, tué aussi Eder, et que son père, à elle, avait ordonné ces horreurs.

Les coups dans son ventre reprirent et la tassèrent de nouveau.

Chaque mot entendu envoyait une image derrière ses yeux mi-clos et chaque image projetait une massue dans ses entrailles. Le père... Eder... Maximilien... tout s'accordait, un puzzle sans case manquante... même pas celle du nom complet du cadavre qui perdait son sang devant elle... lancinant bloc de syllabes, curieux – même pour elle – Ferbentxajaurregui... Elle avait entendu ce nom à la Maison parfois, on n'en disait pas beaucoup plus... histoires de jeunesse du père, on ne savait pas grand-chose. Sur le moment, des mois plus tôt, elle n'avait pas fait le lien. Maintenant tout était lié, trop tard.

Le choc du ressac sur la coque du bateau cognait comme les rafales dans ses flancs.

Puis les mouvements extérieurs s'apaisèrent. Sans doute avaient-ils passé la barre de Txigundi. Les vagues, sous elle, dilataient l'eau puis la resserraient en des convulsions qu'elle détestait. Les Etcheverry vivaient de la terre, comme presque tous au pays. Ceux de la mer et qui l'aimaient étaient rares. L'océan tuait. Elle s'y était baignée les rares fois où les fêtes de naguère s'achevaient sur la côte, au petit matin, à bord d'un voilier élégant. Loin !

Elle, à cet instant, ne dressait pas encore le compte de la mort, attentive à ne pas se vautrer elle-même – comme l'autre, là, dans son sang. Elle baignait, déjà trop, dans ce noir et ce rouge. Qu'avait fait la vie ? Lui annoncer des morts, donner la mort, lui faire espérer la sienne, écartelée entre le désir d'en finir et celui d'achever ce qu'elle avait à faire. Mais elle n'avait pas fini.

Comme le bateau tanguait moins, qu'elle le sentait filer enfin une traîne paisible, elle se releva. D'être restée à genoux avait irrité ses tendons. Elle tituba, massa ses cuisses pour rétablir la circulation. Le sang passait mieux.

Et là, à l'arrière de sa tête, Germaïna sentit ce sinistre claquement qui l'avait déjà assommée plusieurs fois, déclenchant une rage glacée, un jet de sang au cerveau. Elle ne décidait plus.

A pas lents, elle s'approcha du corps et cracha sur le cadavre. Puis, posant ses deux mains tremblantes sur le manche du poignard toujours planté dans le cœur de Ferben, elle l'arracha.

Cette fois des larmes, grosses, en flots, sortirent de ses yeux.

Sans se demander si elle était devenue folle, ou si elle l'avait toujours été, elle serra bien fort le manche, lame en avant, et se pencha...

★

Plus tard l'homme à la barre entendit des pas qui montaient de la cabine. Il vit d'abord apparaître les beaux cheveux blancs, qui l'avaient transi, comme les autres hommes du groupe, car cette belle aux seins puissants et aux cuisses longues qui les avait dirigés, femelle qu'ils auraient pu désirer, était dressée au-dessus d'eux en mère intouchable.

Il la vit émerger, blanche et blême, auréolée par le lumignon qu'il avait allumé après être sorti des eaux espagnoles.

Elle portait un sac rond, fermé par des lacets, dont il imagina qu'il contenait quelques affaires, trois ou quatre choses qu'elle avait enfournées avant de débarquer – dans pas longtemps : on voyait poindre les lumières de la France.

Au bout de son autre main pendaient, les doigts tenus en pincettes, deux objets brillants, rouges de sang. Il ne les avait jamais vus mais reconnut ce que portent les femmes aux oreilles, les jours de fête, des boucles. Maculées, celles-ci luisaient pourtant quand la lumière les attrapait. Germaïna les tenait loin d'elle.

L'homme observa son visage ravagé. Il eut envie de passer son gros bras sur ses épaules, mais elle était trop haute, trop grande.

Elle posa contre la coque le sac rond, avec une délicatesse qui le surprit. Ensuite elle lui demanda s'il avait un bout de filet, quelque part. Il lui fit signe : à l'avant.

Se retenant au cordage qui courait tout du long, Germaïna atteignit la proue, où s'entassaient des caisses de vieux chaluts et des petits sacs en maille qu'on emplissait d'appâts pour les traîner dans le sillage et piéger des poissons. Elle en prit un et y laissa tomber les deux clips, dernier trésor de Maximilien.

Elle déroula deux ou trois mètres de fine corde et serra le paquet, maillé fin. S'avançant jusqu'à la pointe de l'embarcation, elle le passa par-dessus bord et la cordelette glissa dans ses mains jusqu'à ce que la petite bourse touche l'océan et s'y enfonce un peu. Alors elle s'agenouilla.

La tête à la hauteur de la charpente, doigts serrés sur la corde qui lui cisaillait la chair à chaque rebond sur l'eau, elle posa le front contre le rebord, priant peut-être.

Elle resta là, pendant que les clips ensanglantés se purifiaient. Sa mère, Maritchu... combien de fois ne lui avait-elle pas dit : « L'océan lave tout. » Elle pensa aussitôt à sa mère, très fort.

En baignant ainsi les bijoux dans l'eau noire et salée, elle ignorait qu'elle jetait en somme des fleurs sur le tombeau de Maximilien puisqu'il reposait dans ces eaux, pas si loin. L'aurait-elle su qu'elle les aurait lâchés, qu'ils s'enfouissent et le rejoignent ! comme elle les aurait mis dans un cercueil.

Mais au bout d'un moment elle les remonta et vérifia, devant le lumignon, qu'ils brillaient bien, récurés.

Elle les sortit du filet, et put les embrasser avec douceur, en léchant le sel. Puis elle les glissa dans la poche de sa vareuse, sur sa poitrine.

Revenue à l'arrière, elle reprit le gros sac rond qu'elle avait laissé contre la coque et ordonna à l'homme à la barre :

– Quand tu m'auras débarquée, repars. Va au large. Tout droit et loin. Quand tu y seras, tu jetteras ce... ce qui reste en bas. Tu jetteras à l'eau.

– Le courant ramènera.

– Et alors ?

★

On nomme l'orgasme petite-mort parce que les amants sont, pendant un instant, sans passé ni avenir. C'est une mort dont on renaît.

Doux le râle de Jon, le cri de Goïzane... Et douce sa déchirure intime qu'elle craignait tant.

Jon s'était appuyé contre elle, doucement appuyé, appuyé... avait forcé. Il lui avait murmuré : « Serre mes doigts, tu n'auras pas mal. » Elle avait serré et elle avait eu mal. Mais si peu de temps, si choyée, déjà envahie, si ouverte de tendresse.

Elle lui avait dit plus tôt : « Ne regarde pas en l'air. Regarde mes yeux. » Lui allongé, elle s'était redressée à califourchon sur son ventre et lui avait présenté ses seins, les mains en dessous comme des coques. Sans aucun doute la première fois qu'elle osait. Pas spécialement envie qu'il les embrasse, qu'il souffle sur le bout, enfin si. Mais là, elle les offrait au regard, ces seins puissants, tenus dans ses mains.

Elle avait répété : « Regarde. »

Elle s'abaissa pour frôler son visage. Déjà brûlée dedans, Goïzane se tortilla très vite et commença à gémir, juste des petits cris aigus, la langue entre les dents. Jon tenait les hanches.

Tressaillant, elle le sentait battre en elle, comme s'il glissait dans l'huile. Leur chair était gonflée, en velours.

Les bras levés, Goïzane ne bougeait plus. Jon avait senti un picotement. L'explosion viendrait dès que Goïzane vibrerait à nouveau. Il se détendit. Elle le remercia d'un sourire.

Il la fit tourner lentement sur le dos, écartée, et elle tendit encore son ventre pour qu'il s'allonge en elle, aspirant par coups brefs.

Les mains de Goïzane passaient dans son dos, puis, les mains jointes sur ses fesses, elle le retenait.

Tout au fond, il la heurtait, rude et régulier, masse alourdie qui pilonnait et résonnait sur ses tempes. Il montait, descendait, au même rythme.

Comme lui, Goïzane tanguait avec son ventre. Hypnotisée par ces mouvements, ces mains d'homme, elle le serrait comme si elle avait passé ses doigts autour. Elle guettait, un avis ou un ordre.

Y avait-il un goût sur ses lèvres? Etait-ce une vraie sueur?

Pendant que les mains dérapaient, Jon sentit qu'elle l'aspirait plus fort. Il avala une énorme bouffée d'air. Goïzane se révulsa en le recevant dans ses chairs, le sentant jaillir, comme si son corps entier en était inondé.

Juste à ce moment, elle cambra le buste et dans un spasme se caressa les seins, pinça les bouts, et brusquement elle gémit en se crispant, agitant la tête, frénétique.

Son cri s'éteignit par paliers.

Maintenant elle gardait les yeux fermés, absente.

Jon souffla sur le bout de ses doigts, comme on adoucit une brûlure, et elle revint à elle, souriante.

Goïzane lui prit la main, mélangeant son air au sien, de plus en plus sereins, en un souffle bientôt si profond dans les bras l'un de l'autre qu'ils ne savaient même pas qu'ils dormaient déjà.

★

Sur l'eau, bien avant le jour, l'homme éteignit la petite lampe de la barre. Il y avait assez d'étoiles dans le ciel.

Il stoppa le bateau au creux d'une anse, profitant de la marée pour mieux s'approcher du rivage. Germaïna lui avait bien expliqué où était sa Maison. Qu'il choisisse le lieu le plus proche d'où elle pourrait finir, à pied. Il connaissait son pays. Même de nuit, il savait dans quelle crique faire halte.

La côte, à peine dessinée, se distinguait à une cinquantaine de mètres. Germaïna et lui mirent à l'eau un petit canot, par la poulie, et se tassèrent au fond. L'homme empoigna les deux rames.

Dès que le fond racla, Germaïna sauta, serrant le sac rond qu'elle n'avait pas lâché pendant le trajet, et avança sur le sable. Ses grosses chaussures de guerre résistaient aux langues d'eau battant ses semelles. Elle se retourna face à l'océan, droite.

L'homme, dans la barque, s'était tourné aussi, comme paralysé. Avant de reprendre les rames, lourd et triste, il voulait dire... il aurait voulu lui serrer le bras, dire adieu ! Curieusement, il monta sa main à sa tempe, esquissant une sorte de salut militaire.

Germaïna ne broncha pas. La barque repartait en arrière, aspirée par le courant. Dans la nuit, l'homme ne pouvait déjà plus distinguer si elle lui souriait, si elle faisait un geste. Elle ne souriait pas. Elle ne ressentait plus rien, sauf du respect pour cet homme comme pour tous ceux qui l'avaient accompagnée pendant ces mois horribles, et déjà tous repartis. Lui aussi, le dernier, s'estompait.

Quand elle n'entendit plus le clapotis des rames elle fit demi-tour, face à la terre. Le sac, au bout du bras, pesait. Elle marcha dans le sable pénible, bras écarté du corps car elle refusait d'être frôlée.

Elle s'essouffla en gravissant la dune bordant la crique, atteignit les premiers rochers, où elle se faufila, prudente. Puis en haut, après les broussailles et le sous-bois, elle déboucha sur le chemin qu'elle avait indiqué à l'homme. Il avait bien visé.

Ses pupilles, dilatées depuis des heures, absorbaient la lueur d'un bout de lune et d'une minuscule aube qui allait s'ouvrir. Elle voyait clair et marcha vite.

Là-bas, l'homme remontait sur le bateau. Il y hissa le canot avec peine. La fatigue l'assommait d'un coup. Il avait hâte de rentrer, par le même chemin, connaissant tous les corridors. Et s'il fallait patienter pour attendre la nuit suivante, il ancrerait l'engin à l'abri et dormirait. Ou bien il débarquerait à son tour, ailleurs, toujours son pays : il ne manquait pas de cousins, dans les villages, au moindre port. Il n'avait aucune angoisse, simplement sommeil.

Mais d'abord, aller au large comme promis, filer tant qu'il faisait nuit, ne pas risquer un contrôle, même de ce côté, dans les eaux françaises. Il fallait jeter l'Américain à l'eau, oublier tout, sans tracas. Il en avait vu d'autres. Mais filer vite et loin, d'urgence.

Il remit le moteur en marche, orienta la proue plein large. Après quelques minutes, déjà hors des petits fonds, il poussa les moteurs, et vogua.

Loin, le plus possible et juste avant qu'un filet d'aube ne découpe l'horizon et qu'on puisse le voir, il se retourna et ne distingua que le faisceau d'un phare déjà très éloigné. Il stoppa la machine.

Il avait réfléchi : tout de même, il accrocherait du poids au cadavre, pour retarder sa remontée, peut-être l'empêcher à jamais. La suite le tracassait peu, mais il avait toujours aimé bien faire.

L'océan ne bougeait plus en fin de nuit. Dans le bateau immobile il descendit l'échelle de la cabine, cette fois sans s'affaler. Il s'était muni d'un grand filet. Il y emmaillotterait le corps puis, sur le pont, le lesterait, et *adios !*

Mais il ne remonta pas tout de suite.

Vraiment, il resta un moment en bas, un long moment.

Plié en deux, tenant ses tripes...

Il en avait vu d'autres sans doute, mais il vomit tout de même ce qu'il avait en lui, sans pouvoir se calmer avant de longues minutes, en découvrant ce que Germaïna avait laissé.

2

Toujours, quand la musique et les chants ont envahi longtemps une maison, les oreilles bourdonnent. La tête reste pleine après que le silence est revenu. Noce finie, la Maison Etcheverry, muette et noire, semblait paisible, mais Maritchu savait que non.

Aidée par les autres femmes de la vallée, mais aussi par les hommes car tous avaient autant joué qu'agi, la mère avait œuvré pendant toutes ces heures. Maintenant installée dans sa chaise, se balançant devant le feu, elle soufflait. Ses yeux cernés accusaient la fatigue d'une journée pleine et d'une nuit presque finie. Mais dans le silence de la grande pièce, en bas, il lui semblait entendre encore le vacarme. C'était dans sa tête.

Dehors, certes, aucun son ne jaillissait plus maintenant qu'ils étaient tous partis, les invités. Aucun bruit ici, maintenant qu'ils étaient tous endormis, les Etcheverry – bêtes comprises, Maison incluse. Mais la paix n'arrivait pas.

Un peu angoissée sans savoir pourquoi, Maritchu tendait l'oreille pour deviner le ronflement d'un homme là-haut, Mikel son mari, ou l'oncle Mattin ? Tous deux avaient parfois de ces ronronnements énormes, à faire trembler les murs. Quand il leur prenait de ronfler en même temps, c'était à ne plus fermer l'œil. Ce devait être de famille. Famille... non, la Maison n'était pas paisible. Trop d'absences des uns envers les autres.

Trop d'absente... Germaïna lui manquait tant. Mais la mère, fondue aussi dans le moule, n'en disait mot.

Elle ne s'empêchait pas de voguer dans sa tête, surtout maintenant, sans un bruit en bas, la noce achevée.

Elle ferma les yeux et revit ses bébés. A la naissance des deux filles, Maritchu n'avait jamais cru ce qu'avaient dit les femmes sages de la vallée, qu'elle serait toujours épatée quand les jumelles vivraient les mêmes tourments aux mêmes moments, les mêmes maladies ensemble, les mêmes destins, éloignées ou pas. Et puis, pas du tout! l'une fut si vivace – une *bizi* disait-on –, et l'autre si calme – une *ixil*. L'oncle Mattin les avait surnommées : les « *bizil* ».

Maritchu arrêta de se balancer sur sa chaise. Elle n'entendait pas de ronflements en haut. Sans doute les frères bavaient, trop assommés. Et Nabar, où était-il? Elle n'avait plus fait attention, assez tôt. Sans doute dormait-il dans son coin en respirant, profond. Il ne ronflait pas, lui. Finalement, le simplet était mieux réglé que les autres? Voire... Lorsque la famille s'absentait en le laissant à la Maison, il filait dans sa chambre. Là, il tapait contre la cloison, en grognant. C'est Goïzane qui s'en était rendu compte un soir, récupérant un fichu oublié. Elle avait entendu les coups. Craintive, elle avait entrouvert la porte du réduit où dormait Nabar, et lui, en la voyant, s'était calmé, recroquevillé contre elle. Depuis lors, il fallait satisfaire au rite. Quand la famille partait, l'une des femmes, Maritchu ou Goïzane, Germaïna parfois mais elle n'y tenait pas, revenait quelques minutes plus tard, et, chaque fois, Nabar était en train de marteler le mur, malade d'abandon. Elle le calmait et il dormait jusqu'à leur retour.

Depuis que Germaïna avait été chassée de la Maison – « Dieu! songea Maritchu pour la millième fois, ce fut si brutal et simple » –, Nabar s'agitait davantage. Il tapait plus fort contre les cloisons. Mais lui, qui avait peu parlé dans sa vie, se taisait désormais et ne croisait plus jamais le regard de Mikel, le père.

Maritchu se balança à nouveau, pour occuper le silence, morne. L'absence de Germaïna n'avait pas trop pesé sur la noce, si belle. Le croyait-elle, vraiment? Ses épaules, pourtant larges, s'en étaient alourdies.

Maritchu se leva de la chaise. Devant la cheminée où le feu mourait, elle balaya du regard la grande pièce. Tout était rangé, y compris la dernière soupe à l'ail servie aux ultimes danseurs de la nuit. Seul à un bout de la table attendait le moulin à café à manivelle, plein de grains qu'elle broierait avant d'aller dormir à son tour, pour que les premiers levés – Mikel, premier couché – puissent se servir.

Mais elle sentait qu'elle ne dormirait pas. Trop de bruit, trop de musique encore dans les oreilles. Drôlement habillée de sa jolie robe des noces, mais pardessus un tablier bariolé pour la cuisine et la vaisselle, elle prit dans une armoire son attirail pour tricoter, et revint face au feu, sur sa chaise – une chaise avec des arceaux qui permettaient de se balancer. Ça la calmerait, le tricot.

Elle agita les aiguilles, les yeux presque clos, enfilant les mailles sans voir, habituée. Elle tricotait comme d'autres conduisent sur le chemin qui les ramène chez eux, par réflexe, l'esprit libre de voguer à nouveau.

Avaient-elles finalement des destins si divers, ses jumelles, les *bizil*? Germaïna et Goïzane n'étaient-elles pas amoureuses, les deux? N'étaient-elles pas fécondées, les deux? Pour Germaïna, depuis longtemps, hélas! Pour Goïzane, sans doute tout à l'heure. N'étaient-elles pas aussi fières l'une que l'autre? Si le hasard, songeait Maritchu, avait mis le doigt sur Goïzane plutôt que sur Germaïna, sur la calme Goïzane plutôt que sur la féroce Germaïna, n'aurait-elle pas été féroce aussi? Ne serait-elle pas partie, pareil? Lui aurait-il déplu, Jon, aurait-elle tout de même obéi au père? Elle avait prouvé que non. Elles venaient de la même eau, ses jumelles, l'une colorée l'autre transparente, mais aussi fraîches et dévalantes l'une que l'autre. Et puisque l'une contenait toute l'autre, d'en avoir une encore près d'elle comblait l'absence de l'autre. Elle essayait de s'en persuader.

Dans sa tête, l'écho des chansons de la noce s'éloignait. Elle craignait le retour du silence complet. Dans la pièce, seul le cliquetis des aiguilles et le balancier de la pendule faisaient un bruit. En elle non plus rien ne résonnait plus. Il passait trop lent, le temps. Tenir la Maison, préparer le mariage de Goïzane et réussir la noce n'avait rien comblé. Peut-être le trou s'était-il agrandi.

Au cours de tous ces mois, elle avait valsé ainsi de la joie à la peine. Mais un peuple de dix mille ans est patient. Maritchu en était, et patientait.

Elle se secoua, accélérant la danse des aiguilles de fer dans ses doigts autonomes. Trop long, ce temps.

Elle ne savait rien. Depuis le départ de Germaïna, pas un mot, jamais une question, aucune réponse. Et si Mikel savait, il ne disait rien. Depuis si longtemps que cela devait remonter au premier jour, Maritchu n'avait pas besoin qu'il parle pour lire dans ses yeux, dans ses gestes. Or il était perdu, lui aussi. Mais cette errance triste, qui l'avait souvent émue jadis, ne la rapprochait pas de lui, cette fois. Qu'il souffre! Il avait chassé sa fille. Qu'il ne se plaigne pas. Il ne se plaignait pas. Tant mieux.

Longs, trop longs, ces jours sans elle, sans fin. Et le petit? Il devait gambader, il avait l'âge maintenant.

Qu'il serait encore étiré, le temps, avant que Goïzane lui donne ce poupon qui manquait tant. Maritchu aurait bien nourri mille enfants dans ses entrailles. Celui qu'avait porté Germaïna, qui aurait le premier souillé une couche ici depuis près de vingt ans, qui aurait furieusement vagi dans le silence de ces nuits sans sons, elle ne l'avait jamais vu, jamais entendu. De temps à autre un sursaut la saisissait au marché, quand elle sentait dans ses jupes s'agripper un bambin par hasard. « C'est lui... » Ce n'était jamais lui. La mère aussitôt le tirait, « Allons viens ! N'embête pas la dame », ou bien : « Excusez-le, je ne sais plus le tenir en ce moment, le temps... » Et Maritchu, la mère Etcheverry, promenait sa stature entre les étals sans être abordée. Sa joie, puissante naguère, s'était émoussée depuis le départ de l'une des filles. Celles qui savaient, pour Germaïna, n'en disaient plus un mot.

On parlait facilement des morts au pays, mais jamais des souffrances des vivants. Les enterrements baignés de larmes, saisissants pendant les chants d'église, s'achevaient dans des banquets débordants. La mort n'apeurait personne. Le malheur, oui. Alors on se taisait devant ces douleurs, unique manière admise de les partager : pire façon, hélas !

Face à la cheminée au feu baissant, sur sa chaise à bascule, Maritchu alignait les rangées de laine claire pour une prochaine écharpe, ou le paletot d'un bébé, une chaussette peut-être pour l'un des hommes – prévoir large : leurs mollets, aux trois, Mikel, Mattin, Nabar, tenaient si mal dans les pantalons qu'elle devait souvent découdre pour les élargir, qu'ils puissent les enfiler. En voilà des beaux hommes, tous, à partir de cent kilos. Dire qu'elle n'avait jamais vu l'autre, l'Allemand. Les Allemands, c'est costaud aussi, les guerres l'ont prouvé, plus costaud peut-être que son mari Mikel, revenu bien vivant mais mort en lui. Et le petit de Germaïna, quand le verrait-elle ? Un jour, le verrait-elle ? Du vigoureux, le gosse, il ne pouvait pas en être autrement. A propos, Jon, le nouveau, semblait encore frêle. Elle sourit de tendresse. Qu'il cesse de danser et reprenne la Maison, comme il l'avait fait pendant toute son enfance dans la sienne avant qu'elle ne brûle, et elle aurait bientôt, Maritchu, une quatrième paire de mollets à faire glisser dans des pantalons refaits. Ça et les plats qu'elle façonnait élargissaient bien les carcasses. Deux mois plus tôt, ils avaient tué le cochon, et Jon avait participé. Il n'avait pas déparé le groupe. Il savait faire, si son corps n'était pas massif, encore. Tout ce qu'elle avait confectionné avec la chair, le sang, la peau, le corps entier de la bête, le changerait des mauvaises tambouilles emportées dans sa gamelle à travers la montagne la nuit, où d'ailleurs il n'irait plus, promesse faite. Elle soupira, tranquille d'avoir cet homme jeune là-haut et sa fille allongée contre lui.

Maritchu soupira, tendant l'oreille vers la pendule, au mur... bientôt l'aube ? revenant sur ses mains tricotantes... bientôt fini ?... La Maison Etcheverry dormait en silence. Pas paisible, non. Silencieuse : seul le cliquetis des deux aiguilles... Maritchu continua. Le même bruit encore, qui surnageait dans le brouhaha de ses oreilles, calmées peu à peu... Elle tricota encore pendant quelques secondes, puis s'arrêta.

Le même bruit.

Le même bruit, mais derrière elle. Ce n'étaient plus les aiguilles.

C'était le bruit d'une présence. Le simple bruit d'un corps qui respire, qui change un peu l'air qui flotte – elle avait mal perçu ? Trop occupée dans ses pensées ? trompée par les échos, dans sa tête, la pendule, les aiguilles ?

Elle ne bougea plus.

Quelqu'un était là.

Elle ne se retourna pas. Elle avait été si patiente.

La chaise cessa de danser. Maritchu fixait le fond de la cheminée. Une flamme tentait de repartir, agitée par l'air qui avait bougé dans la pièce. Elle attendit.

Au bout d'un moment, une voix sourde souffla derrière elle :

– *Ama...*

Entendant le mot « maman », cette fois Maritchu leva les yeux au ciel, se tassant sur elle-même.

Puis elle commença :

– Je savais que tu viendrais.

Mais elle se reprit aussitôt :

– Non. Je ne savais rien. Je dis cela pour faire la maligne.

Puis elle se tut, avant de murmurer :
– Je t'attendais, Germaïna.
Un long silence.
Elle espérait que Germaïna parle. Mais l'autre ne dit rien.
Alors Maritchu tourna la tête.
Et elle découvrit sa fille, aussi haute qu'un fantôme, vêtue en guerrière, immense dans de lourdes chaussures.
Ses yeux remontèrent le long de la jupe marron, jusqu'au ceinturon où était coincé un revolver, puis le bras au bout duquel pendait un sac arrondi, serré par un lacet. Enfin son visage, en haut, cerné de ces cheveux courts, tant aimés. Et blancs !
Maritchu porta sa main à sa bouche, puis haleta :
– Où est ton petit ?
Germaïna posa le sac par terre au coin de la porte, puis s'avança vers sa mère qui mordillait son poing, figée sur sa chaise.
Elle se colla au dossier, passa ses bras par-dessus les épaules de Maritchu et se pencha pour poser la joue contre la sienne, d'un seul coup protectrice.
La chaise commença à balancer, et Germaïna se berça en berçant sa mère qui se cramponnait maintenant à ces bras, autour d'elle.
Qu'elle était douce, cette joue de mère – Maritchu à l'inverse sentait la peau de sa fille, rugueuse. Elles s'étaient peu dorlotées dans leurs vies. L'une comme l'autre, depuis longtemps n'avait pas senti de chair contre la sienne. Elles ronronnaient, l'une-l'autre, yeux fermés.
Germaïna fut la première à bouger. Toujours collée debout derrière le dossier, elle dénoua ses bras, et força pour que Maritchu la lâche.
Comme aidée par le balancement plus fort de la chaise, Maritchu se leva d'un bond et fit face à sa fille, plus grande qu'elle maintenant.
Ne pouvant pas parler, elles tombèrent à nouveau dans les bras l'une de l'autre, s'étouffant un long moment.

Germaïna se dégagea encore la première. Maritchu respirait à petits coups, retenant ses larmes. Sans pouvoir ouvrir la bouche, elle avait cent mille questions à poser.

Germaïna penchait la tête sur le côté, irradiant sa fatigue, son épuisement, par tous les pores. « La mort, réalisa Maritchu. Elle sent la mort. » C'est ce qui la décida. Les cent mille questions attendraient. Elle commença par une réponse – les mères ont les réponses.

– Assieds-toi vite. Je vais te faire du café. Et à manger si tu veux mais d'abord du café, tu ne peux rien avaler tout de suite, comme ça.

Germaïna s'assit sur le banc, le long de la table, les coudes posés loin et le menton dans les mains. De l'œil elle suivait sa mère qui avait empoigné le moulin à café et tournait vivement, faisait chauffer un peu d'eau, et versait dans un bol. Elle n'avait pas changé : exactement comme le soir où elle avait été chassée d'ici. Mais pourquoi portait-elle cette si jolie robe en fin de nuit, sous ce tablier de cuisine ? Pourquoi ces crans dans les cheveux et cette fleur sur le côté ? Que s'était-il passé ici ? D'abord pourquoi ne dormait-elle pas, là encore, debout-vaillante, seule en fin de nuit, à tricoter ? « Je t'attends », avait-elle dit, et Germaïna s'en tint là. Voilà tout ce qu'exigent les enfants : que leur mère les attende.

Germaïna réalisa qu'elle ne voyait sa Maison que sous le noir du ciel. Chassée une nuit, elle y revenait de nuit. Elle n'avait même pas été secouée par le cri de sa mère : « Où est ton petit ? », lancé d'une voix pourtant terrorisée. Germaïna l'avait entendu comme une question normale : « Tiens ! Tu es seule ? Les autres arrivent quand ? Ce paquet à ton bras, ce sont tes affaires ? Bienvenue, on t'attendait – non, je dis cela pour faire la maligne. » Germaïna mélangeait tout. Sa tête fonctionnait hors d'elle-même, en désordre.

Elle s'appliqua pour se redresser. Pendant qu'elle buvait sa première gorgée, Maritchu se rassit en face, un bol devant elle, où elle mélangea du café et du lait, breuvage quotidien adoré avant de dormir.

Assises au bout de la longue table, face à face, la mère et la fille déglutirent avec application.

– Tu as une jolie robe, commença Germaïna.

– Oui, oui, dit Maritchu, réjouie. Et en même temps elle détaillait sa fille en vareuse militaire, ce revolver glissé au ceinturon, dont elle voyait le bout de la crosse, à moitié masquée par la table. La peau virait terne, le visage sec, des creux noirs cernant les yeux, et au-dessus ces cheveux blancs, courts, fins, fous. Pourquoi blancs ? Qu'avait-elle fait ?

Elle ne comprenait pas, devinant tout de même que, habillée ainsi, elle revenait sans aucun doute d'Espagne, de cette sale guerre qui envoyait une onde de terreur de ce côté : on y pensait toujours, on n'en parlait jamais. Que lui avait-on fait ?

Germaïna répéta :

– Elle est très jolie, cette robe. Je ne la connaissais pas.

Maritchu redit :

– Oui, oui. C'est que... on l'a achetée, et je l'ai un peu transformée pour le... le mariage.

La machine à coudre trônait toujours à sa place, sur un guéridon, au fond.

Germaïna leva les sourcils.

– Le mariage de Goïzane, lâcha d'un coup Maritchu.

Germaïna fit des yeux ronds, plus joyeux :

– Elle est mariée maintenant ?

Maritchu acquiesça, presque gênée.

– Ça alors ! Depuis quand ?

– Mais... maintenant. Ça vient de se terminer.

– Et avec qui ?

– Eh bien, avec Jon, dit Maritchu, comme une évidence.

Ils ne savaient plus rien, dans cette Maison, les uns des autres.

Les yeux de Germaïna firent le tour de la pièce. Tout bien rangé et net, comme si rien ne s'était passé. Mais elle remarqua beaucoup de vaisselle à sécher près de l'évier, des plats lustrés, empilés, et une odeur qui flottait : de l'ail chaud.

Débarquée du bateau en pleine nuit, elle s'était appliquée à suivre le chemin dont elle savait tous les replis, jusqu'à la Maison. Elle n'avait prêté aucune attention à des restes de fête, des chaises sous les arbres, ces bougies serrées sur les tables, qui attendaient d'être remisées, ce feu de bois, plus loin, qui fumait encore. Elle avait poussé lentement la porte pour ne faire aucun bruit, certaine que tous dormaient. Saisie de voir sa mère près de la cheminée, de dos, tricotant, elle ne l'avait ensuite plus quittée des yeux.

La Maison aurait été fermée, tout occupée par le sommeil, elle serait repartie aussitôt, laissant le sac posé près de la porte.

– Jon... Jon Aguirre?

– Oui.

Elle s'en souvenait, de lui. Elle s'était bien laissée caresser distraitement dans le temps – si loin – comme toutes les filles d'ici, mais rien d'autre. A l'époque, sortir de la Maison et filer dans les fêtes bien habillées à Biarritz ou à Guéthary l'excitait davantage que danser le fandango et admirer des joueurs de pelote. Du monde vaste, elle avait voulu sa portion, un appétit féroce-précoce pour une autre vie. Elle posa son front dans sa main : elle avait été servie.

Trop fatiguée pour réfléchir, elle sentit sa tête bouillir sous une bouffée d'images désordonnées. Ainsi, en cette journée d'horreur, cette nuit furieuse, pendant qu'on tuait son enfant, qu'elle l'enterrait, abandonnait la guerre et renvoyait ses guerriers, hurlait au fond d'un bateau, apprenait qui avait ordonné toutes ces morts, puis recevait sur son poignard tendu à bout de bras le corps s'empalant de l'assassin de son bébé et de son homme... pendant ces heures flétries, ici on dansait.

Son buste penchait en avant. Lui restait à peine la force de retenir sa tête. Dans un bourdonnement elle perçut la voix de sa mère :

– Tu veux encore du café ?

Il ne fallait pas dormir.

– Oui. Un peu.

Elle en but une grande gorgée qui la secoua.

– Tu as faim ? Tu veux manger ? zonzonnait, loin, Maritchu.

– Oh ! non, je n'ai pas faim. Je vais manger, oui.

– Bien.

Maritchu se leva et saisit dans une amphore trois œufs, qu'elle battit.

Pendant qu'elle préparait l'omelette, Germaïna se leva aussi et marcha dans la salle, s'aidant à rester éveillée. Sa mère entrevoyait cette silhouette haute et forte passer près d'elle. Elle y reconnaissait à peine sa fille. Elle en tremblait, se masquant en battant plus fort les œufs.

Germaïna s'arrêta près de la porte sans regarder le sac qu'elle y avait posé, mais plutôt les chaussures, les sabots et les bottes qu'on y laissait en entrant. Un peu plus loin quelques espadrilles. Elle sourit : dans le temps on parlait souvent à table de ces merveilles de souliers en corde, fabriqués à la main à Mauléon. Dans son enfance un mot l'avait fait rêver tout de suite : hirondelle. On nommait ainsi les ouvrières qui les cousaient, la plupart venues clandestinement de Navarre, côté Sud. Beaucoup trouvaient ensuite un mari de ce côté. L'esprit de Germaïna vagabondait alors : hirondelle, Navarre, mari, clandestin... l'aventure. Chaque fois la voix de son père claquait quand elle avait les yeux au plafond, la cuillère suspendue : « Ne rêve pas. »

Une nouvelle bouffée de mauvais souvenirs envahit sa tête. Les mêmes mots, ici, dans cette même pièce, que le soir où il l'avait chassée – « Ne rêve pas » –, puis la bagarre avec Nabar, puis l'Hispano de Maximilien, puis San Sebastián, Magdalena, Mireña, Bilbao et le groupe, tout le reste jusqu'à ce soir. Elle eut un haut-le-cœur rien qu'à entendre ça dans sa tête. Vraiment, il aurait mieux valu que tout le monde soit endormi.

En même temps, c'était un cadeau, cette mère éveillée, si tard, qui venait de poser sur la table une omelette fraîche dont l'odeur sauta sur Germaïna et lui redonna faim, un peu. S'aidant d'un morceau de pain, elle l'ingurgita, mâchant à peine. Son corps voulait des forces. Elle le gava.

Maritchu s'était rassise en face et buvait son bol de café au lait, grimaçant car il avait refroidi.

Elle le reposa sans bruit et essaya de prendre une voix calme :

– Tu ne me dis rien?

Germaïna déglutit sans se presser et finit par dire :

– *Ama*, c'est si compliqué.

Maritchu claqua le plat de sa main sur la table pour l'interrompre, se retenant un peu, craignant surtout de réveiller quiconque dans la maison – pas pour elle : elle ignorait la peur, mais pour sa fille revenue, ignorant que sa fille non plus n'avait plus peur. Elle avait fait un peu le même geste que Germaïna claquant sa main sur sa cuisse quand elle dominait ses hommes.

Ayant réagi d'instinct en poule, réconforté et fait manger, Maritchu reprenait son autorité de mère, brutale. Elle rencontra le regard refroidi de sa fille mais ne s'arrêta pas, martelant à voix basse ses cris, plus dérangeants ainsi que s'ils avaient été hurlés :

– Et fatiguée, moi, tu crois que je ne le suis pas? Mais qui es-tu, toi, pour revenir après si longtemps sans prévenir et vouloir ne rien dire? Qu'as-tu fait pendant tout ce temps? Tu as vu comment tu es fagotée? Et ça dans ton ceinturon... Tu tues les gens maintenant? Tu te teins les cheveux en blanc? Regarde-moi dans les yeux! Et réponds : qu'est-ce que tu as fait? Heureusement que je ne dormais pas! Si tu étais tombée sur ton père... C'est vrai, tu as un revolver! De mieux en mieux. Où il est, ton Allemand? Dehors? Qu'il entre alors. On n'est pas assez bien? Et ton petit, dehors aussi? Tu n'as pas le courage de nous le montrer? Ou alors il n'y a jamais eu de petit, c'est ça, tu as menti? Si c'est pour ne pas parler, pour ne rien dire, pourquoi es-tu revenue? Et tu vas repartir, comme ça?

– Oui.

Maritchu porta sa main à sa gorge. Sa rage la quitta d'un coup. Germaïna plantait ses yeux dans les siens. Ce n'était pas une menace, juste une évidence.

Maritchu devint plaintive, accrochant le poing de Germaïna par-dessus la table :

– Non, enfant, tu ne vas pas repartir, quand même.

Un cri du corps qui avait jailli, toujours à voix basse. Animale de nouveau, elle refusait. Butée, elle sentait déjà la douleur renaître. Cette douleur supportée en silence depuis le départ de sa fille de nombreux mois plus tôt, soulagée presque en entier depuis son retour quelques minutes plus tôt, venait de reprendre vie.

Elle répéta :

– Non, enfant, tu ne vas pas repartir, dis?

Toujours Maritchu disait « enfant » à ses filles, mais aussi aux autres, à tous les plus jeunes. Elle avait des mots qui désignaient plus souvent l'état de la personne que son physique. Parfois c'était drôle. Germaïna se souvenait d'un jour, avec Goïzane, deux garçons d'une Maison voisine, et l'oncle Mattin partant au marché, la troupe emmenée avec vivacité... *hule, hule!...* par Maritchu, la mère. Achetant les billets au contrôleur de l'autobus, elle avait désigné du pouce, par-dessus son épaule, cette couvée, ajoutant : « Et un billet aussi pour le petit. » Le contrôleur s'était penché pour découvrir un enfant sans doute dissimulé. Non, c'était l'oncle Mattin, son quintal de chair et sa masse énorme. Pour Maritchu, puisqu'il était plus jeune que son frère Mikel, il était le petit. « Eh bien quoi? » avait-elle aboyé au contrôleur qui éclatait de rire.

Germaïna se sentit chaude à l'intérieur, avec cette mère-brasier de la Maison. Mais elle ne bougea pas un cil et ne sourit pas, son poignet toujours emprisonné, en répondant de nouveau :

– Si.

Maritchu la lâcha et croisa ses bras sur sa poitrine. Ne la quittant plus des yeux, elle avait durci :

– Alors parle et pars.

Germaïna pensait trouver la Maison endormie, faire ce qu'il fallait, puis repartir dans la nuit sans qu'on la voie. Or elle était arrivée juste à la fin des noces de sa sœur, était tombée sur sa mère éveillée, et maintenant il faudrait parler ? Vraiment rien, rien ne s'était passé comme elle l'avait rêvé.

Elle, qui avait massacré sans hésitation mille ou dix mille ans de règles – sans se douter qu'elle n'était pas la première, dans ce pays, à se dresser contre.

Elle, cabrée-indomptable qui ne cherchait pas la liberté mais l'indépendance, se tapait le front contre mille ou dix mille dépendances.

Partie fraîche et sensuelle, elle revenait veuve, avec un enfant mort. Vraiment, elle n'avait rien décidé.

Elle pensait depuis l'autre bord, celui où l'on survit sans projet. Elle était initiée, membre de la confrérie de ceux qui ne sont pas malades mais sont devenus leur maladie. Ils n'en parlent plus.

Elle ne voulait pas parler.

Sauf à *ama* ?

Sauf à maman. Seules les mères et leurs filles se disent le vrai.

Elle parla donc, et ne sut pas pendant combien de temps, mais, à la fin, la lueur du jour passait à la fenêtre.

Elle parla brutalement. Maritchu ne tressaillit pas pendant tout le récit, sauf des lèvres pour dire chaque fois les mêmes mots ; mêmes mots qu'avait prononcés Germaïna quand Mireña lui avait appris que Maximilien était mort abattu ; mêmes mots qui avaient résonné dans sa tête en voyant son bébé Eder poignardé ;

mêmes mots, que sa voix n'avait pas pu prononcer mais qui avaient fracassé sa tête lorsque Ferben avait craché le nom du père, qui avait ordonné ces souffrances – les mots les plus simples pour masquer la vérité :

– Ce n'est pas vrai.

Car on sait, hélas ! au moment où on les dit, que c'est vrai.

– Ce n'est pas vrai, ponctua Maritchu avec régularité à chaque détour du récit de Germaïna, mais sans révolte puisque, hélas ! c'était vrai.

Au fond d'elle résonnait plutôt une supplique : « Je vous en supplie, Jésus et tous les saints, s'il vous plaît, qu'on me prouve que ce n'est pas vrai. »

Germaïna soliloqua sans expliquer, sinon les mots n'auraient jamais pu franchir ses lèvres. Elle serait tombée raide, morte au milieu d'une phrase.

Alors elle s'entendit plutôt parler, comme un automate :

– Le-soir-où-il-m'a-chassée-Maximilien-m'attendait-dehors-dans-sa-voiture...

Maritchu fit un effort pour ne pas l'interrompre. Elle sentait le flot sortir. Qu'elle se débrouille pour relier les fils, noués pour sa fille mais disparates pour elle. Qui était ce Maximilien dont elle entendait le nom pour la première fois ? L'Allemand, bien sûr. Elle ne pensa pas : la cause de tout. Maintenant, elle connaissait son nom au moins.

Elle se concentra pour comprendre. Germaïna continuait :

– ... partis tous les deux à San Sebastián chez une amie qui nous hébergeait. Je suis restée jusqu'à la naissance d'Eder. C'était joyeux. Les jours heureux. Puis leur guerre a commencé. On est partis. Ça ne pouvait plus aller avec les Espagnols. On a logé dans un hôtel tenu par ceux qui parlent notre langue. On n'était pas malheureux. Leur guerre a continué. On ne s'en occupait pas. Et un soir Maximilien a disparu. Je l'ai cherché partout. Quand je suis revenue, l'hôtel avait brûlé. Ils avaient été tous massacrés. J'ai compris qu'ils faisaient la guerre aussi. Pas moi. J'ai sauvé Eder. Je me suis enfuie. Non, réfugiée? Enfin partie, à Bilbao. J'ai été recueillie par d'autres qui faisaient encore la guerre. J'y étais déjà, dedans moi aussi, et je ne le savais pas. Je me suis occupée des enfants, les orphelins. J'ai connu une fille là-bas. Elle m'a appris que Maximilien n'avait pas disparu. Il ne s'était pas enfui. Il était mort. Il avait été tué. Maman! Ce soir-là j'ai tué, moi, pour la première fois. Je me suis mise à faire comme les autres. Je suis devenue le chef d'un groupe qui a tué pour ne pas être tué. Puisque la guerre me courait après elle me rattrapa. On me demanda d'évacuer les orphelins sur Guernica. Je l'ai fait. Quand on se reposait, la première bombe est tombée. Personne n'avait jamais vu cela. Il y a eu des milliers de morts. Ce n'est pas vieux : hier. Guernica a été bombardée pendant le mariage de Goïzane. Je viens de le comprendre. Et on m'a tué Eder, sous mes yeux, maman. Sur le moment la douleur est atroce, celle d'une jambe qu'on coupe à vif. J'ai retrouvé très vite le salaud. J'ai tué l'assassin de mon bébé tout à l'heure. C'était un Américain. Une famille partie d'ici il y a longtemps. On l'avait envoyé pour ça, uniquement.Tuer-Maximilien-tuer-Eder-me-faire-payer. Avant de mourir, cette nuit – car je reviens de là-bas au fond d'un bateau parce que j'ai quitté la guerre, et il était lui aussi au fond du même bateau –, donc avant de mourir, il m'a dit. Il m'a dit qui avait fait cela. Qui avait tout commandé. Je sais. Qui.

Elle ne put continuer. Là, pour la première fois elle quitta les yeux de sa mère et regarda vers le haut, vers l'escalier, à l'étage.

Puis elle revint sur Maritchu et sa gorge s'arracha. Elle se demanda si elle pourrait prononcer un mot de plus durant toute sa vie :

– *Aïta.*

Entendant le mot « papa », pour la première fois aussi Maritchu ne dit pas : « Ce n'est pas vrai ». Elle murmura :

– Je n'y crois pas.

Mais, devant le visage défait de sa fille, elle devina que cela aussi était vrai, tout à fait. Sa vie sombra.

Après le long silence qui suivit, la mère se leva, moins lourde que le craignait sa fille.

Elle fit le tour de la table et vint derrière Germaïna, la prit dans ses bras et se pencha pour coller sa joue à la sienne – le geste de celle-ci en arrivant, peut-être une coïncidence.

Germaïna ne sentit pas de larmes couler, ni d'elle ni de Maritchu. Un frémissement ? Les bras qui tremblaient ? Mais le feu avait fini à son tour et le frais de l'aube s'installait.

Elles mêlèrent leurs souffles un long moment, puis Germaïna se dégagea :

– Laisse-moi un peu. Je vais réfléchir, demanda-t-elle.

De toute façon, Maritchu voulait partir, respirer dehors. Redressée, elle alla à la porte à pas lents, sans se préoccuper du sac posé au coin. Elle décrocha son gros manteau, qu'elle enfila comme ça, par-dessus robe de noce et tablier de cuisine, puis ôta la fleur du mariage encore coincée derrière son oreille et l'enfouit en l'écrasant au fond d'une poche. Se coiffant d'un gros bonnet de laine qu'elle gardait jusqu'au milieu du printemps certaines années, elle entrouvrit la porte, sans bruit et sans se retourner. Elle marqua un temps, puis suggéra :

– Ne tarde pas. Il se lève tôt. C'est l'heure de la chasse.

Puis elle sortit droit devant et prit le chemin des collines.

Pendant quelques instants, Germaïna se massa les avant-bras. Elle avait mal. Puis elle frotta ses paupières qui brûlaient. Elle se força à se lever, sinon, là, comme un bloc elle serait tombée, tête la première contre la table. Un bourdonnement dans sa tête l'empêchait de distinguer les bruits. La porte de la Maison, mal refermée par Maritchu ? Le grincement de l'armoire, au fond, ou celui de ce grand coffre, dans un coin, un nouveau meuble comme elle le remarqua, trop assommée pour comprendre que ce *kutxa* faisait partie de la dot du nouveau marié, Jon. Là-haut maintenant, des pas ?

Avec brusquerie, elle se secoua. On marchait à l'étage.

Elle devait faire vite.

Elle se leva sans bruit, empoigna le sac posé près de la porte et le porta, bras tendu, loin d'elle, jusqu'au fauteuil du père face à la cheminée, le *zuzulu* où il s'asseyait chaque soir, rabattant la planchette au centre. Il y posait son verre de vin.

Elle y posa, elle, le sac, le délaça et rabattit les pans, exposant ce qu'il contenait et qui brillait sur le dessus.

Elle s'empêcha de regarder puis fit demi-tour vite, releva le col de sa vareuse et se dirigea vers la porte. Sur ses grosses chaussures, elle marchait sans claquer les semelles.

Elle se glissa dehors pour s'enfoncer dans la nuit, soulevant un peu le battant pour que rien ne grince – ou très peu, ou bien un bruit léger près du nouveau coffre, ou bien les premières marches qui craquaient sous les pas pesants d'un homme ?

Mikel descendait.

A lui aussi il sembla entendre du bruit, en bas. Il ne s'en inquiéta pas, après tant de vacarme dans la Maison la veille. Ces quelques heures de sommeil lui avaient fait du bien. A chaque marche la pièce montait vers lui comme il la connaissait, vide, calme quand il partait à la chasse aux premières lueurs. Comme toujours son œil se porta d'emblée sur son fusil accroché au-dessus de la cheminée. Il se sentait bien.

Au réveil, quelques minutes plus tôt, il avait été étonné que Maritchu ne soit pas à son côté, couchée. Sans doute traînait-elle avec les derniers invités du mariage. En bas, il n'y avait personne. Dehors, alors. Il ne s'inquiéta pas, décidément.

A l'évier il passa de l'eau sur son visage, frotta ses yeux et secoua la tête, la peau mordue par l'eau glacée.

Il souffla fort à travers ses lèvres, à la manière des chevaux qui bronchent. Puis près de la porte, il enfila ses bottes en râlant. Il peinait toujours à glisser ses gros pieds et ses gros mollets. Un court instant il songea qu'au retour ce serait pire, pour les ôter. Mais vraiment, enfilant ses épaules dans sa canadienne à col de mouton, il ne s'inquiétait pas avant l'heure, satisfait de filer bientôt vers les collines, l'arme à la main, sa tête bien à lui.

Il alla à la cheminée décrocher son fusil, contourna son fauteuil de bois.

Là, sur la planchette, une autre tête lui faisait face.

★

Durant ses mois de guerre Germaïna avait passé des jours et des nuits sans dormir, ou à peine. Etonnée par sa propre vitalité, endurante, elle savait aussi qu'une fois l'effort fini la fatigue ne prévient pas et frappe en traître, un grand coup dans les flancs. On tombe.

Elle passa devant la grange noire, fit trois pas à l'intérieur. On y logeait à l'automne les saisonniers qui aidaient aux travaux. De la paille, et rien d'autre. Elle voulut ressortir mais s'effondra d'un bloc dans cette paille, contre la cloison. Déjà endormie, se tortillant pour avoir chaud, elle se recroquevilla dans son nid, s'enfonça et ne bougea plus jusqu'aux cris qui la réveillèrent, plus tard.

★

Maritchu grimpait sur le chemin habituel de son mari quand il partait tôt au printemps, dans l'air bleu, un joli ton de chasse. Poings serrés au fond des poches, elle avançait, comme une mule. En se forçant, elle parvenait à faire sortir des larmes sous ses yeux, pas beaucoup. Elle montait, dépassait une première crête, puis une autre, plus haut, sans se retourner, sachant bien que les arbres masquaient désormais le toit de la Maison. Elle continua encore, à presque aboutir sur l'enclos où on laissait les bêtes au début de l'été. Sur un muret de pierre, elle s'assit, ramenant les pans de son manteau autour de ses jambes, frileuse. De l'autre côté les pentes s'évasaient vers la vallée, où passaient souvent des oiseaux, et dans les sous-bois, plus loin, des bêtes. Il venait chasser là. Elle attendit.

★

Le dessus de la tête qui lui fait face brille.

Mikel a le bras encore suspendu près du fusil. Mais plus rien dans son corps ne bouge.

Sur la tablette de son fauteuil, cachée jusqu'alors par le haut dossier en bois, il voit.

Il crie.

C'est un râle de bête, pas très fort. Mais il le prolonge. Il reprend son souffle. Il crie à nouveau.

En même temps il allonge le bras et arrache des cheveux ce qui brille sur la tête, posée là. C'est une gourmette d'homme, un bracelet d'argent avec les lettres entrecroisées, gravées, E et F.

Il n'a jamais vu cette tête.

Elle est posée sur des linges emmêlés, raides de sang. Elle est posée au fond d'un sac dont les lacets ont été dénoués et qui s'évase. Elle repose sur le cou tailladé.

Les yeux sont ouverts et ne voient plus. La bouche est tordue, découvrant la moitié des dents sur le côté.

Il n'a jamais vu cette tête mais il connaît ce bracelet. Alors il reconnaît la tête comme s'il l'avait déjà vue. Et la gourmette est une signature.

Germaïna est revenue !

Elle l'a décapité. Mikel a compris pourquoi.

Il se retourne d'un bloc. Il est fou. Il la cherche.

Mais rien ne bouge. La Maison dort.

Il crie encore. Il éructe en redressant les pans du sac, enfouissant la tête d'Eddie Ferben au fond, tapant sur le crâne, renouant les lacets et tenant lui aussi le paquet au bout d'un bras. De l'autre il décroche son fusil, ouvre la porte du pied et file en courant droit devant, fou, vers les collines.

Il n'entend pas le grincement du grand coffre, près des fourneaux – il est déjà loin dans le champ. Le dessus se soulève.

Un homme en sort.

3

Des gens courent-en-criant autour de l'Hispano de Maximilien. Ils portent des fusils – un-seul-fusil, toujours le même, fusil-du-père, accroché au-dessus de la cheminée depuis-son-enfance. Comment les fusils peuvent-ils se multiplier? Les gens crient autour-de-la-voiture. A l'intérieur Maximilien conduit avec-des-gants-blancs de maître d'hôtel. Sur le siège, à côté, elle-Germaïna en robe-droite-à-franges. Sur ses genoux Eder, petit-Eder mange du chocolat, se barbouille la bouche et autour-des-lèvres-les-traces sont du sang qui sèche en s'étalant. Ils n'ont jamais été tous-les-trois-dans-la-voiture, c'est curieux. Les gens continuent à-danser-la-farandole autour du capot avec le fusil au bout de chaque-bras, et à travers le pare-brise Germaïna voit la-figurine-dressée-sur-la-calandre en robe de mariée-de-métal à la proue. D'ailleurs l'Hispano vient de rouler sur-le-pont-d'un-bateau et aussi une tête avec un foulard-rouge aux coins-relevés, une tête toute seule, posée à l'avant et personne ne-s'en-inquiète : les gens s'agitent-toujours en criant. Quelqu'un tape sur la tôle, sur la coque.

Le bruit la réveilla.

On tapait encore, à l'extérieur. Elle émergea d'un coup de son rêve.

Germaïna reconnut la grange où elle s'était effondrée. La paille blonde tombait de ses cheveux, blancs.

Elle s'épousseta et ramena ses jambes sous elle, les pieds douloureux gonflés dans ses grosses chaussures, ankylosée.

La lumière claire du matin découpait un carré à côté de l'entrée. Dissimulée dans l'ombre, près de la cloison, Germaïna écouta.

D'un côté, vers la cour de la Maison, des gens criaient. Elle reconnut les voix.

De l'autre, derrière le mur du fond, collé aux premiers arbres, elle entendait un autre bruit. Des chocs contre les pans de bois.

Elle glissa sur les fesses le long du mur et colla un œil entre deux planches mal jointes.

Un peu flou dehors, caché de tous, Nabar creusait le sol.

Il faisait vite. Le manche de la bêche heurtait parfois la cloison de la grange, dans son dos, résonnant à l'intérieur. C'est ce bruit qui avait réveillé Germaïna en sursaut. Puis son rêve s'était enroulé vers l'arrière, comme toujours.

Par réflexe elle retint son souffle. Nabar ne pouvait pas l'entendre et soufflait lui-même en s'acharnant à jeter la terre et les cailloux sur les côtés et ouvrir le trou, pas très grand.

Dans ce trou il jeta le sac que Germaïna reconnut, serré par des lacets.

Un sac plein, rond, laissé à l'aube sur la planchette du fauteuil. Rond-lourd, le sac que Nabar jetait dans le trou, le sac avec la tête tranchée, tranchée par elle dans la cabine du bateau avant de débarquer, et laissée dans la Maison pour son père – pour lui seul : personne ne savait. Alors, que faisait là Nabar ? A Maritchu elle avait tout dit, mais pas ça.

Elle s'écarta puis appuya son dos contre la cloison, la tête renversée et les yeux fermés. Elle eut une pensée pour l'homme du bateau, qu'elle avait chargé de jeter dans l'océan le cadavre de Ferben, décapité. Même lui avait dû avoir un choc, vomir. Elle revoyait mal la scène, simplement que le poignard coupait bien et que le sang avait moins coulé qu'elle le craignait. A part ça...

Derrière, Nabar remplissait le trou, jetait la terre sur le sac, raclait le sol avec la bêche et tirait des branchages dessus, dissimulant le répugnant tombeau. Elle l'entendait.

Que s'était-il passé pendant qu'elle dormait? Combien de temps? Peu : le soleil restait bas et elle n'était pas reposée.

A l'autre bout on s'agitait toujours. Bien dissimulée, elle rampa sur la paille pour aller vers le mur opposé et scruta par une lucarne en losange où l'air circulait, qui la frappa et la réveilla mieux.

Dehors, dans la cour, elle les vit tous un par un, au fur et à mesure qu'ils passaient devant son œil caché.

Maritchu en gros manteau et bonnet, au coin de la table de pierre.

Goïzane, sa Goïzane, qu'un jeune homme – Jon! – réchauffait en la tenant aux épaules, serrant un châle autour d'elle.

Mattin l'oncle, qui ajustait ses bretelles et finissait d'enfiler, sur le pas de la porte, un paletot fourré, œil fixe sous son béret.

Elle vit arriver aussi le douanier, qu'elle connaissait de naguère. Il avait pris du poids. Il portait l'uniforme et de l'importance sur son visage, comme en mission.

Quelques autres, gens de la vallée, pas nombreux, deux ou trois descendant d'une carriole arrimée en haut de l'allée, près du chêne.

Sortant de derrière la grange, Nabar déboucha. Il essuyait ses mains sur son pantalon de velours. Des traces de terre fraîche maculaient le bas. Elle le vit se placer contre Maritchu, surprise.

Et, devant la table de pierre, monumental dans sa soutane, les bras écartés, l'abbé.

D'où regardait Germaïna, sa masse cachait la table. Mais il bougea et elle put enfin voir : ses yeux remontèrent des bottes au pantalon, à la veste canadienne fourrée de mouton, et jusqu'à ce qui restait d'une tête en bouillie aux cheveux rouge et gris.

Allongé sur la dalle de pierre, son père Mikel, mort.

★

Le filet d'air pénétrait son œil, et le faisait couler. Germaïna n'en pouvait plus de fixer la cour depuis son sommier de paille, à travers le petit hublot-losange.

En pensant à son bébé, à Eder et à sa mort, cette mort seule, une douleur sans fin nouait son ventre. Elle retomba dans sa paille et se tordit en sanglots.

Dans la cour, autour de la table de pierre où s'étalait le cadavre de Mikel, l'abbé marmonnait une prière. Il avait noué en croix sur sa poitrine les deux pans d'une étole violine, les mains jointes paume à paume. Il termina en bénissant le corps.

– ... du Père, du Fils... Saint-Esprit.

Ses gestes devenaient lourds, mais personne ne détournait la tête.

Tous ici avaient vu des cadavres, des bêtes éventrées, des hommes écrasés par un tombereau ou tués, parfois salement, dans des bagarres, pour des vengeances, ou simplement la mort dans les fermes et les Maisons : familière. La mort était reçue en silence. On l'attendait, dans ce pays pas tendre, comme une loterie, à part pour les très vieux et les malades. Seule la guerre, de l'autre côté de la frontière maintenant bien cadenassée, effrayait par les récits de ceux qui en revenaient. Mais les Espagnols aimaient trop le sang... On trouvait aussi, dans la vallée, ceux qui étaient revenus de l'autre boucherie, des tranchées, la gueule cassée, des monstres dont les enfants se moquaient. Mais cela s'était passé si loin... Alors, le corps mort de Mikel et sa face arrachée dégoûtaient, oui, mais ils ne faisaient pas peur. Cette mort survenait, inattendue comme la plupart.

Un peu plus tôt, le douanier s'était penché, fier de son rôle officiel (« habilité ! » avait-il lancé), et vu comme les autres avaient vu, un visage défoncé, criblé de plombs mais pas que ça : frappé, écrasé, une bouillie d'os et de sang. On s'était acharné. Il fallait une grande force.

Passant ses pouces dans le ceinturon de son uniforme noir, il avait articulé d'une voix définitive :

– Il y a des plombs partout.

Personne ne bougea.

Rectifiant la position, il énuméra :

– Il a dû trébucher... accrocher son fusil. Le coup est parti.

– Voilà, ponctua l'abbé d'un ton sonore.

– Un accident, conclut le douanier.

– Si c'est un accident, il pourra entrer dans la maison du Seigneur.

Maritchu se crispa. Nabar le sentit, collé à elle, et s'agita. Elle lui mit la main sur l'épaule pour le tenir.

Ici tout le monde chassait et savait qu'une décharge de plombs ne crée pas ces dégâts. Elle seule en savait davantage, mais pas tout, et elle voulait savoir, tout.

Attendant Mikel là-haut au petit matin sur le muret de pierres – pour lui dire quoi ? lui faire quoi ? elle n'avait rien décidé. Elle attendait, refusant d'instinct de le revoir dans la Maison, cet homme qui désormais ne pouvait plus être le sien.

Inquiète de ne rien voir venir, elle était redescendue par le chemin, avec précaution, tête basse. D'un coup, une tache rouge l'avait figée : tout le sang de Mikel. Elle aurait presque buté sur le corps. Elle n'avait ni crié ni pleuré, presque soulagée. Autour d'elle rien ne bougeait. Pas de bruit, sauf les oiseaux du printemps, bien réjouis du matin bleu.

C'est elle qui avait donné l'alerte à la Maison. Il n'avait pas fallu longtemps pour réunir tout le monde. Nabar manquait. Maritchu l'avait remarqué.

Pendant ce temps Germaïna dormait dans la grange, bête de sommeil, et seule l'agitation du dehors l'avait réveillée, quand tous s'étaient groupés et qu'on avait posé le corps sur la table de pierre.

Germaïna, qui sanglotait maintenant, à genoux dans sa paille, cachée de tous, tête trop pleine des gazouillis d'Eder seulement.

De loin Maritchu avait fixé la grange depuis un moment, plutôt pour poser son regard ailleurs que sur le cadavre, devant elle. Elle se tenait dans l'axe de la minuscule lucarne d'aération. Il lui avait semblé, à la mère, voir bouger.

L'abbé se posta devant la table. Sa main en offrande passa de l'un à l'autre, presque toute la famille et ceux qui étaient montés pour aider. Il remarqua, la voix émue :

– Hier, hier seulement ! dans cette Maison, j'ai béni des époux. Dieu avait créé du bonheur. Ce matin je prie avec vous dans le malheur. Qui dira, demain, ce que nous vivrons ensemble ? Que Sa volonté soit faite.

Il commença une prière en latin, et, sans se concerter, tous en file passèrent devant le corps de Mikel en se signant. Plus tard, l'un, sans doute Mattin le vétéran, irait annoncer aux bêtes la mort de leur maître, à l'étable, au poulailler, aux clapiers : depuis quelques minutes, il y régnait d'ailleurs un étrange silence.

Jon soutenait Goïzane. Les jambes de la jeune femme ne tenaient plus. Il la porta presque jusqu'à la Maison. Elle prit sur elle, sécha ses larmes et le rassura :

– Je vais faire du café, pour tous.

Pendant que les autres défilaient dehors, Jon avança une chaise près du poste de radio, qu'on écoutait souvent le dimanche après-midi, certains soirs aussi quand on trouvait de belles chansons en tournant la molette pour voir l'aiguille filer le long des noms des villes inscrits en quinconce, qui faisaient rêver : Barcelone, Paris, Londres, Moscou, Prague, Istanbul... Lui aussi essuya ses yeux. Après quelques crachotements et sans chercher vraiment, plutôt pour occuper ses mains, Jon régla le poste et resta là, les coudes sur les genoux. La voix ampoulée d'un speaker donnait des informations « bombardement... pendant des heures... Guernica hier après-midi. Milliers de morts... gigantesque incendie... colonnes allemandes et ital... » Le son fut coupé, net.

Jon releva la tête. Debout au-dessus de lui, l'oncle Mattin venait de fermer le poste. Puis il alla à sa place à table et s'assit, attendant à son tour le café que Goïzane sortait du moulin à manivelle, moulu à l'instant.

Dehors Maritchu s'avança la dernière au bord de la table, Nabar collé à son flanc. Il rechignait. Elle dut le forcer en serrant son avant-bras d'une poigne qui soumit le simplet.

Sans le lâcher elle le força à rester devant le corps. Il ôta son béret, et, pendant qu'il cachait ses yeux derrière son bras levé, elle l'observa : ces traces de terre sur les chaussures, ses habits un peu maculés, et puis du sang, qu'elle n'avait pas remarqué, des éclaboussures alors que, levé du matin, il aurait dû être tout propre comme elle l'exigeait chaque jour. Elle ne savait pas comment cela s'était passé mais elle le découvrirait.

Nabar commença à trembler. Maritchu prit peur de cette masse vite incontrôlable. Prenant l'une de ses mains dans les siennes, la couvrant à peine, sans serrer surtout, plutôt pour guider, elle fit quelques pas et il la suivit. Elle l'entendit grommeler :

– Armène... Armène...

Maritchu devint livide. C'étaient ses premiers mots depuis des mois, tout simplement depuis qu'avait été chassée par le père la fille que Nabar adorait, Germaïna. Et, dans sa façon balbutiante de parler, « Armène » c'était ainsi qu'il prononçait « Germaïna ».

Maritchu accéléra le pas :

– Tu vas me parler. Viens. A moi toute seule.

Nabar renifla. Elle le sentit plus mou à son bras. Ils s'éloignèrent, puis elle le fit asseoir au pied du chêne, à l'abri.

Elle s'accroupit devant lui, les pans de son manteau se mouillant dans les feuillages et la rosée.

– Remets ton béret.

Nabar se coiffa. Elle savait qu'il se sentait mieux ainsi. Tête nue, il devenait fragile.

Elle prit sa voix la plus tranquille :

– Armène est là, et je le sais.

– Sais... aussi, assura Nabar.

Maritchu connaissait le code. Inutile d'attendre un long récit du simplet. Elle procéderait par petites touches. Il fallait proposer, il répondrait : oui... non... *bai... ez*, et parfois un détail en cadeau, rien de plus.

– Tu dormais où ? Tu n'étais pas dans ta chambre.

Nabar fit non de la tête.

– Dans la grange ? Dehors ?

Il continuait de nier.

– Dans l'étable ? En haut ? En bas ?

Il fit oui.

– Tu dormais en bas, bien.

Maritchu resta perplexe. Où, en bas ? Après la noce, pour ranger et nettoyer elle n'avait pas quitté la pièce. Puis Germaïna avait surgi. Puis elle, Maritchu, était partie. Entre-temps, elle n'avait jamais vu Nabar en bas. Où était-il ?

Elle reprit, calme :

– En bas, bien. Tu étais caché.

– Oui.

Il se recula, apeuré.

Maritchu le rassura :

– Ce n'est pas grave, c'est très bien. Quand on est fatigué.

Nabar voulait soudain parler. Il grognassait. Maritchu posa la main sur son bras pour l'encourager.

– Nouveau *kutxa*, dit enfin Nabar, l'œil allumé. Très grand.

– Oui, très grand. Tu as eu raison.

Maritchu soupira. « Voilà, se dit-elle. C'est tout simple. Ce nouveau meuble, c'était comme un jouet. Abruti par la noce et le vin, il s'est endormi dedans. »

Elle répéta :

- Très grand. Très bien. Tu étais dedans quand Armène est revenue.

– *Bai.*
– Oui? Très bien. Tu ne dormais plus?
– *Ez...* Non.
– Très bien. Tu n'es pas sorti.
– Nan!
– Pourquoi?
Il ne répondit rien.
– Tu as eu peur.
– Peur!
– Très bien. Tu as entendu. Tout?
Il acquiesça.
– Tout? répéta Maritchu.
Il fit oui encore, s'énervant.
– Très bien.
Elle ferma les yeux, imaginant la scène. Nabar parlait mal ou pas du tout mais il comprenait. Il avait entendu, tout.

Elle se revit avec sa fille, leurs bols, l'épouvantable récit... en plus Germaïna avait parlé brutalement : facile à comprendre. Et puis elle, filant derrière la colline, attendre Mikel qui se levait toujours à cette heure. Germaïna avait dû sortir peu après, vite, sinon elle serait tombée sur son père. Restait Nabar, sans doute terrorisé au fond de son coffre, et féroce, sanguinaire.

Lui revint en mémoire la soirée où Germaïna avait été chassée, la bagarre contre Mikel : il devenait furieux, Nabar, très vite.

Elle planta ses yeux dans les siens :
– Mikel est descendu. Il a pris son fusil. Tu l'as suivi.
– *Bai...* Oui.
Maritchu n'eut pas besoin de questionner davantage. Elle avait compris.

Cette force énorme pour taper, cet acharnement à défoncer le visage, c'était lui. Il avait pisté Mikel – il savait chasser lui aussi, et bien –, l'avait rattrapé sur le chemin, une grosse pierre dans la main. Et les plombs, partout? Le douanier avait peut-être vu juste : trébucher, bagarre, coup parti... Ou bien Nabar avait tiré lui-même? Peu importe.

Si Mikel avait souffert? Elle eut un peu honte de la pensée qui la traversa : que le simplet ait en somme accompli ce qu'elle n'aurait sans doute pas pu faire. C'était ainsi. Rien n'était vraiment propre. Depuis toujours elle savait qu'une Maison n'a que ses murs droits. A l'intérieur on vit de travers. Sans connaître tous les secrets des autres Maisons, quelques-uns seulement, elle savait que chacune a les siens. Chez elle, son rôle consistait à amortir les cahots, par miracle en prévenir certains, sinon panser tout de suite ceux qui avaient cabossé leur corps, ou le cœur. Souvent elle était lasse.

Elle se releva en poussant des poings sur ses cuisses et tendit la main vers Nabar pour qu'il se mette debout. Mais le simplet refusa. Il se tortillait, le dos contre le tronc, jambes agitées. Il secouait la tête et commençait à mordre sa lèvre.

Elle n'aimait pas cela, pas du tout. Il fallait arrêter ça tout de suite.

Alors cette haute femme en manteau jusqu'aux pieds, ses cheveux noirs crantés sortant sous le bonnet, fit un pas en avant puis écarta les jambes et mit ses deux poings sur les hanches, dessinant une silhouette immense au-dessus de Nabar, contre le soleil qui auréolait sa nuque.

Les yeux du simplet se rétrécirent. Il pouvait bondir, l'étrangler d'une main. Elle le savait.

Calmement elle leva un pied et le posa sur le bout d'un des siens, qui pointait vers le haut. Elle appuya. Avec lenteur elle pesa de tout son poids. La cheville de Nabar se tordit. Une douleur de fer rouge remonta jusqu'à son genou. Il pouvait devenir fou. Ouvrant des yeux tout ronds, il croisa le regard-maître terrible de Maritchu, qui jouait quitte ou double.

Elle appuya encore plus fort. Nabar tapait sa nuque contre le tronc, raclait la terre de ses doigts, noyé de souffrance.

Aussi vite qu'elle avait écrasé le pied, Maritchu relâcha d'un coup sa pression. Brusquement la douleur s'estompa, et Nabar tourna piteusement sa tête vers Maritchu, comme s'il avait eu tort d'avoir mal. Il ne faisait pas de différence entre la cause du mal et qui l'avait libéré. Surnageait, seule, la dernière sensation : la mère avait guéri en ôtant son pied. Il respira.

Maritchu tendit violemment son bras vers la Maison, doigt pointé, sans un mot, lui intimant l'ordre silencieux de rentrer.

Il ne bougea pas pendant un moment. Puis elle le vit se réduire. On aurait dit qu'il enfonçait la tête dans son cou, sans la quitter des yeux. Puis il se poussa sur le côté, s'appuya sur un bras et se mit debout, lourd.

Ses yeux quittèrent enfin ceux de Maritchu, puis, suivant la ligne de l'épaule, du bras fixé, du doigt tendu et de la direction de la Maison, ils guidèrent Nabar jusqu'à la porte. Il passa sans un soupir devant la table de pierre où gisait Mikel et rejoignit les autres.

Tous attendaient là maintenant, buvant le café.

– Et où étais-tu passé, fils? lança l'abbé en prenant Nabar par les épaules. On est d'accord.

Jon et Goïzane sortirent. Ils aperçurent Maritchu, toujours près du chêne, les épaules basses. Goïzane courut vers elle :

– *Ama*, viens. Allons. Je t'ai fait du café.

Jon s'approcha à son tour. Maritchu lui sourit. Lui, il remarqua le voile de tristesse, dans ses yeux. Quoi d'étonnant? Le père venait de mourir.

Maritchu détailla le jeune homme. Il ne saurait jamais.

Elle aimait son allure, son air sec, sa souplesse. Elle le plaignit. Depuis un instant, il tenait la place de nouvel homme de la Maison. Peut-être pas le maître, pas encore. Restaient Mattin, et elle surtout. Et, de nouveau, Germaïna.

– Je vais rester un peu seule, mes enfants. Vous comprenez.

Les deux jeunes s'éloignant – elle songea : « vite basculé de la noce au deuil, dure leçon » –, dans la cour, il n'y avait plus qu'elle, et le mort sur la table.

Elle s'éloigna, tourna en rond comme en flânant. Elle vit les mariés rentrer dans la Maison, et, avec une négligence fabriquée, se rapprocha de la grange.

Elle entra.

Après deux pas elle resta immobile dans la lumière découpée de l'embrasure, projetant son ombre sur la terre battue. Elle écouta.

A sa gauche, dans le coin noir, près de la lucarne en losange, elle entendit bouger.

Entre ses dents sa voix siffla :

– Je sais que tu es là. J'ai vu bouger. De toute façon, je savais que tu n'irais pas loin. Lève-toi maintenant. Tu as assez pataugé.

Germaïna se dressa d'un bond, faisant sursauter sa mère.

Tournant enfin la tête, Maritchu fut de nouveau stupéfaite par sa fille – ces cheveux blancs, tellement fins, cet air fou, glacé.

Germaïna épousseta les brindilles, sur sa jupe et sa vareuse. Elle la boutonna et enfouit ses poings au fond des poches sans quitter sa mère du regard. Elle ne baissait pas les yeux, jamais.

Maritchu lâcha :

– Tu sais ce qui s'est passé.

– Je sais.

– Je sais que ce n'est pas toi.

– Je sais.

– Tu sais, aussi, que ce n'est pas moi.

– Je sais.

« Tu sais tout, toi ! » se retint d'aboyer Maritchu. Mais elle était trop triste.

– Personne ne dira rien ! se contenta-t-elle de répondre.

Elles n'avaient pas besoin de preuves. Seules les mères et leurs filles se disent le vrai : sinon aucune femme à une femme ne dit la vérité.

Puis, après un temps :
– Il faut que tu viennes.
– Je viens.
Maritchu dissimula mal sa surprise mais n'ajouta rien. Elle fit demi-tour et ressortit de la grange.
Au même moment les autres ressortaient de la Maison. Le douanier et un homme du village portaient un drap dans lequel ils allaient envelopper le corps de Mikel. On avait déjà masqué la tête.
Ils s'alignèrent devant la table et attendirent que Maritchu s'approche.
Elle remontait l'allée, passa sous le chêne. Tous plaignaient la mère abattue, au pas lourd, qui vint se placer à côté d'eux.
Et chacun se figea.
Là-bas, encadrée dans l'entrée de la grange, frappée par le soleil qui venait de se hisser au faîte du chêne, immobile, Germaïna les fixait.
Aucun ne comprenait quel fantôme surgissait.
Personne ne bougea pendant un long moment.
Enfin, Germaïna fit un pas. Elle avança vers eux, haute et lente, droit vers l'entrée de la Maison.
A quelques mètres de la table où gisait son père, elle s'arrêta, mais regarda ailleurs, vers le carré de lin planté le jour de sa naissance, qui avait fleuri chaque année jusqu'à son départ. Il était envahi d'herbes mortes. Elle regarda plus haut.
Toujours immobile, elle sortit les mains de ses poches. Dans chacune brillait un bijou, un clip d'argent. Elle les accrocha à ses oreilles.
Puis elle reprit son pas, raide. Les clips étincelaient. Tous en reçurent des éclats.
Elle s'approcha d'eux.
Ils sentaient leurs genoux fléchir. D'ailleurs ils reculaient, un par un.
Germaïna ne ralentit pas.
Elle glissa devant la table sans un frisson. Elle les voyait tous, d'un bloc. Elle fendit le rang et les fixa alors, un par un.

Elle pleurait, mais elle pouvait les regarder en face, tous ces regards lancés désormais d'un autre monde.

Elle avait obéi à sa propre loi. Ça ne cesserait pas, même au bout du chemin qu'elle gravissait avec lenteur.

Puis elle les dépassa.

Alors les têtes se tournèrent pour suivre la nuque blanche, aussi claire que la chaux, sur les murs.

Germaïna Etcheverry rentrait dans sa Maison.

Cet ouvrage a été réalisé par

FIRMIN DIDOT
GROUPE CPI
Mesnil-sur-l'Estrée

pour le compte des Editions Anne Carrière
104, bd Saint-Germain 75006 Paris
en février 2004

Imprimé en France
Dépôt légal : mars 2004
N° d'édition : 286 – N° d'impression : 64637